本书受河北大学高层次人才科研启动项目部分资助

Society · Mind · Imitation

社会·心智·模仿

草原史诗文化语法的两种人文诠释

阿拉德尔吐 著

中国社会科学出版社

图书在版编目（CIP）数据

社会·心智·模仿：草原史诗文化语法的两种人文诠释 / 阿拉德尔吐著. —北京：中国社会科学出版社，2023.11
ISBN 978 - 7 - 5227 - 2658 - 8

Ⅰ.①社… Ⅱ.①阿… Ⅲ.①蒙古族—史诗—诗歌研究—中国 Ⅳ.①I207.22

中国国家版本馆 CIP 数据核字（2023）第 196656 号

出 版 人	赵剑英
责任编辑	刘亚楠
责任校对	张爱华
责任印制	张雪娇

出　　版	中国社会科学出版社
社　　址	北京鼓楼西大街甲 158 号
邮　　编	100720
网　　址	http://www.csspw.cn
发 行 部	010 - 84083685
门 市 部	010 - 84029450
经　　销	新华书店及其他书店
印刷装订	北京市十月印刷有限公司
版　　次	2023 年 11 月第 1 版
印　　次	2023 年 11 月第 1 次印刷
开　　本	710×1000　1/16
印　　张	15.25
插　　页	2
字　　数	291 千字
定　　价	98.00 元

凡购买中国社会科学出版社图书，如有质量问题请与本社营销中心联系调换
电话：010 - 84083683
版权所有　侵权必究

序

  阿拉德尔图博士的这部著作《社会·心智·模仿——草原史诗文化语法的两种人文诠释》的底稿是作者十年前在中国社会科学院研究生院攻读博士学位期间完成的学位论文。作为他的博士指导教师，我立刻就看出来这部原博士论文的升级版里面有些名堂：这里所讨论的主要材料基本都来自于当初的学位论文，但在阐释的理论框架上有比较大的变动——可以说，阐释的体系性增强了，理论的视野开阔了，表述的文风更趋抽象难读了。

  这部著作或许需要一篇导读式的序言，这种导读应该能够引领着读者，就像博物馆的解说员引领者参观者那样，沿着特定的参观路线（这里是作者的思想脉络），指着一个又一个知识丛或理论纠缠成绳结的地方，以简明扼要的语言，向读者介绍这些知识丛的背景、特征和功用等，特别应该在理论的绳结处，耐心理出这些绳索的来龙去脉和彼此虬结的缘由等。在我印象中，多年前刘魁立为弗雷泽的名著《金枝》所撰写的导读，就是这种举重若轻的杰作——罗马附近内米湖畔，森林女神狄安娜的神庙，拥有"森林之王"头衔的祭司，槲寄生和"金枝"，逃亡奴隶挑战并杀死前任祭司等。读者多感到陌生的习俗和掌故、传统和禁忌等，在弗雷泽手里，被编织成一个庞大的知识体系，进而成就了一个极为精巧的阐释框架。刘魁立则出色地充当了弗雷泽这座庞大博物馆的解说员。

  我不是说这部著作可以比肩《金枝》，而是说这里所讨论的知识点和理论论域，是蒙古史诗传统和史诗诗学——这对于绝大多数读者而言，同样是比较陌生的，就像我们大多不熟悉槲寄生和相关习俗一样。本书主要聚焦两位蒙古族史诗专家——长期生活在内蒙古的巴·布林贝赫和长期生活在北京的仁钦道尔吉。巴·布林贝赫的诗学著作大都是用蒙古文撰写的，只有少量成果被译为汉文刊布。仁钦道尔吉的大部分史诗学术著作都是用汉文撰写的，所以被汉语学界阅读和了解的就更多一些。阿拉德尔图则通晓蒙汉两种语文，在内蒙古大学攻读硕士学位期间，在塔亚的指导下就在蒙古史诗方面下了不少功夫。攻读博士学位期间选择这个话题进行深入讨论，也算是顺理成章。

"巴·布林贝赫的诗学思想主要体现于其先后完成的《心声寻觅者的札记》（内蒙古人民出版社，1984），《蒙古诗歌美学论纲》（内蒙古人民出版社，1990），《蒙古英雄史诗诗学》（内蒙古教育出版社，1997）和《直觉的诗学》（内蒙古人民出版社，2001）等四种专书中。"（朝戈金：《巴·布林贝赫蒙古史诗诗学思想之论演》）。上述著作皆以蒙古文撰写出版，成为当代蒙古文学研究中诗学理论的代表性成果。其中，《蒙古英雄史诗诗学》是他关于蒙古史诗诗学法则的总结性成果，出版后有多位学者（赛西雅拉图、却日勒扎布、陈岗龙、额尔敦巴雅尔、朝戈金等）撰写了专论或述评，阐发其理论贡献。笔者曾概括说，这部著作的诗学思想生发自对本土材料的熟稔和对西方诗学传统的融会贯通。在结构安排和论域展开上，该书充满原创性；在诗歌法则的总结上，则兼备细节上的格外精审和系统上的格外宏阔。作为一宗开创性的学术工作，该著从大处着眼，举重若轻，从史诗生成的社会历史背景交代到故事人物的形象塑造，以八章的篇幅完成了蒙古史诗诗学的体系的总结。这部著作的汉译版由陈岗龙教授主译，于2018年由中国社会科学出版社出版。

在一篇题为《"仁钦道尔吉史诗研究"笔谈》（撰稿人为朝戈金、斯钦巴图和呼日勒沙）的文章中，几位史诗研究学者概括说，仁钦道尔吉"直接从事了基础性工作，资料学建设，田野考察，文本的誊录和梳理，学术史的观照，也进入了对规律的总结。"就仁钦道尔吉的理论创见，"笔谈"认为主要体现在如下方面：首先，他对蒙古史诗的流布区域、故事母题和情节类型，进行了归纳和总结（如蒙古史诗的七大流布中心，蒙古史诗可分为单篇型史诗、串连复合型史诗和并列复合型史诗几种类型等）。其次，仁钦道尔吉先生论述了史诗母题与社会发展的关系，认为史诗的三大类型对应着史诗产生和发展的三个历史阶段。再次，基于个人的直接田野经验，对蒙古史诗"活态性"有感性的体悟和理性的把握。

之所以在这里简要呈现这两位学者的诗学理论特色，是由于这些主要基于文艺学的阐释，或许多少有助于读者在进入阿拉德尔图所勾勒的文化哲学阐释框架时，心里先有个基本的轮廓图。诚然，在倡导本土诗学的巴·布林贝赫的著述中，仍然可以看到"从亚里士多德到莱辛的印痕，也可以看到黑格尔《美学》和维柯《新科学》的踪影"（《论演》）。在仁钦道尔吉这里，"可以看到俄苏日尔蒙斯基、弗拉基米尔佐夫等理论大家的影响，以及蒙古国策·达木丁苏伦和宾·仁钦等的影响。"（《笔谈》）所以，从文化哲学立场和文论脉络演进的角度对他们两位进行阐释和解读，并没有什么不妥。我只不过觉得在面对博物馆的专业导览时，手边若是有一册"展品简介"，或许就等于有了一个可资参照的路线图。

阿拉德尔图并不满足于完成一部对史诗的诗学法则做出说明的著作，他追求的是建构一个"文化语法"的阐释体系。在我看来，一般知识的概论或导论，通常回答"是什么"的问题，而诗学的问题和文化语法的问题，则都是要回答"怎么样"的问题。所以可以说，语法的诠释和诗学法则的总结，这两者其实是"正相关"关系。不过，难能可贵的是，阿拉德尔图没有主要基于一般文艺学学科知识去解读草原史诗的诗学，而是较多借用了社会学、民族学、民俗学、哲学等领域的概念工具。这样一来，一般文学出身的读者，在阅读这部著作时，可能会感到有点吃力。反正我是感到吃力的。

但愿读者诸君并不感到吃力。

是为序。

朝戈金
2023 年 11 月 19 日于北京

目　录

引　言 ………………………………………………………… 1
 第一节　"社会·心智＋模仿"的理论解说 ……………… 3
 第二节　从形式到内容：作为文化语法的类型学 ………… 22
 第三节　从内容到形式：作为文化语法的诗学 …………… 25
 第四节　口传文化语法：社会行动·文化心智之模仿 …… 27

第一章　国内外研究概况和思路框架 ……………………… 31
 第一节　国内外经验、研究概况 …………………………… 31
 第二节　基本思路与问题提出 ……………………………… 45
 第三节　选题目的和意义 …………………………………… 46
 第四节　研究对象与材料来源 ……………………………… 47
 第五节　研究视角与研究方法 ……………………………… 47

第二章　问题的历史：思想来源和方法论基础 …………… 48
 第一节　原型论·文化史：历史主义和类型学 …………… 49
 第二节　本体论·艺术史：美学、哲学和诗学 …………… 64

第三章　社会行动模仿：史诗类型学的理论构建 ………… 82
 第一节　发生学的前提：时空范畴与历史源头 …………… 82
 第二节　还原的类型学：社会文化与原型考论 …………… 96
 第三节　类型的发展论：历史结构与叙事类型 …………… 108
 第四节　社会行动模仿：作为文化语法的类型学框架 …… 123

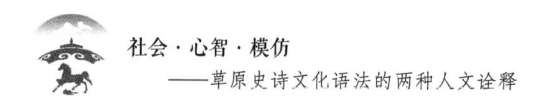

第四章　文化心智模仿：本体诗学的理论视域 ………………… 130
第一节　本体论的诗学：作为文学现象的史诗 ………………… 130
第二节　诗性的元范畴：艺术和哲理的两种世界 ……………… 144
第三节　本土化的解读：从美学到史诗的诗学 ………………… 154
第四节　文化心智模仿：作为文化语法的诗学架构 …………… 178

第五章　结论：本土理论视野下的实践与反思 …………………… 184
第一节　作为文本实验的类型批评 ……………………………… 184
第二节　作为文本解读的诗学批评 ……………………………… 190
第三节　朝向民俗学的比较论再思考 …………………………… 196
第四节　文化语法系统与社会理论基础 ………………………… 200

参考文献 …………………………………………………………………… 214

附　录 ……………………………………………………………………… 227

后　记 ……………………………………………………………………… 235

引 言

本书①以有关社会行动·文化心智的本体即模仿论视角为参照系或主线，回应了口传民俗学领域的表现·反映说和社会文化人类学的拟剧论等②主观化假设的错位问题，并从理论假说案例和类型逻辑的模仿（本体）原理出发，试图阐明了表现·反映说和社会拟剧论对其本体假设的误差判断和偏差理解。

在《人类学与古典学》③一书中，C. 克拉克洪（C. Kluckhohn）曾提出"文化语法"的解说构想，其包括源于语言的特定文化语法和文化本身的一般语法架构。文化的语法虽然看似源于认知和语言的思维活动，但事实上植根于包括语言艺术、神话历史、宗教民俗、天文历法和丧葬仪式等在内的多重文化资源。在此，本书所用的文化语法是指 C. 克拉克洪所说的第二种意义上的一般文化语法框架。也就是说，尽管哈夫洛克（A. Havelock）等用列维-斯特劳斯（Levi-Strauss）、利奇（Edmund Leach）的比喻法来解释或指出了语言艺术和文化系统之间的广泛关系，但仁钦道尔吉④和巴·布林贝赫⑤两位先生所勾勒的史诗文化语法构架与上述 C. 克拉克洪提出第二种

---

① 正如书名所示，本书以社会行动·文化心智+本体即模仿统合了其史诗与社会·文化对应的内在性。

② Social Dramatic Theory 是指人类学者维克多·特纳（Victor Turner）、社会学者欧文·戈夫曼（Erving Goffman）提出的"社会戏剧或拟剧"和人类学者格尔兹（Clifford Geertz）提倡的"剧场国家"等社会文化理论之假设。

③ G. Kluckhohn, Anthropology and the Classics, Brown Unirevsity Prees, 1961.

④ 关于史诗类型学，见仁钦道尔吉《〈江格尔〉论》（修订版），内蒙古大学出版社1999年版（1994年初版）；《蒙古英雄史诗源流》（简称《源流》），内蒙古大学出版社2001年版。

⑤ 关于史诗诗学，见巴·布林贝赫《蒙古英雄史诗的诗学》（蒙古文，简称《史诗的诗学》），内蒙古教育出版社1997年版等。

意义上的一般文化语法之含义颇为接近。据笔者考证发现，史诗类型学（仁钦道尔吉）所依赖的是社会行动模仿的文化语法逻辑，而史诗诗学（巴·布林贝赫）所遵循的是文化心智模仿的本土语法逻辑。要想弄清楚文化语法的形成机制——有关社会行动·心智模仿的根本原理，下面就不得不去思考以下两个问题：一是，按照柏拉图（Plato）的类型逻辑理解，现实对于理念的模仿，是与文学或艺术对于现实的模仿一样。依此断言，文学或艺术必定是社会化或文化的，但反过来说，社会或文化绝不是单纯拟剧化的或艺术化的。因此，在社会拟剧理论（Social Dramatic Theory）方面，"社会戏剧"（维克多·特纳）①、"社会拟剧"（欧文·戈夫曼）②、"剧场国家"（格尔兹）③ 和"艺术展演"（理查德·鲍曼）④ 等均把社会或文化看作艺术或剧场的表演或展演过程。二是，列维-斯特劳斯强调"文化语法"的重要性，认为在人类行动或社会实践背后存在一种心智"深层结构"——一套近似潜意识的认知模式。格尔兹所强调的"文化语法"侧重于文化的意义之网及其解释；而利奇、萨林斯（Marshall Sahlins）、维克多·特纳、亚历山大（C. Alexander）等所理解的"文化语法"则倾向于结构或解构主义意义上的用法。正如杜兰蒂（A. Duranti）所言，民族志研究者通过对文化的系统观察已经创立了"文化语法"研究范式。此外，在谈论史诗在无文字社会中的功能问题时，古典学者哈夫洛克沿着利奇（《自己与他者》Ourselves and Others）的步伐，也注意到了"文化系统的排序……正如语言系统的结构……问题是探寻其他文化语法"这一普遍原理。⑤ 事实上，社会戏剧化的这种类比假设使人易于产生一种偏差认知或错位看法，其与"文学或艺术源于生活，同时又高于生活"的表层化理解没什么两样。笔者坚信，如果说社会戏剧或拟剧是必定存在的，那么它只

---

① ［美］维克多·特纳：《戏剧、场景及隐喻——人类社会的象征性行为》，刘珩等译，民族出版社2007年版。
② ［美］欧文·戈夫曼：《日常生活中的自我呈现》，黄爱华等译，浙江人民出版社1989年版。
③ ［美］格尔兹：《尼加拉——十九世纪巴厘剧场国家》，赵丙祥译，上海人民出版社1999年版。
④ ［美］理查德·鲍曼（R. Bauman）：《作为表演的口头艺术》，杨利慧等译，广西师范大学出版社2008年版。
⑤ ［英］哈夫洛克：《希腊人的正义观——从荷马史诗的影子到柏拉图的要旨》，邹丽等译，华夏出版社2016年版，第21页。

存在于文学或艺术本身的元领域里。

在上述学理性的思考基础上，本书围绕以下几点考证和分析工作而得以展开，以此来阐明有关以社会行动·文化心智及其模仿论视角为参照系或主线的文化语法之形成机制，并回应了史诗学研究即口传民俗学领域的表现·反映说和社会文化人类学的拟剧论等存在的问题。首先，聚焦于作为类型学和诗学范式的社会行动·文化心智模仿原理，挖掘并摸索了大型口传民俗即史诗传统的文化语法构型，借此发现以上两大课题各有其思想和方法论的源头，也有各自形成、发展和演变的特定规律。其次，追溯并考察了史诗类型学和史诗诗学两大研究路径的思想来源与方法论基础；前者以发生论、还原论和类型发展论为主线，后者以本体诗学、元范畴和本土解读为内容。再次，确认视史诗类型学为社会行动模仿的文化语法范型，进而解析了其方法论模式和范畴基础等构建问题。复次，将史诗诗学看作文化心智模仿的本土语法构型，探讨这宗诗学的理论模式和范畴基础等构建论题。最后，结论部分考察了史诗类型学和诗学的批评模式与未来发展趋势，概括和总结了其在本土视野下所构建的学理经验与反思实践的示范意义。同时，以草原社会拟剧即史诗世界的文化语法——有关社会行动模仿和文化心智模仿的理论解释和反思路径为中心，还讨论了其大型社会叙事的本体论基础及相关原理。

诚然，尽管文学或艺术必定是社会化或文化化的，但反过来说，社会或文化绝不是单纯拟剧化或艺术化的。在此，有关表现·反映说和拟剧假说的这种本体错位及其逻辑缺陷，无疑是因"文艺高于生活"和"社会即拟剧"等主观化的推论偏向和认知颠倒所致。上述推理及其纠正过程对非遗或口传民俗的表现·反映说和社会拟剧论的假设检验、重新认识具有重要的理论价值和现实意义。

第一节 "社会·心智＋模仿"的理论解说

史诗世界既是社会—行动的联合或组合现象，又是文化即心智—思维或性格的聚合结构系统，两系的构成法是经验现实背后——源于本体重复·循环等数理统计逻辑的模仿原则。正如书名"社会·心智+模仿"① 所表示，草原或蒙古史诗的文化语法系统建立在两种诠释基础或表现方式上：社会（community 或 society 的行动联合或组合）② 论域与史诗类型学的行动模仿③对应，而文化即心智（Mind 或 mentality 的结构方程）④ 论域则与史诗诗学的思维或性格结构模仿相对应。根据人类学、社会学、民俗学和哲学等相关假设，在以人类为根本的关系网络中，可用自然⑤、社会·文化、智识⑥三者的强弱程度测量和检验来探讨社会——行动和文化——心智（思维或性格）在模仿这一本质动能趋向上的异同点。以上正是去全面地了解史诗类型学和诗学有关社会行动和文化心智的本体模仿——语法原理的唯一可靠的方法或途径。

---

① 本书是根据笔者博士学位论文（中国社会科学院研究生院 2013）修改而来的；需要说明的是，借助"社会"系统（行动联合或组合）的史诗类型学（《〈江格尔〉论》《蒙古英雄史诗源流》）来揭示其所依赖的行动模仿这一语法根基，而通过"心智（或文化）"系统（聚合结构）的史诗诗学（《蒙古英雄史诗的诗学》）来表示其所遵循的心智·思维或性格模仿这一语法基础。即，用有关社会行动和文化心智的模仿——文化语法来阐释或理解史诗材料和史诗学理论两者的本体关联，进而确定了笔者对史诗类型学和史诗诗学的的总体把握和阐释框架。

② 社会，与英语的 society 对应，是指生活、习俗、经济、制度、仪式和宗教等行动方式的总和。因此，"社会"这一关键词（书名）也指兼有 community 和 society 意味的和重于礼俗传统的非法理团体，即亚里士多德（Aristoteles）和黑格尔（hegel）等提出有关史诗中常见模仿"英雄时代"的那种团体文化或社会。从社会行动组合看，行动或功能与英语的 Action 或 function 对应，常见的例子有韦伯（M. weber）的"行动"、普罗普（В. Я. Пропп）的"功能"等。

③ 模仿，与英语的 imitation 对应；"模仿"这一关键词（书名），借助柏拉图——"模仿接近分有"、亚里士多德——"史诗即对人物行动的整体模仿"和塔尔德（G. Tarde）——"社会模仿"三者的重叠性进行统合，凸显了其现象背后数理统计逻辑的客观存在性。在柏拉图的定义里，模仿指现实对理念的和艺术对现实的两层模拟或再现原则，即模仿接近分有的原则。亚里士多德认为，在史诗或其他艺术形式里有两种模仿：对人物行动的模仿和对人物性格的模仿。塔尔德指出，普遍重复性规律包括波动、生成和模仿，与此对应的有物理振动、生物遗传和社会模仿。社会模仿，可分为优势者（逻辑）律、超逻辑律（先外后内）、几何级数增律。

④ 作为文化（culture）的核心部分，心智（Mind 或 mentality）介乎于思维或思想和心态之间，与英语的 Mind 和 mentality 之间的含义对应。即"心智"这一关键词（书名），指文化即心智的性格结构，包括思维模式、性格或人格的结构。需要说明的是，文化与英语的 culture 对应，一般指产生意义的一切行为或心智模式；Mind 和 mentality 的统合接近思维背后的逻辑或性格 personality——用感受、观察、理解、判断进行的思维能力的总和。在学界，以 mentality 解说列维–布留尔（Lvy-Bruhl）的原始思维（primitive mentality），以 Mind 解释列维–斯特劳斯的野性思维（The Savage Mind，与法语 La Pensee Sauvage 对应），而 psychic unity of mankind 则专门指心理一致说。

⑤ 自然与英语的 nature 对应，这里泛指与物的世界关联的生境、情境、环境或背景等，可统称"构境"。

⑥ 智识介于智慧和知识之间，与英语的 Intelligence 或 knowledge 之间的含义对应，通常指经由经验获得的和不经由经验直接获得的思维模式和认知状态。

因此，本书所立论的前提或基调不仅是不局限于单一民俗学或民间文艺学的史诗理论及其转型视角，而且是包括人类学、社会统计学和哲学在内的更大层面的人文·社会科学——数理统计逻辑原理及综合视角。①

  首先，"社会"介乎于 community 和 society 之间。根据亚里士多德、黑格尔、塔尔德等模仿学说，草原或蒙古史诗作为"共同体"生活的事件集合，按照行动系统的模仿法则得以再现出来，并成为史诗类型学（或社会行动模仿）——文化语法探索和进一步探掘的核心内容。自滕尼斯（F. Tönnies）出版《共同体和社会》（1887）以来，共同体（community）、社会（society）分别表示自然的或血缘的行动联合体和有选择或目的的、地缘的行动组合体，与涂尔干（E. Durkheim）《社会分工论》（1893）中提出的"机械团体"和"有机团体"两个概念基本接近。涂尔干认为，机械团结是因"相似性所致的团结"；有机团结是因"分工形成的团结"。机械团结具有同质结构或镶嵌结构，而"有机团结占主导地位的社会结构却与此完全不同"。比起前者，后者"并不像环节虫那样排列成行，相互搭嵌"，而是"相互协调，相互隶属，共同结合成为一个机构，并与有机体其他机构相互进行制约"。②除受滕尼斯式区分的影响外，涂尔干上述社会类型观部分地也借鉴了斯宾塞（H. Spencer）关于军事社会和工业社会的类型学说，而且这些社会类型的本质分类学说均"深刻地打上了进化论思想的烙印"。（译者语）③依照根据人类学社区派的乡土论理解（费孝通等），community 和 society 均含有"社会"这一层意思，但在"Community is not society."（Park 的表述）这种语境中两者却有着不相同的涵义。乡土·社区论用"社会"一词来对译 society，借用"社"和"区"的组合——"社区"来表示 community，事实上已兼顾了滕尼斯有关"礼俗社

---

  ① 书中，提倡社会文化人类学等综合视野下民俗学等相关学科的深度对话模式，试图跃出纯粹民俗学或民间文艺学视角（原博士论文写作阶段的自第一章至第四章）的单一藩篱，并批判性地借鉴柏拉图式的逻辑学（形而上学，除对理念的宗教化理解外）、亚里士多德和黑格尔有关史诗模仿英雄人物或英雄精神的学说和塔尔德关于优势者（逻辑）律、超逻辑律（先外后内）、几何级数增律的社会模仿律等相关理论范式，还通过有关史诗类型学和史诗诗学的理论实例和逻辑修正来进一步考证并探索了包括史诗等在内的口语文化传统背后的数理统计逻辑的基本法则和结构方程原理（主要体现在拙著引言和结论等部分）。

  ② ［法］涂尔干:《社会分工论》，渠东译，生活·读书·新知三联书店 2000 年版，第 142 页。

  ③ ［德］滕尼斯:《共同体与社会》，张巍卓译，商务印书馆 2020 年版。另见滕尼斯《共同体与社会——纯粹社会学的基本概念》，林荣远译，商务印书馆 1999 年版。

会"和"法理社会"这一区分的类别理解和原初含义。然而，在现代中国的城镇化进程中，"社区"不再只指"村落"传统的血缘式团体，而也指城镇行政划分中的地缘式团体。目前，多数者以共同体来理解community，似乎成了合情合理的表达方式。正如史诗类型学和史诗诗学所理解，史诗社会或文化世界的大部分传统与滕尼斯的"共同体"（community）、涂尔干的"机械团体"（Mechanical groups）、斯宾塞的"军事社会"（Military society）基本相似，因为草原或蒙古史诗的架构（形式·内容）主要形成于血缘关系较为浓厚的行动联合体和地缘关系趋于扩大化的军事联盟这一构境转型和大历史背景中。因此，史诗即"社会"是指兼具community和society两者转型意义的和接近礼俗传统的非法理团体，即亚里士多德和黑格尔等所说有关模仿"英雄时代"的那种团体文化或社会。黑格尔也曾认为，史诗或艺术世界是指被描述的内容，而所反映的时代意识和观念世界指社会现实（与物质、经济、仪式和制度等有关的行动观）和精神文化（有意义行动的性格或心智模式）的总和。除上述两者外，还可加上客观存在世界，它是指与自然——构境、智识——经验有关的数理规律、统计原则或法则、逻辑原理等文化语法系统基础。这种史诗——意识·观念——客观存在（智识和自然背后的系统）的三维世界，与柏拉图所描述的艺术——现实——理念的三层本体·转换世界颇为接近。① 下面为主要以自然——社会·文化——智识（介于智慧和知识之间）为中心的文化语法系统——模仿论关系，见图引 – 1。

  从以上图示关系可看出：其一，社会（实体）可用｛行动·联合｝的函数来标记，文化即心智（抽象）用｛思维或性格·结构｝的函数来表示，两者的核心部分正体现在与史诗世界相交的｛思维或性格·行动｝的函数表达上。其二，社会（实体）与自然、智识分别形成直接性的强关联和相对的弱关联，而文化（抽象）与自然、智识也分别构成间接性的弱关联和相对的强关联。因此，社会指以习俗、经济、制度、仪式和宗教等为内容的行动方式和相关实体、过程（以列维－斯特劳斯说的"超级技术"为中心），而文化

---

① 需要注意的是，艺术发生的本质论主要有：再现说（representation theory）、表现说（expression theory）和反映说（resemblance theory）。根据相关解说，再现说或摹仿说，皆是艺术本质的发生学说，含有客观的objective或模仿的mimetic等意思，在这一点很接近。表现说强调主观精神的艺术性表达或表现，而反映说则主张艺术源自主观精神对物质世界的反映。

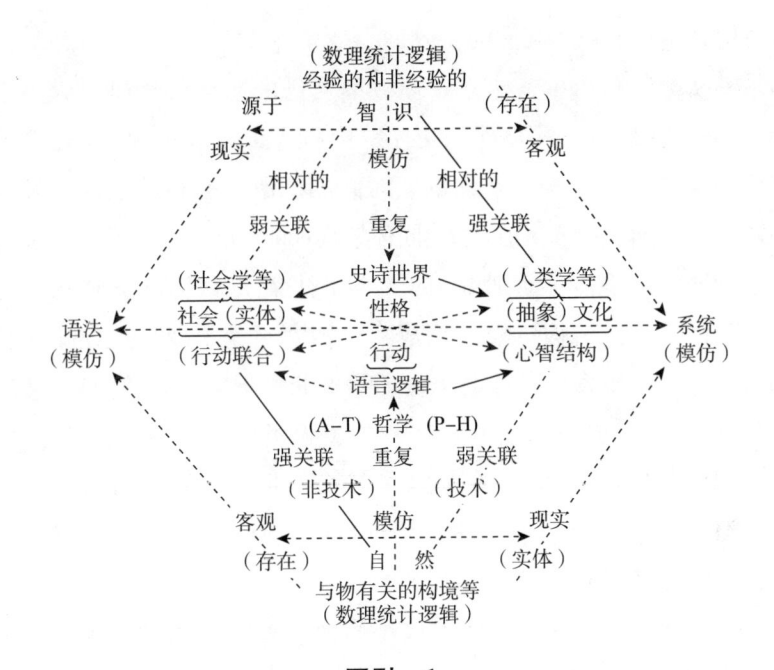

```
                    (数理统计逻辑)
                    经验的和非经验的
            源于        智识        (存在)
        现实        模仿         客观
            相对的        相对的
        弱关联   重复      强关联
            (社会学等)  史诗世界  (人类学等)
                    性格
    语法   社会(实体)          (抽象)文化   系统
    (模仿) (行动联合)   行动    (心智结构)   (模仿)
                    语言逻辑
                (A-T) 哲学 (P-H)
        强关联   重复      弱关联
            (非技术)      (技术)
        客观        模仿         现实
            (存在)   自 然   (实体)
                与物有关的构境等
                    (数理统计逻辑)
```

图引-1

（以 A - T 代指亚里士多德和塔尔德；以 P - H 代指柏拉图和黑格尔）

（虚线表示弱关联或深层关系；实线表示强关联或直接关系）

是指包含语言、信仰、制度等全面智识①（泰勒式的文化定义）的有意义的行动模式和整体系统。其三，社会和文化的区别，主要在于非介入技术和介入技术（泰勒有关自然与文化的古典对立）、实体或过程和抽象（拉德克里夫 - 布朗）说的整体与部分之间的从属关系或对立）、功能化的行动模仿和整序②的性格模仿（黑格尔说的行动和性格模仿、塔尔德说的优势者或逻辑律、超逻辑律、几何级数增律等模仿和关系对立）等方面。另外，就社会（或文明）和文化的关系来说，伊东俊太郎关于文明和文化的理解与梅棹忠夫的观点颇为接近，他们均认为在整个系统中"文明或社会"处于外围，包含制度、组织、装置等；而"文化"则位于中心，包括观念形态、价值体系、社会精神

---

① ［英］泰勒（E. Tylo）：《原始文化——神话、哲学、宗教、语言、艺术和习俗发展之研究》，连树声译，上海文艺出版社1992年版。

② 朝戈金：《口头诗学的文本观》，《文学遗产》2022年第3期；《论口头文学的接受》，《文学评论》2022年第4期。上述文章提出整序接受的视角，用来描述并说明这种口语文化的规律性现象。

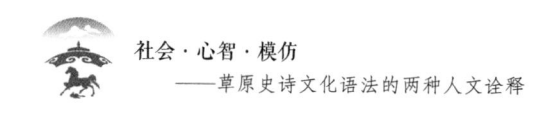

和艺术意境（エートス，英文为 e-tosu）。①

列维－斯特劳斯指出，建立数理模型是将来社会科学即"人类学的基本目标"。人类学将数理模型作为交往结构和从属结构的整合基础和研究方法，讨论的是"社会结构的空间的、时间的、数量的和其他性质及与此相关的问题"。（英译者序）② 在此，拉德克里夫－布朗（R. Brown）的社会结构略等于社会关系整体；而列维－斯特劳斯自己却认为社会结构不能还原成为关系整体；社会结构由模型构成，包括"系统、变形、安排、转换和整体"等特征。不难发现，社会结构的研究目标是借助"模型来理解社会的关系"。但是，根据布朗氏的看法，美国人类学家研究的是"抽象的文化"，而不是"具体的社会"。③ 从这个意义上说，布朗氏的结构概念是联结社会人类学和生物科学的手段；并且他同意马林诺夫斯基的部分意见，认为生物学的关系同时是每种类型的亲属关系的起源和模型。因此，无论布朗氏还是马林诺夫斯基，均或多或少倾向于英国自然主义或经验主义一派。④ 不过，列维－斯特劳斯拒绝使用社会学一词，是因为它从来没有像涂尔干等所设想的那样发展成为一门"关于人类行为的一般科学"。在此，列维－斯特劳斯指的是涂尔干有关人类行为的意志论客观设想，而不是齐美尔（G. Simmel）、韦伯、库利（Cooley）、派克或帕克（park）、米德（Mead）和帕森斯（T. Parsons）有关行为主义的唯意志社会理论。所以说，社会学至少是社会哲学或民族志研究之分支。⑤ 与英国的经验—自然视角不同，法国社会科学界追求理性或结构—自然主义，其与笛卡尔（Descartes）的理性—认识论、孟德斯鸠（Montesquieu）的自然法精神、卢梭（Rousseau）的自然—社会契约论等有关。而在德国乃至美国的早期研究中，只有文化和文明的对立概念，而没有完整的社会概念。

---

① ［日］佐藤洋子：『「文明」と「文化」の変容』、『早稲田大学日本語研究教育センター紀要3』1991年版、第45—73页。
② ［法］列维－斯特劳斯：《结构人类学》，谢维扬等译，上海译文出版社1995年版，第2、7页。
③ ［法］列维－斯特劳斯：《结构人类学》，谢维扬等译，上海译文出版社1995年版，第300、312、320页。
④ ［法］列维－斯特劳斯：《结构人类学》，谢维扬等译，上海译文出版社1995年版，第330—331、334—335页。
⑤ ［法］列维－斯特劳斯：《结构人类学》，谢维扬等译，上海译文出版社1995年版，第2页。

其次，文化或智识（culture 或 Intelligence）的核心或基础——心智即思维、性格或人格结构的相关论述。鉴于亚里士多德和黑格尔、塔尔德等模仿学说，草原或蒙古史诗作为"共同体"生活的表象·过程集合，遵照其心智系统（即思维或性格结构）的模仿法则得以重现或再现出来，并被视为史诗诗学（或文化心智即性格结构模仿）——文化语法探索和进一步挖掘的内核基础。据笔者观察，口语·非遗的文化论之假设涉及以下两个层级假设框架：人类社会文化的整体观假设Ⅰ＝传统或无文字社会（文化）的假设Ⅱ＋现代或有文字的社会（文明）的假设Ⅲ；传统或无文字社会（文化）的统一整体原理——直觉或形象思维本体假设Ⅱ＝源于情境式行动观（包括口语观）基础的延伸假设Ⅳ＋遵循诗性（情感）、前逻辑或直觉的想象或类比原则的延伸假设Ⅴ。可以说，本体论的根基层指思维本体的逻辑基础和前逻辑状境；而认识论的中间层和方法论的转化层则指与口语的第一性——文字的第二性和模仿原则（延伸原则）——映射原则相对应的分类情形。

有关原始思维的定式——类比原则，无疑与史诗世界中所蕴含的统一的思维本体——文化表达之根完全吻合，其属于满足假设Ⅱ＝延伸假设Ⅳ＋延伸假设Ⅴ的整体——集合论话题。自柏拉图等以来，如果说从诗性智慧——想象的类概念（维柯）到"原始"思维——互渗律（列维-布留尔）、神话思维——感觉和直觉的综合体（卡西尔）等[①]聚焦于形象思维本体——诗性（情感）的类比原则方面，那么"野性"思维——区分和对立的理解作用（列维—斯特劳斯）则开始关注前逻辑思维本体——诗性（情感）的类比原则和逻辑思维本体——理性的推理原则等同时存在的内在关联。事实上，这些思维本体——口语文化探索作为民族学和人类学现代性范式的直接产物，继承了柏拉图和亚里士多德以来的西方古代哲学传统，同时也为民族学和人类学的现代主义——后现代化转向[②]等提供了理式依据。也就说，虽然口语·非遗——文化论是在民族学和人类学（含社会学）对一般心智、亲属制度等

---

① 关于维柯（Vico）、卡西尔（E. Cassirer）等，详见阿拉德尔吐《生活世界的跃东与呈现——比较视野下的超文化诗学及民族志解读》，中国社会科学出版社 2016 年版，第 127 页。

② 自博阿斯（F. Boas）的文化相对论以来，格尔兹的地方性知识及阐释主义、利奇和普理查德（E. Prichard）等有关社会结构的动态变迁论、加芬克尔（H. Garfinkel）的常人或民俗学方法论等对社会文化人类学相关领域及其后现代主义发展起到了推波助澜的作用。

核心问题的探索基础上派生出来的相对边际性或外延性论域，但这一无文字社会——前思维·逻辑的普遍假设被民俗学和传播学加以强化而形成了一种现代·后现代版的口语或非遗文化研究之阐释范式。

根据口语文化和书面文化的对比判断，可归纳出上述两种思维的本体假设及其阐释基础：

前逻辑（或形象）思维（文学、艺术、文化）——直觉、类比原则、互渗律——整体观

逻辑思维（科学、技术、文明）——归纳和演绎原则、结构律——系统、分析的组合观——类型逻辑思维和总体逻辑思维①

因此，还可得出以下两种逻辑的分类系统及分析框架：

前逻辑——统一整体思维（形象或类比逻辑）——情感或精神⟷描述或类比论证（经验）

逻辑——部分替代总体（分析逻辑）——物化形态⟷实验或统计控制（经验和理性）

文化即心智的核心是"文化人格"（cultural personality）或思维·性格的结构。尽管继博阿斯之后的历史特殊学派等均注重集体（或大写的个体）与"文化人格"之间的关系问题，但萨丕尔（E. Sapir）的"文化形貌"说、本尼迪克特（R. Benedict）的"文化模式"说和克罗伯（A. Kroeber）的"超文化·有机体系"说等在个体人格和集体人格的解释选择上略微不同。一般而言，文化可分为可观察与不可观察的两部分。"不可观察的文化"（unobservable culture），是指文化表象背后隐藏着的语法结构；"可观察的文化"（observable culture），指的是平常能够看得到，或者体会得到的文化形式。按照其性质，这一类文化（可观察的）又可分三类：（1）物质或技术文化，包括衣食住行所需的工具、现代科技等；（2）社群或伦理文化，包含道德伦理规范、典章制度、法律等；（3）精神或表达文化，包括艺术、音乐、文学、戏剧、宗教等。② 根据上述文化内容的三种分类，一般文化语法应建立在物质或

---

① ［美］谢宇：《社会学方法与定量研究》（第二版），社会科学文献出版社2012年版，第9—13页。柏拉图学说式的"类型逻辑思维"，强调真理永恒的不变性和规律的唯一性；达尔文（Darwin）学说式的"总体逻辑思维"，强调变化是规律，注重个体和差异性。

② 李亦园：《李亦园自选集》，上海教育出版社2002年版，第10—11页。

技术——社群或伦理——精神或表达的内在统一性，其无疑来自文化或智识的经验基础和非经验本体两个层面——有关行动形式、心智即思维（性格或人格结构）的模仿或分有原则。

卡迪纳（A. Kardiner）提出基本-投射人格结构的分层理论，认为这种叠加式结构决定了其第一次性制度和第二次性制度（=第一阶段基本人格的投射系统）的全部构成内容。因为，一切文化现象就是第一次性制度——基本人格结构和第二次性制度——投射人格结构相互作用的产物，并按照这样投射——社会再生的方式被创造了出来。① 弗洛姆（E. Fromm）的"社会性性格"强调其"在同一文化中的大多数成员共同具有的性格结构的核心部分"。与卡迪纳的看法不同，费氏认为社会性要求规定了形成性格类型的基本内容和范围。林顿（R. Linton）从"身份性人格"的概念视角出发，聚焦于在不同的生活场景兼具不同的身份这一现象，主张教师·家长等这样身份性人格是遵循其社会身份原则而表现出的职责和行为之类型。正如祖父江孝男所言，要想更加清晰地"说明在集团内部共通的人格"，那么杜波依斯（Cora Dubois）提出的"众数或众趋人格"（"最频性人格"，modal personality）这一统计学术语恐怕较为贴切。② 虽然卡迪纳和林顿、弗洛姆等也分别使用了基本人格和社会性格这样的边界模糊术语，但均存在可疑之处。在此，令人易于联想起弗洛伊德（S. Freud）提出基于本我（快乐原则）—自我（现实原则）—超我（理想原则）的三层次人格结构。

与此相同，心理人类学指出在"心理—社会均衡（Psycho-social Homeostasis，简称 PSH）"模型（许烺光）③ 所表达的意识——个体—世界的关联中，人性常数或基本人际状态（human constant）与以③④层为中心的包括②⑤层一部分的界域或状态对应，而人格区域则与包括④⑤层一部分和⑥⑦层

---

① ［日］祖父江孝男：《简明文化人类学》，季红真译，作家出版社 1987 年版，第 99—100 页。第一次性制度指与婴幼儿期有关的各种各样的制度或习惯样式，作为人格形成的共通样式，这一"基本的人格结构"是个体一生中保持固定不变的最重要的人格基础。第二次性制度，是指各种各样的禁忌规则、宗教仪式、民间传说、思维方式等，也是被基本人格"投射"而创造出来的延伸部分，叫作"投射体系"。

② ［日］祖父江孝男：《简明文化人类学》，季红真译，作家出版社 1987 年版，第 109—110、112—114、118 页。

③ ［日］津城寛文：『日本の深層文化と宗教』、國學院大學博士論文，2000 年，第 129—130 頁。

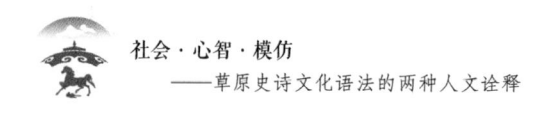

在内的界域或状态接近。

```
0.外部世界
1.远距离社会与文化
2.可用的社会与文化  ⎫
3.近距离社会与文化  ⎬ 人性（human constant）
4.可表意识界        ⎭
5.不可表意识界  ⎫
6.前意识界      ⎬ 人格（personality）
7.无意识界      ⎭
```

《文化与人格》[①]（祖父江孝男）把人格结构理解为三个层次的阶序模式，从最表层的外边到核心层的外部和内部层级——依次叫作"职业性行为"（role-behavior）、"核心部外层"（core-peripheral personality）、"核心部内层"（core-nucleus personality）。首先，祖父江氏提出"职业性行为"或"他人意向性"等概念，其受到了 C. 克拉克洪（C. Kluckhohn）和默里（H. A. Murray）等"对外性人格"说法之影响。然后，除了中间的"核心部外层"外，人格的最核心部分（=核心部内层），是介乎于卡迪纳的"第一次性制度—基本人格结构"（个体人格）和弗洛姆的"社会性性格"（集趋人格）的原本模式。事实上，祖父江孝男对文化的基本看法来自克罗伯和克拉克洪等的文化观念，他们均承认文化是"由后天被造成的，成为群体成员之间共通具有且被保持下来的行为方式"。这与荣格（C. G. Jung）的"人格面具原型"理解十分接近。

有鉴于此，形成前逻辑思维（形象或类比——整体原则）⟷逻辑思维（逻辑——聚合兼组合原则）∷总体逻辑思维（生物学、经济学——机制）⟷类型逻辑思维（物理学——法则)[②]的弱式对应关系，并由此也可推导出以下数理统计——回归分析方法：

[①] ［日］祖父江孝男：『文化とパーソナリティ』，弘文堂1976年版。根据《简明文化人类学》（《文化与人格》的中译本）的第四章即核心部分，另见祖父江孝男《简明文化人类学》，季红真译，作家出版社1987年版，第115—117页。

[②] 对结构（法则）和功能（机制）的区分，法则（物理学定律）意味标准的公式化和方程化，机制（生物学的功能获经济学的价格）说明相对灵活的动态或波动规律。另见赵鼎新《论机制解释在社会学中的地位及其局限》，《社会学研究》2020年第2期；根据埃尔斯特（Elster）的看法：如果条件为 $C_1, C_2, ...C_n$，E 总是成立，那么 E 即法则，如果条件为 $C_1, C_2, ...C_n$，E 有时成立，那么 E 即机制。

引　言

高斯方法（C. F. Gauss）即类型逻辑思维——观测数据＝固定模型＋测量误差

高尔顿（或加尔顿，Francis Galton）方法即总体逻辑思维——观测数据＝系统差异（组间差异）＋残余差异（组内差异）①

作为文化·心智即思维或性格结构的模仿形式，草原或蒙古史诗的生成过程遵循其情境式口语观——认识论根基原理，实属满足假设Ⅱ＝延伸假设Ⅳ＋延伸假设Ⅴ——其中的延伸假设Ⅳ问题。在智识哲学的认识论框架②下，口语·非遗的文化系统或体系无不形成于统一的整体原理——情境式的行动观（包括口语观）基础——诗性（情感）、形象逻辑的想象或类比原则的层递作用关联中。依照口语·非遗的文化论理解，地方性智识系统是一颗"知识树"或完备的"民间知识大全"，同时也是作为民间文化认识论基础体系的"百科全书"。因为这种口语传统即非遗文化统辖着社会实践、仪式节庆等行动领域，涵盖了从动植物系统到天文地理、社会经济、历史文化，再到信仰体系和精神世界等无所不包的统一整体。在此，值得注意的是，与柏拉图、笛卡尔所说知识不经由经验获得的观点相比，英国式的经验—自然主义认为人类知识的源泉是经验。这与培根的唯经验论原则相吻合。

其三，作为古代"共同体"生活的再现或重复模式，草原或蒙古史诗所采用的模仿原则与口语文化论假设中的方法论根基——物化的思维通道相对应，实属满足假设Ⅱ＝延伸假设Ⅳ＋延伸假设Ⅴ中的延伸假设Ⅴ论题。纵观从柏拉图到亚里士多德、黑格尔、塔尔德等的模仿学说，草原或蒙古史诗也作为"共同体"生活的重复性或循环性特征之集合，遵从其社会行动、文化心智（即思维或性格结构）的模仿法则而获得循环·再现的活力，同时又成为史诗类型学和史诗诗学——文化语法观察和深层模式探路的综合基石。

---

① ［美］谢宇：《社会学方法与定量研究》（第二版），社会科学文献出版社2012年版，第15页。
② 知识或智识哲学，是指基于无文字社会类型的口语·非遗文化研究及其人文主义的总称。无论是博阿斯、列维－布留尔等的"原始"或列维－斯特劳斯的"野性"等表述，还是沃尔特·翁从"原始"或"无文字"到"口语"等负载着差异的沉重字眼——"低等"（inferior），均考虑到了这类术语所隐含着的偏见和不平等性。另见［美］沃尔特·翁《口语文化与书面文化——语词的技术化》，何道宽译，北京大学出版社2008年版，第135页。

柏拉图认为，现实和艺术对理念世界的模仿（＝分有）是拙劣的复制，亚里士多德指出，艺术是对行动和性格的模仿。之后，涂尔干强调社会的整体性和客体性，以区别把社会还原成有机体的观点。他认为，社会只能产生于社会客体自身，这种客体就是社会事实。在此，不要忘记涂尔干说的情感概念，它也是构成社会事实的本体基石。关于社会事实，他用的是 Fait social，而不是 Phenomene social。① 从构词涵义看，他所用 Fait 已经含有事实和行为或行动之意。在涂尔干借助模仿界定社会事实之前，塔尔德也认为"摹仿性可以揭示所有的社会事实的特征"。② 社会现象或事实可还原为"同质现象的一个个公式、一条条定律"，这样用那些公式和定律来归纳并解释这类现象本身。对于任何一种模仿行为来说，思想模仿和模仿目的优先在前，物质化模仿即表达紧随其后。因为思想和目的是内在的，表达和手段是外在的。③ 因此，普遍重复性规律即波动、生成和模仿的原理，与此对应的有物理振动、生物遗传和社会模仿。其中，社会模仿又包括几何级数增律、优势者（或逻辑）律、超逻辑律三方面。④ 从《模仿律》到《社会逻辑》（1895）坚信社会现象借助重复和模仿结合成为具体群体的精神和社会体系，这一过程是一种逻辑的和综合的——包含适应、发明和组织的不断重复过程。事实上，作为一种表达或转化的方式，模仿始终是联结物质、心灵和客观世界的重要途径。过去，学界对涂尔干关于结构—功能理论的普遍看法，只停留在社会事实这一词的常识层面上，因此也不能正确地解读其社会结构和功能问题。列维-

---

① ［法］迪尔凯姆：《社会学方法的规则》，胡伟译，华夏出版社1999年版，第6页。
② 朱元发：《涂尔干社会学引论》，远流出版社1988年版，第10页。
③ ［法］塔尔德：《模仿律》，何道宽译，中国人民大学出版社2008年版，第147、149页。此外，塔尔德推出《社会逻辑》（1895）一书并解释说，基本现象在无穷无尽的重复中结合成为具体的群体、团体、体系等，尤其是精神体系和社会体系。这个过程是一种逻辑、综合，是不断重复的过程。这是一个包含适应、发明和组织的过程。
④ ［法］塔尔德：《模仿律》，何道宽译，中国人民大学出版社2008年版，第10—16页。书中认为，重复性的普遍规律包括波动、生成和模仿，与此对应的有物理振动、生物遗传和社会模仿，其中社会模仿又可分为三个方面。1. 几何级数增律：在无干扰的统计学假设下，模仿行动一旦开始，传播速度以几何级数增长；2. 优势者或逻辑律：在"思想在先，模仿在后"的逻辑前提下，形成按照风俗或时尚的仪式和程序进行的模仿，包括向优势者模仿，权威和说服的转化倾向等下降律；3. 超逻辑律，即从内心到外表的模仿，一般指轻信（credibility）与顺从（obedience）等逻辑不起作用的形式，也就属于信念（belief）和欲望（desire）模仿，也包括个体对本土以外文化及其行为方式的模仿与选择，总是优先向外域文化及其行为方式（先外后内）模仿。

斯特劳斯对模仿的思索体现在语言——神话——心智背后的数理等三系统的转化方面，即八项关系和三层（级）代码指语言系统（第一、二项）、神话叙述系统（第三、四项）、作为神话根基的数理心智系统（第五、六、七、八项）。① 同理，史密斯（R. Smiths）、弗雷泽（Frazer）等的神话仪式学派和涂尔干、莫斯（Marcel Mauss）社会形态学的核心观念②也来源于人类学和民俗学对自然模式——社会文化的精神层面这种对应的直观类比观察。弗莱也曾指出叙述的结构模式是对自然循环运动的模仿，等等。③ 在社会传播论方面，哈罗德·伊尼斯、麦克卢汉、瓦尔特·翁等④提出媒介即模仿或延伸的说法，认为一项技术、任何技术或媒介都是对于人体"五种身体感官中的一种或几种的延伸"和表达形式。

因此，根据德里达（J. Derrida）的解构论证⑤，尽管柏拉图的理念世界说、涂尔干的社会事实说和列维-斯特劳斯的野性思维——区分和对立的理解作用说均以形而上学的二元对立观和语音中心主义为基础，但他们对理性这一概念的理解也有所不同，甚至完全不同。根据上述情况，可得出以下表格分析⑥图示：

---

① 详见[法]列维-斯特劳斯《神话学——生食和熟食》（含《神话学——从蜂蜜到烟灰》《神话学——餐桌礼仪的起源》《神话学——裸人》），周昌忠译，中国人民大学出版社2007年版。

② 关于史密斯（R. Smiths）、弗雷泽（Frazer）、涂尔干、莫斯（Marcel Mauss）等的观点，详见[英]弗雷泽《金枝——巫术与宗教之研究》，徐育新、汪培基等译，大众文艺出版社1998年版；[法]毛斯（莫ław）：《社会学与人类学》，佘碧平译，上海译文出版社2003年版。神话仪式学派和社会形态学等提出，神话等故事叙述源于对仪式活动、禁忌习俗的解释，深层意识基础是有关自然循环和四季更替等的行动模仿。

③ 详见[加]弗莱（Northrop Frye）《批评的剖析》，陈慧等译，百花文艺出版社1998年版，第3—34、185—277页。

④ 关于哈罗德·伊尼斯（Harold lnnis）、麦克卢汉（M. McLuhan）、瓦尔特·翁（W. J. Ong）等，详见[加]麦克卢汉《理解媒介——论人的延伸》（英文初版1964年），何道宽译，商务印书馆2000年；[加]麦克卢汉（Marshall McLuhan）《谷登堡星汉璀璨——印刷文明的诞生》，杨晨光译，北京理工大学出版社2014年。

⑤ 详见[英]亚瑟·布雷德利（Arthur Bradley）《导读德里达〈论文字学〉》，重庆大学出版社2019年版。德里达所说的逻各斯主义，包括形而上学的二元对立观和语音中心主义两个方面。在他看来，"从柏拉图和亚里士多德一直到黑格尔和列维-斯特劳斯的整个西方形而上学传统"，都是"逻各斯中心主义"的。因此，它是"以现实为中心的本体论和以口头语言为中心的语言学的结合体"。

⑥ 详见阿拉德尔吐《生活世界的跃东与呈现——比较视野下的超文化诗学及民族志解读》，中国社会科学出版社2016年版，第106—109、113—115、119—121、122—124、125—127页。

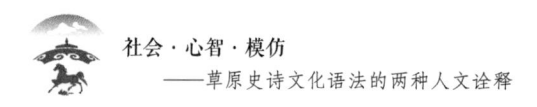

表引-1

分类		假设 行为逻辑	关系层类	行动原则	量化原理
层级转换	柏拉图、亚里士多德（康德、黑格尔）	模仿	理念---→现实---→艺术	分有原则应有行动、性格模仿	理念（整体）**模仿或分有**复数的事件、具象
	列维-斯特劳斯	模拟或转换	自然---→文化=象征系统 语言系统---→神话叙述系统---→心智——数理系统	八项关系——三层（级）代码转换	社会·文化——神话系统（统一）**层级或转换**复数的集体行为
强式——平行转换	涂尔干、莫斯	拟制或模仿	社会事实 Fait social---→群体行动系统	分类、合作·分工等拟制原则	社会事实（统一）**分类、拟制**复数的集体行为
	塔尔德	重复或模仿	个体或群体行动---→社会存在	优势者或逻辑律、几何级数增律、超逻辑律	社会内部行动**几何级数****群内行为循环**个体或复数行为
	维柯 列维-布留尔 卡西尔	模拟或转化	部分即整体---→情景主义	以己度物前关联或直觉	诗性智慧或逻辑想象的类概念**互渗律**神话类概念情境式的整体观
	史密斯、弗雷泽	模拟或对应	自然的循环运动（四季更替等）---→生命体仪式活动	仪式——王权更替——叙述原则	仪式活动原型**模拟或对应**复数的社会叙事
	普罗普	模拟或对应	自然循环或仪式原型---→行动或功能	仪式原型——行动组合结构原则	仪式历史原型**模拟或对应**复数的社会叙事
	莫斯、弗莱	适应或对应	四季更替等自然循环---→社会形态学---→或神话、仪式	循环或重复的模拟原则	四季自然循环**重复或循环**复数的四种叙事

续表

分类 \ 假设	行为逻辑	关系层类	行动原则	量化原理
弱式——延申转换	哈罗德·伊尼斯、麦克卢汉、瓦尔特·翁	延伸或模拟	部落化（口语媒介）→ 非部落化（印刷媒介）→ 重新部落化（电子媒介）	身体感官功能的几种延伸——文字印刷（视觉）声音（听觉）	听、看、嗅等功能**模拟或手段**互为转化、延伸

因此，下面有必要对《天鹅》故事的功能组结构——数理表达（普罗普）①、关于场的理论（卢因或勒温）② 和神话故事的结构公式（列维－斯特劳斯）③ 等进行重新评估，这样有助于推进口语文化论的数理统计学研究。

1. 普罗普：有关《天鹅》故事的功能组结构——数理表达为

$$i\sigma^1 e^1 b^1 A^1 B^4 C \uparrow \left\{ \frac{Д^1 \Gamma^1_{neg} Z^1_{neg}}{\partial^7 \Gamma^7 Z^9} \right\} R^4 \Lambda^1 \downarrow \Pi p^1 [\Delta^1 \Gamma^1 Z^0 = Cn^4] \times 3$$

2. 卢因（或勒温）：场理论的基本公式为 B = f（P，E）= f（LSP）

3. 列维－斯特劳斯：神话故事的结构公式为 $F_X(a) : F_Y(b) \simeq F_X(b) : F_{a-1}(y)$

鉴于以上模仿学说的表格量化工作，下面既不是从单一的本体论——构建主义，也不是从单纯认识论——阐释主义出发④，而是从方法论——统合了人文阐释和理性构建两者的纯粹客观转型角度入手展开科学数理统计学的相

---

① [苏] 普罗普：《故事形态学》，贾放译，中华书局2006年版，第91—95页。
② [美] 卢因（Kurt Lewin）：《社会科学中的场论》，中国传媒大学出版社2016年版。场论公式为 B = f（P，E）= f（LSP），即行为（B）依赖于人（P）和环境（E）的相互作用。与此相同，在《文化的进化》（1959）中，怀特（L. A. White）提出有关人类学的新进化思想，认为文化作为一个超有机体，也就说，文化的进步就等于"每人每年利用能量总量之增长"或"利用能量的技术效率之提高"。因此，文化的发展或进化所遵循的公式为：C = ET，其中 C 表示文化（culture）或进化状态，E 指人均年利用的能量（energy），T 则指能源开发的工具和效率，即技术（technology）。
③ [法] 列维－斯特劳斯：《结构人类学》，谢维扬等译，上海译文出版社1995年版，第246页。
④ 构建主义，有时以接近理性主义或现代科学主义等名称及含义出现；阐释主义，也有诠释或解释主义等不同称谓法；等等。例如，James Mahoney 提倡集合论分析（set-theoretic analysis）的科学建构主义（scientific constructivism），着重讨论社会科学认识论中理性主义与建构主义、科学方法和建构主义方法的关系论题，进而对知识生产中的本质主义（essentialism）偏见表现出了批判的态度。见 James Mahoney, *The Logic of Social Science*, Princeton University Press, 2021；Gregory Wawro, Ira Katznelson, *Time Counts: Quantitative Analysis for Historical Social Science*, Princeton University Press, 2022。

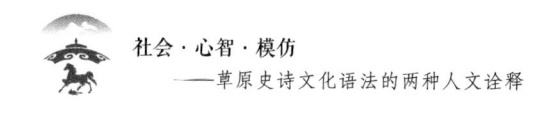

关研究。

口语文化视角的智识论话题，实属现代主义（理性主义、经验主义）和后现代主义的混合式发展，无疑反映了"类型逻辑思维"（柏拉图学说式）和"总体逻辑思维"（达尔文学说式）同时发挥作用的互构轨迹。这种认识视角的观点，建立在与巫术、宗教逻辑—民俗经验有关的贴近传统社会和生活世界的智识积累基础之上，其可以追溯到社会文化人类学等对"高贵初民"的无文字社会进行考察的学术传统。

最后，修正人文逻辑假设的数理统计检验。在口语·非遗—文化论的现实经验观察中，所面对的几乎都是人文主义整体观（含数理统计总体观）——情境式行动观＋前逻辑转换原则之间的关系问题，要从人文主义—数理统计的转型视角去解决并建立这类事件或现象背后逻辑关系的客观—科学论证；即首先应从各类变量的质性、类型和特征及其界定入手，然后通过精准量化的工作过程对其进行以线性和非线性、因果和反事实为内容的整体互动——数理统计分析。

1. 在原假设＝假设Ⅰ＋假设Ⅱ的基本框架中，尽管直觉——类比法、归纳法和演绎法三者均以整体或总体＝（或等于）部分或样本为逻辑性推论基础，实则关涉经验或总体的认识论⟷理性或类型的本体论和结构·功能的方法论的互为转化问题。例如，无文字社会——口语文化论倾向于直觉——类比法问题，其可谓是经验或总体的认识论——归纳法和理性或类型的本体论——演绎法得以低度融合的结果。按照数学家康托尔（Cantor）的理解，对于有限的集合而言，"整体等于部分"，而对于无穷的集合来说，"整体不等于部分"。由此可得出，有文字社会——书写逻辑或推理原则建立在"整体等于部分"的有边界（或有限）假设上，而无文字社会——口语文化的前逻辑或类比原则形成于"整体略等于部分"的无边界（或无限）假设。

2. 延伸假设Ⅱ源于情境式行动观——口语观和类比原则，无论是柏拉图、索绪尔（F. Saussure）、乔姆斯基（N. Chomsky）等思维或言语本体论——理性建构主义，还是博阿斯、萨丕尔-沃尔夫（Sapir-Whorf）、瓦尔特·翁等语言相对论——经验阐释主义，均属于行动因果推论和反事实这一假设类型之数理统计课题。在此，可讨论从经验或总体的认识论观察理性或类型的本体论或或结构·功能的方法论这一低度的弱归纳法论题。比如，在无文字社会或口语文化的情境式语言行为观第一假设中,有必要引入其极限定理的因果推论——反事实方法,其包括中心极限定律(central limit theory)和大数定律(law of large numbers)两个内容。中心极限定理以随机变量之和的分布为聚焦点,说明在什么样条件下接近于正态分布的情形;大数定律则以随机事件如何转化成不可能或必然事件为两端极限假设,阐明大量随机现象的平均值在什么样条件下趋于 0 和 1 的两种情形。

3. 遵循前逻辑或直觉的想象或类比原则的延伸假设Ⅱ,包括模仿或分有的层级转化(柏拉图、亚里士多德)、结构模式的层级转换(列维-斯特劳斯)、社会事实的拟制或模仿的强式平行转化(涂尔干、莫斯、塔尔德)、自然循环仪式的强式对应或平行转化(史密斯、弗雷泽、莫斯、普罗普、弗莱)和感官延伸或模拟功能—弱式平行转换(哈罗德·伊尼斯、麦克卢汉、瓦尔特·翁)等内容。其中,强式对应或平行转化是层级转化或转换的弱化形式,同时也是延伸或模拟功能—平行转换的强化形式。在此,仅限于讨论从理性或类型的本体论或结构·功能的方法论推演至经验或总体的认识论这一低度的弱演绎法问题。

第一,列联表——对数线性模型和等级相关模型等数理统计分析,可用来解决从层级转化或转换到强式对应或平行转化和延伸或模拟功能—平行转换这类问题:其一,用 φ 系数、Q 系数、C 系数、V 系数、λ 系数、T 系数来计算进行比较;其二,用列联表来可以说明对数线性模型的一般表达方式,其为 $L_{ij(函数)} = \mu + \mu^{x}_{i(行)} + \mu^{y}_{j(列)} + \mu^{xy}_{ij(关联)}$。① 统计独立模型就是当 $\mu = 0$ 对于所有 (i, j) 都成立时的简化模型。其三,等级相关模型:它是指定序——定序变量之间的关联状态,定类或类别变量的观测数值可转换成为具有序列特性的等级值;常用等级相关系数包括斯皮尔曼的 r_s 系数、Gamma 系数、肯氏系数和 d 系数等。

第二,与回归分析——相关系数 R(或积矩相关)模型的数理统计传统法不同,无论层级转化或转换还是强式对应或平行转化和延伸或模拟功能—

---

① [美] 米伯克(Michael s. Lewi-Bck)、布里曼(Alan Bryman)、廖福挺(Tim Futing Liao)编:《社会科学研究方法百科全书》(第 2 卷),沈崇麟等译,重庆大学出版社 2017 年版,第 720—724 页。

平行转换，实属相关关系中的因果关系——反事实推论之范畴。一般而言，回归分析是指定距——定距变量之间的非确定关系研究——相关关系中的因果关系推论。其一，回归分析方程的一般记号为 $E(y)=\alpha+\beta x$，由此可得出 $y_i=\alpha+\beta x_i+e_i$ 的现实表达式。其中，α 称作回归常数，β 称作回归系数；y_i 是随机变量，e_i 是随机误差。其二，回归方程的基础来自回归直线的构思，即运用最小二乘法来确立拟合的回归直线：$y=\alpha+\beta x$（根据样本）。如前所说，高斯方法的前提是类型逻辑思维——观测数据=固定模型+测量误差；高尔顿或加尔顿方法产生的条件是总体逻辑思维——观测数据=系统差异（组间差异）+残余差异（组内差异）。其三，有关（x，y）的二次回归方程，可分为理想模型（不含随机误差）和现实模型（含随机误差）：前者是 $y=a+bx+cx^2$；后者是 $y=a+bx+cx^2+\varepsilon x$。[①] 以此类推，也可得出多项式的回归方程。其四，相关系数 R 和判定系数 R^2：r 系数的公式为 $r=\dfrac{\sum(x_i-\bar{x})(y_i-\bar{y})}{\sqrt{\sum(x_i-\bar{x})^2\sum(y_i-\bar{y})^2}}$，是减少或消减误差比率——判定系数 R^2 的开方形式。减少或消减误差比率，又称其为判定系数 R^2，表达公式为 E_1-E_2/E_1（E_1 为不知 y 与 x 有关，预测 y 的全部误差；E_2 为知道 y 与 x 有关联后，用 x 预测 y 的全部相关误差）。

第三，与回归分析——反事实论证一样，用方差分析的数学模型和相关比率的线性和非线性关系来阐明层级转换、强式对应或平行转化和模仿延伸—平行转换这三者的转换原理及其假设检验论题。二元和三元方差分析的数学完整模型分别为 $y_{ij}=y+A_i$ 的效果 $+B_j$ 的效果 $+(AB)_{ij}$ 交互作用 $+\varepsilon_{ij}$ 或 $y_{ijk}=\mu+\alpha_i+\beta_i+(\alpha\beta)_{ij}+\varepsilon_{ijk}$，和 $y_{ijkl}=\mu+\alpha_i+\beta_i+\gamma_k+(\alpha\beta)_{ij}+(\beta\gamma)_{jk}+(\alpha\gamma)_{jk}+(\alpha\beta\gamma)_{ijk}+\varepsilon_{ijkl}$，以此类推，也可得出多元方差分析的数学完整模型。因此，方差分析数学模型要考虑两种情况，并用来处理有关回归分析的线性——非线性的关系问题。

口语·非遗——文化论以思维逻辑判断（柏拉图等）和社会类型——制

---

① 对回归分析的线性代数基础和矩阵模式探讨；详见［美］谢宇《回归分析》，社会科学文献出版社 2010 年版；［美］A. 班纳（Adrian Banner）《普林斯顿微积分读本》（修订版），杨爽、赵晓婷、高璞译，人民邮电出版社 2016 年版。

度·拟制（涂尔干或迪尔凯姆等）为假设基础，虽然其起步于社会哲学传统（包括语言逻辑和形而上哲学——逻各斯主义、古典学——语文学），成熟于民族学和人类学——社会学（含经济学和心理学）的智识探索系统，但民俗学、社会传播学追随并沿着前两者尤其是民族学和人类学——社会学路径进行广泛讨论，并埋下了以直觉或类比推理代替严格逻辑检验的论证难题。换句话说，要对口语·非遗——文化论所涉的事件领域或经验现象进行数理统计的假设检验考察，就绕不开列联表——对数线性模型、等级相关模型、回归分析——相关系数 R（或积矩相关）模型、方差分析——相关比率 E^2 的数学模型和非参数检验等理论方法的相关分析和讨论。在此，尽管说从列联表到方差分析和参数检验均以因果关系推论为主线，但它们之间也存在许多不同之处。与列联表——对数线性模型、等级相关模型和非参数检验侧重于定类——定类、定序——定序的单一关系模式分析相比，回归分析——相关系数 R（或积矩相关）模型、方差分析——相关比率 E^2 的数学模型则适合使用于以定距——定距和定类或定序——定距的相对复杂关系为论证对象的考究方面。正如维特根斯坦（L. Wittgenstein）① 所言，必然是逻辑的本质，偶然是逻辑中不存在或没有意义的。同理，类的概念或理论在数学逻辑里是多余的。

综上，学界一般均认为数学或数理统计是"一种通向物质、思维和情感世界的方法"。② 即，"任何一个数学系统内部的定理，都必须彼此相容"。人们"可以用代数的形式解释几何概念，反过来，代数方程也有几何解释"。③ 不过，自思维——行动被分成为理性和非理性或经验性以来，除了经济政治学和心理学的有限尝试之外，社会科学尤其是人文学科宣称通过数理统计的方法去"发现社会规律并且解决所有社会问题"是难以做到的。即便也许如此，如果说学界始终保留着将单纯的人文主义传统当作社会文化研究的唯一可靠途径和把数理统计模式看作单一的微观研究范式的两种做法，甚至多数

---

① ［奥］维特根斯坦：《逻辑哲学论》，贺绍甲译，商务印书馆2005年版，第25、88页；另见维特根斯坦《逻辑哲学论》，郭英译，商务印书馆1985年版。一般认为，数学基础研究也包括直觉主义、形式主义和逻辑主义等。
② ［美］克莱因：《西方文化中的数学》，张祖贵译，商务印书馆2020年版，第591页。
③ ［美］克莱因：《西方文化中的数学》，张祖贵译，商务印书馆2020年版，第587页。

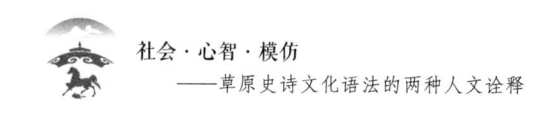

者为自己不熟悉或不去了解数理统计逻辑和知识脉络的无力表现麻木不仁地妥协或辩护，那么显然这种停滞不前的态度本质上是极其不科学的，所以正因为以上种种情况，数理统计的逻辑修正基础工作变得更加重要和迫在眉睫。

第二节 从形式到内容：作为文化语法的类型学

草原史诗的类型学（《〈江格尔〉论》和《源流》），把整个蒙古史诗的类型、发展和演化轨迹构设于社会历史和人文原型等综合基础和宏观复原模型，包括三组问题：发生学的前提或目的论、类型学的还原论或原型论、类型的发展论。因而，这种发生论、还原论和发展论，不仅是整个蒙古史诗类型学方法论的问题基础，同时也是类型学批评的出发点或归宿点。基于以上思路，史诗类型学的语法构建由以下三方面组成：以时空范畴的溯源方法为中心的发生论模式（产生年代和原发祥地），以社会文化的历史原型为基准的还原论模式（艺术本源的文化维度和社会历史的事件维度），以类型发展的分类学和分析方法为主线的发展论模式（形象和情节结构的类型及发展）。其中，社会历史主义和本土化的类型分析法的结合研究是以上三种考证模式的核心联结，也是类型学语法构建的实证根基。

史诗类型学的发生论。该论域从时空的范畴考察艺术化的历史源头，比较客观地回答了整个蒙古史诗的历时和空间范畴的复原问题；其维度包括产生年代和原发祥地两个支点，而且两者均属于目的论的前提范畴。其一，史诗类型学的历时发生论，在以俄苏和德国为首的西方学者的历史主义研究基础上，进一步考证了整个蒙古史诗发生的多维历时表这一论题。即，以社会历史的反映论为主要依据，认为蒙古史诗文类的古老基础均产生于原始的氏族社会时期，并且史诗传统在不同的历史时期不断地得以丰富和发展，诸如单篇型、串联复合型和并列复合型等三大史诗类型就分别代表了在这些不同历史时期产生各种史诗文类的历史特征和演化情形。具体来说，早期巴尔虎史诗反映了原始社会的部落战争，而《江格尔》则记述了兴起于15—17世纪的卫拉特部落的社会文化与历史情形等。事实上，历时发生论不仅借鉴了弗拉基米尔佐夫（Б. Я. ВладиМирцов）、波佩（N. Poppe）、科津（Kozin）、桑杰（热）耶夫（Санжеев）和帕兀哈（Poucha）等有关《江格尔》产生年代问题的一些看法，还对把《江格尔》的产生年代追溯到 15 世纪以前的观点、将《江格尔》视作单一时间维度的历史产物的看法提出了质疑和批评。这些有争议的观点包括：弗拉基米尔佐夫的"贵族起源说"、桑杰耶夫有关史诗类型的区域分布确定及层梯发展论、波佩关于喀尔喀史诗的社会历史原型论、米哈伊洛夫（Михайлов）有关"蒙古史诗产生于公元 8—9 世纪至 12—13 世纪"的看法，等等。其二，空间范畴论的地理学问题，与弗拉基米尔佐夫、日尔蒙斯基（В. М. Жирмунский）、普罗普、梅列金斯基（Е. М. Мелетинский）和涅克留多夫（S. J. Nekljudov）等所提出的"史诗共同体"这一观点有着密切的联系。突厥—蒙古史诗所反映的各部族社会历史的相似性正说明了以民族迁徙的社会背景为基础的起源上的古老共性：南西伯利亚的森林地区和中央亚细亚的北部地区是突厥—蒙古史诗的中心地带之一，而萨彦—阿尔泰地区则是突厥史诗的发源地。因此，这些学者所提出的"史诗共同体"之观点，从多方面综合地影响了类型学传播论之成形，并成为其方法论意义上的历时性条件或前提。即，传播论批评在以往空间范畴论的基础上进一步深入挖掘，并推断出了蒙古—突厥史诗的核心地带和原发祥地：贝加尔河一带和与此毗邻的中亚北部、贝加尔河地带森林区。除了空间范畴的传播论之外，历史类型的探索模式也关涉类型学地理分布这一空间论范畴，指在历史上没有发生任何接触和交往的相似现象的类型学问题。

史诗类型学的还原论。该视域以艺术本源和社会历史的现实基础为准线，力求解答整个蒙古史诗所蕴含着的社会文化的历史源头问题。其基点包括两个核心内容，即艺术本源的文化维度和社会历史的事件维度，两者均属于类型方法论的原型分析学范畴。史诗类型学提出，早期蒙古史诗的主题来源于勇士（或英雄）的婚姻和勇士与蟒古斯的斗争，这些均产生于史前史或国家出现之前的历史时期；而《江格尔》作为国家出现之后的史诗文类之典范，源自早期的孤儿传说、历史化传说和其他不同的历时因素等综合基础。就从本源的文化维度和原型的时间维度来看，早期蒙古史诗反映了氏族社会的现实情境和生活画卷；而以《江格尔》中的社会状况、战争的性质和目的、社会军事的政治制度、社会各阶层的结构、人们的思想愿望以及经济文化状况等来鉴别，它与明代蒙古族封建割据时期西蒙古卫拉特地区社会现实相符合，反映了封建割据时期卫拉特地区的社会斗争和历史画卷。可以说，作为民间文艺作品，草原史诗并不是对那些历史过程的翻版或"忠实记录"，而是把部族社会的历史提升为典型事件，同时又大大加强了英雄史诗的社会学意义。很显然，类型批评的还原论虽然基本赞同了桑杰耶夫、米哈伊洛夫和涅克留多夫等有关史诗来源于早期宗教、艺术和具有多元结构的观点，但也提出了一些拓宽性和修正性的批评和意见。依照史诗类型学的田野工作观，展演事件的结构既是诸如情境化因素系统相互作用的产物，又是介乎于文本和社会的关键性基架。

史诗类型学的发展论。该论域以人物和情节结构的分类学与发展为基本准线，阐释了整个蒙古史诗的历史结构与叙事发展论的关系问题。立论的维度包括形象和情节类型的分类学与发展论两个内容，两者均属于类型方法论的基础分析学范畴。其一，类型形象论偏重于人物功能的观察，不同于以往的和同一时代的学者们所提倡以主人公为中心的形象学方法，其强调的基准是以副手勇士为中心的形象学模式，认为有时副手勇士所起的作用比起主人公还要大一些。以《江格尔》为例，洪古尔作为人物形象群中的成功典范，是人民群众自觉或不自觉地按照现实主义与理想主义的创作方法来塑造出的艺术形象，在这类英雄人物身上汇集了人民群众的美好向往和思想愿望。因此，《江格尔》中的人物形象是以共性的传统为基础，以个性的发展为特征的类型体系；同一个人物类型上存在着的矛盾反映了共性和个性之间的对立统一这一面。在此，类型形象学批评还抨击了根据史诗文类的表象因素而对社会结构和历史特征进行简单化推论的做法。史诗类型学方法认为，表象分析论的依据无疑来自与角色有关的宫殿、财物和武器的描绘、称谓关系、阶级结构等。因为，根据表象因素而对人物形象的阶级成分进行定论也是徒劳的，这种做法忽视了表象因素背后的历史演化及年代维度。从称谓的类型分析看，难以只凭借可汗、巴图尔和莫尔根等词语的现代（表层）含义而对其进行社会结构和文化层面的纵深观察。此外，形象特征与情节结构的对应关系也是形象论批评的重要依据，这种联结界定了形象论的社会原型和历史基础。即，过去把所有的可汗和勇士都归结成为酋长、首领或奴隶主的做法也不妥当，因为这种直观认识"没有什么根据"可言。情节结构的类型批评认为，决定史诗命运的是与社会历史息息相关的事件维度和现实因素，而不是来自泛文化论叙事维度的外在缘由。无论早期神话或传说的艺术要素，还是后期加入进来的佛教或其他文化的要素，这些必定都是次要的方面，而以婚姻和战争为基础的核心内容才是最主要的方面。史诗类型学还指出,桑杰耶夫和涅克留多夫等曾提出过以史诗的古老内容和神话成分为发展论基础的观点,但这也并不符合蒙古史诗的自身发展规律。

第三节 从内容到形式:作为文化语法的诗学

草原史诗的诗学构建(《蒙古族诗歌美学论纲》[①]和《史诗的诗学》),聚焦于诗论范畴的宏观维度和系统化的理论总结,关涉蒙古史诗传统的本体诗学、诗性范畴和本土解读三组问题。这些不仅是整个蒙古史诗诗论的最基础部分,同时也是诗学批评的出发点和归宿点。沿着以上的思路,可把史诗诗学语法构架分为三大版块:以思维特征和审美结构为中心的本体模式(特征论、宇宙论和形象论),以艺术史视野和关系结构论为基准的形态模式(形态的发展论和艺术自然论),以民族诗学的智识谱系为经验基础的本土模式(民族诗律论)。其中,本体诗论和本土批评的结合研究是以上三大批评模式的核心联结,也是诗学批评论的主要增长点。以上三种模式的总和基础是审美形态批评,因为其有机地融合了社会伦理和历史批评的两种维度,从而标定了诗学批评的审美基础和本位范畴。

史诗诗学的本体特征论。该视域从诗性的本质入手,以思维特征和心理结构的结合分析为准线,发掘其社会伦理和道德范畴的本体维度,建立在以诗性观念的本土特性为前提或依据的宏观基础上。史诗诗学把史诗看作文学的诗性样式之一,认为史诗不仅是关于蒙古族生存情形的"百科全书",更是蒙古族语言艺术的"经典模型"。史诗文类是文化思维范畴的审美结构之直观映射,而语言和历史、信仰和宗教、哲学和民俗等多重结构的文化语境则是史诗赖以生存的肥沃土壤。因此,史诗文类的审美基础映照出文学的或艺术的本体论维度,而史诗的综合范畴则展示其多维结构的复杂特征。

史诗诗学的本体宇宙论。该论域着眼于本体的哲理范畴,以心理学或思维模式的分层论解析为中心,挖掘其空间、时间和数量范畴的本土维度,因

[①] 巴·布林贝赫:《蒙古族诗歌美学论纲》(蒙古文,简称《论纲》),内蒙古人民出版社1991年版。

为最根本的准线是以生命本体观的层次论和分类框架为基础的。史诗诗学指出，在史诗世界里，时间、空间和数量三个概念相辅相成，共同构成了四维（空间的三维和时间的一维）的时空观念。例如，时间上——过去、现在、未来，历时上的神——时代、英雄时代、人的时代，空间上——上、中、下，等等；这些都是与神话传统和人类原始思维息息相关的普遍性话题，尤其与极具古代神话思维特征的数字"三"等有着在结构上的同一性。从艺术化的空间说，关于"地理"的描绘与蒙古英雄史诗的经典形态和"历史虚构"有着内在的关联，其地理的称谓更是作为诗性地理之名称，而很难被理解为具体地理之名称。此外，从史诗方位的分类特征看，它的基本趋势也与二元对立的结构模式和蒙古民众的原始思维、原始崇拜有着千丝万缕的联系。其中，数字的体系往往与神话思维、习惯风俗、吉祥象征相关联，成为本土智识体系的主要组成部分，还与时空认知体系连在一起，共同构筑了民族文化本土智识的完整体系。

史诗诗学的本体形象论。该分域紧扣本土的观念范畴，以心理学或思维模式的二元论分析为根基，观测其心理学前提或思维结构基础的本土维度，进而勾勒以本土观念为基础的结构论和分类学模式。譬如，正反面的黑白体形象系以二元结构的本土观念模式为基准，各自形成了关于美的形象诗学和有关丑的形象诗学，并为诗学形象论的开启提供了观念基础和批评张力。即，以好与坏、美与丑、正与反、生与死、吉与凶、正义与邪恶（悖谬）为准线的分类学基础，作为风俗和审美感的总趋势，源自蒙古民众对黑白分类的古老认识或观念模式；其中关于类型化和丑审美的诗学问题的看法是整个形象批评论的关键突破口。史诗诗学认为，"蟒古斯"形象作为反面人物的典型代表，保留了人类与野兽的某些特性，是重合社会与自然之特性的，结合现实与幻想的容量大的"复合形象"。作为白方人物形象的对立面，它具有"反审美的价值"，以反面形象充实并填补了审美价值的体系构架。驴子形象作为骏马形象的鲜明对比，与蟒古斯形象一样不仅具有"反审美价值"，并且它们之间又形成了正比的价值关系。丑的诗学批评范畴，包括"愚蠢"人物的怪异形象论、恶魔蟒古斯的形象论以及坐骑驴子的形象论，等等。这些均与蒙古本土文化的民间性和人文伦理传统有着密切的关联，还与正面形象的"美"的诗学相辅相成，共同铸就了蒙古史诗形象诗学的整个体系和结构基础。

史诗诗学的形态发展论。该视域从艺术自身的内部规律出发,以不同时期的演化轨迹和形态特征为中心,摸索其社会历史的多重维度,并阐明了社会历史和艺术发展观之间的对应关系。正如史诗诗学所指出,整个蒙古史诗可分为三种基本形态:原始史诗、成熟史诗和变异史诗;演化轨迹正反映了蒙古史诗传统自身的内部发展规律和历史变迁,后者包括受萨满教、佛教和农业文化影响的变化等。其一,艺术自然的形态批评以审美世界的三重化结构为中心,揭示了形态批评的结构关系论和本土审美之多元维度。就其本质而言,艺术自然论既属于本体批评的范畴,又属于形态批评的范畴;前者的依据是审美结构和思维特征研究的本体基础,而后者的根据则是以结构化的层次为中心的关系论基础。因为,史诗的艺术自然可分为三种类型,即理想化的自然、人格化的自然和超自然;分类学依据是以和谐、比拟和夸张为主线的三种诗论概念,而更大的关系论基础是宗教信仰、审美范畴和价值效用。其二,诗律论的批评以意象、韵律、风格三个诗性概念的分析论为重点,并从微观和宏观视角相结合的角度展示了其民族诗论的内部规律和民间智识的生成原理。从地方性智识的美学传统看,"力""度""色"是构筑蒙古乃至草原史诗崇高风格的三个基本要素,观念基础均来源于本土智识的审美体系。相比之下,关于意象和韵律的批评模式以本土诗性智识体系的宏观本体分析论为基石,而风格的批评模式则以本土诗性智识体系的宏观综合论为基础。很显然,形态发展论以马克思历史唯物主义的辩证方法和文艺学的本体论方法为基础,而且这种立足于具体历史、社会分析、人种学及美学等多维视角,并对其诗歌的历史轨迹进行探究是蒙古族诗学理论,尤其是草原史诗诗论的综合前提和宏观基石。

第四节 口传文化语法:社会行动·文化心智之模仿

本书着眼于社会行动·文化心智及其模仿论视角,回应了史诗学即口传民俗学领域的表现·反映说和社会文化人类学的拟剧理论(尤其是维克多·特纳和欧文·戈夫曼)等主观化假设的错位问题,并从理论假说案例和类型逻辑的模仿(本体)说的深度结合角度出发,力图阐明表现·反映说和社会拟剧论对其本体假设的误差判断与偏差理解。也就是说,书中视草原史诗的类型学和诗学（包括诗歌美学）两大方向为民俗文化语法探索的成功典范，并把20世纪后半期涌现出的这两大史诗研究主题并置于学术史的整体化语境中加以比较，全面而系统地勾勒出其各自形成的思想来源和方法论基础、术语体系、批评模式等和与此相关的表现·反映说之偏差认识概貌，还回应了社会拟剧论的错位假定问题。当然，主要理论依据来自引言部分的相关解说。

第一章以国内外研究概况和思路框架为基础，讨论了大型口传民俗即史诗传统的文化语法研究进路——类型学和诗学的两大课题。认为，这不仅是草原史诗学所有理论性探索的根本基础，更是深入挖掘以史诗的类型学和诗学为中心的口传民俗文化语法问题——社会行动·文化心智模仿原理的核心所在。从草原史诗研究的学术历史看，以上两大论题各有其思想和方法论的源头，也有其各自形成、发展和演变的特定规律。

第二章追溯并考察了史诗的类型学和诗学两大研究路径的思想来源和方法论基础。第一节是史诗类型学方法的考察：从原型论与文化史的视野入手，剖析了其关于历史主义和类型学两个维度的学理性思考和实践，并就居于中心地位的发生学、还原论和类型发展论等进行了深入解读。第二节是史诗诗学的考察：从本体论与艺术史的视野出发，分析其美学、哲学和诗学三维理论走向的渊源及演进历程，进而讨论了本体诗学、元范畴和本土解读三个向度的问题。

第三章把草原史诗的类型学看作社会行动模仿的文化语法范型，解析了其方法论模式和范畴基础等构建论题，并在三个层面上分别展开：发生学前提、类型学还原论和发展论模型。第一节分析了以前提论或目的论为主线的发生学课题，核心是时间范畴的历时源头和空间范畴的发源地。第二节论析了以还原法为基石的类型学研究方法，包括艺术本源的复原和社会原型的还原两个版块。第三节进入类型的发展论课题，重点在于以类型和发展为主的形象研究和情节结构论两方面。第四节试图论证社会行动模仿的类型学及语法框架特征，其以运用历史—地理学派的民俗学理论，在共时和历时的时空维度上勾勒整个蒙古史诗传统的产生、发展及成型过程为考察点。

第四章将草原史诗诗学视作文化心智模仿的本土语法构型，解析其诗论模式和范畴基础等构建问题，并从本体论诗学、诗性元范畴和本土化解读三个层面入手渐次展开相应的讨论。第一节分析了本体论的诗学这一基础命题，包括诗性本质的三个基本特征——神圣性、原始性和规范性，以及叙事艺术发展阶段的三种基本形态——原始史诗、成熟史诗和变异史诗。第二节剖析了诗性的元范畴论题，涵盖艺术化自然的关系论和宇宙结构论（三界、时空和数量）两组内容。第三节论析了本土化的解读问题，关涉形象的类型化（正反面人物及坐骑）和诗学的概念基础（意象、韵律、风格）两方面。第四节总结了文化心智模仿的诗学原则和语法构架特征，其以使用艺术哲学的诗学审美理论，并从宏观历时视角揭示口传史诗整体传统的民俗审美及其思维原型为立论点。

第五章作为结论，考察了史诗类型学和史诗诗学的批评模式与未来发展趋势，概括并总结了它们在本土视野下所构建的学理性经验与反思示范意义，以及社会行动·文化心智模仿的生成机制原理。第一节，以文本分析的类型批评作为一种类型学范式的归结点，分析了类型学批评的三个论域：以时空范畴的溯源方法为中心的发生论批评、以社会文化的历史原型为依据的还原论批评、以类型发展的分类学方法为主线的发展论批评。第二节，以文本解读的诗学批评作为一种诗学范式的汇集点，论析了诗学批评的三个视域：以思维特征和审美结构为中心的本体批评、以艺术史视野和关系结构论为基础的形态批评、以民族诗学的传统基石为核心的本土批评。第三节，侧重比较和未来展望，就史诗类型学和诗学研究在社会民俗理论与文化人类学中的重要性及发展趋向做了展望。第四节，论证了民俗文化语法系统的社会理论基础问题，包括社会文化的系统根基、口传文化类型的理论视角等。在此，这项工作不再局限于近些年所谓的单一田野经验主义风格之束缚，而是通过从具体案例到理论构拟的解析视角，对其包括蒙古史诗在内的口传文化类型及其语法系统做了全面而详细的论证考察。

综上所述，本书所涉内容框架如下：引言和第一章所探讨的是以两位学者代表性著述中的基本思想和核心观点为基础的类型学、诗学两大课题和总体论述，包括三组六个问题的具体考察、学理思考和理论梳理。第二章理论方法的历史溯源侧重于基本问题的脉络追溯，从每个论题的基本概念及其思想和方法论来源入手，通过实例研究与概念性论题的比较分析，追溯其理论或方法论问题的思想承继关系与方法论渊源。第三章史诗类型学方法和第四章史诗诗学视域着眼具体观念问题的解读和分析，围绕核心概念和核心理念，

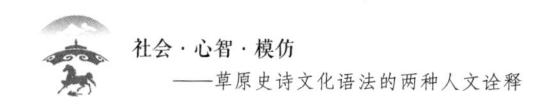

结合各自形成的理论成果和研究特色，评述每个理论和方法论的形成、发展与成形的基础性课题。第五章重在本土化的经验和反思等，专注于以评价和展望为中心的综合考察。换句话说，本书就是关于史诗类型学和诗学问题——有关社会行动·文化心智模仿的文化语法及其形成机制的分析性研究，应包括以下三个解析路径：基本问题的历史追溯、具体问题的解读和分析，以及通过综合考察给出评价和展望。

第一章 国内外研究概况和思路框架

第一节 国内外经验、研究概况

一 国内外学术个案和思想体系研究现状

在国外,口传文化学或民俗学的书写模式以事实·思想或理论史为内容,集中于某一学派或某一批重要人物的理论化考察,即重点在于对具体个案及其历史关联的实践化或理论化分析上,而不在于深陷其传记和野史等风趣之泥潭的一般性描述或罗列上。比如,《口头诗学——帕里—洛德理论》①、《柳田国男描绘的日本——民俗学与社会构想》②、《日本民俗学方法序说——柳田国男与民俗学》③ 等不仅在深入挖掘其某一学理性侧面上获得成功,还达到了借此投射出整体学科关联性的宏通思考之目的。在此,民俗学界还应该关注人类学和社会学等邻近学科的学术史制作经验,而这种从观念、流派和传记的传统模式到以关键的词或概念和问题为导向的相关探索,很好地体现在《文化人类学史序说》④、《人类学家的文化见解》⑤、《人类学的四大传统》⑥、

---

① [美]费里:《口头诗学——帕里—洛德理论》,朝戈金译,社会科学文献出版社2000年版。
② [日]川田稔:《柳田国男描绘的日本——民俗学与社会构想》,郭连友等译,外语教学与研究出版社2008年版。
③ [日]福田亚细男:《日本民俗学方法序说——柳田国男与民俗学》,於芳、王京、彭伟文译,学苑出版社2010年版。
④ [日]中村俊龟智:《文化人类学史序说》,何大勇译,中国社会科学出版社2009年版。
⑤ [美]穆尔:《人类学家的文化见解》,欧阳敏等译,商务印书馆2009年版。
⑥ [挪威]巴特等:《人类学的四大传统》,高丙中等译,商务印书馆2008年版。

《社会文化人类学的关键概念》①和《人类学——文化和社会领域中的理论实践》②等中。同理，这种写作模式之转型也反映在民俗学界再熟悉不过的文艺学和美学等领域中，其《近代美学史评述》③《镜与灯——浪漫主义文论及批评传统》④、《西方六大美学观念史》⑤和《关键词——文学、批评与理论导论》⑥等无疑皆是这样的例子。由此看来，上述写作模式均以关键词、概念、观念或思潮为基点，对其学科实践的历史进行描述或剖析也不乏其特色，但大部分都倾向于辞典式的或教材式的写作模式而忽略了学科理论史的时间深度和内在关联性。另外，从《文学理论》⑦、《文学理论引论》⑧、《批评的概念》⑨、《文学思潮和文学运动的概念》⑩到《当代学术入门——文学理论》⑪和《关键词——文学、批评与理论导论》等也意味着书写转型的种种尝试，其中乔纳森·卡勒（J. Culler）批评那些常常给被书写的对象冠以"主义""学派""思潮""理论"和"活动"的名称模式，而安德鲁·本尼特（A. Bennett）、尼古拉·罗伊尔则强调了介于关键词、概念、理论与实践之间的联袂直径——试图"强化文学理论的实践功能，作者在讨论问题时候并不是采用乏味的概念演绎"，而"是处处利用文学的范例性分析来展示文学创作异彩纷呈的面貌"⑫。在西方的文学史和理论著述中，学术理论史书写作为英美欧学者的发明和独创形式被发展了出来，已基本形成了本质主义、流派理论和

---

① ［英］拉波特等：《社会文化人类学的关键概念》，鲍雯妍、张亚辉译，华夏出版社2005年版。
② 赫茨菲尔德：《人类学——文化和社会领域中的理论实践》，刘珩、石毅、李昌银译，华夏出版社2009年版。
③ ［英］李斯托威尔：《近代美学史评述》，蒋孔阳译，安徽教育出版社2007年版。
④ ［美］艾布拉姆斯：《镜与灯——浪漫主义文论及批评传统》，郦雅牛等译，北京大学出版社1989年版。
⑤ ［波］塔塔尔凯维奇：《西方六大美学观念史》，刘文潭译，上海译文出版社2006年版。
⑥ ［英］安德鲁·本尼特、尼古拉·罗伊尔：《关键词——文学、批评与理论导论》，汪正龙、李永新译，广西师范大学出版社2007年版。
⑦ ［美］韦勒克、沃伦：《文学理论》，刘象愚等译，江苏教育出版社2005年版。
⑧ ［英］伊格尔顿：《文学理论引论》，文化艺术出版社1987年版。另见［英］伊格尔顿《二十世纪西方文学理论》，伍晓明译，北京大学出版社2007年版。
⑨ ［美］韦勒克：《批评的概念》，张今言译，中国美术学院出版社1999年版。
⑩ ［美］韦勒克：《文学思潮和文学运动的概念》，刘象愚选，中国社会科学出版社1989年版。
⑪ ［美］乔纳森·卡勒：《当代学术入门——文学理论》，李平译，辽宁教育出版社1998年版。
⑫ ［英］安德鲁·本尼特、尼古拉·罗伊尔：《关键词——文学、批评与理论导论》，汪正龙、李永新译，广西师范大学出版社2007年版，第2—4页。

核心范畴、问题等不同表达视角之模式；多数以被冠以"主义""学派""思潮""理论"和"活动"等名称的书写模型为基调，陷入了其基于先决理论条件的预设倾向和教材模式的实践困境。

在国内口传文化研究领域，蒙古语口传民俗学的真正学术思想个案研究尚未出现，或者至少并没形成学术史和理论的系统研究，只散见于一些非专题型的学术论文、学位论文、文学史、文学研究史和蒙古学历史等实践当中。在前沿工作的翻译方面，有涅克留多夫的《蒙古人民的英雄史诗》① 等。这些均以时间的框架为基本模型，对其主要的学术实践（活动）进行宏通研究，而忽视了一些微观视角的剖析和阐释维度。与蒙古语口传民俗学的学术史研究相比，中国汉语民俗研究学术史探索处于比较全面而相对领先的行列，无论是从理论的探索层面还是从具体的操作层面说都取得了可喜的成就。这些著作和译著各有侧重，基于学术思想史和经典个案的以《到民间去——1918～1937 年的中国知识分子与民间文学运动》②、《民俗文化与民俗生活》③、《眼光向下的革命——中国现代民俗学思想史论（1918－1937）》④ 和《中国民间文学研究的现代轨辙》等⑤为实践方向，侧重于文艺史和单一文类模式的以《中国神话史》⑥、《中国民间文学史》⑦、《中国民间故事史》⑧、《20 世纪中国民间故事研究史》⑨ 和《中国神话学》⑩ 等为具体内容，而注重于学派理论模式的则以《20 世纪中国民间文学学术史》⑪ 等为实践案例。

作为一种"简明的知识库"，"概念"是表达观念和描述理论的基本工

---

① ［苏］谢·尤·涅克留多夫：《蒙古人民的英雄史诗》，徐昌汉等译，内蒙古大学出版社 1991 年版。
② ［美］洪长泰：《到民间去——1918～1937 年的中国知识分子与民间文学运动》，董晓萍译，上海文艺出版社 1993 年版。
③ 高丙中：《民俗文化与民俗生活》，中国社会科学出版社 1994 年版。另见高丙中《民间文化与公民社会——中国现代化历程的文化研究》，北京大学出版社 2008 年版。
④ 赵世瑜：《眼光向下的革命——中国现代民俗学思想史论（1918－1937）》，北京师范大学出版社 1999 年版。
⑤ 陈泳超：《中国民间文学研究的现代轨辙》，北京大学出版社 2005 年版。
⑥ 袁珂：《中国神话史》，重庆出版社 2007 年版。
⑦ 程蔷、吕微等：《中国民间文学史》，河北教育出版社 2008 年版。
⑧ 刘守华：《中国民间故事史》，商务印书馆 2012 年版。
⑨ 万建中：《20 世纪中国民间故事研究史》，北京师范大学出版社 2011 年版。
⑩ 潜明兹：《中国神话学》，上海人民出版社 2008 年版。
⑪ 刘锡诚：《20 世纪中国民间文学学术史》，河南大学出版社 2006 年版。

具，同时又是"阐释"维度的集合。这个"阐释"展示"如何以多样化的方式去理解本学科的关键概念和这些方式所经历的变迁，以及未来可预期的变化"①。从关系的角度看，这些关键词、概念、观念和思潮等术语却有着某种意义上的内在联袂或同一性，它们均体现为某些观念、思想方面的术语化表征和内涵。即，在概念史或观念史的名义之下，揭示在概念或观念"形成过程中的变迁和不连续性"。该方法本身预示着一种学科历史的"晴雨表"之意味，"同时也正是这些变化所赖以形成的工具"，因而，学术理论史的另一个特点应为"既是回顾总结性的，也是问题式的"。②

"概念"是构建的话语及其力量，又是用来表达某一时代的、某一些学者的观点或观念之术语体系；其有可能散见于那些孤立的、零碎的观点或观念表述中，也有可能出现于学术史实践的术语提炼与理论构建中。正如约翰·菲斯克（John Fiske）等所言：

> 一方面，这些概念可被视为一个个具有某种特定内容与公认价值的金块式信息（information）；另一方面，它们又可被当做可能具有的种种意义（meaning）。③

在被提升为"概念"之前，概念本身有可能"没有什么内在的、固有的意义"，通过"建构的意义关联"得以或形成"术语化的形式和表述"，而且概念最终"都有不止一层意义"。④ 因而，犹如"战略高地和制高点"的关键概念不是死板的定义，也不是永恒的规范，而是"问题的框架"。这正是任何一位学者都对概念未宣称"自己享有特权接近每个概念的真正意义"之原因所在。⑤ 在

---

① ［英］拉波特等：《社会文化人类学的关键概念》，鲍雯妍、张亚辉译，华夏出版社2005年版，第1页。
② ［英］拉波特等：《社会文化人类学的关键概念》，鲍雯妍、张亚辉译，华夏出版社2005年版，第1—2页。
③ ［美］约翰·菲斯克等编：《关键概念——传播与文化研究辞典》，李彬译，新华出版社2004年版，第3页。
④ ［美］约翰·菲斯克等编：《关键概念——传播与文化研究辞典》，李彬译，新华出版社2004年版，第3页。
⑤ ［美］约翰·菲斯克等编：《关键概念——传播与文化研究辞典》，李彬译，新华出版社2004年版，第5页。

此，"概念"不再指辞典或教材书意义上的规范化术语或名称，而指包含更具广泛内在性的观念、理论、问题、批评、阐释及历史维度等术语化表述。

值得一提的是，本书有关口传文化的民俗学概念借鉴了《民俗学手册》①和《美国民俗学》②等中提出的"口头民俗"这一术语，与此相同，《民俗学概论》③中也引用其上述分类的表达方式同时，还采用了多尔森（R. M. Dorson）等"口头民俗"之说法。

二 中国汉语口传文化研究现状

继1918年左右开端之后④，中国现代口头传统或口传文化的系统研究大约始于20世纪五六十年代，八十年代逐渐进入稳步发展时期，九十年代即20世纪末期已经步入了相对成熟发展时期，到了21世纪更加成熟并取得了全面系统的可喜成就。

汉语神话（myth）和传说（legend）研究。在19世纪末和20世纪初，自西式神话学传入中国以来，以其人类学神话派研究影响最大，这体现在茅盾、黄石、玄朱、谢六逸等对中国神话的相关探索上。⑤与此不同，顾颉刚、袁珂等古史研究者侧重于中国神话或传说的文献传统，并对其进行了具有结合考古学和文献学等色彩的文明复原工作。到了20世纪五十年代后，在20世纪上半叶的神话初探工作基础上，中国现代神话研究运用历史—地理学派的母题方法、历史文献学的考据方法、社会文化人类学的心理进化一致说和结构主义方法等，形成了中国式本土化研究的范式特色。进入21世纪初期阶段后，那些传统研究视角已不能满足当前学科发展的需求，但学界也并没有找到更为新的或前沿的理论和方法来完全代替已经形成的以往工作范式。这反映在《中国民族神话母题研究》⑥、《现代口承神话的民族志研

---

① ［英］博尔尼：《民俗学手册》，程德祺等译，上海文艺出版社1995年版。
② ［美］布鲁范德：《美国民俗学》，李扬译，汕头大学出版社1993年版。
③ 王娟：《民俗学概论》，北京大学出版社2002年版。
④ 注释：无论是从北大歌谣运动之兴起计算，还是从罗布桑却丹的《蒙古风俗鉴》算起，均发生于1918年左右。
⑤ 黄石、玄朱、谢六逸等：《神话研究——中国神话研究ABC 神话学ABC 神话杂论》（民国丛书 第4编59 文学类），上海书店1992年版。
⑥ 王宪昭：《中国民族神话母题研究》，民族出版社2006年版。

究——以四个汉族社区为个案》① 和《玉石神话信仰与华夏精神》② 等 21 世纪初期的相关研究中。正如《民间文学引论》所言，依照袁珂、鲁迅和胡适等对中国神话的相关看法，神话在古代中国并没有得到充分发育。例如，记载"中国早期神话的文献主要有《山海经》、《淮南子》、《列子》等"，但在"占正宗地位的文献《诗》、《书》、《礼》、《易》、《乐》、《春秋》等"中，几乎"寻觅不到神话的踪影"。③ 当然，最值得一提的理论成就是《美术、神话与祭祀》④ 有关神话—仪式的政治权力及其构成学说。在汉语传说研究方面，除了《中国识宝传说研究》⑤ 和《尧舜传说研究》⑥ 等中后期探索之外，较为晚近推出的新成果有《背过身去的大娘娘——地方民间传说生息的动力学研究》⑦ 等。

汉语史诗（epic）研究。有考察表明，自 19 世纪末、20 世纪初算起，除了传教士和中国学人对欧洲《荷马史诗》和印度史诗《罗摩衍那》《摩诃婆罗多》等进行介绍和初步研究之外，汉语史诗的早期讨论应追溯到王国维、鲁迅和胡适等开发并挖掘出来的零星关注和相关探究。因此，对于中国现代史诗研究来说，多数是指有关少数民史诗尤其是蒙古族、藏族和柯尔克孜族等史诗传统的文献研究和田野理论等实践内容。由于各民族史诗研究的各个阶段在工作理念乃至理论和方法论上的探索路径都是相同的，所以下面基于蒙古族史诗研究的整体经验而进行讨论。在蒙古族的民间传统中，史诗事实上是介乎神话和传说等的文类概念，属于结合诗性叙说和展演形式的大型动态民俗事项。比如，仁钦道尔吉、降边嘉措、郎樱、杨恩洪、贾木查和巴·布林贝赫等老一辈知名学者，以及朝戈金、斯钦巴图、诺布旺丹、阿地里·居玛吐尔地等后期成名的学者长期致力于中国本土史诗研究，均取得了引人注目的成就。其中，本

---

① 杨利慧等：《现代口承神话的民族志研究——以四个汉族社区为个案》，陕西师范大学出版社 2011 年版。
② 叶舒宪：《玉石神话信仰与华夏精神》，复旦大学出版社 2019 年版。
③ 万建中：《民间文学引论》，北京大学出版社 2006 年版，第 115—119 页。
④ ［美］张光直：《美术、神话与祭祀》，郭净译，辽宁教育出版社 1988 年版。另见《美术、神话与祭祀》，郭净译，生活·读书·新知三联书店 2013 年版。
⑤ 程蔷：《中国识宝传说研究》，上海文艺出版社 1986 年版。
⑥ 陈泳超：《尧舜传说研究》，南京师范大学出版社 2000 年版。
⑦ 陈泳超：《背过身去的大娘娘——地方民间传说生息的动力学研究》，北京大学出版社 2015 年版。

书所讨论的《〈江格尔〉论》《蒙古英雄史诗源流》和《蒙古英雄史诗的诗学》（蒙古文）等正是形成于 20 世纪末期的代表性论著。

汉语民间故事（folk story 或 folk-tale）研究。这项工作也始于 20 世纪五六十年代，经过 20 世纪八九十年代的探索和发展，20 世纪末、21 世纪初期已经进入了较为稳定发展的成熟阶段。民间故事研究是一个术语体系完整、研究团队较庞大的民间文艺学分支领域。除了厚重悠久的文献记述、大量现场记录的文本积累等之外，其取得的成就还与在历史—地理学派的类型学方法、流传学派理论、文化人类学方法、结构—形态学、展演理论等基础上发展起来的学术工作分不开。譬如，《中国民间故事类型索引》（英文版 1978）等早中期阶段成果不仅对中国民间故事研究体系的初步搭建起到决定性作用，还对后期探索产生了深远的影响。之后，中后期工作则以陆续出版更为全面系统的专题论著为特色，主要有《中国民间故事类型索引》①、《中国民间故事形态研究》②、《中国民间故事类型研究》③、《中国古代民间故事类型研究》（上中下卷）④、《中国民间故事讲述研究》⑤，等等。

汉语民间歌谣（folk song）和祝赞词（eulogies）、禁忌语（taboo terms）研究。其发端于 20 世纪五六十年代，得益于 20 世纪八九十年代的恢复重建工作，20 世纪末、21 世纪初期已经形成了较为稳定和成熟的发展态势。在这些相互关联的专题研究方面，有《〈荆楚岁时记〉研究——兼论传统中国民众生活中的时间观念》⑥、《禁忌与中国文化》⑦、《空间、自我与社会——天桥街头艺人的生成与系谱》⑧、《中国禁忌史》⑨、《岁时记与岁时观念》⑩，等等。

---

① ［美］丁乃通：《中国民间故事类型索引》，段宝林等译，华中师范大学出版社 2008 年版。
② 李扬：《中国民间故事形态研究》，中国社会科学出版社 2015 年版。
③ 刘守华主编：《中国民间故事类型研究》，华中师范大学出版社 2002 年版。
④ 祁连休：《中国古代民间故事类型研究》（上中下卷），河北教育出版社 2007 年版。
⑤ 林继富：《中国民间故事讲述研究》，中国社会科学出版社 2013 年版。
⑥ 萧放：《〈荆楚岁时记〉研究——兼论传统中国民众生活中的时间观念》，北京师范大学出版社 2000 年版。
⑦ 万建中：《禁忌与中国文化》，人民出版社 2001 年版。
⑧ 岳永逸：《空间、自我与社会——天桥街头艺人的生成与系谱》，中央编译出版社 2007 年版。
⑨ 万建中：《中国禁忌史》，武汉大学出版社 2016 年版。
⑩ 萧放：《岁时记与岁时观念》，华中师范大学出版社 2019 年版。

三　中国蒙古语口传文化研究现状

蒙古神话和传说研究。在蒙古学界，早期学者对神话（myth）和传说（legend）的理解较为模糊，并把两者合在一起统称 tomog yariya 或 uliger。后期学者为了区分 tomog 和 olamjilal yariya 的不同含义，称神话为 tomog 或 siditu uliger；称传说为 tomog 或 olamjilal yariya。在 20 世纪 60 年代，蒙古神话、传说研究以零星发表的少量论文为起点，其不仅作为蒙古神话传说研究的序幕或开端，而且以"文献—考证"为主的研究模式却成为其全部立论和方法论的基础。进入 20 世纪八九十年代，有一批学者沿着"文献—考证"这一路径方向迈出了更大的一步，从文化人类学、民俗学和文学理论等的结合视角对《蒙古秘史》中的"阿伦高娃母亲传说"（1981）、"阿阑豁阿传说"（1983、1984）、"都蛙·锁豁儿传说"（1990、1991）、"孛儿帖赤那、豁埃马阑勒神话传说"（1990）进行考察，讨论了文化人物神话的来源、与独目巨人神话的比较，以及蒙古族创世神话和萨满教九十九天说之间的关系（1989）等话题。这些探索无疑为以后的专题研究打下了坚实的基础，并丰富了其方法论和视角。到了20世纪九十年代和21世纪初期，蒙古神话传说的研究已进入较成熟发展阶段，这无不与《蒙古族神话选》①、《蒙古神话形象》②、《蒙古神话新探》③、《蒙古神话传说的文化研究》④、《蒙古神话比较研究》⑤、《中国阿尔泰语系诸民族神话比较研究》⑥、《蒙古族历史传说》⑦、《成吉思汗的传说》⑧、《蒙古传说大系》⑨、《布里亚特传说渊源》⑩ 等成果的相继出版有

---

①　德·僧格仁钦：《绪论——探寻蒙古族神话》，载德·僧格仁钦编《蒙古族神话选》（蒙古文），内蒙古教育出版社1990年版。
②　[蒙古] 色·杜力玛：《蒙古神话形象》（蒙古文），苏尤格等转写，内蒙古文化出版社1998年版。
③　呼日勒沙：《蒙古神话新探》（蒙古文），民族出版社1996年版。
④　呼日勒沙：《蒙古神话传说的文化研究》（蒙古文），辽宁民族出版社2004年版。
⑤　那木吉拉：《蒙古神话比较研究》（蒙古文），民族出版社2001年版。
⑥　那木吉拉：《中国阿尔泰语系诸民族神话比较研究》，学习出版社2010年版。
⑦　宝音贺嘉格编：《蒙古族历史传说》（蒙古文），内蒙古人民出版社1982年版。
⑧　特古斯巴雅尔编：《成吉思汗的传说》（蒙古文），内蒙古人民出版社1998年版。
⑨　[蒙古] 哈·桑普乐丹德布：《蒙古传说大系》（蒙古文），内蒙古人民出版社2007年版。
⑩　[蒙古] 嘎拉森：《布里亚特传说渊源》（蒙古文），内蒙古人民出版社2013年版。

关。这些著述的旨趣集中在神话传说的概念界定、艺术特征及内容思想探讨或某个单一神话传说的解读和比较研究上。这项工作不仅为蒙古神话和传说研究提供新的视域空间，还将其推进到了一定的高度。尤其是《中国阿尔泰语系诸民族神话比较研究》一书，把阿尔泰语系诸民族神话分为开天辟地神话、熊和犬图腾崇拜神话、狼图腾神话、日月星辰神话、腾格里信仰神话、人类起源神话、洪水神话、物种起源神话、动植物神话、盗火神话与文化英雄神话等类型，并对其进行了基于文献—实证分析方法的文学比较研究和民俗学母题研究等系统考察。

蒙古史诗研究。该论域开端于20世纪五六十年代，其中《关于研究学习民间诗歌之管见》（1954）可谓早期对韵文文类进行探究的开创性文章，随后一大批蒙古学者也参与进来一道开启了史诗文类研究的整体序幕。从20世纪80年代开始，蒙古英雄史诗研究进入了一个新的发展阶段，培育出了一批又一批的学者。纵观蒙古史诗研究的发展历程，可将它分为四个阶段：传统的文学历史学研究、母题类型学研究、古典美学的诗学研究和口头诗学研究等。

第一，传统文学历史学的研究，把脱离语境的史诗文类视作纯文学作品来看待，对其史诗文类的题材、内容、主题及艺术特征等进行了简单的分析性研究，甚至仅仅停留于作品的介绍或相关界定等方面。

第二，母题类型学研究，这是深受俄苏学者及德国学者的影响而形成的一种探索趋势，也是传统文学历史学研究的延续和发展。对于此类探索而言，问题的核心在于史诗文类的地理分布、母题类型的历史文化内涵及原型脉络等方面。宝音贺嘉格等有关母题和类型研究的文章不仅标志着母题理论的正式引进，而且激发了一批青年学者决定置身于史诗研究的热情。随着对这一演进趋势的热烈讨论，蒙古史诗研究一方面迈出了把目光投向于国际化的新步伐，另一方面还酝酿出了一批大量的学术专著。其中，仁钦道尔吉先生多年潜心研究蒙古英雄史诗，对我国史诗研究乃至国际史诗研究做出了自己的贡献。其史诗研究力作《〈江格尔〉论》和《源流》[①]就足以证明这一点。在

---

① 仁钦道尔吉：《〈江格尔〉论》（修订版），内蒙古大学出版社1999年版（1994年初版）；《蒙古英雄史诗源流》，内蒙古大学出版社2001年版。

《源流》中，作者结合自己的田野经验和国外理论的新颖视角，对蒙古史诗的产生年代、地理分布与分类、宗教文化内涵等进行了系统研究。之后，《江格尔与蒙古族宗教文化》[①]、《蒙古史诗生成论》[②]、《蒙古文学叙事模式及其文化蕴涵》[③]、《蒙古突厥史诗人生礼仪原型》[④] 等均以母题理论的深化发展为探索历程，丰富了其研究视角多样化的可能性路径。

第三，古典式美学的诗学研究，即蒙古史诗的诗学考究，其历来就是一个热门话题，也是一种难点问题。比如，巴·布林贝赫先生结合多年的丰富经验和敏锐的洞察力，对蒙古史诗进行美学意义上的解读和探究，开辟了新的诗学领地，提升了史诗研究的高度。《蒙古诗歌美学发展轨迹》（1987）、《〈江格尔〉中的自然》（1989）、《英雄主义诗歌——英雄史诗》（1989、1990）到《蒙古英雄史诗中马文化及马形象的整一性》（1992）、《英雄史诗的宇宙结构模式》（1996）、《〈江格尔〉的英雄主义》（1997）、《〈江格尔〉中的宇宙模式》（1998）等标志着蒙古史诗诗学研究的整体化考察历程；这不仅吸引了一批年轻学者的广泛兴趣，还引领其带入了追求史诗诗学研究的新领域。其中，《史诗的诗学》[⑤] 是一部20世纪最后阶段诞生的古典美学式史诗诗论研究之典范，也是逐渐被学界认同为影响力非凡的探索高峰的一部力作。该书共有八章，对蒙古英雄史诗的基本特征、宇宙模式、形象体系、文化内涵及意象诗律风格等进行了美学意义上的诗学探究，总结出了理论上的规律和特征。尤其是史诗形象诗论为蒙古口头文类的形象学提供了新的理论和视角，又大大推动了口头传统研究形象学方面的更广泛的探索进程。之后，深受上述影响的有《蒙古民间文学艺术形象研究》[⑥] 和《蒙古民间文学基本体裁与马形象文化学研究》[⑦]，等等。

第四，口头诗学研究是在2000年左右出现的一种新突破，也是在中国史

[①] 斯钦巴图：《江格尔与蒙古族宗教文化》，内蒙古人民出版社1999年版。
[②] 萨仁格日勒：《蒙古史诗生成论》，中央民族大学出版社2001年版。
[③] 那顺巴雅尔：《蒙古文学叙事模式及其文化蕴涵》（蒙古文），内蒙古教育出版社2002年版。
[④] 乌日古木勒：《蒙古突厥史诗人生礼仪原型》，民族出版社2007年版。
[⑤] 巴·布林贝赫：《蒙古英雄史诗的诗学》（蒙古文），内蒙古教育出版社1997年版。
[⑥] 胡格吉夫：《蒙古民间文学艺术形象研究》（蒙古文），民族出版社2004年版。
[⑦] 杨·巴雅尔：《蒙古民间文学基本体裁与马形象文化学研究》（蒙古文），内蒙古教育出版社2005年版。

诗尤其是蒙古史诗研究领域获得的重大进展。例如,《口传史诗诗学——冉皮勒〈江格尔〉程式句法研究》(简称《口传史诗诗学》)一书①的诞生就是这一进展的有力见证,该书以冉皮勒演唱的史诗片段为分析对象,与以往蒙古史诗研究进行激烈对话,还探析了史诗文本类型、传统与语境、史诗文类的程式与句法等论题。这方面的研究成果,还有《新疆江格尔齐研究》②、《蒙古史诗——从程式到隐喻》③ 等。这一学术理念,不论从方法论意义上还是从口头文本观的根本性改变上来说,无疑对国内口头传统研究乃至整个民俗学研究都产生了广泛而深远的影响。

与上述蒙古史诗研究相比,蒙古族说唱艺术的研究也大约始于20世纪五六十年代,其与蒙古族现当代说书艺人毛依罕(1950)、琶杰(1955)等的演唱活动也有着紧密联系。直至20世纪八九十年代,蒙古族说书故事研究进入了展开搜集、整理、介绍和探究的全面开花时期。在这一时期,不仅论文数量达到了数百篇以上的规模,还问世了积累和进步可观的一些学术专著。到了21世纪初期,已经出现一批较为成熟的专题论著,有《胡仁·乌力格尔研究》④、《琶杰研究》⑤、《毛依罕研究》⑥、《说书艺人与胡仁·乌力格尔、好乐宝、叙事民歌》⑦、《胡尔奇——科尔沁地方传统中的说唱艺人及其音乐》⑧,等等。就国外研究而言,1970年左右匈牙利学者卡拉(G. Kara)在有关蒙古民间艺人的诗歌研究中,专门讨论了琶杰演唱的好乐宝和《格斯尔》的部分内容。苏俄汉学家李福清(B. Riftin)也聚焦于本子故事与口头文学的比较视角,对书面与口头的关系问题进行了初步探究,为蒙古说唱研究提供了很好的范例。1979年,德国学者海西希(W. Heissig)出版《蒙古英雄史诗卷》(第八卷),对蒙古说书进行了系统研究;海西希和策仁索德纳姆曾合作并编

---

① 朝戈金:《口传史诗诗学——冉皮勒〈江格尔〉程式句法研究》,广西人民出版社2000年版。
② 塔亚:《新疆江格尔齐研究》(蒙古文),博士学位论文,内蒙古大学,2001年。
③ 斯钦巴图:《蒙古史诗——从程式到隐喻》,民族出版社2006年版。
④ 朝克吐:《胡仁·乌力格尔研究》(蒙古文),民族出版社2002年版。
⑤ 朝克吐等:《琶杰研究》(蒙古文),内蒙古文化出版社2002年版。
⑥ 朝克吐等:《毛依罕研究》(蒙古文),内蒙古文化出版社2006年版。
⑦ 包金刚:《说书艺人与胡仁·乌力格尔、好来宝、叙事民歌》(蒙古文),内蒙古人民出版社2006年版。
⑧ 博特乐图:《胡尔奇——科尔沁地方传统中的说唱艺人及其音乐》,上海音乐学院出版社2007年版。

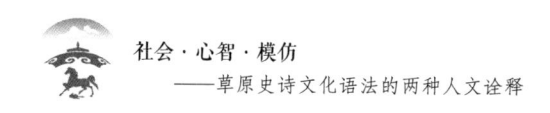

写过本子故事演唱篇目，后来策仁索德纳姆还整理出版了毛依罕演唱的《胡日东巴特尔》。除此之外，波佩、涅克留多夫等也为胡仁·乌力格尔研究倾注了心血，做出了贡献。

蒙古民间故事研究。它开始于 20 世纪五十年代，直到八十年代左右，研究焦点仍徘徊在民间机智人物的故事探究上。这一时期的主要成就代表着当时的研究旨趣和水准，从对故事文类的介绍、界定，或对艺术特征及思想内容等进行系统分类和类型学剖析也可见一斑。此外，有一部分学者对民间故事的情节结构等进行了探究，另一部分学者却对尸语故事的跨文化问题进行了比较研究。自 20 世纪九十年代至 21 世纪初期是蒙古民间故事进入系统化研究的一个重要时期，在这段时间出现了一批有关民间故事研究的专题论著。《蒙古民间故事研究》[①] 首次填补这一历史空白，改变了缺乏系统化研究的零散现状。该书对民间故事文类的特征、类型进行界定、归类，把它分为童话、生活故事、寓言故事、幽默故事、文人故事五个类型，深入探讨了五大类型民间故事的相同点和变异特性。《蒙古民间魔法故事类型研究》[②] 是对单一类型蒙古民间故事展开类型学研究的成功案例，开拓了专题类型研究的新论域。该书基于母题、类型研究法和文化人类学、比较文学的研究方法，对蒙古民间魔法（神奇）故事进行了类型学意义上的解读。即，通过对大量故事文本的分析，勾勒出蒙古民间魔法（神奇）故事的 15 个类型：《天鹅仙女》《青蛙儿子》《龙女》《金胸银臀儿子》《灰姑娘》《兄弟俩》《金银阿日盖》《阿仁珠拉》《羊尾巴儿子》等。由于受其历史—地理学派和文化人类学进化论等方法论影响，作者力求揭示故事母题的原型、传播、变异特征及原始文化内涵（信仰、仪式、习俗）等。后来，沿着这一方向，更多学者也投身于单一类型故事的类型学研究或比较研究而纷至沓来，拓宽了这类研究的视域，丰富了研究成果。例如，《蒙古民间故事类型学导论》[③] 和《蒙古族古今文学精粹——民间故事卷》[④] 等的工作原则均倾向于上述历史—地理学派的母题类型

---

① 那日苏：《蒙古民间故事研究》（蒙古文），内蒙古文化出版社 1994 年版。
② 铁安：《蒙古民间魔法故事类型研究》（蒙古文），内蒙古人民出版社 2007 年版。
③ 斯琴孟和：《蒙古民间故事类型学导论》（蒙古文），民族出版社 2011 年版。
④ 斯钦孟和主编，阿拉德尔吐整理注释：《蒙古族古今文学精粹——民间故事卷》（蒙古文），内蒙古人民出版社 2017 年版。

研究范畴。

蒙古民间歌谣和祝赞词、咒语研究。民间歌谣类研究也始于20世纪五六十年代。早期研究主要对蒙古民歌尤其是布里亚特等单一族类民歌的渊源、类型、作品思想及艺术特点等进行了简单的介绍性和描述性探究。自20世纪七八十年代开始，该分支领域立足于文学理论的本位视角，对《嘎达梅林》《森吉德玛》《陶克陶胡》等民歌的各种艺术特征展开了多方面的探索。自九十年代至今，随着研究队伍的壮大和研究的系统化，陆续问世了一些民歌研究的著作和学位论文。比如，《蒙古族音乐史》[①]《卫拉特民俗与民间文学的关系研究》[②] 等从不同角度对蒙古民歌做了较为全面的体系化考察。另外，始于20世纪五六十年代的蒙古口头韵文——祝赞词、咒语研究，最初的探索几乎都集中在于韵文文类的介绍、简单论析等的描述性探究。这样例子有：《论谜语》（1960）、《谈蒙古族谚语》（1963），等等。随着学术队伍逐渐庞大，直至20世纪七八十年代已经进入了稳步发展的时期。这一时期的研究，对其各种韵文文类的界定、分类、作品思想、艺术特征及发展脉络等进行了大量的考证性研究。迈入20世纪九十年代和21世纪初期之后，随着学术研究的发展，已出现了不少的学术专著和学位论文，其标志着这一专题研究方向的壮大和系统化发展。例如，《蒙古族祝颂词的多层次文化内涵》[③] 作为一部填补蒙古韵文专题研究历史空白的专著，从象征学的角度出发，对其祝赞词所蕴含的各种文化现象进行了详尽的探究。

四 仁钦道尔吉和巴·布林贝赫的专题研究现状

仁钦道尔吉和巴·布林贝赫两位老一辈学者皆是我国蒙古学领域里著名的文艺理论家、民间文艺学家，可谓卓尔不群的学术引领者。他们的研究视角独特，见解独到，内容广泛，几乎涵盖了文艺理论、民间文艺理论以及美学和文化学等领域的方方面面。理论构建与本土化实践相结合的独创性研究

[①] 乌兰杰：《蒙古族音乐史》，内蒙古人民出版社1999年版。
[②] 特·那木吉拉：《卫拉特民俗与民间文学的关系研究》（蒙古文），新疆人民出版社2004年版。
[③] 斯琴孟和：《蒙古族祝颂词的多层次文化内涵》（蒙古文），民族出版社2000年版。

是两位学者始终追求的学术理念，也是他们共同的立论基石。《〈江格尔〉论》①、《源流》②和《论纲》③、《史诗的诗学》④作为两位史诗学者的主要代表作，在那些同时代史诗研究成果里巍巍矗立，虽说屈指可数，但厚重如山。这些学术论著不仅代表着20世纪国内蒙古史诗学的领先水平，还奠定了他们各自在蒙古学，尤其是国内史诗学领域里的中坚地位。因而，民间文艺学或诗学的规律和法则、叙事类型的结构问题一直都是他们共同关心的核心课题，也是其为此作出理论贡献的起点和归宿点。

在国内，蒙古民间文艺学或民俗学理论的个案问题算是一片未开垦的新领域，尤其蒙古史诗学的个案分析研究应亟须得到突破性的进展和探索。目前，有关草原史诗学个案的散论性文章多以期刊论文、学位论文形式集中在蒙古文学史、蒙古文学学术史、蒙古学学术史等方面，基本属于非专题型的描述性研究，而不属于以学术理论的历史化语境为背景或前提的真正意义上的分析研究。就学术史个案和理论分析的结合性尝试而言，这方面的研究相当薄弱，至今尚未引起学者们的足够关注和重视。所以，以往蒙古史诗学历史方面的一般性梳理主要还是介绍性的或非专题性的描述性研究，而不是以系统的或专题的学术个案为切入点的、将历史经验和理论分析相结合的专题研究。比如，关于类型学问题的介绍性评论有：《〈江格尔〉研究的一部佳作——简论仁钦道尔吉教授〈江格尔〉论一书》⑤、《中国史诗研究正走向世界——中国史诗研究丛书首发式暨学术座谈会综述》⑥、《〈蒙古英雄史诗源流〉一书出版》⑦、《蒙古英雄史诗资料建设的里程碑——关于〈蒙古英雄

---

① 仁钦道尔吉：《〈江格尔〉论》（修订版），内蒙古大学出版社1999年版。另见仁钦道尔吉《〈江格尔〉论》，内蒙古大学出版社1994年版；《中国少数民族英雄史诗〈江格尔〉》（简称《英雄史诗〈江格尔〉》），浙江教育出版社1990年版。
② 仁钦道尔吉：《蒙古英雄史诗源流》，内蒙古大学出版社2001年版。
③ 巴·布林贝赫：《蒙古族诗歌美学论纲》（蒙古文），内蒙古人民出版社1991年版。
④ 巴·布林贝赫：《蒙古英雄史诗的诗学》（蒙古文），内蒙古教育出版社1997年版。
⑤ 呼日勒沙、甘珠尔扎布：《〈江格尔〉研究的一部佳作——简论仁钦道尔吉教授〈江格尔〉论一书》，《民族文学研究》1996年第4期。
⑥ 史克：《中国史诗研究正走向世界——中国史诗研究丛书首发式暨学术座谈会综述》，《民族文学研究》2000年第4期。
⑦ 邓池君：《〈蒙古英雄史诗源流〉一书出版》，《内蒙古大学学报》（人文社会科学，汉文版）2001年第1期。

史诗大系》》①、《我的学术研究道路》②,等等。关于诗学问题方面的评论性文章有:《巴·布林贝赫诗论的美学思想》③、《巴·布林贝赫史诗诗学的研究方法》④、《畅游诗海的人——记著名蒙古族诗人巴·布林贝赫教授》⑤、《著名诗人巴·布林贝赫及他的诗学理论》⑥、《巴·布林贝赫诗学研究》⑦,等等。由是观之,以上文章以散论性和介绍性的描述研究为中心,并没有把诗学和类型学问题还原于蒙古史诗学的历史语境而进行系统化的个案分析和理论归纳。但值得肯定的是,这些尝试性的介绍和评论为诗学和类型学问题的深入探究提供了具有一定参考价值的学术信息和材料来源。

在国外,对具体史诗文类的分析性研究较多,而对研究著述的概括性和分析性研究相对少。例如,除《英雄史诗的起源》⑧外,涅克留多夫的《蒙古人民的英雄史诗》可谓这方面的唯一特例,该书(尤其是第一章和第二章)疏理了蒙古史诗研究在欧美地区的理论化构建及观念史问题,并以弗拉基米尔佐夫、扎木查诺、桑杰耶夫、波佩、鲍顿、萨嘉斯特和劳仁兹等学者的主要研究成果和学术活动为考析内容。

第二节 基本思路与问题提出

本书所探讨的重点,是以两位学者的代表性著述中的基本思想和核心观点为基础的三组六个问题的具体考察、个案分析和理论梳理。过去在这方面的考察侧重于两位学者的学术思想的某一方面探讨,而没有对其进行民间文艺学和民俗学意义上的系统研究,只局限于描述性阶段的简单化的研究层面,

---

① 呼日勒沙:《蒙古英雄史诗资料建设的里程碑——关于〈蒙古英雄史诗大系〉》,《内蒙古社会科学》(汉文版)2011年第3期。
② 仁钦道尔吉:《我的学术研究道路》,《西部蒙古论坛》2011年第3期。
③ 张辰:《巴·布林贝赫诗论的美学思想》,《民族文学研究》1991年第4期。
④ 傅中丁:《巴·布林贝赫史诗诗学的研究方法》,《民族文学研究》2000年第1期。
⑤ 图·巴特尔:《畅游诗海的人——记著名蒙古族诗人巴·布林贝赫教授》,《内蒙古宣传》2000年第7期。
⑥ 苏尤格:《著名诗人巴·布林贝赫及他的诗学理论》,《内蒙古民族大学学报》(社会科学,汉文版)2008年第6期。
⑦ 玉明:《巴·布林贝赫诗学研究》,博士学位论文,内蒙古大学,2005年。
⑧ [苏]梅列金斯基:《英雄史诗的起源》,王亚民等译,商务印书馆2007年版。

还算不上是以学术史的整体语境为背景的理论分析研究。因而，本书的基本思路如下：（1）从问题式的视角出发，侧重于对主要著作的具体分析，并总结出它们的理论精髓与核心观点。因为各著述所涉蒙古民间文化领域较为宽广，其中的种种探索可以说都是关于蒙古民间文化的全方位性的研究范例。他们不单是文艺学或民间文艺学领域里的耕耘者和开拓者，更是深谙蒙古民间文化和本土智识的权威阐释者。（2）两位学者的学术思想皆是自成体系的理论构建和方法论模式，但又有着内在或深层的相互关联。诗学理论和类型学方法论作为蒙古史诗研究的两个支系，具有内在的理式联结，而非相互孤立。最主要的共同点是基于本土视角的理论化实践；如果我们忽视了其中之一，就会割裂蒙古民间文艺学和史诗学的学术史的整体面貌，甚至违背学术原则和学理道德。（3）两位学者的理论实践既是一种方法，又是一种新的思想。所谓的思想，实际上是一种新的理论和方法论探索，对其进行整体把握，不仅能够展示其所思索的开创性意义，也对实际的学术实践有着重要的借鉴意义。

类型学和诗学两大课题是蒙古史诗研究所有理论性探索的根本基础，也是本书重点分析和解读的问题核心和研究对象。从蒙古史诗研究的学术历史看，以上两大问题各有其思想和方法论的源头，也有其各自的形成、发展和演变的理论或方法论意义上的成形轨迹。因而，关于类型学和诗学问题的分析性研究，应包括三方面具体内容：基本问题的历史追溯，具体问题的解读和分析，对其进行的综合考察、评价及展望。其一，基本问题的历史追溯，从每个课题的基本性概念以及关于它的思想和方法论来源入手，通过对基础性与概念性问题的比较分析，追溯每个理论或方法论的思想脉络和方法论基础。其二，具体问题的解读和分析，侧重于核心的理论与方法论视域，对核心概念和观念进行具体而深入的解读与分析，从而阐明每个理论和方法论的形成、发展和成形的基础性原理。其三，综合考察、评价及展望包括两点内容：通过每个理论和方法论的综合性考察，对其给出理论评价和未来展望。以上三组综合问题是本书的主要三个分析点，也是以溯源、分析、评价为框架的总体轮廓。

第三节 选题目的和意义

选题目的出自推进蒙古史诗学的学术史观察和理论研究的现实使命，重点在于对以两位学者的学术理念研究为主线的理论和方法论构建的分析与总结，从整体上思考和考察他们在蒙古学乃至国内民间文艺学等领域里的地位与贡献，并对其予以客观且准确的评价。选题意义有：（1）正确评价两位史诗专家的突出贡献不仅是蒙古史诗学学术史疏理自身的内在需求，也对整个史诗学和民俗学的理论构建具有一定的示范意义。（2）全面了解他们的民间文艺观，这是进一步深入思索蒙古民间文艺学的实践性问题的重要步骤，对今后史诗学的理论研究必定有实际的启示意义，也对推动我国民间文艺学和民俗学学科的理论建设有重要的学术和现实意义。（3）在蒙古史诗学的理论构建和学术史梳理方面不仅有拓展性的尝试意义，还有填补历史空白的学术意义。即，其不仅首次尝试了学术史个案和理论剖析相结合的分析性研究，而且填补了以往蒙古民间文艺学和民俗学的描述性学术史研究的不足或空白。

第四节　研究对象与材料来源

本书以仁钦道尔吉研究员和巴·布林贝赫教授的史诗学著述为重点研究对象，还采用了蒙古史诗学研究的相关资料和评论成果。主要著述有：仁钦道尔吉研究员的《〈江格尔〉论》（1999）、《蒙古英雄史诗源流》（2001）和巴·布林贝赫教授的《蒙古诗歌美学论纲》（蒙古文，1991）、《蒙古英雄史诗的诗学》（蒙古文，1997）等。

第五节　研究视角与研究方法

首先，理论化分析和学术史梳理的结合研究突出了以学术史的考察为前提或背景的个案理论研究和构建问题。其次，结合横向与纵向维度的综合研究把核心观点和立论模式还原于历时和共时的元结合点，并与所处同一时代的学者们进行比较，侧重考察了两位先行者的拓展性和创新性成就。最后，本科学与其他科学相结合的跨学科研究，包括民间文艺学和民俗学、社会人类学、文化学等学科相结合和交叉性的综合分析。

第二章　问题的历史：思想来源和方法论基础

关于思想来源和方法论基础的溯源探究不仅是问题式的学术史回顾之核心分析对象，还是史诗诗学和类型学两大课题的根本出发点。因此，下面考察上述类型学和诗学的历时性追溯和综合基础。第一节原型论与文化史——历史主义和类型学问题，侧重类型论域的历史溯源，依傍于原型论与文化史的视角联结，解析以历史主义和类型学课题为准线的发生学、还原法和类型发展论三组论题点。第二节本体论与艺术史——美学、哲学和诗学问题，聚焦于诗学视域的历史溯源，借助本体论和艺术史的结合视角，剖析以美学、哲学和诗学课题为中心的本体诗学、元范畴和本土解读三组论域点。换言之，溯源性研究不仅仅是以学术史研究为前提的简单铺垫，而是对整个类型学方法论和诗论问题进行理论分析的根本基础。即把具体现象还原于历史语境，从而对其进行个案分析研究是疏理和归纳20世纪草原或蒙古史诗学的理论问题和方法论脉络的首要步骤与重要根基。

正如没有一种思想运动完全是直接发生自开创者的头脑一样，蒙古史诗学两大理论和方法论的部分基础"也是在前辈思想家们的学术探索和研究观念之上"[①]建立起来的。在此，学术史和理论个案研究不仅意味着学术思想本身的薪火相传，还说明了学术观念史的内在发展规律和历时接续。所以说，学术史和理论总结的主要任务就是将历史交给未来，而不是徘徊于现状。

---

① ［美］弗里：《口头诗学——帕里—洛德理论》，朝戈金译，社会科学文献出版社2000年版，第1页。

第二章　问题的历史：思想来源和方法论基础

第一节　原型论·文化史：历史主义和类型学

　　草原或蒙古史诗的类型学方法论包括三组核心课题：发生学的前提（时空范畴的历史源头）、还原的类型学（艺术本源和社会原型）、类型的发展论（人物和情节结构的发展）。它们的共同基石是关于历史主义和类型学的根本性论题。发生学课题作为溯源式的前提或目的，是类型学方法论的第一组出发点，涉及时间范畴的历时源头和空间范畴的发源地两个内容。即，关于类型发生学的基本问题研究应从历时的和本源的复原入手。

　　类型学和形态学是晚近发展起来的相近概念，也是西方民俗学叙事理论的重要成就。前者经常被史诗学学者所采用，基本沿袭历史—地理学派的母题学传统，倾注于时空上的溯源探究；后者则作为普罗普故事形态理论的重要工具，背离历史—地理学派的母题学传统，而更多地依赖于本源上的观念性假设。所谓史诗的类型学，建立在《〈江格尔〉论》和《源流》两部著作的拓展性工作上，直接的理论前提是以俄苏和德国为首的西方史诗学的历史主义传统和基于本土文化传统的田野经验，而更大的理论背景则是人类学或民族学的社会文化史研究（包括历史唯物主义的发展观）和传播论基础。例如，人类学进化论和传播理论、民间文艺学的神话学派和传播学派，等等。具体地说，史诗类型学的最初思考直接来源于俄苏史诗研究的历史主义传统，其中影响较大的学者有：弗拉基米尔佐夫、波佩、科津、桑杰耶夫和帕兀哈等。弗拉基米尔佐夫指出，卫拉特史诗所反映的艺术世界与草原游牧民族真实生活的典型状况有许多相似之处，而其呈现的社会政治结构与《蒙古秘史》中所展现的社会历史情况十分相近。波佩则认为，就14—17世纪中央亚细亚和南西伯利亚的民族政治、形势特点而言，其可谓揭秘蒙古各民族史诗文类的历史联系及共性特征的主要切入点，这是蒙古史诗开始具有现代形态的重要时期，喀尔喀、卡尔梅克、卫拉特和布里亚特等诸部族的历史状况正是反映了这一时期的社会特征。科津提出，对于形成年代的推断来说，国家形成这一概念固然重要，蒙古史诗的雏形早在蒙古国家形成之前已经开始成形。在14世纪下半叶，成吉思汗的历史传说通过史诗化这一过程，但由于社会历史的原因也曾一度停顿，后来史诗的主线情节嬗变成为《江格尔》和《格斯尔》（在东部和东南部）两大传统。前者虽然包含"中央集权的封建主义"的某些特征，但基本上保留了"氏族和部落的民族意识"的主要特征，因为《江格尔》的形成时期应是卫拉特部这联合体发展到高峰的时期（1440年左右）。在东部蒙古和南部蒙古，尤其在后者从民族或国家的概念逐步上升为世界性的"超级国家"想象后，这便促成了《格斯尔》史诗的关键性特征及其成形。桑杰耶夫认为，部族的不断融合、国家的逐渐壮大是15世纪蒙古社会历史的重要特征，在这样的条件下，时代造就了以社会背景为形象基础的江格尔这一英雄人物。部落的英雄史诗便成了全民族的英雄史诗。因此，卡尔梅克《江格尔》很可能早在中央亚细亚的部落共同体时就已形成，这正是卫拉特部落游牧到欧洲之前的事情。帕兀哈强调，《江格尔》作为17世纪最伟大的史诗文类，它的基本情节虽然在13—18世纪的长达几百年的时间里被酝酿出来，但决定性的部分却在17世纪形成。① 尽管这些国外学者的看法众说纷纭，莫衷一是，但共同点在于把《江格尔》史诗的产生和形成年代的时间轮廓划定在13—18世纪的五百年左右的历史时间内。即，关于史诗类型学的历时来源问题与史诗基本情节的三个发展阶段连在一起，归根结底就是史诗文类三大基本类型的历史根源及演化史论题。从文化史研究的历史源头看，三阶段的文化进化论和以社会史的五个类型为主线的历史唯物主义是包括传播论在内的史诗类型学的观念基石。一般来说，社会文化史的三个阶段和五种类型分别如下：野蛮（低、中、高）→蒙昧（低、中、高）→文明（发明和文字）；原始公社制→奴隶氏族制→封建军政制→资本主义→社会主义（共产主义）。② 以上理论问题都致力于起源的研究，就其本质而言，历史—地理学派是把进化的观念和传播的思想相结合而形成的民间文艺学的方法论模式，其为史诗类型学提供了最直接的方法论框架和历史主义视角。正如《源流》所指出，蒙古英雄史诗产生于"原始氏族社会"，当时蒙古民族尚未形成，南西伯利亚和中央亚细亚毗邻地域是蒙古各部落的集聚地。后来，蒙古的各部族散落于欧亚大陆，英雄史诗就像那波澜壮阔的游牧生活的历史传唱，将部

---

① ［苏］谢·尤·涅克留多夫：《蒙古人民的英雄史诗》，徐昌汉等译，内蒙古大学出版社1991年版，第28—30、80页。
② ［德］恩格斯：《家庭、私有制和国家的起源》，人民出版社1972年版。

第二章 问题的历史：思想来源和方法论基础

族的生存故事在新的居住地域传播或流传下来，最主要的现实原因是"蒙古汗国的建立、扩张及民族的大迁徙"①。再有，就从早期巴尔虎史诗的战争特性看，它所反映的"不是元代以后的封建战争，也不是成吉思汗那种统一各部落的战争，而是原始社会的部落战争"。②《〈江格尔〉论》认为，《江格尔》"初具规模的范围"的上限"是15世纪30年代早期四卫拉特联盟建立以后"，下限是"17世纪20年代土尔扈特部首领和鄂尔勒克率部众西迁以前，在这200年内《江格尔》的主要部分业已形成"；即《江格尔》是产生于15—17世纪的以卫拉特部落的社会文化为历史原型的长篇史诗。③

史诗的发祥地问题属于以历史—地理的传播学为前提的发生学元范畴，是以从假设部族迁徙史的传播路线到重塑传统为目的的社会历史考证的重要途径之一。关于发祥地的地理学考察，作为确定史诗产生和形成年代的另一种关键途径，它与历时的发生学紧密相连，共同构成了史诗类型学的发生论基础。地理空间上的传播路径和族群迁徙的历史联系是推断某一部族社会的历史演化以及与此对应的艺术史特征的主要依据。因此，历史——地理传播论的结合研究不仅是史诗发生学研究的关键步骤，也是史诗类型学的方法论基础之一。众所周知，弗拉基米尔佐夫、日尔蒙斯基、梅列金斯基和涅克留多夫等以突厥—蒙古史诗的来源和发祥地问题为考察点，认为突厥—蒙古史诗所反映的各部族社会历史的相似性正说明了以民族迁徙的社会背景为基础的起源共性；南西伯利亚的森林地区和中央亚细亚的北部地区是突厥—蒙古史诗的中心地带之一，而萨彦—阿尔泰地区则是突厥史诗的发源地。弗拉基米尔佐夫指出，根据地理分布和族群特征，可把蒙古英雄史诗的中心地带分为四个区域：布里亚特、卡尔梅克，以及蒙古国的西部卫拉特和喀尔喀（有学者认为，喀尔喀地区是由蒙古国学者宾·仁钦补充的，最初弗拉基米尔佐夫所提出的是布里亚特、卡尔梅克及蒙古国的西部卫拉特三个地区）。日尔蒙斯基和普罗普从史前史诗类型的来源问题出发，并用"历史类型比较"的研

---

① 仁钦道尔吉：《蒙古英雄史诗源流》，内蒙古大学出版社2001年版，第42页。
② 仁钦道尔吉：《论巴尔虎英雄史诗的产生、发展和演变》，《蒙古语言文学》1981年第1期，第74—92页。
③ 仁钦道尔吉：《〈江格尔〉论》，内蒙古大学出版社1999年版，第200—214页；另见1994年版，第222页。

究方法来诠释史诗的起源论题（发祥地），他们均认为"西伯利亚各民族的英雄诗歌才是最古老形式的史诗的最直接继承者"。梅列金斯基受其日尔蒙斯基的影响，借用中北亚地区的古代各部族历史依据，来考证了突厥—蒙古诸部族史诗的产生年代和发祥地范围。他认为，英雄史诗具有独特诗歌结构和草原骑士文学色彩，它本身就是突厥—蒙古民族即各游牧部族的古代文学遗产中的最重要的"典籍"，题材基础是中亚和北亚草原上的畜牧生活和与各民族交往网络密切相关的历史背景。简单说，考察阿尔泰人、布里亚特人和雅库特人等中亚和北亚地区的古代各部族所经历过的历史阶段，其前提是从匈奴的兴起（公元前3世纪—公元4世纪）到蒙古人的统治时期（13—16世纪）的社会发展状况；这不仅是研究史诗创作发展史的重要步骤之一，更是研究史诗发祥地问题的根本出发点。①涅克留多夫则以梅列金斯基的观点为理论依据，认为种族结合的过程、部落或国家的自我意识和经济结构的变化作为艺术发展的内在因素，产生影响并转化为正在形成着的艺术体类型特征和综合力量。因此，神话的和历史的"对分法"决定了史诗一切重要类型的发展规律和历时特征。从历史的经济制度——狩猎和畜牧生活方式看，蒙古民族的史诗可划分为两个基本类型：森林狩猎（西布里亚特人）和草原游牧（蒙古人、卡尔梅克人），分属于不同经济基础的两大体系，而新疆卫拉特史诗则处于两者之间的发展阶段。不难发现，蒙古史诗共同体的核心地带是"南西伯利亚森林中的某些地域，可能就是阿尔泰地区"②。史诗类型学受俄苏史诗研究传统的历史主义之启发，提出了"七个中心""三个体系""核心地带"和"原发祥地"等概念，从而拓宽了这种史诗历史主义研究的视野和假定范围，弥补了缺乏准确估测等方面的一些空白。《源流》等将原有的四个中心（布里亚特、卡尔梅克以及蒙古国的喀尔喀和西部卫拉特）拓展为七个中心（布里亚特、卡尔梅克、蒙古国的喀尔喀、西部卫拉特、内蒙古呼伦贝尔巴尔虎、哲里木扎鲁特—科尔沁和新疆一带的卫拉特），并把七个中心归纳为三大体系（以新疆卫拉特和卡尔梅克为首的卫拉特体系、喀尔喀—巴尔虎体系和扎鲁特

---

① [苏]梅列金斯基：《英雄史诗的起源》，王亚民等译，商务印书馆2007年版，第11—12、225—232页。

② [苏]谢·尤·涅克留多夫：《蒙古人民的英雄史诗》，徐昌汉等译，内蒙古大学出版社1991年版，第86—89页。

第二章　问题的历史：思想来源和方法论基础

—科尔沁体系），在此基础上确定了蒙古—突厥史诗的核心地带（贝加尔湖一带和与此毗邻的中亚北部）以及原发祥地（贝加尔湖一带的森林地区）。① 因此，史诗类型学不仅借鉴了俄苏学者们的启发性成果，还部分地赞同和发展了他们的一些观点。所谓的"三大体系"是在七个中心概念的基础上发展出来的，也是进一步考察核心地带和原发祥地问题的重要前提；"三大体系"的概念所暗示的是一个事物的两个方面，以及对立统一关系：同一体系内部的共性和不同体系之间的个性（差异性）。即，传统的共性和个性均发端于时间结构和社会结构的多重维度，其共同基础是古老的原始形式。②

还原的类型学课题是类型方法论的第二组问题，涉及艺术本源的复原和社会原型的还原两个具体内涵。关于史诗艺术的本源论域，作为溯源性分析的重要内容之一，它与社会历史的原型问题相辅相成，并一同促成了还原类型学的方法论基础。从突厥—蒙古史诗研究的历史经验看，类型学的这项工作与科津、桑杰耶夫、科契克夫（A. Sh. Kichikov）、米哈伊洛夫、梅列金斯基和涅克留多夫等学者的本源性探究有着许多相似之处。比如，在《英雄史诗的起源》和《蒙古人民的英雄史诗》等中，梅列金斯基和涅克留多夫对史诗起源问题的诸看法进行比较和系统疏理，并指出关于史诗起源的本源论缘于两个方面：艺术基因论和仪式起源论（根据梅列金斯基的相关论述）。艺术基因的传承论认为，所有的大型艺术均源于原始时代的艺术形态，这些古老母体包括神话、传说和萨满诗歌等短篇形式的体裁类型。持这一论点的学者有科津、桑杰耶夫、科契克夫、米哈伊洛夫、梅列金斯基、涅克留多夫、查德威克（K. M. Chadvick）兄弟和李福清等。科津认为，国家形成是区分早期史诗和后期史诗的主要标志。蒙古史诗早在蒙古国家形成之前已有雏形，在14世纪下半叶关于成吉思汗的历史传说经过史诗化的过渡时期，最终演化成为《江格尔》（"中央集权的封建主义"）和《格斯尔》（"超级国家"）两大史诗传统。桑杰耶夫也指出，英雄史诗是一种综合性质的文学样式（1936），它的基础是神话传说、关于氏族领袖和著名萨满的传说、流浪神话故事、巫术咒语等古老艺术成分的原始结合，这完全归功于"蒙古行吟诗人"。科契克

---

① 详见仁钦道尔吉《蒙古英雄史诗源流》，内蒙古大学出版社 2001 年版，第 42—66 页。
② A. Olrik, *Principles for Oral Narrative Research*, Indiana University Press, 1992, p. 18.

夫（1962、1976）对《江格尔》的起源研究专注于语言学和类型学方面的分析，认为中心的人物原型来自突厥—蒙古民族叙事文学中最古老的神话和口头传说成分，江格尔这一名字的原本意义，与作为始祖或"初人"的英雄概念相吻合。米哈伊洛夫（1962—1967）坚信，蒙古民族的史诗是以古代神话为基础发展而来的。但这一点并不表明它是历史的纯粹遗留，而只能说明它的古老特征及"史前性"。梅列金斯基和涅克留多夫的观点基本相似，他们认为蒙古民族的早期史诗形成于成吉思汗时代之前（"国家前"的形态或"史前"时期的产物），但由于形态的古老性，以至于后来历史传说对史诗的影响不被人关注而变得模糊不清。"古典"式的英雄史诗产生于各民族形成国家的历史阶段，它的核心是历史传说。[①] 作为俄罗斯历史学派的拥护者，查德威克兄弟也支持艺术基因论，他们认为英雄颂词是史诗的一个主要源头。鲍尔（C. Bowra）也持这样的观点，史诗的起源是一种综合性的问题，来源包括：萨满教的原始诗歌、颂词以及哀歌。奥特朗（Ch. Autran）等也提出类似的观点，即史诗的始作俑者是祭司，它的内容来自仪式、颂歌、咒语或教权主义的传说因素。史诗英雄的原型皆是一些神的化身，或者是祭司的首领。[②] 李福清也指出，英雄史诗的基础是历史事实和传说。与艺术基因的传承论不同，仪式主义的起源论认为一切艺术均脱胎于艺术产生之前的仪式性活动，因为人类的远古经验直接地促成了行为与情感的互为转化。代表者有：旧神话派的库恩（A. Kyh）、米勒（в. мллер）、新神话学派的拉格伦（S. Raglan）和折中主义者列维（G. R. Levy）等。旧神话派（库恩、米勒）和新神话派几乎异口同声地认为，史诗中的人物都是宗教神话和宗教仪式中人物形象的象征性再现。其中拉格伦的观点较为独特，他指出史诗、民间故事以及神话反映的均是一种仪式内容，且历来如此。史诗的故事情节就是一些庆典仪式的直观的再现，而且神话或仪式具有一种强化规范的约束能力，其原因就在于对自然界四季轮回的适应和对现有社会秩序的依赖。弗里斯（J. Vries）并不完全否认史诗中的历史因素，但认为与历史内容的偶然性相比，植根于仪式—

---

① ［苏］谢·尤·涅克留多夫：《蒙古人民的英雄史诗》，徐昌汉等译，内蒙古大学出版社1991年版，第32—33、28—30、79—80、35—36、90—91页。
② ［苏］梅列金斯基：《英雄史诗的起源》，王亚民等译，商务印书馆2007年版，第3—6页。

神话原形的情节模式是相对稳定的，因为史诗情节均源自庆典仪式或神灵活动。奥特朗通过对印度、古巴比伦和古伊朗的大量史诗的比较分析，指出史诗起源于仪式—教权主义。斯盖尔别特勒则强调《奥德赛》的基本情节来自祭祀睡熊的仪式基础。列维认为史诗的情节及结构来源于献词仪式的土壤，即关于神灵的祭礼或仪式活动，而历史可能就是情景化的因素。① 由此看来，史诗类型学的本源研究接近于艺术基因传承论的理式范畴，而并没采纳仪式主义的起源论和观念模式。史诗类型学（《〈江格尔〉论》和《源流》）也提出，英雄史诗是综合性艺术的原始体裁，其起源和形成发展的过程极其复杂。蒙古英雄史诗的起源是由多种复杂的因素所造成的综合问题，最主要的历史因素包括：史诗赖以产生的社会·文化的艺术前提、社会历史的背景、史诗艺人及他们的生存体验和世界观，等等。比如，从史诗艺术的起源看，早期蒙古史诗（中小型史诗）的主题源于勇士的婚姻和勇士与蟒古斯的斗争，而《江格尔》史诗源自早期的孤儿传说或历史化传说，等等。通过以上比较发现，这一项关于史诗的起源研究不仅与《〈江格尔〉论》和《源流》中提到的科契克夫和热·娜仁托娅等学者的观点有相似之处，而且与日尔蒙斯基、梅列金斯基和涅克留多夫等俄苏学者的历史类型学产生了理论上的某些共鸣。

历史主义的原型论关涉社会历史的形态、制度结构和生存态度等问题。因此，类型学原型论的出发点就是社会或文化的历史基础，也是所有与发生学有关的溯源性问题的现实基石。历史原型论认为，史诗必定是社会历史的直接产物，无论人物形象还是情节结构均来自历史事件和社会·文化的共同基础。这方面的主要代表人有：弗拉基米尔佐夫、波佩、日尔蒙斯基、达木丁苏荣（伦）、策仁索德那木、纳姆南道尔吉、海西希、查德威克兄弟、梅列金斯基和涅克留多夫等。弗拉基米尔佐夫指出，卫拉特史诗所反映的是草原游牧民族真实生活的典型状况，而且它的社会政治结构与《蒙古秘史》中的社会历史情况颇为相似；波佩强调，14—17世纪中央亚细亚和南西伯利亚的民族政治形势特点，尤其是喀尔喀、卡尔梅克、卫拉特和布里亚特等诸部族的社会特征和历史状况与蒙古民族各史诗文类所反映的历史联系及共性特征十分吻合，这正是蒙古史诗开始具有现代形态的重要时期。日尔蒙斯基认为，

---

① ［苏］梅列金斯基：《英雄史诗的起源》，王亚民等译，商务印书馆2007年版，第4—7页。

英雄史诗一定要包含对真实的历史事件的回忆及艺术体验。在最典型的历史主义代表者里，达木丁苏荣曾把史诗《格斯尔》、《锡林嘎拉珠巴托尔》与历史事件联系起来，指出格斯尔的人物原型是唝嘶啰，锡林嘎拉珠的历史原型是阿巴岱·赛音汗等。策仁索德那木、纳姆南道尔吉和海西希等也持这种历史原型的观点。① 查德威克兄弟认为，神话事实上是史诗的一种归宿，而并非史诗的某种雏形，即史诗起源于贵族时期，神话只不过是史诗分化的一个阶段，史诗中的事件和人物可与真实的历史进行横向比较。② 梅列金斯基和涅克留多夫的观点基本相似，认为形象和情节不仅是史诗起源研究的两个基本要素，也是历史原型本身的叙述架构基础。国家的建立是用来区别原始英雄史诗和经典英雄史诗的分水岭。古代史诗宣扬氏族部族的"自爱"，通常以"保卫本族免受多种魔鬼的侵犯"为主旋律，而在后期的史诗中则表现出"抵御外族侵略的爱国主义精神"。③ 与历史主义的研究视角不同，非历史主义则认为史诗并不是历史事件的机械复制，而是英雄精神或英雄时代的讴歌。其代表者有：拉姆斯特德（兰司铁）、鲍顿和普罗普等。拉姆斯特德和鲍顿曾都关注过蒙古史诗的"缺乏历史性"等，甚至还谈到了不具悲剧性和一定意义上的非英雄性论题。普罗普强调，史诗的"国家前"形态虽然渗透着英雄主义的激情，但它还是缺乏历史的真实性因素。④ 学界一般认为，婚姻是社会结构中的基本形式之一，是一种以家庭或家族为基础的组织化方式（社会生活单位）。婚姻作为社会现象，是社会制度的有机部分，所见不同形式只能以具体的历史形态存在于社会发展的特定阶段。婚姻制度的历史类型更替依次与人类社会制度史的更替层次相对应，其发展和变化取决于生产力的提高和生产关系的历史变更。正如恩格斯所指出，婚姻制度的历史类型有以下三种：原始社会阶段的群婚制（蒙昧时代）、对偶婚制（野蛮时代）和阶层社会阶段（奴隶社会、封建社会、资本主义等）的一夫一妻制（文明阶段）。⑤ 可见，

---

① ［苏］谢·尤·涅克留多夫：《蒙古人民的英雄史诗》，徐昌汉等译，内蒙古大学出版社1991年版，第26、30、40、52—53页。
② ［苏］梅列金斯基：《英雄史诗的起源》，王亚民等译，商务印书馆2007年版，第2页。
③ ［苏］梅列金斯基：《英雄史诗的起源》，王亚民等译，商务印书馆2007年版，第386页。
④ ［苏］谢·尤·涅克留多夫：《蒙古人民的英雄史诗》，徐昌汉等译，内蒙古大学出版社1991年版，第25、54、90页。
⑤ 详见［德］恩格斯《家庭、私有制和国家的起源》，人民出版社1972年版，第19—81页。

第二章 问题的历史：思想来源和方法论基础

史诗类型学的还原论不仅与科津、桑杰耶夫、科契克夫、米哈伊洛夫、梅列金斯基、涅克留多夫的基因传承论和弗拉基米尔佐夫、日尔蒙斯基、达木丁苏荣、海西希的历史主义观点搭建起方法论意义上的内在接续，还与历史唯物主义关于社会历史和制度文化的进化论模式有着内在的理论联系。就其本质而言，历史主义方法论、艺术基因传承论和社会制度进化论的观念基础是相近的，皆是以社会历史的发展为准线的事件原型。这也是梅列金斯基所说以恩格斯的艺术反映观为基石的历史表现论课题："对历史的回忆往往是通过神话并以想象的形式体现出来，尤其对史诗来说，它所反映是民众世界观的历史表现形式问题，因此历史的方法是必不可少的"①。有关上述学者的主要观点比较，参见图2-1。

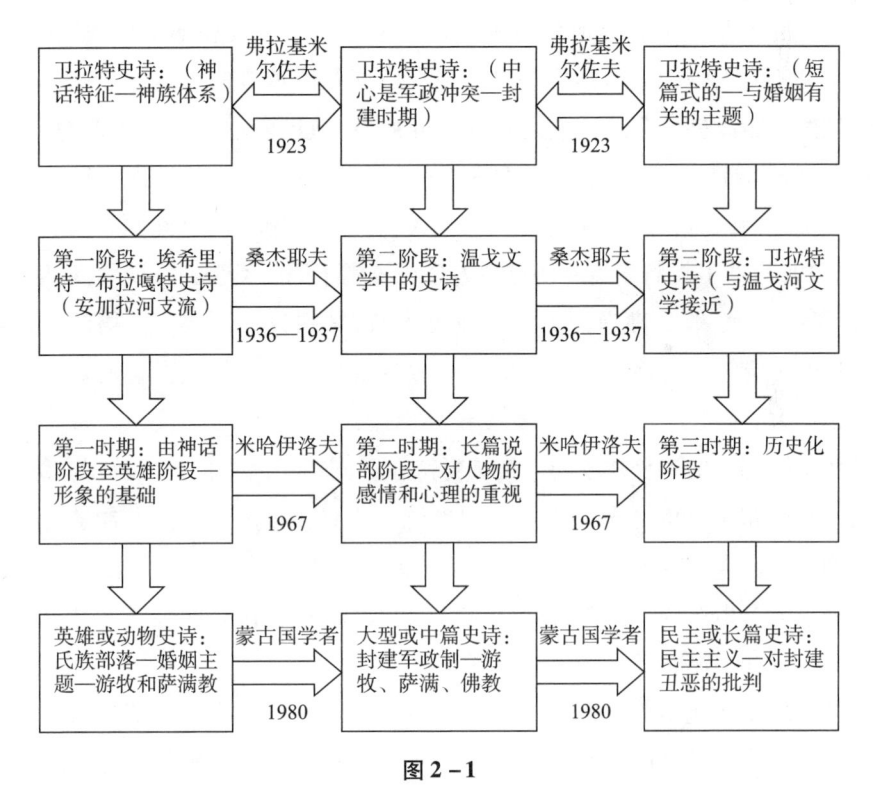

图 2-1

类型的发展论话题是史诗类型学方法论的第三组问题，包括以类型的分

---

① [苏]梅列金斯基：《英雄史诗的起源》，王亚民等译，商务印书馆2007年版，第9页。

类和发展为主线的形象学与情节结构论两个内容。其中，类型学的形象论基础有两方面：类型的分类学和发展论。形象类型的分类学是解读形象发展和类型演化问题的原本起点，而形象发展论则是确定形象类型分化方向的关键内容。因此，有关史诗的发展论和形象演化问题历来就是蒙古史诗学的核心话题，也是一直以来困扰着几代学者们的难点论题。诸如扎姆察拉诺、弗拉基米尔佐夫、桑杰耶夫、乌兰诺夫、波佩、科契克夫、米哈伊洛夫、梅列金斯基和涅克留多夫等都被这两个基本问题所吸引，前后为此作出了重要的贡献。虽然史诗类型学的形象论和类型发展论对以上的部分学者采取了批评的态度，但正是这些问题的初探工作为前者提供了最直接的学术资源。扎姆察拉诺（1918）以不同地区的蒙古史诗（霍里和埃希里特—布拉嘎特的史诗等）为例，着眼于萨满神形象为佛教神话中的形象所代替的历史演化课题，提出了关于主人公的类型学看法，其分类依据是以英雄时代的逐步交替观念为基础的。距离创世愈近，主人公愈"近神"；愈远，主人公愈"近地"，愈具有人性。① 弗拉基米尔佐夫（1923）在指出卫拉特史诗的神话、战争和婚姻三种主题的同时，还率先考察了史诗人物形象的历史演化问题。依照他的观点（1927），卫拉特史诗中所有主人公统统属于同一类型，彼此之间几乎没有什么区别：一般是高尚的勇士（或英雄），鄙视狡计阴谋，性格诚实、急躁、任性。有时，反面勇士处于第二形象的地位，起初是主人公的对手，后来则是主人公的亲密战友和结拜兄弟。② 桑杰耶夫（1936）认为，布里亚特人的各不同部落史诗反映了同一英雄史诗在不同历史时期的发展状况。第一，埃希里特—布拉嘎特（布里亚特）的史诗，建立在家庭、氏族的冲突上，形象类型是以半人半神或半人半兽的神话式人物为中心的。第二，"温戈"史诗的核心内容是由氏族—部落集合体向游牧生活和封建化时期过渡的社会现实之反映，比如，温戈"乌力（利）格尔"的情节包含婚姻和战争两个方面，是由神话故事演化为英雄史诗的典型例子。神话式的人物关系变为封建化的人间关系。第三，与前两者相比，奥金的"乌力（利）格尔"已经是属于游

---

① ［苏］谢·尤·涅克留多夫：《蒙古人民的英雄史诗》，徐昌汉等译，内蒙古大学出版社 1991 年版，第 63—64、108 页。

② ［苏］谢·尤·涅克留多夫：《蒙古人民的英雄史诗》，徐昌汉等译，内蒙古大学出版社 1991 年版，第 92、108 页。

第二章　问题的历史：思想来源和方法论基础

牧民族早期封建社会的英雄史诗，反映了 16—17 世纪布里亚特的历史状况。勇士和蟒嘎德海（蟒古斯）各自成为不同氏族部落的军事领袖，双方战争属于人与人之间的相互争斗。这些斗争不再具有"英雄"的性质，而仪式性质的核心地位愈来愈凸显了起来。此外，他还探讨了史诗的阶层结构和后期史诗中的"爱国主义"精神之萌芽和强化（1941）等。① 乌兰诺夫（1950—1960）的观点，与扎姆察拉诺和桑杰耶夫的看法基本相似，他丰富和发展了后两者的三阶段发展论和人物类型的历史演化观念：埃希里特—布里亚特史诗→温戈史诗→霍里史诗。波佩认为，布里亚特史诗的人物类型与萨满教有着内在的联系，其中有些人物既是萨满神，又是艺术化的英雄。科契克夫（1962—1976）专注于语言学和类型学方面的起源研究，指出《江格尔》的中心人物与突厥—蒙古民族叙事文学中的最古老的神话和口头传说成分相关，所有这些勇士或英雄可能是由同一来源的神话形象分化出来的结果。② 米哈伊洛夫则相信（1976），从整体特征看，卡尔梅克《江格尔》尽管已经历了相当长的非神话化的历史阶段，但其中有些内容和形象却直接取材于神话学的基础内容。涅克留多夫所说的人物类型倾向于普罗普式的角色分类法，有主人公、反对者、盗窃者、破坏者、忠告者、相助者、赠予（与）者等类别。而他的另一个分析重点在关于形象特征的两个类型和多层结构问题上，前者包括以静态特征为主的叙事交代和以动态性质为准线的情节作用论题；后者与形象类型在不同时期的历史特征有密切的关联。值得注意的是，人物的关系结构决定着情节结构的发展，从而标定了整体叙事的基本骨架和综合方向。③ 结构作为一种普遍规律的中坚力量，始终是民俗叙事理论的灵魂所在，正因如此，它像磁场一样持久地吸引着无数学者的兴趣。④

除了以上的相关研究之外，下面有必要还对梅列金斯基的史诗研究予以

---

① ［苏］谢·尤·涅克留多夫：《蒙古人民的英雄史诗》，徐昌汉等译，内蒙古大学出版社 1991 年版，第 67—69 页。

② ［苏］谢·尤·涅克留多夫：《蒙古人民的英雄史诗》，徐昌汉等译，内蒙古大学出版社 1991 年版，第 70、70、79 页。

③ ［苏］谢·尤·涅克留多夫：《蒙古人民的英雄史诗》，徐昌汉等译，内蒙古大学出版社 1991 年版，第 80、105—108 页。

④ V. Propp, *Theory and History of Folklore*, the University of Minnesota, 1984, pp. 21 - 34; 1997 (Fourth Printing).

特别的关注和分析，梅氏的研究重点在于对其从原始（早期）史诗到经典（成熟）史诗的发展历程和形象演化问题的历史类型分析与系统化解读：壮士或勇士故事和氏族、文明开拓者的传说→壮士歌和历史传说→真正的经典史诗。与此相对应，形象类型的发展阶段为如下：个体的壮士、氏族、文明开拓者→缺乏个性的"孤独者"→具有英雄精神和气质的壮士等。在他看来，英雄史诗的萌芽和发展与各民族在政治上的融合相关联，早期的史诗的素材来自原始的传说和故事，而这种历史化传说的产生则标志着由原始史诗（国家前）向经典史诗（成熟）过渡的开端。因此，无论从深度还是从广度上说，经典史诗远远超过原始史诗，其历史背景更为具体。从形象类型的发展看，经典史诗中的形象类型之一部分直接脱胎于原始史诗，另一部分（它们的大部分）则源于历史传说。在古代史诗和壮士传说中，主人公形象一般以人类始祖和文明创造者的身份出现，往往充满着神话色彩，豪气满怀，壮志凌云，孤傲不屈，勇敢斗志。在这阶段，崇尚人的价值的人文精神是他们英勇行为的核心所在。壮士的敌对者经常以巨兽或恶神的角色出现，实际上就是自然破坏力和异族敌对者的化身或变型。随着伟力的增长、个性的突出和新意识的萌芽（氏族制度走向解体或崩溃的背景），原始的壮士形象逐渐由缺乏个性的"孤独者"演化为成熟史诗中的英雄形象。经典史诗中的敌人形象，便不再是妖魔鬼怪的人物类型，而是具备了历史人物的形象特征。国家的建立是经典史诗区别于原始史诗的分界线。原始史诗所颂扬的国家是"一种复古的氏族和社会的乌托邦"。在经典英雄史诗中"人民对历史的追忆通过真实的历史活动条件表现出来，全然摒弃了民间故事或神话式的虚拟"。原始史诗中的社会关系以人与自然的关系为中心，壮士往往是与天神进行斗争的英雄。在经典史诗中，壮士的奋勇精神具有公益化的色彩，常常与可恶的王公等相对抗，这种冲突又是以国家建立之后的社会现实为原型的。[①] 史诗类型学也认为，蒙古史诗的人物或形象结构是多元多层化的，其构成的基础是主谓式相加框架的多重结构。人物和情节的两大结构类型均发端于社会文化的"历史结构"。其一，形象类型不仅在总体的层面上具有多元化的结构特征，而且某一具体人物或某一形象类型也都具备了多维的微结构化特征。其二，人物类

---

① ［苏］梅列金斯基：《英雄史诗的起源》，王亚民等译，商务印书馆2007年版，第381—388页。

第二章　问题的历史：思想来源和方法论基础

型的发展源自人类社会的内在性发展及历史原型，总的发展趋向包括社会属性、数量及性格等方面。即"由神话化向现实化，由氏族社会人向阶级社会人，由少数人向多数人，由少数几个类型向多种类型，由个人向集团的发展；人物性格由粗向细，由野蛮向文明，由单一勇猛型向智勇双全型，由类型化向个性化（典型化）的发展"；等等。以单篇型史诗和串联复合型史诗为例，人物形象以线性发展的类型化特征为基础，个性不够突出，结构相对简单；而并列复合型史诗《江格尔》的形象类型则以"人物群像"和"英雄事迹"的内在联结为关系基石，个性较突出，结构趋于多重化，其特征是类型之间的典型化（差异）和单一类型内部的共性。例如，有理想型的首领、勇猛型的将领、智谋型的将领、贤惠型的女性形象、神奇骏马的类型、乱世暴君的类型，等等。① 通过以上的比较分析，可以得出这样的一个结论：史诗类型学的形象论是苏俄史诗研究的形象论传统的延续和发展，尤其与扎姆察拉诺（C. Zhamcereno）、桑杰耶夫、科契克夫、米哈伊洛夫和梅列金斯基等前后发展出来的形象论观点有着许多的相同之处。此外，形象类型论还吸收了文学形象学的典型化观念和汉族历史小说形象模式的分类观念。

类型发展论的问题前身无不关涉到以下三个核心点：母题、两个主题的基本概念和俄苏历史主义学派的三阶段论和短歌组合论。基本概念论题与汤普森（S. Thompson）的母题界定、日尔蒙斯基和普罗普的两大主题论关联，而三阶段论和短歌组合论问题则与弗拉基米尔佐夫、桑杰耶夫、米哈伊洛夫、科契克夫等关于史诗学历史主义的发展观和弗拉基米尔佐夫的短歌组合论有着密切的联系。据笔者考证，类型发展论的直接前提是以波佩、海西希为首的史诗结构的母题学研究，而更大的理论前提则是芬兰历史—地理学派的 AT 分类法以及母题研究。显然，史诗类型学的追溯应从母题概念的历史开始，因为母题系列概念是在母题概念以及它的内在组合意义上发展起来的。经美国学者汤普森的丰富和发展，该学派所提出的母题概念有三种含义：（1）故事中的角色，即"众神，或非凡的动物，或巫婆、妖魔、神仙之类的生灵"，甚至是"传统的人物角色，如像受人怜爱的最年幼的孩子，或残忍的后母"；（2）涉及情节的某种背景，"即魔术器物，不寻常的习俗，奇特的信仰，……"；

---

① 详见仁钦道尔吉《蒙古英雄史诗源流》，内蒙古大学出版社2001年版，第130—152页。

(3)"那些单一的事件,它们"囊括了绝大多数母题。这一类母题独立性特征较强,因此通常作为一个真正的故事类型而存在"。许多传统故事的类型都是"由这些单一的母题构成的"。① 在此,汤普森的"母题"概念含有"角色""情节的背景"及"独立的事件"三个维度,这些基本单元及它们的关系是故事结构的基本骨架。在初创期前,波佩(1937)、布尔查诺娃(1978)、科契克夫(1978)和海西希(1979)等纷纷加入其史诗的情节结构和母题类型的分类学研究中来,以说明它们的产生、发展和流传问题,从而使其史诗类型探索推进到了相对系统化的理论高度。其中,以海西希的影响最大,他借鉴 AT 分类的母题分析法,把蒙古英雄史诗(或阿尔泰英雄史诗)的情节结构分为 14 个大类型(包括 300 多个母题和事项),在此基础上建立了蒙古英雄史诗的情节结构和母题分类的总体系。② 海西希所谓的 14 个母题类型有以下几种:(1)时间;(2)英雄的出身;(3)英雄的家乡;(4)英雄本人(外貌、性格及财产);(5)与主人有特殊关系的马;(6)启程远征;(7)助手及朋友;(8)受到威胁;(9)仇敌;(10)遇敌作战;(11)英雄的机智和魔力;(12)求婚;(13)婚礼;(14)返回家乡。以上是母题系列概念的理论前提问题。与此相同,婚姻和征战的两大主题也是类型学母题系列概念的重要基础,并且均是以单一或多个婚姻母题和征战母题为基点而发展起来的结构性单元。也就说,有关婚姻和征战的英雄事迹各自发展成为婚姻型和征战型的两大母题系列,同时均具备自己的结构模式和固定的基本母题特征,而且母题之间也有着有机联系和排列顺序。就其本质而言,婚姻型和征战型的两大母题系列,作为情节结构的核心内容,只不过是史诗的两大主题概念的变型而已。婚姻和征战两大主题是最早由苏俄的文化学者提出的史诗学概念,其中日尔蒙斯基和普罗普的成就较突出,他们都认为早期英雄史诗的主题和基本类型主要有两种:一是勇士(或英雄)远征求婚型史诗;二是勇士与恶魔斗争的史诗。因此,婚姻和战争的两大主题或母题系列问题是史诗的情节结构研究中的核心内容,也是通向类型发展论的必经之路。

---

① 详见〔美〕汤普森《世界民间故事分类学》,郑海译,上海文艺出版社 1991 年版,第 7、496—526 页。
② 仁钦道尔吉:《蒙古英雄史诗源流》,内蒙古大学出版社 2001 年版,第 109 页。

第二章　问题的历史：思想来源和方法论基础

除了母题和主题概念的历史源头之外，类型发展论还受到了弗拉基米尔佐夫、波佩、桑杰耶夫、米哈伊洛夫、科契克夫等有关史诗学历史主义的发展观。这些学者们的研究曾涉及蒙古史诗的历史发展问题，为类型的发展观提供了理式依据。比如，尤其是弗拉基米尔佐夫、扎姆察拉诺、桑杰耶夫、米哈伊洛夫、科契克夫等所提出关于三阶段发展论的诸多看法等。弗拉基米尔佐夫（1923）指出，卫拉特史诗可分为三个主题组：第一组是以神族的事迹为主的接近于神话的史诗；第二组是以军事的冲突为中心的征战型史诗；第三组是建立在有关婚姻的主题上的短篇式史诗。其中，第二组是最主要的，第三组的界限又相当模糊。继扎姆察拉诺（1918）之后，桑杰耶夫（1936）认为，埃希里特—布拉嘎特史诗是蒙古"共同体时代"史诗发展阶段上的最古老性的类型，是反映了由神话史诗到英雄史诗的过渡阶段；第二个阶段是温戈史诗，比如在安加拉河支流温戈河流域发现的一些史诗；最后一个是卫拉特史诗，它同温戈文学极为相近。米哈伊洛夫（1967）也分析了蒙古叙事文学发展的各个阶段：一是由神话至英雄史诗的阶段；二是长篇说部阶段；三是历史化的阶段。[①] 类型发展论虽然对桑杰耶夫、米哈伊洛夫等学者的观点做了尖锐的批评，但在分期发展论的意义上却产生了某些方面的共鸣。再有，人物群像和英雄事迹概念是区别于西方式史诗学统一情节说法的史诗类型学概念，其观念基础则来源于弗拉基米尔佐夫的短诗组合观点。弗氏认为，《江格尔传》是"若干个壮士歌长诗的组合，每一部长诗都是独立的，它们之间的联系仅仅在于江格尔汗身上，因为在所有这些独立的长诗中，都出现江格尔汗"。各部独立长诗中的"勇士和英雄都效忠于江格尔汗。即，《江格尔传》由若干独立的长诗组成的"[②]。不难发现，史诗类型发展论在前面几个问题的基础上已创立了整个蒙古英雄史诗的情节结构类型和分类体系。这种类型分类体系与海西希的蒙古英雄史诗的母题分类体系接近，是"相互补充的一个事物的两个方面，共同成为蒙古英雄史诗情节结构分类的一种完整体系"[③]。史诗类型发展论的主要贡献在于，不仅丰富和发展了蒙古史诗学研究传统的母题—类型论问

---

① ［苏］谢·尤·涅克留多夫：《蒙古人民的英雄史诗》，徐昌汉等译，内蒙古大学出版社1991年版，第92、67—69、36页。
② 仁钦道尔吉：《〈江格尔〉论》（修订版），内蒙古大学出版社1999年版，第302页。
③ 仁钦道尔吉：《蒙古英雄史诗源流》，内蒙古大学出版社2001年版，第111页。

题，还把蒙古史诗学的类型研究接轨到了世界史诗学前沿理论的辉煌征途上。图 2-2 是以母题系列概念为基础的类型发展论问题的关系图示。

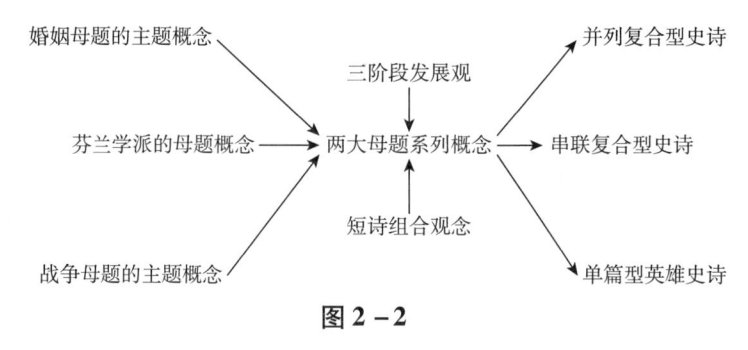

```
婚姻母题的主题概念 ──→              三阶段发展观        ──→ 并列复合型史诗
                        ↘              ↓            ↗
芬兰学派的母题概念 ──────→ 两大母题系列概念 ───→ 串联复合型史诗
                        ↗              ↑            ↘
                                   短诗组合观念
战争母题的主题概念 ──→                              ──→ 单篇型英雄史诗
```

图 2-2

总而言之，以上是对史诗类型学的三组理论与方法论问题进行的溯源式分析，它不但作为进一步分析的铺垫，而且在第三章和第五章的相关论述中还会得到详尽的分析和解读，从而构成了前后呼应的理论和方法论研究的有机整体。

第二节 本体论·艺术史：美学、哲学和诗学

草原或蒙古史诗的诗学理论涉及三组核心课题：本体论的诗学、诗性的元范畴、本土化的解读，其共同基石是美学、哲学和诗学的基础性问题。本体论的诗学问题作为诗学理论的首组课题，包括诗性本质的三个基本特征（神圣性、原始性和规范性）和艺术发展阶段的三种基本形态（原始史诗、成熟史诗和变异史诗）两个具体内容。

诗性本质的特征论是诗学本体论的基本问题之一，分神圣性、原始性和规范性三个方面。该问题的历史前提与苏俄史诗学传统的诗学探索和哲学、美学、人类学、心理学等人类思维特征分析论有着密切的联系。其一，史诗诗学所提出的神圣性特征论来自两种诗学理念的启发，即弗拉基米尔佐夫的历史主义观和黑格尔的艺术哲学观。在弗拉基米尔佐夫看来，英雄史诗作为一种部族的历史，是蒙古民众的"神奇历史"、族群的伟业和荣誉的"口碑"、"珍重的遗嘱"。黑格尔也指出，史诗作为一种"原始整体"，是一个民族的"传奇故事""书"或"圣经"。[①] 弗拉基米尔佐夫和黑格尔的出发点和

---

① ［德］黑格尔：《美学》（第三卷，下册），朱光潜译，商务印书馆 1996 年版，第 108 页。

第二章　问题的历史：思想来源和方法论基础

核心论题虽然有所差异，但其基本观点最终都落在同一个核心论题上：英雄史诗是民族的神圣历史。从口头文化的传统特质看，它本身就具有不可侵犯的威力和不可估量的约束力。两者的不同点在于，前者从部族历史的角度强调了部落史诗的神圣性；后者从艺术哲学的意义上突出了史诗的神圣性。其二，原始性的特征论分析，与人类思维的特征研究相关，建立在哲学、美学、人类学和心理学等相近视域的内在发展基础上。该问题的源头，最早可以追溯到维柯的研究，之后还可以延续到黑格尔、列维—布留尔、卡西尔和列维—斯特劳斯等所致力的不同领域的共性探索。它们都是这一演进趋势的基础性范例，诸如维柯的"诗性智慧"、黑格尔的"原始诗"概念、列维—布留尔的"原始思维"、卡西尔的"神话思维"和列维—斯特劳斯的"野性思维"，等等。其中，以维柯、黑格尔和卡西尔影响较大，他们所提出的"诗性智慧""原始诗""神话思维"等为史诗诗学的原始特征分析论及相关探索打下了基础。维柯提出了原始人"没有推理的能力，却浑身是强旺的感觉力和生动的想象力"的论断及"以己度物"的原则①。黑格尔认为，原始诗的观念方式具有介乎于"日常直觉和思维之间"的特征②。列维—布留尔潜心研究基于集体表象的整合思维的同时，发现了原始思维的渗透或互渗律特征，并提出"因果关系完全可能是神秘的和直接的，时间和空间也都是非均质的"③。卡西尔指出，神话作为思维形式，既是直觉的形式，又是生命的形式。列维—斯特劳斯也承认，野性思维是"整合性"的，也是"非时间性"的。④诸如此类的种种论点，都为思维问题的诗学考察直接或间接地提供了理论和方法论意义上的观念性依据。其三，规范性特征的诗学分析，与黑格尔的"事迹""动作""行动""情境"和海西希的母题分类、母题索引等一系列概念有着一种内在的关联，前提是以叙事学或诗学理念的相关性为基础的。即，史诗诗学所受的影响并非来自黑格尔或普罗普的直接启发，而主要还是起因于波佩、科契克夫和海西希等有关叙事学的母题研究及延续。海西希的母题

---

① ［意］维柯：《新科学》（上、下卷），朱光潜译，商务印书馆1989年版，第182页。
② ［德］黑格尔：《美学》（第三卷，下册），朱光潜译，商务印书馆1996年版，第57页。
③ 详见［法］列维—布留尔《原始思维》，丁由译，商务印书馆1985年版，第404—411页。
④ 详见［法］列维—施特劳斯《野性的思维》，李幼蒸译，商务印书馆1997年版，第306—309页。

索引或类型以前面所说的 14 种为主要内容，而史诗诗学未满足海西希等的单一模式的母题索引，对其做了诗学意义上的补充性研究。认为"艺术上的所有程式化是民族文化心理的结构性表现，而且它又把这一结构加以强化发展。在每一民族心理结构的重塑过程中，它对新的史诗创编所起的是类型化的作用，因而近代史诗艺人和胡尔奇们也在其史诗演唱中无意或有意地遵循了这一类型化原则"①。换言之，口头叙事常常受其"系统性原则和制约性规则的支配"，"叙述的显明原则（discoverable principles）"能动地制约着"叙事中的一切创造力"。②

以艺术的发展史为中心的形态论题，与诗学的本体论相衬相映，并奠定了本体诗学的发展论基础，前提是宏观和微观视角的有机结合。史诗诗学指出，蒙古史诗的历史形态有三种：原始史诗、成熟史诗和变异史诗。三者依次与艺术发展史上的氏族部落时期、封建君主时期、受农业文化影响的变化时期相对应，较为客观地反映了蒙古史诗的演化轨迹和历史特征。以上的三段式形态论不仅与黑格尔关于史诗的艺术史观和苏俄学者的史诗发展史观有着诸多的相近之处，也有其思想理念和方法论意义上的本土哲学源头。黑格尔的艺术史观可追溯到维柯的人类智力发展观及相关的艺术哲学研究。事实上，维柯的三阶段发展论得益于古埃及等文化因素的本土分类法之启示。黑格尔的这一艺术发展观及美学理论的辉煌成就之所以如此重要，因为它上继从柏拉图到维柯时代的艺术观念，下接马克思历史唯物主义的艺术发展观念。这也正是史诗诗学从艺术哲学的艺术发展观所受到的主要影响之一。还值得指出的是，虽然艺术哲学传统下的艺术发展观虽然与后来达尔文主义的人类学进化论模式有着惊人的相似之处，但是人文的进化观念之产生不晚于自然科学，乃至达尔文模式的进化论。③ 因此，史诗诗学中所秉持的艺术发展史观在很大程度上源于艺术哲学传统的发展观，但也不能完全排除它部分地受于达尔文主义或人类学文化进化论启发之可能性。下面是上述各三阶段模式的

---

① 巴·布林贝赫：《蒙古英雄史诗的诗学》（蒙古文），内蒙古教育出版社 1997 年版，第 32—34 页。

② A. Olrik, *Principles for Oral Narrative Research*, Indiana University Press, 1992, p. 8.

③ ［日］绫部恒雄主编：《文化人类学的十五种理论》，周星等译，贵州人民出版社 1988 年版，第 5—8 页。另见哈耶克《致命的自负》，中国社会科学出版社 2000 年版，第 7—28 页。

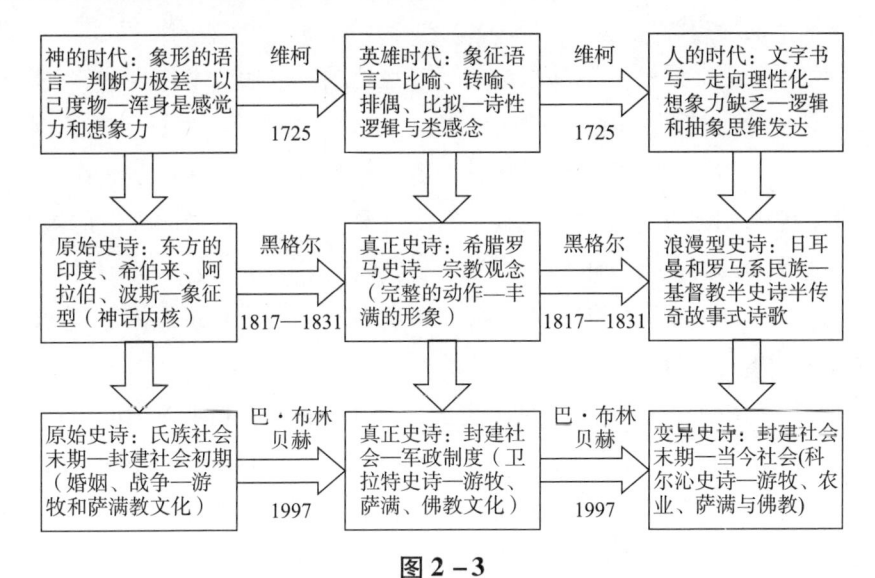

发展论与史诗诗学艺术发展论的比较,见图2-3。

神的时代：象形的语言—判断力极差—以己度物—浑身是感觉力和想象力	维柯 1725 →	英雄时代：象征语言—比喻、转喻、排偶、比拟—诗性逻辑与类感念	维柯 1725 →	人的时代：文字书写—走向理性化—想象力缺乏—逻辑和抽象思维发达
↓		↓		↓
原始史诗：东方的印度、希伯来、阿拉伯、波斯—象征型（神话内核）	黑格尔 1817—1831 →	真正史诗：希腊罗马史诗—宗教观念（完整的动作—丰满的形象）	黑格尔 1817—1831 →	浪漫型史诗：日耳曼和罗马系民族—基督教半史诗半传奇故事式诗歌
↓		↓		↓
原始史诗：氏族社会末期—封建社会初期（婚姻、战争—游牧和萨满教文化）	巴·布林贝赫 1997 →	真正史诗：封建社会—军政制度（卫拉特史诗—游牧、萨满、佛教文化）	巴·布林贝赫 1997 →	变异史诗：封建社会末期—当今社会(科尔沁史诗—游牧、农业、萨满与佛教)

图 2-3

史诗诗学认为，原始（远古）史诗产生于氏族社会的后期，而成熟史诗则是"英雄时代"的产物，是与军政的民主制这一时期相对应的。这是一种由氏族制度向阶级社会和国家转入时期的社会组织形式，因为蒙古族的历史时期有其自身的发展规律——由氏族社会步入阶级社会的发展历程。作为历史文化的综合因素，部落贵族的扩张和部族制度的解体、阶级的分化和国家的产生为成熟史诗的发展提供了社会历史的新条件和土壤。即，人类对神话的艺术加工是无意识的，而对史诗的艺术加工是有意识（集体意识）的。神话里从人和神到自然现象、野兽禽类均为它的主人公，而史诗里的主人公基本上都是人（包括模仿人的神灵）。正如史诗诗学所指出，蒙古史诗的三个基本形态及与此对应的历史脉络是：原始史诗—氏族部落时期、成熟史诗—封建君主时期、变异史诗或科尔沁史诗—受农业文化影响的历史时期。[①] 由此断言，史诗诗学的三阶段艺术发展观来源于黑格尔关于史诗的艺术史观和苏俄学者的史诗发展史观之直接启发，而其观念基础的另一个源头则是历史唯物主义的艺术发展观。此外，宗教和文化变迁论和神话学基础问题，也是与艺

---

① 巴·布林贝赫：《蒙古英雄史诗的诗学》（蒙古文），内蒙古教育出版社1997年版，第207—212页。

术发展史有关的本体诗学的重要内容之一，它们也有其各自不同的理论和方法论意义上的历史源头。

诗性的元范畴课题是诗学理论的第二组话题，包括艺术化自然的关系论和宇宙结构论（三界、时空和数量）两个方面。艺术化自然的关系论问题，应从"第二自然"这一概念的观念史入手，即追溯其"第二自然"这一概念的来源，它与德国古典美学传统有着密不可分的联系，直接的理论前提是自然美和艺术美的对立观。正如朱光潜所言，关于自然美和艺术美的对立观始于康德（I. Kant），经过歌德（V. Goethe）等的提升，成熟于黑格尔，观念的基础是艺术美高于自然。康德从模仿的辩证关系对自然美和艺术美做了概念上的界定，指出了艺术所共有的特性：标志活动的自由和生命力的畅通。歌德的观点富有结构论的特点，指出艺术是根据自然而超越自然的"第二自然"，因此，"艺术必须通过一种完整体向世界说话"①。黑格尔从生命哲学的高度出发，对其被艺术化的自然概念做了概括性的界定，主张艺术美是由心灵产生和再生的，是形式和内容、感性和理性的统一。② 与以上美学家的观点不同，史诗诗学将"第二自然"理解为一种艺术化的诗性世界，从宗教观念的、审美心理的和价值观的三个结构层面对其做了本土化的诗学解读：初级层面（理想化的自然）→中间层面（人格化的自然）→最高层面（超现实的自然）↔第二自然（史诗世界）。③《〈江格尔〉中的自然》一文也指出，现实的自然是游牧民众从审美的角度审视自身的最佳场所。因为，英雄史诗中被描绘的自然是由蒙古民众的文化心理结构所构筑，被审美意识之光辉所普照的"第二自然"。④ 很显然，史诗诗学的"第二自然"概念是对西方艺术哲学的"第二自然"概念的丰富和发展，也是其植根于蒙古本土智识传统的诗学创新。下面是关于以上"第二自然"概念的几种观点及表述概括，见表2-1。

---

① 朱光潜：《西美学史》，人民文学出版社2002年版，第418页。
② ［德］黑格尔：《美学》（第一卷），朱光潜译，商务印书馆1996年版，第4、356页。
③ 详见巴·布林贝赫《蒙古英雄史诗的诗学》（蒙古文），内蒙古教育出版社1997年版，第183—200页。
④ 巴·布林贝赫：《〈江格尔〉中的自然》，载《蒙古诗歌美学论纲》（蒙古文），内蒙古人民出版社1991年版，第237页。

表 2–1

人物 \ 内容	关于自然美和艺术美的层次说	主要观点
康德	自然—自然美→艺术美	艺术的本质在于：标志活动的自由和生命力的畅通；艺术美高于自然或自然美；艺术向自然模仿的是它的必然规律，自然向艺术模仿的是他的自由和目的性。
歌德	自然—超越自然→第二自然（艺术）	艺术是根据自然而超越自然的第二自然；艺术必须超越自然，要高于自然和现实生活的艺术整体。
黑格尔	自然—自然美→艺术美（第二自然）	艺术美高于自然和自然美；艺术是形式美和内容美的统一，是心灵、理想和客观存在的统一；自然美的顶峰是动物的生命，生命是有机体的概念，是内在的统一。
巴·布林贝赫	理想化的自然 / 人格化的自然 / 超现实的自然 → 艺术化 → 第二自然	现实的自然是游牧民众从审美的角度审视自身的最佳场所；英雄史诗中被描绘的自然是由蒙古民众的文化心理结构所构筑，被审美意识之光辉所普照的"第二自然"。

　　宇宙结构论问题，作为诗性元范畴论题的第二个内容，它的理论前提是西方宇宙哲学的宏大传统。据综合观察，史诗诗学提出宇宙体系论的缘由无不与卡西尔的神话——宇宙论和维柯关于诗性"地理"概念的重要启发有关。卡西尔认为，神话作为原初的思维形式，既是直觉的形式，又是生命的形式。时间、空间和数的概念不仅是神话思维形式的原本基石，还是情感因素和生命形式的最主要内容。这与史诗诗学一直以来把神话看作史诗的源头的观点有着内在的联系。从宇宙哲学的相关历史看，维柯所谓的最初宇宙就是诸神所身处的存在世界，它由上、中、下三个王国或区域组成：天上约夫的王国、地上农神的王国和阴间的阎王国，其依据是神学诗人的宇宙观念。因此，垂直向的模式作为诗性宇宙的重要认识，是与维柯的研究分不开的。卡西尔的宇宙体系论基于以西方为中心的文化模式，考察单一化层面上的宇宙结构及

其构成特征。即，把神话或文化看作"对生命的充实或生命的具体性的展开"①，还指出了宇宙结构在生命形式中的三种情感基础：空间直观、时间直观和数直观。**空间直观**是神话思维—宇宙形式的一个基本要素，因为，神话思维的宇宙空间极具结构性，它的全部关系基础是原初的同一性。② 这与情感的统一性或生活的普遍性和根本性的同一性③有着内在的逻辑联结。统一性和同一性是以对立的特性为前提或结果的，所有空间感的发展均发端于日与夜、光明与黑暗的对立。**时间直观**是神话思维—宇宙形式的根本性因素，是最原始的形式。相比之下，空间形式只作为形象化外在特征的补充，不是神话形式的决定性因素。时间形式具备形成、发展的过程意义，使其形象的生命在时间中被创造了出来，从这个意义上讲，时间直观是神话思维—宇宙形式的决定性要素。时间源于秩序的观念，当它具备命运秩序的意义时，时间才成为一种真正的宇宙力量。**数直观**是决定神话世界结构的第三大形式主题。数量关系的表征和标志来源于具体直观的情感基础：空间直观、时间直观和"人身"直观。可以说，数作为精神或意识结构的本质力量，通过感觉、直觉和情感统一体的内在协助，为宇宙模式打下了量化的或神圣化的概念基础。④

梅列金斯基立足于结合东、西方模式的宇宙体系论，发展了卡西尔的神话宇宙论，又提出了垂直向和水平向两种宇宙模式的观念存在。从人本主义和本体论意义上讲，空间的关系体系在很大程度上起因于有关本体的人之直觉，而时间间隙的直觉则源于诸如此类生命过程意义的相互交叉线。因此，宇宙时间萌生伊始，就与生命过程易于发生勾连，赋予宇宙形式结构化的本质力量。对梅氏而言，语义对立的形态关系是神话象征分类的原初"部件"，而不是卡西尔所谓空间感觉的情感基础。这与列维—斯特劳斯所谓二元对立的逻辑认知模式的说法颇为相似。也就是说，宇宙模式是神话世界的核心，它在空间、时间与数三重化系统中构成为结构化的力量，铸就了整体观念的

---

① ［德］卡西尔：《符号、神话、文化》，李小兵译，东方出版社1988年版，第2页。
② ［德］卡西尔：《神话思维》，黄龙保等译，中国社会科学出版社1992年版，第100—106页。
③ ［德］卡西尔：《国家的神话》，范进等译，华夏出版社2003年版，第45页。
④ 详见卡西尔《神话思维》，黄龙保等译，中国社会科学出版社1992年版，第108、119—127、134—135、158、169页。

第二章 问题的历史：思想来源和方法论基础

根本基础。① 正因如此，史诗诗学从蒙古族本土文化的宇宙体系论的观点出发，指出了史诗文类所体现的宇宙论模式，突出并强调了它与神话—宗教之间的观念来源和演化特征。例如，蒙古英雄史诗不乏其关于时、空、数的描述，它的宇宙体系也有自身的艺术想象、宗教信仰和思维方式之特征。因而，史诗世界所体现的宇宙模式以二界或三界的宇宙结构和层叠模型为观念基石，并从中折射出了蒙古文化思维在不同历史时期的影子：从萨满文化到佛教文化的演化特征及历史过程。② 以下为维柯、卡西尔、梅列金斯基和巴·布林贝赫四位学者对神话—宗教宇宙体系所持的观点及其比较，见表2-2。

表2-2

学者名称 \ 坐标和量化分类	坐标分类		量化分类	
维柯	垂直向的宇宙模式		大宇宙的世界（神的宇宙）	
	诗性宇宙的三界观念 上（天界，山顶） 中（农神界） 下（水界、阴间、平原、山谷）		天上约夫的王国 地上农神的王国 阴间的阎王国	
卡西尔	水平向的两种模式		宏观的模式	微观的模式
	三对立一个中心 世界中心 西 北 南 东	东与南、西、北 西 北 南 东	微观（人体）与宏观（宇宙）的统一 肚脐、头、脚、耳朵　月、日、风 胳臂、膝盖　人类群体 精神、眼睛、呼吸　天、地、四方	

---

① 详见［苏］梅列金斯基《神话诗学》，魏庆征译，商务印书馆1990年版，第50—51、258—259页。
② 详见巴·布林贝赫《蒙古诗歌美学论纲》（蒙古文），内蒙古人民出版社1991年版，第47—78页。

续表

学者名称＼坐标和量化分类	坐标分类		量化分类	
	垂直向的模式	水平向的模式	宏观的模式	微观的模式
梅列金斯基	三分制体制 上（1、3、7） 中（0） 下（2、3、7）	四或八方、一巨柱 神树或柱 西 北 南 东	基本沿用了卡西尔的观点： 1. 人体结构与宇宙结构的对应 2. 微观宇宙与宏观宇宙的统一	
	垂直向的模式	水平向的模式	宏观的模式	微观的模式
巴·布林贝赫	二或三界的观点 上（天族们） 中（人的世界） 下（阴间地狱、龙宫）	人世间的居住方向 西（黑） 北（黑） 南（白） 东（白）	二或三界具有宏观结构的特征	人界具有微观结构的特征

就其本质而言，诗性"地理"本身是宇宙哲学论的重要内容之一，也是诗学理论所发掘的诗化认知域。诗性"地理"研究始于维柯的发现，而关于生命本体论的系统研究以空间、时间和数为概念基础是由卡西尔来完成的。维柯把诗性地理看作一种哲学原则，目的在于揭开诗性历史的神秘面纱，这一原则的经验前提源自对熟悉的或近在手边的事物的"类比直觉"。[①] 卡西尔从人本发展的情感问题出发，对宇宙形式的三大要素或主题——尤其是空间、时间和数的概念做了以生命本体论为准线的艺术哲学阐释。这与伯格森（H. Bergson）、尼采（F. W. Nietzsche）的生命哲学一脉相承，经过卡西尔的再度升华，延伸到了克罗齐（B. Croce）、柯林伍德（R. G. Collingwood）和苏珊·朗格（S. K. Langer）等的艺术问题研究。对于生命论题的关注，除了哲学传统的研究之外，还值得关注的范例是基于人类学、民俗学和文学视角的仪式—叙事序列研究，这也对诗性地理的宇宙（生命）诗学分析有重要的方

---

① ［意］维柯：《新科学》（上、下卷），朱光潜译，商务印书馆1989年版，第417页。

第二章 问题的历史：思想来源和方法论基础

法论意义。诚然，史诗诗学的宇宙论诗学分析不仅与卡西尔的宇宙哲学论和维柯的诗性"地理"概念有内在的观念联结，而且与弗拉基米尔佐夫等俄苏学者的史诗地理名称研究有着一定的理式联系。在此，"诗性地理"或"史诗地理"是与史诗空间有关的一个重要问题，指代人类的原始思维息息相关的"直觉的、想象的艺术创作"。也因此，蒙古英雄史诗中的地理，一方面可能是具体地理的诗性表达；另一方面就是艺术想象中的诗性地理。这些包括具体地名、艺术创编的或情感的地名、集体记忆的通用地名（一望无际的田野、乌勒·沙漠山、冰河、蓝色的杭盖）、具有神话—宗教观念基础的地理名称（阿纳巴德海—欢乐海、须弥尔山、乳海、恒河、宝木巴故乡、相约的宝日土丘），等等。[①]

本土化的解读话题是诗学理论的第三组课题，其涵盖形象的类型化（正反面人物及坐骑）和诗学的概念基础（意象、韵律、风格）两个内容。其中，史诗诗学的形象论问题也有两个理论前提：黑格尔艺术哲学的统一观念、俄苏史诗学传统关于人物形象的历史演化观。即，史诗诗学在以上两大观念基础上开辟了本土形象诗学的新领域，核心是以二元对立模式为中心的形象类型学分析。黑格尔根据艺术哲学统一观念的历史轨迹，认为事物发展的原动力是它本身所蕴含的内在的差异、对立和统一。因为，黑格尔的艺术类型观正建立在这种的差异、对立↔统一↔差异、对立的循环模式上。所谓的艺术类型就是"内容和形象之间的各种不同的关系，这些关系其实就是从理念本身生发出来的，所以对艺术类型的区分提供了真正的基础"[②]。以上作为黑格尔艺术类型学的观念前提和思想根基，他的艺术论从对立统一的发展观视角揭示了艺术内在的原则和演化规律。艺术是理念和形象的统一，凸显了内容和形式的对立和统一的不同方面。可以说，"艺术的内容就是理念，艺术的形式就是诉诸感官的形象。艺术要把这两方面调和成为一种自由的统一的整体"。所以，艺术表现的价值和意义在于"理念和形象两方面的协调和统一"。这里的"形象"概念近似于文学理论的"形象"或"形式"概念，但在很大程度上它属于更广义上的"形象"概念：自然形态的感性材料、理念化的形

---

① 详见巴·布林贝赫《蒙古英雄史诗的诗学》（蒙古文），内蒙古教育出版社1997年版，第61—71页。

② ［德］黑格尔：《美学》（第一卷），朱光潜译，商务印书馆1996年版，第95页。

象、神与人的形象，等等。比如，在象征型的艺术里，形象是"外在于理念本身的自然形态的感性材料"，是一种不完善的形象；形象的缺陷起因于理念的缺陷。在古典型艺术中，理念和形象可形成一种自由而完满的协调态势，实际上理念即形象。在浪漫型艺术里，理念作为自身完善的思想情感的因素，在它和它的外在因素（形象）的相互关系中趋于协调、统一或分裂，理念的缺陷影响了形象的整体。① 也就是说，艺术形象学是黑格尔艺术美学中的重要内容之一，也是在艺术发展史的观念基础上发展起来的形象辩证学说。②

以俄苏和德国为首的西方蒙古史诗研究的形象论有其自己的特点：以社会历史的发展为准线，依傍于与形象有关的文化现象，剖析史诗文类所承载的社会历史及其演化特征。这种的形象论极富历史进化的分析特点，构成了以人物形象的历史演化观为特色的西方蒙古史诗学传统。该研究传统的形象论也可分为四个方面：历史—形象的同步进化分析、形象性格的特征分析、形象或角色的类型分析和二元对立的形象学分析。历史—形象的同步进化分析以弗拉基米尔佐夫、扎姆察拉诺、波佩、桑杰耶夫、米哈伊洛夫、鲍顿、科契克夫等的形象研究为代表，而形象性格的特征分析则以弗拉基米尔佐夫和法依特等的相关研究为标志。形象或角色的类型分析以桑杰耶夫、涅克留多夫、海西希、阿马庸的研究模式为基础，而二元对立的形象学分析则以萨嘉斯特和涅克留多夫等学者的研究方法为内容。其中，历史—形象的同步进化分析和形象或角色的类型分析已成为该研究传统中的两大主流方向，尤其是以扎姆察拉诺和弗拉基米尔佐夫为首的历史—形象的同步进化分析与史诗诗学的形象发展论有着密切的联系。例如，符拉基米尔佐夫（1923）关于卫拉特史诗的三主题论（极具神话特色的天神起主导作用的主题、以军事冲突为中心的主题和与婚姻等有关的短篇式主题）、扎姆察拉诺、波佩、桑杰耶夫、米哈伊洛夫等关于神话形象的封建化特征分析，以及涅克留多夫有关普罗普式的角色类型分析，等等。③ 因此，史诗诗学基于二元对立分析的诗性形

---

① 详见［德］黑格尔《美学》（第一卷），朱光潜译，商务印书馆1996年版，第87—103页。
② ［苏］舍斯塔科夫：《美学范畴论——系统研究和历史研究尝试》，理然译，湖南文艺出版社1990年版，第309—310页。
③ 详见［苏］谢·尤·涅克留多夫《蒙古人民的英雄史诗》，徐昌汉等译，内蒙古大学出版社1991年版，第63—64、92、80、105—108页。

第二章　问题的历史：思想来源和方法论基础

象论不仅是对黑格尔式的艺术统一论和俄苏史诗研究传统的历史进化形象论的丰富和发展，同时也是对它们的某种突破和超越。换言之，史诗诗学最重要的发现在于把蒙古史诗的形象问题转化为艺术统一论和形象进化论相结合的核心论题，进而提高到了以黑白对立的诗性结构为框架的形象论体系和将其以往僵化的内容主义分析改进为更动态化观察的诗性形态分析。比如，以正反面的价值体系为中心的各类形象——包括英雄与敌对方（蟒古斯）、骏马与驴子、其他类型，等等。[①] 即，基于本土化理念的二元对立模式分析不仅是史诗诗学所一贯秉持的本体化诗学的观念基石，而且是史诗诗学所特有的形象论诗学的核心内容。

诗学概念问题作为诗学理论的本体论基点，理论前提来自宽泛的西方诗学传统，即从柏拉图和亚里士多德的诗论到更广义的诗学传统。但是，史诗诗学所注重的是本土化的诗学分析，而不是对西方诗学的纯粹模仿和生搬套用。这一问题的追溯研究不仅可作为一种铺垫或进一步分析的前提，还意味着问题本身的来龙去脉和历史性连续。在此，只讨论规模较小的两个基本课题：意象论和崇高论的历时性考察。在探讨史诗诗学的意象问题之前，下面有必要疏理以往有关意象论的研究路数。这类论述虽然众说纷纭、各抒己见，但就其重要性来讲，有两种理论是值得提及的：以荣格（C. Jung）为首的心理学意象论和韦勒克、沃伦和苏珊·朗格等所倡导的文学或诗学意象论。对于心理学的意象论来说，意象、原型和情结概念尤为重要，它们作为三重化结构的心理遗传性要素，共同的特征体现在来自远古经验的"心理印记"或"遗留物"方面。按照该学派的表述，把意象、原型或情结、意识的关系归结为三个层面的结构范畴：意象与表象——原型与情结——意识的领域。在荣格看来，生命中每一个重大的经验、每一深刻的冲突皆是唤起意象的本体价值的原动力或心理前提。意象是一种从诗歌修辞手段派生出来的，诸如幻觉意象（Phantasy image）只是一种间接对于外部客体的有关"感觉的表象"，而并不是关于外界客体的"心理反射"。就其本质而言，意象的内涵关涉两个方面：无意识的表现和意识内容的暂时性表现。因此，意象含义的阐释"并

[①] 详见巴·布林贝赫《蒙古英雄史诗的诗学》（蒙古文），内蒙古教育出版社1997年版，第83、178页。

不只是来自无意识，也不只是来自意识，而只是来自它们的相互关联"。表象既是意象的外延化表现，又是意象、原始意象和原型的关键联结点。"原始意象"是一种"记忆的沉淀，一种铭刻，它由无数类似的过程凝聚而成"。它作为一种凝结或沉淀，基本属于"某种不断发生的心理经验的典型的基本形式"。原始意象不仅是"生命过程的一种概括的表现"，而且也是"一种心理的先天组织，一种根深蒂固的系统"。① 也就说，原始意象是无数表象化意象的典型形式，在很大程度上接近于"原型"概念。原型（archetype）倾向于集体无意识的内容，在人生中有多少"典型情境就有多少原型，这些经验由于不断重复而被深深地镌刻在人们的心理结构之中"。情结就是由一组一组的心理内容聚集而形成的一簇"心理丛"。作为最初级或内在的心理因素，意象是每个人都继承着的相同的基本原型。对于情结本身而言，原型或原始意象是它的核心，具有普遍性的意义。原型作为情结的核子和中心，"发挥着类似磁石的作用，它把与它相关的经验吸引到一起形成一个情结"。情结"从这些附着的经验中汲取了充足的力量之后，可以进入到意识之中"。原型"只有作为充分形成了的情结和核心，才可能在意识和行动中得到表现"。原型或原始意象的基本原理有两个内容：意象或原型的组合原则和能量转换原则。一是，原型虽然是"集体无意识中彼此分离的结构，它们却可以某种方式结合起来"，构成另一种复合的意象或原型整体。英雄原型＋魔鬼原型略等于残酷无情的领袖原型，这就是意象或原型的组合原则。② 二是，每当经验性观念符合精神结构并因此同注定要变化的东西相谐调时，古老意象都"会有引起能量转换的功能"。这种过程所遵循的是能量等价转换的原理，象征转化的基本法则。此外，原型或原始意象的特征包括四个方面：重复性、稳定性、迷惑效果，以及规律性。③

　　文学或诗学的意象论认为，诗的语言充满着意象，这些意象本质上是

---

① ［瑞士］荣格：《心理类型学》，吴康等译，华岳文艺出版社1989年版，第257、531—532、533—536页。
② 详见［美］霍尔、诺德贝《荣格心理学入门》，冯川译，生活·读书·新知三联书店1987年版，第35—47页。
③ ［美］罗恩：《从弗洛伊德到荣格——无意识心理学比较研究》，陈恢钦译，中国国际广播出版社1989年版，第165、88—89页。

第二章　问题的历史：思想来源和方法论基础

一个既属于心理学内容，又属于文学理论的考察范围。从这个意义上讲，"意象"一词表示"有关过去的感受上、知觉上的经验在心中的重现或回忆，而这种重现和回忆未必一定是视觉上的"。从文学理论的角度看，正如庞德（E. Pound）所界定：意象不是"一种图象式的重现，而是一种在瞬间呈现的理智与感情的复杂经验，是一种各种根本不同的观念联结"。因为前者提示的是心理结构中的表象化的经验，后者强调的是以理智与感情的经验性转化为基础的观念性联结。威尔斯（H. W. Wells）致力于隐喻性意象方面的拓展性研究，其主旨是"要归纳建立意象的类型学"，依据主要源自对伊丽莎白时期文学的意象论分析。按照威尔斯的观点，意象的类型学以三个层面的意象领域和七种意象为内容：（1）最粗糙形式的强合意象和装饰性意象；（2）中级层面的繁复意象和精致意象；（3）最高级层面的潜沉意象、基本意象和扩张意象。最粗糙形式的强合意象和装饰性意象就是"大众的隐喻或技巧性的隐喻"，而繁富意象则指"强合意象的一种更精巧的形式"。精致意象是"装饰性意象的一种更精巧的形式"，而潜沉意象是"古典诗歌的意象"，基本意象是"玄学派诗歌，特别是邓恩（J. Donne）诗歌的意象"，扩张意象主要是"莎士比亚（W. Shakespeare）、培根（F. Bacon）、布朗（T. Browne）和博克或伯克（E. Burke）等的意象"。最高层的三种意象的共同点在于"特别的文学性（反对图象式的视觉化）、内在性（隐喻式的思维）、比喻各方浑然一体的融合（具有旺盛的繁殖能力结合）"。对于诗歌本身而言，意象就像格律一样重要，意象不仅是诗歌结构的主要组成部分，同时也是句法结构或者文体层面的核心组成部分。[①] 意象的真正功用是，它可作为"抽象之物，可作为象征，即思想的荷载物"。意象作为一种纯粹的虚幻"对象"，它的意义在于：并不用它作为"索求某种有形的、实际的东西的向导，而是当作仅有直观属性与关联的统一整体"。因此，如果意象一旦进入符号化的整体领域，那么"在一个富于表现力的符号中，符号（意象）的意义弥漫于整个结构之间，因为那种结构的每一链结都是它所传达的思想

[①] 详见［美］韦勒克、沃伦《文学理论》，刘象愚译，生活·读书·新知三联书店1984年版，第201—202、219—235页。

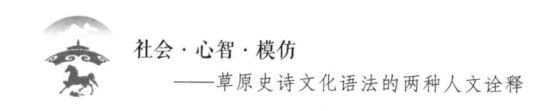

的链结"。①

就意象与象征的关系来说，荣格认为，整个宇宙就是"一个潜在的象征"。象征可分为两大类型："自然"象征和"文化"象征。前者"出自心灵的潜意识内容，代表基本原型意象的无数变体"。后者则是"用来表示'永恒真理'的东西，……它们成为集体意象，并被文明社会所接受"。荣格所感兴趣的是"自然"象征，从原始意象的意义上讲，象征似乎是"日常生活的自然部分"，是人们"对自己力量和弱点的认识"、发觉或觉醒。② 就其本质而言，象征的概念和纯粹符号的概念是有区别的。前者是指对一个相关的未知事物的最恰当的公式化或普遍化表达，而后者则指对已知事物的类比或简略表达。这种对已知事物的有意复制或变形的做法是比喻的，而非象征的。③ 数字和色彩是一种意象或原型，同时也是象征的本身。原型只是"能够成为一种独特形式、心理本能、本能行为或意象的潜能，它表现为具有无限数量的象征"④。因为，原型的象征是"在特定心理意象中的表现形式，这些特定心理意象为意识所觉察"，而且"对于每一种原型都是不同的。同一原型的不同方面也表现于不同的意象之中"。这就是意象、原型和象征之间的关系论，它是以一种转化的关系为基础的。所以，无意识内容一旦被觉察，它便"以意象的象征形式面对着意识"。在原型意义上，各种发光体永远是意识的象征，也是人类心理的精神方面的象征。⑤ 依荣格看来，象征"不仅仅是一种伪装，它同时也是原始本能驱力的转化。这些象征试图把人的本能能量引导到文化价值和精神价值中去"，正因如此，文学、艺术和宗教均不过是"生物本能的衍化"。⑥ 象征可谓是无意识精神用已知意象说明某种相对未知事物（当

---

① ［美］朗格：《情感与形式》，刘大基等译，中国社会科学出版社1986年版，第57—58、63页。
② 详见［瑞士］荣格《人及其象征》，史济才等译，河北人民出版社1989年版，第210、72、86—90页。
③ ［瑞士］荣格：《心理类型学》，吴康等译，华岳文艺出版社1989年版，第574—575页。
④ ［美］威尔默：《可理解的荣格——荣格心理学的个人方面》，杨韶刚译，东方出版社1998年版，第283页。
⑤ 参见［德］诺伊曼《大母神——原型分析》，李以洪译，东方出版社1998年版，第4—5、56页。
⑥ ［美］霍尔、诺德贝：《荣格心理学入门》，冯川译，生活·读书·新知三联书店1987年版，第170页。

时只是朦胧地揣测）的一种自发企图之永恒表述①：原型＋经验→象征。② 而韦勒克也承认，象征是关涉多种学科领域的通用性概念，包括诸如逻辑学、数学、语义学、符号学、认识论、神学、心理学、诗歌学等在内，其共同的取义也就是"某一事物代表、表示别的事物"。因为，"象征"具有重复与持续的意义，是在意象和隐喻的基础上发展起来的。例如，"一个'意象'可以被转换成一个隐喻一次，但如果它作为呈现与再现不断重复，那就变成了一个象征，甚至是一个象征（或者神话）系统的一部分"。正如韦克斯蒂德（Wicksteed）所言，诗歌中的象征实际上就是象征的隐喻。③ 以上意象论与史诗诗学的意象分析有着某种意义上的理论共鸣，虽很难对它们之间的关系问题作简单溯源式的推断或假设，但可断定它们皆是诗学意象论探索的成功典范。史诗诗学指出，从叙事和抒情的角度看，母题倾向于作为叙事文最小叙述单位的概念范畴，而意象则属于抒情文的最小单位——"抒情象"概念。母题和意象作为不同层面的两种诗性因素，不仅是叙述和抒情层面的概念性基础，同时也是对史诗文类的艺术整一体进行深入研究的重要突破口。但这一项工作的重点在于"与崇高、朴素（朴实）、瑰丽风格有关的意象分析，而并不在于史诗意象的全面性研究"。可以说，史诗意象的类型学建立在以下四个类型的基础上："崇高"意象、幽默意象、玄奥意象和象征意象；依据是史诗意象的审美效果。④ 这一点与荣格有关意象论的类型学和威尔斯基于七种意象的类型学颇为相似，但其间的关系值得去进一步考证和挖掘。有鉴于以上，关于母题和意象的结合研究不单是史诗诗学所开辟的新的诗论领域，而是有别于以往的或同时代的史诗研究的自成理论见地和独到之处的诗论创举。

要弄清史诗诗学的崇高风格论题，应从它的理论假设入手考察，乃是通往关于崇高的诗学的必经之路。纵观其西方美学史，朗吉努斯（C. Longinus）、博

---

① ［美］罗恩：《从弗洛伊德到荣格——无意识心理学比较研究》，陈恢钦译，中国国际广播出版社1989年版，第253页。
② ［美］安东尼·史蒂文斯：《二百万岁的自性》，杨韶刚译，中国社会科学出版社2003年版，第28页。
③ ［美］韦勒克、沃伦：《文学理论》，刘象愚译，生活·读书·新知三联书店1984年版，第203—204页。
④ 详见巴·布林贝赫《蒙古英雄史诗的诗学》（蒙古文），内蒙古教育出版社1997年版，第245—252页。

克、康德、赫尔德（Herder）和费舍尔（F. Visher）等从"伟大"或"象征"的角度提出过有关"崇高"风格的理论。朗吉努斯认为，崇高的风格有五个方面的来源：庄严伟大的思想、慷慨激昂的热情、思想的修辞和言语的修辞、高雅的措辞（词语的选择、意象的使用和风格的精巧）、尊严和高雅产生的总体效果（结构）。崇高是"伟大心灵的回声"，崇高和铺张的区别是："崇高在于高度的提升，铺张在于数量的夸大；崇高常蕴含在一个单独的概念中，而铺张总是与数量和一定程度的冗繁相关"。铺张"是所有微小要点的累积，是所有与主题相关要点的叠加，通过不厌其烦的说明，增加论点的实质内容和力量。"① 在伯克看来，崇高对象的感性品质与力或度、数或量、色或泽发生关联：体积的巨大或高大、力量的大或无限、颜色的晦暗或模糊、时空（数量）的无限……从某种意义上讲，崇高是"力量的修饰"。痛苦的力量具有双重的特征，它既是一种主体本质属性的力量，又是一种被自然化的力量。因为，由力量而来的一切崇高，均源于"通常伴随着力量的恐怖，而显然极少从力量的实际效果中体现出来"。对于崇高来说，体积的巨大或高大是一种"有效的原因"。所以，正像"体积巨大的极致就是崇高一样，渺小的极致在某种意义上也是崇高"。从相反的角度看，"任何伟大都不可能有效地弥补一定体积的欠缺"。无限是崇高的另一个来源，最大的前提是无限的概念只要不等于终极的概念。无限有着"一种以使人产生愉悦的恐怖去充填人的心灵的趋向，而这恐怖则正是崇高的最真实的效果和标准"。就其"连续性"和"一致性"而言，这种延伸同样属于无限概念的范畴。壮丽也是崇高的来源之一。壮丽的东西，事实上就是"大量自身光辉灿烂、珍贵无比的东西"。光线是引起伟大的观念范畴，色彩是与光线有天然联系的物理或感知之属性。有时，黑暗的效果比明亮更接近于崇高观念的产生。在一切色彩中，柔和的或活泼的色彩"都不适于产生崇高的形象（除了一种活泼的强烈红色之外）"。除了通过视觉产生的崇高感之外，听觉和味觉方面的因素也是不能忽视的崇高力量之源头，比如，各种声响也都"有一种伟大的力量而去影响情感"。一些低沉、颤抖和间断出现的声音或动物的吼叫都"能够产生崇高的效力"。气

---

① 详见［古希腊］朗吉努斯、亚里士多德、贺拉斯《美学三论——论崇高、论诗学和论诗艺》，宫雪、马文婷译，光明日报出版社2009年版，第14—25页。

味与滋味、苦味与恶臭比比皆是,均是产生伟大或崇高观念的,也是与味觉有关的中坚力量。可以说,一切崇高的事物都"极其厌恶平凡和普遍"。① 以上是伯克关于崇高风格的核心点,其贡献在于把崇高风格的概念推向到将力量、数量、色彩融为一体的美学范畴,从而丰富了朗吉努斯的崇高论,为康德的崇高理论提供了哲学或美学上的经验现实。康德曾受伯克的影响,从数的和力的角度拓宽了崇高理论的维度,因为数量和力终归均属于数学和自然的力学。诚然,史诗诗学崇高风格论的核心点,也主要在于"力""度"和"色"三个方面。从观念史的角度看,伯克、康德等哲学家的崇高论是诗学崇高论的直接的理论基石,而历史唯物主义的"人格化的自然观"则是崇高诗论的大前提或综合方向。

---

① 详见中国社科院文学所文艺理论室编《美学论丛》(10),文化艺术出版社1989年版,第315—330页。

第三章　社会行动模仿：史诗类型学的理论构建

草原或蒙古史诗的类型学·方法论（《〈江格尔〉论》、《蒙古英雄史诗源流》）以社会行动模仿的语法原理为基础，建立在以下三组问题之上：发生学的前提、还原的类型学、类型的发展论。第一节从时空范畴与历史源头的关系点出发，论析了类型学在发生论的前提或基础上的方法论构建，问题核心在于对产生年代和地理分布的推论与考察。第二节解析了类型学在本源和原型两个维度上的方法建构，重点在以社会文化的历史原型为基础的还原论模式。第三节考察了类型学在形象论和情节发展论方面的方法构建，其以人物形象、情节结构的分类学和发展论为主线。即，以上三组立论模式不仅是以问题式的学理关联为出发点的类型学溯源的逻辑统合体，同时也是对史诗类型学即社会行动模仿的语法模型进行观察和纵深了解的认识论基础。

第一节　发生学的前提：时空范畴与历史源头

一　追溯历时脉络：产生年代及类型定论

史诗类型学对产生年代问题的相关论述，作为国内蒙古史诗学早期研究的重要关注点之一，最早在《蒙古族英雄史诗专辑》[①]、《英雄希林嘎拉珠》[②]、

[①] 仁钦道尔吉：《前言》，载文学研究所民间文学组编《蒙古族英雄史诗专辑》（《民间文学资料》，第1集），文学研究所民间文学组1978年版。

[②] 仁钦道尔吉：《序言——巴尔虎史诗的研究》，载《英雄希林嘎拉珠》（蒙古文），黑龙江人民出版社1978年版。

第三章　社会行动模仿：史诗类型学的理论构建

《论巴尔虎英雄史诗的产生、发展和演变》①等中初见雏形，后又汇入《〈江格尔〉论》、《英雄史诗〈江格尔〉》②和《源流》③等成熟化体系而构成了史诗类型学的发生论基础。

《源流》在《论巴尔虎英雄史诗的产生、发展和演变》等早期文章的基础上，根据国内外目前发现的550部史诗资料及相关报告，通过对国内蒙古族史诗的60多部史诗资料、113种异文（其中包括国外异文10多种）的类型分析和比较研究，提出了整个蒙古史诗的类型学特征（异同点），还探讨了其何时何地出现或形成的发生学问题。《源流》认为，蒙古英雄史诗产生于"原始氏族社会"，南西伯利亚和中央亚细亚毗邻地域不仅是蒙古各部落繁衍生息的集聚地，而且是蒙古史诗的发源地。同理，蒙古史诗的产生与从蒙古民族的逐渐形成到建立蒙古汗国的历史过程有着内在的联系，尤其是"蒙古汗国的建立、扩张及民族的大迁徙"为蒙古史诗在各部落之间的广泛流传提供了极为便利的条件。正是这种的历史传承，使其史诗在中国、蒙古国和俄罗斯等地区普遍传唱，形成了以同源异流的历史联系为基础的口传网络地带。即，蒙古史诗的产生年代论题与单篇型、串联型和并列复合型三大史诗类型的早期形态相对应，从中小型史诗到长篇史诗《江格尔》和《格斯尔》（从单篇型、串联型史诗到并列复合型史诗）已经历了相当长时间的历史阶段，特别是以《江格尔》和《格斯尔》为首的并列复合型长篇史诗的形成情况相对复杂，因为它们均属于多维结构的历时范畴。从地域分布的空间范畴看，中小型史诗广泛流传于呼伦贝尔的巴尔虎、哲里木的扎鲁特—科尔沁（包括兴安盟的科尔沁地区）、新疆的卫拉特等横跨内蒙古东西部和新疆的三大中心地带，而长篇史诗则仅限于新疆的卫拉特（《江格尔》）和哲里木的扎鲁特—科尔沁（《格斯尔》，包括兴安盟科尔沁地区）两个地区。因此，这些各部族史诗虽然在地区和部族特征方面有所差异，但那些"渊源上的共性"使其所有差异面联结了起来，汇成了一个整体的叙事结构。譬如，从题材、主题、

---

① 仁钦道尔吉：《论巴尔虎英雄史诗的产生、发展和演变》，《蒙古语言文学》（蒙古文）1981年第1期。另见《文学遗产》1981年第1期。
② 仁钦道尔吉：《〈江格尔〉论》，内蒙古大学出版社1999年版。另见仁钦道尔吉《〈江格尔〉论》，内蒙古大学出版社1994年版；《中国少数民族英雄史诗〈江格尔〉》，浙江教育出版社1990年版。
③ 仁钦道尔吉：《蒙古英雄史诗源流》，内蒙古大学出版社2001年版。

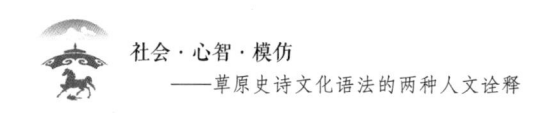

人物、情节、结构、母题和艺术手法到以单篇型、串联复合型为联结方式的整体类型，统统都是史诗共性所蕴含的传统基础。① 显然，史诗类型学的历时来源问题与史诗基本情节的三个发展阶段环环相扣，归根结底就是蒙古史诗文类的三大类型本身的历史演化及其溯源式考察内容。

《论巴尔虎英雄史诗的产生、发展和演变》一文，以巴尔虎史诗的发展规律为例，对四种中小型的史诗文类进行了以母题—母题系列为情节联合的结构分析，从而突出并强调了类型学经验研究的实证主义基础。这事实上完全出于对整个蒙古中小型史诗文类的宏通考察和整体把握，与《江格尔》和《格萨尔》等长篇型史诗文类的类型学分析有着一脉相通的内在关联。该文指出，按其故事情节的差异，可把巴尔虎史诗分为四种类型：其一，关于英雄远征娶亲的征婚型史诗。这种类型以婚姻的征途为叙事主线，把勇士与敌人之间的交锋作为附带性的情节，情节发展比较单一或平直。其二，有关英雄战胜掠夺者的征战型史诗。这种类型一般描述叙事事件中的一次英雄事迹。其三，关于英雄远征娶亲及归来复仇的婚姻+征战型史诗。在这种类型中，时间上的联结和安排不仅使不同的两种情节发展有了逻辑上的衔接或偶合，而且更重要的是使它们在结构上形成了整体的叙事。其四，有关英雄两次战胜掠夺者的复合征战型史诗。该类型主要记述叙事事件中的两次征战事迹。② 可见，以上类型学分析基本属于情节结构研究的早期范畴，是史诗类型学对蒙古史诗类型发生论的综合课题展开考察的初级步骤。

《论巴尔虎英雄史诗的产生、发展和演变》认为，以婚姻型和征战型为中心的第一个早期史诗两种文类产生于史前时期（野蛮期的中低级阶段），现实化依据是以神话、传说和萨满诗歌为基础的原始艺术传统和以婚姻与战争为背景的氏族社会历史。征婚型+复仇征战型的第三个中期史诗文类和两次征战型的第四个晚期史诗文类约产生于原始社会末期或阶级社会初期，是在早期史诗的两大类型基础上发展起来的。中晚期的史诗类型不仅汲取了当时社会现实赋予的大量养分，而且在许多方面继承了原有婚姻和征战两大史诗类

---

① 仁钦道尔吉：《蒙古英雄史诗源流》，内蒙古大学出版社2001年版，第42—43页。
② 详见仁钦道尔吉《论巴尔虎英雄史诗的产生、发展和演变》，《蒙古语言文学》（蒙古文）1981年第1期，第74—81页。

型的传统因素。因此，从第一个史诗类型的产生到最后一个史诗类型的形成，这就是所谓的"英雄史诗时代"；在这一历史时期，蒙古英雄史诗不但以划时代的古典形式被创作出来，还给作为核心要素的情节结构提供了基本骨架。也就是说，情节结构与社会制度、风俗信仰及婚姻观念之间的对应关系是考察史诗创作年代与演化过程的主要依据。比如，英雄到远方去战胜情敌而娶妻和镇压凶残的恶魔蟒古斯等母题或情节所蕴含的叙事用意，不仅仅在于英勇行为或行动的表象层面，而在于氏族或部落时代的英雄精神和内在表现。这些母题或情节可能产生于前阶级阶段的氏族部落社会。如果说那些神话因素、抢婚习俗、算卦占卜现象均源于氏族社会的古老传统，那么人物名称的佛教化等则植根于后期的文化交融和历史接触。① 这无不表明了史诗文类的历时演化及多重维度。

从社会习俗的演化特征看，在后期的史诗中，抢婚现象常常被较文明化了的"好汉三项比赛"所代替，反映出的不仅是情节结构在艺术形式上的改头换貌，而且更多是艺术观念在叙事类型和社会背景中的历时嬗变。从征战的性质或目的上说，早期史诗反映了阶级社会前的各部落之间的掠夺战争，蟒古斯的进攻目的几乎只有一个，即"抢劫妇女"。而后期史诗则反映了源于多种利益关系的各部落之间的大规模战争，蟒古斯更加趋向于人性化，战争目的是"除掠夺妇女和牲畜外，还往往把英雄的父母抓去当家奴"。很明显，这些是家奴观念产生之后的叙事因素。两次征战型史诗文类也基本属于较晚期的史诗类型，这类情节结构与各种社会历史因素之间的复杂关系正说明了其多样化特征。诸如情节结构与历史文化因素之间的对应关系以不断冲击、融合及嬗变为过程或内容，其缘起于各类型的史诗在形式、内容和正反面人物形象等方面发生着不同程度的历时变化。例如，在形式方面，"从小到大、从最简单到较复杂、从单一情节到两个或两个以上的情节、从少数史诗到许多史诗、从一部史诗的一种原文到多种异文"，等等；在内容方面，也"随着时间的远近，因社会性质和阶级关系的变化和讲述者思想观点的不同而发生变化"。其中"神话色彩的因素越来越减少，具体现实的东西越来越多"，古

---

① 仁钦道尔吉：《论巴尔虎史诗的产生、发展和演变》，《蒙古语言文学》（蒙古文）1981年第1期，第81—85页。

老的"早已不存在的事物，逐渐被人们忘记，后期的新东西不断地增加"。也因此，在现有口头流传下来的一些英雄史诗中，不同程度地存在着不同时代、不同社会和不同阶级的历时因素。在各种史诗类型中，包含着它们产生时期的历史内容，但也不乏后期出现的事件和历史因素。因为，史诗是具有多维结构的历史晶体。从形象的内在变化看，反面人物蟒古斯最初都是带有神话、传说色彩的奇幻形象，而后来蟒古斯已变成了敌对方或残暴的可汗形象。这一形象的类型变迁反映了从氏族或部落社会的凶暴酋长和首领到阶级社会的压迫者和剥削者的本质性变化。正面勇士等人物原是代表全部落利益的英雄形象，一般以部落酋长，或以再普通不过的部落成员身份出现在史诗舞台，而随着史诗传统的内在变化，这些英雄人物也都具备了封建汗王的形象特征。①

通过以上类型学分析，可得出这样的初步结论：首先，英雄史诗是在艺术发展的特定阶段上，尤其在原有艺术传统的基础上产生的文学样式。因此，诸如原始的或史前的神话、传说、赞词、祝词、歌谣和萨满诗歌，常常都是史诗产生的艺术前提和必要备件。蟒古斯的传说化成分，是史诗情节发展的核心部分和古老基础，内容包括婚姻、征战及复仇，等等。然后，英雄史诗是社会现实的历史反映，是在特定社会生活的基础上发展起来的艺术现象。关于婚姻、征战及复仇方面的叙事事件往往是史诗所描绘的情节核心，因此，弄清社会制度、习俗及战争的性质不仅是情节结构研究的关键步骤，同时也是界定史诗因素的产生年代特征的重要依据。比如，在蒙古族的社会发展历史上，曾经发生过很多或大或小的战争；从"原始社会的部落战、后来争夺家奴和财产的掠夺战到成吉思汗统一蒙古各部落的战争，乃至元朝灭亡后封建割据时期各封建领主之间的混战，等等"。但就早期巴尔虎史诗的战争特性来看，它所反映的"不是元代以后的封建战争，也不是成吉思汗那种统一各部落的战争，而是原始社会的部落战争"。② 可以说，以上是类型学对早期中小型史诗的综合考察，重点在于结合情节结构和人物形象的历史原型分析，

---

① 仁钦道尔吉：《论巴尔虎英雄史诗的产生、发展和演变》，《蒙古语言文学》（蒙古文）1981年第1期，第85—90页。

② 仁钦道尔吉：《论巴尔虎英雄史诗的产生、发展和演变》，《蒙古语言文学》（蒙古文）1981年第1期，第90—92页。

解析了早期蒙古史诗文类在时空维度上的历史演化，溯源了它们各自的产生年代、地理分布和流布路线。

史诗《江格尔》的产生和形成年代问题非但是与早期中小型史诗的产生和形成年代推论一脉相承的发生学范畴之一，也是史诗类型学还原·发展论的重要基础。《〈江格尔〉论》认为，在摸清《江格尔》产生时代的概念问题之前，应要确定《江格尔》各部或主要情节的构成情况，但涉及差异较大的两种不同观点：一是，《江格尔》历来就是长篇的或整体的史诗；二是，《江格尔》是在神话、历史传说和中小型史诗的基础上发展起来的，是融合了不同时代和社会的历史性因素的艺术综合体。类型学发生论属于上述第二种观点的范畴，而不赞同第一种看法。《〈江格尔〉论》指出，并列复合型史诗文类的时间概念并非源自单一维度的历史因素，而是多维结构的历时综合。这种发生论只解答特定时期并列复合型史诗的"初具规模的范围"的产生问题，而不去解析把所有时期的并列复合型史诗叠加在一起的叙事整体的产生年代、"初具规模的范围"之前的产生时代和某些部分要素的产生时间等。"初具规模的范围"的标准也包括三个必备条件。第一，人物必备：以江格尔、洪古尔和阿拉坦·策吉为中心的形象基础；第二，情节核心必备：以江格尔的宝木巴汗国和其他汗国之间的大规模战争为内容基础；第三，整体性必备：以具有若干诗篇（章节）或雏形规模的并列复合形态为结构基础。因此，作为核心内容的基本情节，它不仅是判断史诗形成时期的主要依据，也是观测社会历史特征的重要尺标。这项工作由三个步骤完成：（1）找出作为内容核心的情节主线；（2）根据内容或情节推断史诗赖以产生的社会特征及历时年代；（3）用与发生学有关的旁证来补充以上依据的不足。即，通过题材、情节主线、思想及形象原型来确定其产生和形成的年代问题。[①] 比如，在社会内容、历史人物、历史事件和部族名称等方面，《江格尔》反映了"蒙古族封建割据时期四部卫拉特地区的内讧和外战"，描述了卫拉特与周边地区的其他民族之间的频繁征战；其中包括卫拉特与东蒙古一些地区和明朝之间的斗争，也有与察合台汗后裔诸汗统治的蒙兀儿斯坦国的哈萨克人、吉尔吉斯人、乌兹别

---

① 详见仁钦道尔吉《论〈江格尔〉的产生年代》，《内蒙古大学学报》（蒙古文）1988年第2期，第1—16页。

克人、诺盖人、维吾人等西部各民族进行的连绵不断的战争。除上述史诗情节与社会历史的对应关系外，纵观卫拉特人的迁徙史、历史人物或事件的名称、地理名称和宗教形态等信息，这些也从多方面说明了明代西蒙古卫拉特地区的社会历史在《江格尔》中的艺术化反映。也就是说，卫拉特人（斡亦剌惕）"他们离开故乡安加拉河一带迁移到了阿尔泰山和额尔齐斯河一带游牧，并且同土尔扈特等部一起建立了早期四卫拉特联盟"。之后约于15世纪开始"为了反映四卫拉特的内讧和外战，运用原有小型英雄史诗的现成素材，把它加以修改和再创作，改变成了并列复合型长篇史诗《江格尔》"。根据以上多方面的考察，《江格尔》的"初具规模的范围"上限是"15世纪30年代早期四部卫拉特联盟建立以后，下限是17世纪20年代土尔扈特部首领和鄂尔勒克（英勇之意）率部众西迁以前，在这200年内《江格尔》的主要部分业已形成"。① 换言之，《江格尔》是产生于15—17世纪期间的以卫拉特部落的社会文化为历史原型的长篇史诗。

正如《〈江格尔〉论》（包括《源流》的部分论述）所指出，与早期中小型史诗的发展轨迹的历史情形相似，史诗《江格尔》的形成过程也无不反映了卫拉特不同时期社会历史的基本模型和发展情况，并把从发生论到还原·发展论的全过程贯穿了起来。但又与早期中小型史诗的形成情况不同，史诗《江格尔》是多部史诗群的"集大成者"，它的成形历史几乎涵盖了所有早期中小型史诗的形成、发展和演化的轨迹主线及历史特性。

二 分布、传播与路线：三个体系和发祥地

发祥地问题的拓展性研究，最早约发端于《论巴尔虎英雄史诗的产生、发展和演变》等相关论述，其以巴尔虎史诗的个案分析为中心，归纳出了境内蒙古史诗的地域分布特征。认为，国内蒙古史诗有三大中心：从巴尔虎到鄂尔多斯的游牧史诗区域、新疆和甘肃等的卫拉特史诗区域和扎鲁特—科尔沁的半农半牧史诗区域；其中对巴尔虎史诗四个情节类型的历史文化分析，进一步考证了蒙古早期史诗的产生年代问题。《蒙古英雄史诗的发祥地考》② 《〈江格尔〉

---

① 详见仁钦道尔吉《〈江格尔〉论》，内蒙古大学出版社1999年版，第200—214页。
② 仁钦道尔吉：《蒙古英雄史诗的发祥地考》，《内蒙古社会科学》（蒙古文）1985年第4期。

第三章 社会行动模仿：史诗类型学的理论构建

与蒙古英雄史诗传统》①《论中国境内蒙古英雄史诗》②等作为关于发祥地问题的分析论基石，不仅重温了该话题的核心论点，并且在此基础上提出了"七个中心""三个体系""核心地带"和"原发祥地"等一系列独创性见解。之后，这些观点最终在《〈江格尔〉论》（包括《英雄史诗〈江格尔〉》）和《源流》等著述中得以完善，并形成为类型学的空间范畴及传播论模式。

史诗类型学受俄苏和德国式传统的母题情节研究之直接启发，以"七个中心""三个体系""核心地带"和"原发祥地"等为主线，从而拓宽了史诗历史主义研究的可能性范畴，弥补了其这方面的空白。比如，《源流》等将原有的四个中心（布里亚特、卡尔梅克以及蒙古国的喀尔喀和西部卫拉特）发展成为七个中心（布里亚特、卡尔梅克、蒙古国的喀尔喀和西部卫拉特、内蒙古呼伦贝尔巴尔虎、哲里木扎鲁特—科尔沁和新疆一带的卫拉特），又把七个中心归纳为三大体系（以新疆卫拉特和卡尔梅克为主的卫拉特体系、喀尔喀—巴尔虎体系和扎鲁特—科尔沁体系），最终还明确了蒙古—突厥史诗的核心地带（贝加尔湖一带和与此毗邻的中亚北部）和原发祥地（贝加尔湖一带的森林地区）。这些概念的提出并非起因于凭空而来的主观想象和揣测，而最直接的依据来自大量几近斑斑可考的历史视角考证。在此，史诗类型学借鉴俄苏和德国式传统的启发性成果，同时又赞同了其部分观点。可以说，史诗产生于"国家"前时期，南西伯利亚和中央亚细亚毗邻地带是各蒙古部族频繁迁徙流动的历史场所和摇篮，随着蒙古汗国的建立、扩张以及民族大迁徙，蒙古各部族稀疏地散落于欧亚大陆；这些历时因素为"史诗迁徙"过程增添了历史地理学的主要特征。三大体系概念是在七个中心这一分类基础上提出来的，也是考察史诗传承的核心地带和原发祥地的方法论基础之一。因为，三大体系这一概念所暗示的是一个事物的双重性特征和对立统一关系，即同一体系内部的共性和不同体系之间的个性（差异性）。这体现在以下三方面：一是布里亚特体系的英雄史诗。主要流布地区有贝加尔湖周围布里亚特人的居住区、蒙古国境内布里亚特人的居住区、中国呼伦贝尔布里亚特人的居住

---

① 仁钦道尔吉：《〈江格尔〉与蒙古英雄史诗传统》，《蒙古语言文学》（蒙古文）1987年第3期。
② 仁钦道尔吉：《论中国境内蒙古英雄史诗》，《蒙古语言文学》（蒙古文）1989年第1期；另见《关于中国蒙古族英雄史诗》，《民族文学研究》1992年第1期。

区和与此毗邻的鄂温克人的居住区等。二是卫拉特体系的英雄史诗。主要分布区域位于中国新疆、青海和甘肃卫拉特人的居住地、俄罗斯伏尔加河下游卡尔梅克人的居住地和蒙古国西部各省卫拉特人的居住地等。三是喀尔喀—巴尔虎体系的英雄史诗。该体系分布于蒙古国喀尔喀、中国内蒙古巴尔虎和扎鲁特—科尔沁、内蒙古中部察哈尔、阿巴嘎、乌拉特、鄂尔多斯等地区。正如《源流》所提出，在蒙古史诗的七个中心里，已发现的史诗远远超过550部，它们既有诸多的共性，也有差异性。作为差异面的各地区和部族特征表明了史诗艺术自身发展的演化规律，而相似性特征则说明了某种渊源上的共性。除有关变化、过程等的典型差异性外，诸如题材、主题、人物、情节、结构、母题和艺术手法均接近于共性基础的传统范畴。因此，单篇型和串联复合型的两大类型在七个中心地带普遍存在，凸显出蒙古史诗传统本身的古老性和演化特征。①

史诗类型学认为，源于社会行动的共性范畴以题材、主题、人物、情节、结构、母题和艺术手法构筑起七个中心和三大体系的理式基础，它们与部族社会的制度、经济、宗教、习俗，乃至迁徙历史息息相关，始终决定着史诗得以发展和流传的历史命运。因而，从各部族的迁徙史出发，对蒙古史诗的历史文化背景进行考察，是寻找蒙古史诗的最初发源地和核心流布地域的最佳途径，也是方法论上的重要保证。读者可观察以中北亚大陆的地名标记为中心的地图形貌，不难发现其地名与以上七个中心和三大体系的区域位置相对应，有助于去理解七个中心和三大体系的具体分布情况。

据《蒙古秘史》和《史集》中的相关记载，史诗类型学指出约在11—12世纪之前，尚未形成统一民族的蒙古各部落散居于南西伯利亚和中央亚细亚的广阔地域，后又发展为以狩猎和游牧为生产方式与经济基础的森林和草原两个部落。森林部落最初居住在从贝加尔湖、叶尼塞河到额尔齐斯河（流入鄂毕河）的流域地区，草原部落则居住于从呼伦湖和贝加尔湖到阿尔泰山西麓地带的广袤区域。追溯其源头，新疆的卫拉特人、蒙古国的西部卫拉特人和卡尔梅克地区的卫拉特人均属于森林部落，发源于从贝加尔湖到西北部安加拉河一带八河的森林地区。巴尔虎部落和布里亚特部落也源于贝加尔湖以

---

① 详见仁钦道尔吉《蒙古英雄史诗源流》，内蒙古大学出版社2001年版，第43—45页。

东巴尔古津地区和贝加尔湖周围地域。蒙古国的喀尔喀人是后来形成的一种地域性共同体，而蒙古国的西部卫拉特也与新疆卫拉特有着共同的历史联系。由此断言，作为森林部落的发源地，从贝加尔湖到安加拉河一带的森林地区不仅是卫拉特人、巴尔虎人和布里亚特人的共同家园或"原故乡"，同时也是包括七个中心和三大体系在内的整个蒙古史诗传统的发祥地。大约在11—12世纪，森林部落和毗邻草原部落的居住区已成为蒙古史诗传统的"核心地带"，其中主要部落的聚居区逐渐变成了蒙古史诗传承的发生点和中心。因而，在共同体时期的原有基础上，各个中心不但继承了原共有的史诗传统，还不断发展并酝酿出了具有地域特征的各部族史诗。此时，在三大体系中，单篇型和串联复合型的两大史诗类型已初具规模，但还未发展成为较大的并列复合型史诗。从历史记载看，布里亚特人数百年来长期居住于相对稳定的生活环境，几乎没有远离贝加尔湖一带。因此，布里亚特史诗在原发源地得以进一步丰富和发展，不断增加了不同历史时期的新的内容和形式。布里亚特《格斯尔》可谓这方面的典型例子。约在13世纪成吉思汗建国时期，卫拉特各部落已开始南迁，15世纪左右逐渐迁徙到阿尔泰山一带去游牧，同土尔扈特、杜尔伯特等部落共同建立了卫拉特"四部联盟"。即，卫拉特英雄史诗的共性特征恰好反映了从15世纪初卫拉特"四部联盟"的建立至17世纪初土尔扈特部首领和鄂尔勒克西迁以前的历史状况。《江格尔》作为并列复合型史诗的典范，它的形成几乎涵盖了从单篇型和串联复合型史诗到并列复合型史诗的三个发展阶段的整个历程。13世纪以后，巴尔虎部落向东游牧，经过多次的大型迁徙，约在18世纪30年代左右脱离喀尔喀人，最终定居于现在的呼伦贝尔。该体系的共性特征大概形成于以喀尔喀、巴尔虎和扎鲁特等各部的历史接触为前提的共同体时期。与13世纪以前的原有传统相比，现有的巴尔虎—喀尔喀体系史诗已发生了不少的变化。但多数史诗以短篇形式流传，并非像卫拉特体系的史诗那样有大幅度的发展和变化。① 以上是史诗类型学有关空间范畴的历史—地理论证的核心部分，考察了从七个中心、三大体系到核心地带、发祥地的发生学课题。据空间发生（传播）论的类型学分析，现有的蒙古史诗均来源于共同体时期的史诗传统，从贝加尔湖到安加拉河一带

---

① 仁钦道尔吉：《蒙古英雄史诗源流》，内蒙古大学出版社2001年版，第45—47页。

的森林地区是最初的发祥地。森林部落和毗邻的中央亚细亚北部地区则是突厥—蒙古史诗的核心地带。① 所有不同部族史诗的相似点正阐明了史诗文类在起源上的共性一面，作为差异面的地域和部族特征则表明了共性在时空范畴上的演化规律。图 3-1 反映其七个中心、三大体系和核心地带、发祥地之间的关系情况，从中可以看出发生类型学的空间范畴论的基本步骤和大致轮廓。

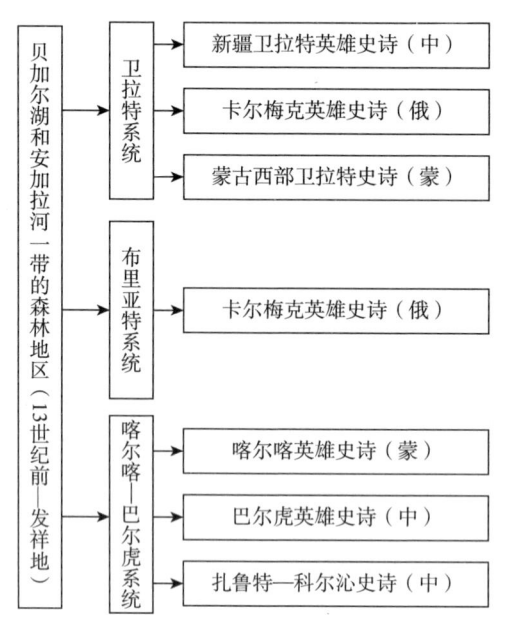

```
                              ┌──→ 新疆卫拉特英雄史诗（中）
                   ┌─卫拉特─┼──→ 卡尔梅克英雄史诗（俄）
                   │  系统  └──→ 蒙古西部卫拉特史诗（蒙）
贝加尔湖和安加拉河 │
一带的森林地区─────┼─布里亚特─→ 卡尔梅克英雄史诗（俄）
（13世纪前·发祥地）│  系统
                   │            ┌──→ 喀尔喀英雄史诗（蒙）
                   └─喀尔喀—────┼──→ 巴尔虎英雄史诗（中）
                      巴尔虎系统 └──→ 扎鲁特—科尔沁史诗（中）
```

图 3-1（根据《〈江格尔〉论》、《源流》等）

共性和个性的课题不仅是发生学空间论分析的重要切入点，而且也是与发祥地和年代论断相辅相成的类型学分析论之一。这项尝试的雏形早在《论巴尔虎英雄史诗的产生、发展和演变》和《巴尔虎和卫拉特英雄史诗的共性和个性》② 中得以滋养，通过《论中国境内蒙古英雄史诗》③、《关于中国阿尔

---

① 详见仁钦道尔吉《蒙古史诗产生的发祥地考》，《内蒙古社会科学》（蒙古文）1985 年第 4 期，第 54—74 页。
② 仁钦道尔吉：《"附录"——巴尔虎和卫拉特英雄史诗的共性和个性》，载《那仁汗传》，民族出版社 1981 年版；另见《内蒙古民族师范学院》（蒙古文）1983 年第 2 期。
③ 仁钦道尔吉：《论中国境内蒙古英雄史诗》，《蒙古语言文学》（蒙古文）1989 年第 1 期；另见《关于中国蒙古族英雄史诗》，《民族文学研究》1992 年第 1 期。

泰语系民族英雄史诗、英雄故事的一些共性问题》①、《中国阿尔泰语系民族的英雄史诗——英雄故事中的勇士和蟒古斯形象》②、《略论〈玛纳斯〉与〈江格尔〉的共性》③ 等加以丰富和发展,最终《〈江格尔〉论》(包括《英雄史诗〈江格尔〉》)和《源流》把共性和个性问题真正纳入发祥地的元范畴,从而对其做了理论上的补充和归纳。

《〈江格尔〉论》和《源流》在强调突厥—蒙古史诗和北方各民族史诗的共同来源同时,还论析了七个中心和三大体系的共性和个性特点。事实上,这种把国外的相关史诗资料作为参照点,对国内巴尔虎、布里亚特、扎鲁特、鄂尔多斯、乌拉特、青海和肃北县的和硕特及新疆卫拉特等地区的史诗进行特征论分析,其重点在于同一地区内的共性和不同地域之间的差异性方面。**一是巴尔虎史诗**。分布在巴尔虎、察哈尔、阿巴嘎、鄂尔多斯和乌拉特等地方,主要特征有:(1)与卫拉特和布里亚特史诗相比,变化相对少,基本属于原始史诗的传统模式。(2)该地区史诗的内容是以族外婚和部落征战为基础的。(3)情节简单,结构严密,篇幅不大,人物不多;一般属于单篇型和串联复合型的史诗类型,主人公(或蟒古斯)常常是单枪匹马进入行动序列中,助手和兄弟的数量也极其贫乏。**二是布里亚特史诗(呼伦贝尔)**。由于历史条件和地理环境的原因,布里亚特史诗的情形相对复杂,一方面保留布里亚特史诗的传统性特征,另一方面也受到了巴尔虎史诗和达斡尔人、鄂温克人的英雄故事的部分影响。其特征有:(1)迎敌作战式的单篇型和串联复合型史诗相对居多。(2)该地区史诗所反映的家庭矛盾内容,与巴尔虎史诗的情形不同。(3)有关凤凰感恩的母题较奇特,在旅途中,勇士常常射死毒蛇而救出凤凰的三个女儿,随后又在凤凰的帮助下脱险并平安无事等。(4)勇士死而复生的情节也不少,目击者一般都是敌对方或未婚妻的父亲以及家里的亲人,而保护者大都是坐骑、猎狗和猎鹰等。(5)关于阴间或下界情景的情节,勇士掉入陷阱和地下寻人等。(6)女佣冒

---

① 仁钦道尔吉:《关于中国阿尔泰语系民族英雄史诗、英雄故事的一些共性问题》,《民族文学研究》1989 年第 6 期。

② 仁钦道尔吉:《中国阿尔泰语系民族的英雄史诗——英雄故事中的勇士和蟒古斯形象》,《内蒙古师范大学学报》(蒙古文)1990 年第 1 期。

③ 仁钦道尔吉:《略论〈玛纳斯〉与〈江格尔〉的共性》,《民族文学研究》1995 年第 1 期。

充公主嫁给勇士的特殊情节(《阿拉坦沙盖》),这一情形在其他地区的史诗中较少见。**三是扎鲁特—科尔沁史诗**。由于讲述形式和内容的独特性,学界习惯上把它称为英雄史诗或"蟒古斯故事"。从情节特征看,该地区史诗有短篇型和长篇型两种类别。《阿拉坦格日勒图汗的勇士阿布拉古朝伦》《镇压蟒古思的故事》《杰出的好汉阿日亚夫》均属于短篇型的史诗类型,而《阿斯尔·查干海青》和《宝迪·嘎拉巴汗》则属于长篇型的文类范畴。这一故事类型在内容、风格、表现手法、诗歌语言和程式化手法等方面极为独特,与其他地区的蒙古史诗传统形成了鲜明的对比。此外,还有《孤儿灭魔记》《英雄道喜巴拉图》等。①

四是鄂尔多斯史诗。有三种类型:(1)较完整且古老的小型英雄史诗;(2)不完整的史诗片断(《阿如印德格都·阿日亚夫》仅是一部序诗);(3)英雄史诗和民间故事的混合体(《好汉温迪》《珠盖莫尔根》《吉尔格勒岱和莫尔格勒岱》和《扎雅夫的史诗》)。同巴尔虎史诗一样,鄂尔多斯史诗也基本属于喀尔喀—巴尔虎体系,因被遗忘和退化而出现诗性减弱,故事化和传说化的倾向相对浓厚。**五是乌拉特史诗**。该地区史诗一般属于喀尔喀—巴尔虎体系,但也不乏其本土特色的晚近因素。主要特征有:(1)民间故事性因素(情节和母题)较多;(2)佛教因素及影响;(3)受各地影响的文化特征。该类史诗也常处于被遗忘的转变语境中,原有传统日益衰退,故事化和现代化的因素愈来愈多。**六是青海和肃北的和硕特史诗**。和硕特史诗是在青海和肃北地区流传的卫拉特史诗的变异类型。和硕特人在乌鲁木齐一带生活的200年间(15世纪上半叶至17世纪20年代)是新疆卫拉特史诗与和硕特史诗的共同体时期,共性特征基本源自这一历史时期。在和硕特史诗中,已有了以婚事型、婚事加征战型和家庭斗争型为情节基调的单篇型和串联复合史诗类型,但仍处在被遗忘的流变状态,而且散文化和故事化倾向毫不逊色于鄂尔多斯史诗的情形(除《汗青格勒》外)。②

七是新疆(蒙古)史诗。除广泛流传在新疆土尔扈特、厄鲁特、和硕特、

---

① 仁钦道尔吉:《蒙古英雄史诗源流》,内蒙古大学出版社2001年版,第53—54、55—56、57—58页。

② 仁钦道尔吉:《蒙古英雄史诗源流》,内蒙古大学出版社2001年版,第59—60、60—61、62—63页。

察哈尔等地区外，卫拉特史诗普遍流布于中、俄、蒙三国境内。卫拉特史诗的共同特征，有三种。其一，新疆地区《江格尔》与其他中小型史诗在叙事模式和风格、情节、结构、人物、艺术手法方面有许多相似性。其二，新疆《江格尔》和卡尔梅克《江格尔》是同一部长篇英雄史诗，尽管在两个地区流传的部数有所差异，但两者规模相近，模式和风格也基本相同。其三，新疆、青海和甘肃地区中小型史诗与蒙古国西部地区卫拉特史诗也许多相同之处。卫拉特史诗与其他地区史诗的差异如下：（1）与布里亚特史诗、巴尔虎英雄史诗相比，卫拉特英雄史诗虽然最初也取材于共同体时期的史诗传统，但随着不断的发展和演变，这种变异和发展程度远远超出了前两者的变化。如果说卫拉特史诗在部族的迁徙史基础上发展了原有史诗传统，那么与此不同，扎鲁特—科尔沁史诗则在原有的蟒古斯故事传统上发展并增加了大量的胡尔奇故事和晚近文化方面的结构性因素。（2）和巴尔虎史诗一样，卫拉特史诗也反映了氏族社会婚俗和战争方面的历史现实，但不同点在于封建割据的汗国争斗和氏族社会的相互争夺。（3）巴尔虎史诗的情节较简单，派生情节和插曲相对少；卫拉特史诗的情节复杂曲折，其中派生情节和各种插曲较多。（4）卫拉特大型史诗一般属于由一代或一个人发展到几代和多人的长篇史诗，而巴尔虎史诗则属于以一代或少数人为中心的中小型史诗范畴。（5）容量和篇幅的差距也较大。卫拉特史诗的容量和篇幅较大，而其他地区史诗的容量和篇幅都相对小。[①] 以上是史诗类型学有关共性和个性的分析论部分，考察了不同地区的史诗文类的异同点，从而丰富和拓宽了发生传播论的理论外延与可能性范畴。《源流》等把共性的前提视作事物个性发展的基础，把个性的发展看作共性的历史结果或变异形态，是类型学方法论的一大特色。

发生学的空间范畴论以史诗文类和地理分布的历史关联为基点，考察并阐明了从"核心地带"和"原发祥地"到"七个中心""三大体系"的历史演化和以共性和个性为中心的类型学特征论等，还强调了共性和个性分析在空间范畴论意义上的重要性。

[①] 仁钦道尔吉：《蒙古英雄史诗源流》，内蒙古大学出版社2001年版，第64—66页。

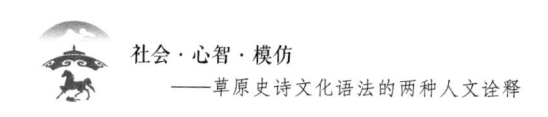

第二节　还原的类型学：社会文化与原型考论

一　艺术的本源问题：信仰及宗教的维度

艺术本源的相关论述，最早出现在《新疆〈江格尔〉与江格尔奇》①、《〈江格尔〉与蒙古英雄史诗传统》② 等中，并又接续到《萨满教与蒙古英雄史诗》③ 等完善和发展中来，最终《〈江格尔〉论》（包括《英雄史诗〈江格尔〉》）和《源流》使其铸就成较为完整的类型本源论和方法论基础。

《源流》认为，英雄史诗作为一种综合性的艺术体裁，它的起源和形成过程极其复杂。草原或蒙古史诗的起源问题与由多重因素构成的传统基础密切相关，这些历史因素包括基于社会文化的艺术前提、社会历史的现实背景、史诗艺人及他们的生活体验和世界观，等等。从文化的层面看，产生于本土诗性语境的文化事件不是"个体参与者们的行动总和，其中的每一个成员（动作）都不完整地传递了一个预先存在的模式，而是一些场景，在这些场景中被共享了的文化从相互作用中显露出来"。同时，行为和结构作为传统关系的两个方面，那些行动"被看作为一种预先的心理结构之反射，那些被拒绝了而有助于呈现的结构凭借处于其中的行动"④。在蒙古地区，早期的史诗艺人具有萨满祭司的职能，这一事实在布里亚特地区、蒙古国、卡尔梅克共和国和新疆卫拉特地区的相关报告中已得以实证。这种观点还认为，神创作和传授了史诗，有时史诗英雄就是神的化身，因此史诗演唱会给民众带来幸福。也就说，早期史诗可能就是关于始祖、部族或神的神圣历史，因为凭借萨满祭司—史诗艺人的超人技艺得以流传下来。值得一提的是，英雄史诗的内容与萨满教创世观念、宇宙观念和形象塑造有着密不可分的内在关联。

第一，从创作思想的特征看，蒙古英雄史诗在萨满教世界观的潜移默化

---

① 仁钦道尔吉：《新疆〈江格尔〉与江格尔奇》，《内蒙古师范大学学报》（蒙古文）1984年第2期。
② 仁钦道尔吉：《〈江格尔〉与蒙古英雄史诗传统》（蒙古文），《蒙古语言文学》1987年第3期。
③ 仁钦道尔吉：《萨满教与蒙古英雄史诗》，《民族文学研究》2001年第4期。
④ Dennis, Tedlock and Bruce, Mannheum, *The Dialogic Emergence of Culture*, University of Illinois Press, 1995, pp. 2–5.

影响下形成和发展，基本素材取自萨满祭祀诗歌的内容和形式。因为，创世和宇宙的观念常常作为萨满教世界观的主要内容，从生命本源的时空概念中获得艺术的元形式。同理，史诗一般以英雄诞生时代为开端，这就是所谓的"创世时代"。从某种意义上讲，由神话学的"创世时代"到人类的"英雄时代"的历时转化，实际上暗示了史诗叙事时态的演化过程特征。

第二，时间和空间概念，作为本土宇宙学的观念基石，引出了关于英雄的行动及事件。因而，以人与神或自然界的关系为基础的生命联结，对宇宙的结构赋予本源的完整意义，使其构成了世界秩序的关系网络。犹如英雄史诗中的一切，包括时空概念在内的关于神奇山河和凶禽猛兽的种种描绘，都在神话和萨满世界观影响下被创作了出来，无一不浸润着萨满教的古老观念。

第三，英雄史诗里的正反面人物是在一定程度上被神格化了的半人半神式的形象类型。比如，"白老翁、仙女、占卜者、巨人、妖婆形象，尤其是关于正面英雄和反面蟒古斯的形象塑造"；此外还有"极具特殊智能的战马、猎狗和猎鹰，甚至没有生命的弓箭和刀枪也不乏其神力，等等"。

据相关考证，音乐作为萨满诗歌的生命力量，是史诗演唱中不可或缺的核心要素。作为共同心灵的旋律基础，源于极富感染力的韵律流动和由此而来的生命冲动。因为，叙事和抒情因素有机地结合，时常借助于程式化的诗句表达，是萨满诗歌、祝词、赞词等古老诗歌创作模式的核心所在。它不仅植根于宗教土壤的艺术前提，还来自史诗整体结构的本源含义。在英雄史诗产生之前，神话、传说以散文体的形式流传，而祭词、萨满诗、祝词、赞词、古歌谣和谚语则借以作为韵文体的形式留存了下来。英雄史诗作为"原始的叙事体裁"的演化形态，它是"把散文体的叙事传统与韵文体的抒情和格律相结合而形成的"。例如，故事发生的时间、地点、英雄及其妻子（或未婚妻）、家乡、官帐、战马、盔甲、武器，等等；这些无不渗透着抒情和叙事的结合因素，核心是植根于萨满祭祀诗、祝词、赞词的传统基础。即，史诗是集体创作的艺术结晶，最初是"以口头形式产生的零散传说和诗篇，在流传过程中不断地充实和发展，经过有才华的艺人们的加工和整理而变成为长篇史诗"[①]。因而，无论是后期的长篇史诗还是原始的小型史诗，统统都是以集

[①] 详见仁钦道尔吉《蒙古英雄史诗源流》，内蒙古大学出版社2001年版，第68—89页。

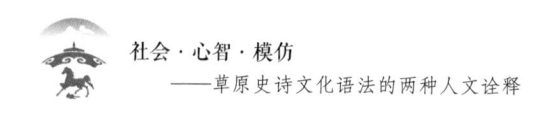

体的方式被创作出来的。

《源流》又指出，国内外学者曾关注过"史诗与神话、传说的联系问题，尽管他们采用的资料和侧重点有所不同，但都承认这些体裁之间的密切关系"。早期蒙古史诗是在氏族社会的一定发展阶段上产生的原始艺术体裁，其中不但留存着较原始的萨满教因素，也吸收了古老的神话、传说成分。因此，在这些被史诗化了的神话传说中，最重要的是勇士与蟒古斯斗争的传说，因为这种传说对后期史诗的情节结构提供了现成的题材。神话形象和神话母题作为口头文化的古老基础，是在史诗与神话、传说和故事中普遍存在着的具有共性的传统事项因素。显然，史诗类型学不仅关注起因于"共同源泉"的相似性和共性论题，还要考察"由彼此之间的缺乏联系而造成的或相似社会背景上出现的类型"课题，这与由维谢洛夫斯基（A. Veselovsk）、日尔蒙斯基和梅列金斯基等提倡的"历史类型"方法论有着密切的联系。如果说"共同源泉"所指的是"原始社会的现实斗争，那么史诗与神话的相似性就不属于起源上的共性，也不属于相互影响，而是属于类型学问题"①。

以蟒古斯形象为例，一般是凭借艺术想象而被创造出来的超自然形象，但也不乏其社会生活的现实影子。最初的形象基础则来自社会现实和以早期神话、传说为中心的艺术传统。首先，关于蟒古斯吃人肉、吞活人的文化现象可能源于社会生活的蒙昧风俗基础。这种吃人肉或吞活人现象与从蒙昧时期到野蛮时期中级阶段的社会现实相对应，反映了在不发达社会阶段上的相关特征。随着社会生产力的发展和进步，食人现象虽然逐渐失去了其社会性的现实意义，但不是通过现代人生活习俗中的实践过程，而是借助宗教和社会习俗的叙说和再度洗礼使其凝成了后世对社会生活体验的历史回忆。即，吞活人现象的来源"与蛇的特征和关于蟒蛇的传说有关联，蟒古斯吞活人的情景与蛇把小动物吸入嘴的现象十分相似"。其次，关于多头蟒古斯的文化事项，也暗示了另一种解释的可能性。首领战盔上的多种装饰和图案同蟒古斯的多头现象有内在的联系，数量多的象征意义在于展现其势力和力量的强大。这与海西希所谓的面具文化现象有惊人的相似之处。最后，蟒古斯形象是一种富有象征性的形象，它随着社会历史的发展已经历了三个发展阶段：自然

---

① 仁钦道尔吉：《蒙古英雄史诗源流》，内蒙古大学出版社2001年版，第102—107页。

界或凶禽猛兽的象征→刽子手和敌对氏族的象征→掠夺者和奴役者的象征。如果说在早期的短篇型和中篇型史诗中蟒古斯代表或象征了自然界、凶禽猛兽以及刽子手和敌对氏族，那么在晚期的《江格尔》和《格斯尔》等长篇史诗中蟒古斯则变成了主要反面人物的代名词。诚然，从氏族社会的血缘复仇到封建时期的联盟征战，从氏族特征的蟒古斯称谓到后期的汗、莫尔根、巴托尔、布赫和艾尔等名称，这些无不体现了艺术与社会历史之间的实际联系。① 以上作为围绕艺术本源问题而展开的类型学考察，核心在于以早期萨满文化和口头传统的共性联结为中心的溯源式分析。

《〈江格尔〉论》聚焦于史诗《江格尔》的起源问题，认为口头艺人们以各种各样的神话传说为基本素材，在不同历史时期把《江格尔》不断地丰富和发展，使其成为具有浪漫主义色彩的长篇史诗。比如，有关孤儿（镇压蟒古斯或当汗王）、神箭手、巨人、飞毛腿、移山大力士、三仙女、天鹅姑娘、妖精美女、黄铜嘴黄羊腿妖婆、下界寻人、地下库克达尔罕（青铁匠）、英雄驯养野兽等诸多神奇因素，通常出现在《江格尔》的不同诗篇中，这便说明了《江格尔》的部分内容源自历史传说的艺术基础。从《江格尔》的不同异文看，不只是主人公江格尔，而且包括雄狮勇士萨布尔等都是无家可归的孤儿形象。在蒙古族地区，尤其在卫拉特人中不乏类似的孤儿传说。例如，卫拉特民间故事《孤儿灭蟒古斯》《孤独的努台》、卫拉特史诗《杭格勒库克巴托尔》《北方孤独的伊尔盖》《那仁汗传》和准噶尔或绰罗斯的贵族起源传说中都记述了孤儿长大成人的艰苦经历，勾画了孤儿通过自身的努力当上汗王的奋斗事件。这类孤儿传说的传统情节在卫拉特地区借以不同的角色和称谓广为流传，并且卫拉特人的孤儿传说"与孤儿出身的江格尔可汗形象之间存在着源流关系"。因为这些孤儿成为勇士或首领的传说很可能源于"蒙古和整个中央亚细亚地区民众当中普遍存在过的共同传说"。另外，在《史记·大宛列传》等汉文古籍中也有孤儿出身的首领传说，这正说明了北方各民族孤儿传说的古老性。从整体特征的相关比较看，早期的古老史诗凸显了孤儿或英雄为氏族而生存和为氏族领地而征战的英勇精神，歌颂了忠于氏族和土地的集体思想。而《江格尔》则继承早期史诗和孤儿传说的传统模式同时，又

---

① 仁钦道尔吉：《蒙古英雄史诗源流》，内蒙古大学出版社2001年版，第96—102页。

把汗国之间的斗争升格为核心情节和主题事件,传达出了较文明时期的爱国家、人民的英雄主义精神。人物较少,主要人物多属同一类型,一部史诗的几个人物往往是同辈英雄;这是早期蒙古史诗的形象学特点之一。与早期的蒙古史诗相比,卫拉特英雄史诗又向前迈进了一步。比如,在《那仁汗传》《珠拉阿拉达尔汗》《策尔根查干汗》《那仁达赖汗和他的两个儿子》等中,人物类型趋于多元化,描述的是关于几代人或不同角色的多重化事件。而在《江格尔》中,那些类型化的人物形象(早期史诗)已有了鲜明的个性化特征。简单说,孤儿英雄为妻室而引发的征战和与各种恶魔进行的斗争是蒙古—突厥史诗的古老题材,也是在情节结构方面的传统基石。作为史诗传统的主要两种形式,抢婚型和复仇型史诗为后期的史诗类型提供了基本的情节素材,并在前者的基础上产生了考验女婿型史诗;在后者的基础上出现了财产争夺型史诗。在某种意义上讲,这与普罗普和海西希的相关研究有着内在的理论联系。① 以上是史诗类型学对史诗与传说的关系问题的综合考察,重点在于传说的史诗化和史诗的传说基础两个方面。

《〈江格尔〉论》和《源流》探讨早期的中小型史诗和较晚期的《江格尔》等长篇史诗的起源问题,得出结论如下:早期中小型史诗的主题基础是勇士的婚姻和勇士与蟒古斯的斗争;史诗《江格尔》取材于早期的孤儿传说和历史化传说;等等。通过以上比较发现,草原史诗的起源研究不仅与《〈江格尔〉论》和《源流》中提到科契克夫和热·娜仁托娅等的孤儿传说起源论有相同之处,而且与日尔蒙斯基、梅列金斯基和涅克留多夫等所主张的历史类型研究也有着方法论旨趣上的相近性。

二 原型的社会基础:形态、制度和结构

社会历史原型的相关论述,早在《论巴尔虎英雄史诗的产生、发展和演变》②、《巴尔虎、卫拉特英雄史诗的共性和个性》③、《蒙古史诗的情节结构的

---

① 详见仁钦道尔吉《〈江格尔〉论》,内蒙古大学出版社1999年版,第215—232页。
② 仁钦道尔吉:《论巴尔虎英雄史诗的产生、发展和演变》,《文学遗产》1981年第1期。
③ 仁钦道尔吉:《"附录"——巴尔虎、卫拉特英雄史诗的共性和个性》,载《那仁汗传》(蒙古文),民族出版社1981年版。

发展》①等中初具雏形，后又在《〈江格尔〉论》，包括《英雄史诗〈江格尔〉》和《源流》等中发展成较完整的、以社会历史原型为准线的类型方法论基础。

根据早期史诗的类型特征，《源流》分析单篇型史诗和串联复合型史诗的几种亚类型和社会文化特征，还考察了史诗类型与社会事件之间的历史联系。作为一种原始的艺术体裁，英雄史诗是父系氏族社会的产物，反映出的核心是以婚姻和征战为主线的英雄行动和事迹。因此，史诗文类并非对社会生活和历史现实的简单复制，而是以历史现实与艺人想象的互动联结为关系基础的社会历史事件的艺术呈现。以上观点作为类型学方法论的关键论题，与普罗普、梅列金斯基和海西希的史诗主题研究有着密切的联系。普罗普指出，"畜牧的伟业"和"与恶魔进行的斗争"是原始公社制社会末期史诗创作的中心主题，因为"国家出现前史诗的社会意义在于讴歌取代氏族的家庭"。而梅列金斯基认为，除了普罗普的两大主题之外，氏族复仇的战争主题也同样重要，因为史诗内容（西伯利亚和布里亚特）所表现的是"为实现氏族准则和理想而进行的英勇斗争"。②在海西希看来，蒙古史诗作为求婚型故事的典范，重点描绘主人公为寻找未婚妻而出征、作战，最终演化为成婚成家的壮观事件。不难发现，史诗类型学把目光聚焦于婚姻习俗制度和社会事件的内在层面上，从而对两大核心主题、史诗类型的社会历史原型问题做了详尽的分析。早期史诗文类包括单篇型和串联复合型两大类型，而后期的或发展型史诗与并列复合型长篇史诗相对应。其中，婚姻型史诗和征战型史诗两大体系奠定了史诗类型学的论题基础，决定了方法论的基本点。

关于婚姻和战争的史诗类型，作为类型学原型论的第一个考察点，分析集中于早期史诗的婚姻和战争主题两方面。其一，从原型的角度看，为妻室而远征的婚姻题材无非作为族外婚习俗的艺术化呈现，反映了父系社会的婚姻制度。一般而言，婚姻类型可分为抢婚、考验婚和包办婚三个亚类型。在蒙古史诗中，有关抢婚和考验婚的叙事题材基本属于族外婚的风俗范畴，但

---

① 仁钦道尔吉：《蒙古史诗的情节结构的发展》（蒙古文），《内蒙古大学学报》1986年第1期。
② 详见[苏]梅列金斯基《英雄史诗的起源》，王亚民等译，商务印书馆2007年版，第8—14、235页。

这些并不表明婚姻习俗的恒定固化的不变形态，而只说明社会习俗在史诗化的流传过程中的不断变迁。历史地看，抢婚习俗产生于从野蛮时期对偶婚的发生到文明时期一夫一妻制的建立这一过渡阶段，反映了男女两性关系的"缺乏状态"和族外婚的萌芽情形。抢婚的起源，起初与"男子无力偿还妻子身价"的社会现实有关。此如，弗拉基米尔佐夫曾在《蒙古社会制度》中论及蒙古古代或封建式社会的抢婚习俗问题。日尔蒙斯基认为，抢婚是一种世界性的史诗情节，希腊史诗和印度史诗中的抢夺美女情节均渊源于原始的抢婚风俗。① 韦斯特马克（westermarck）指出，抢婚习俗起因于两种不同的社会现实问题：战争和以普通的方式难以娶得妻子。② 从婚俗的变迁看，考验婚是抢婚习俗的演化形态，也是历史发展的必然产物。婚姻和家庭制度的变化，不仅是社会发展本身的核心内容之一，也是影响和决定艺术发展方向的原动力。也就说，抢婚型和考验婚型两种史诗类别反映了婚姻习俗在史诗传承中不断演化的历史特征。因此，考验婚题材与进步的社会文化变迁相关联，映射了人们对社会婚姻制度的新认识和态度。在史诗世界中，关于岳父考验女婿的婚俗事项，经常与赛马、射箭、摔跤"三项比赛"相辅相成，从而构成了考验婚型史诗类型的情节结构基础。在此，当选女婿的资格是通过三项比赛而获得的，主人公的社会使命在于"对婚姻权利的维护和解放"。与此相反，女方或岳父的潜在目的，不仅在于女儿的前途或双方的未来声誉，还在于以联姻的方式建立强大的氏族联盟，不断壮大自己的力量，扩大和提高自方的势力与地位。因为，考验型史诗以部落或氏族联盟的社会现实为历史原型，反映了封建化社会的雏形和萌芽时期。这与11—12世纪蒙古社会的基本情况十分相似。③ 此外，在蒙古史诗里，结拜兄弟的情节与考验婚的叙事模式发生关联，为类型学的原型考察增添了一种独特的比较领域。因而，关于结拜兄弟和考验婚情节的类型比较分析，集中在一些行为的程序和内容、社会习俗的内涵以及文化政治的意义等。从行为的程序和内容看，两者均采用了比赛或对抗的行动模式；从社会习俗的内涵看，两者具有仪式化和惯

---

① 仁钦道尔吉：《蒙古英雄史诗源流》，内蒙古大学出版社2001年版，第89—93页。
② 详见［芬兰］韦斯特马克《人类婚姻史》，李彬等译，商务印书馆2002年版，第678—709页。
③ 仁钦道尔吉：《蒙古英雄史诗源流》，内蒙古大学出版社2001年版，第93—96页。

例化的规范特征；从文化政治的意义上讲，两者均凸显出以建立氏族联盟中心的社会历史的原型含义。在蒙古—突厥英雄史诗中，"三项比赛"（赛马、射箭、摔跤）与结拜兄弟和考验婚文化事项等相关联，不仅表明了游牧民族习俗文化的整体化特征，还突出了社会活动和文化制度的原型含义。这与日尔蒙斯基所谓以赛跑，或射箭，或摔跤为轴心的比赛情节概念有着相近之处。历时地看，从匈奴到元代，"三项比赛"始终是蒙古社会的主要集体活动，但其中也不乏其政治化和娱乐化的后期因素。可以说，考验或比赛不但是作为社会集体活动的文化常态，更是属于社会制度范畴的重要习俗内容之一。因此，在蒙古英雄史诗里，考验或比赛无疑是以社会现实生活和民间风俗为原型的艺术反映。①

早期中小型的征战型史诗，以勇士与蟒古斯的相互斗争为情节结构核心，呈现了氏族斗争的社会现实，形象的原型来自神话、传说的传统土壤。根据战争情节的特征，把蒙古史诗可分为如下几个类型：复仇型史诗、财产争夺型史诗和部族联盟型史诗等。有关战争情节的类型学原型分析集中在早期的复仇型史诗和中期的财产争夺型史诗方面。其一，以复仇型史诗为例，情节内容一般以勇士与恶魔、一个家庭与另一个家庭之间的一对一的对抗和斗争为主线，反映了古代社会的不同氏族之间的血仇关系。史诗人物——勇士和恶魔，实际上并不代表个人，而是代表氏族社会的群体力量。斗争的结果一般为一个氏族灭绝了另一个氏族，以联盟的关系取代了氏族割据的分散关系。也就说，"英雄史诗的形象所反映的不是个别人的思想和行为，而是整个民族的命运，因而英雄史诗应当是具有历史意义的。"例如，在蒙古史诗中，消灭蟒古斯家族和氏族复仇两种叙事模式互为印证，共同说明了氏族社会战争的主要矛盾及复仇特征。在此，复仇型和封建联盟型的史诗类型以私有制和阶级的出现为水分岭，分别代表了史诗类型发展阶段上的两种重要形态。氏族复仇现象（蒙语的"斡思"）一般与蒙古古代社会史上的氏族、部落混战时期相对应，映射了11—12世纪之前的社会斗争和历史状况。其二，财产争夺型史诗作为较早期的史诗类型，与争夺财产的社会现象密切相关，可能起因于氏族所有制和私有制开始出现分解时期的社会现实。在这种史诗中，蟒古

---

① 仁钦道尔吉：《蒙古英雄史诗源流》，内蒙古大学出版社2001年版，第96—98页。

斯仍扮演着主要的角色，但已具备一些奴隶主的特征，行事目的在于掠夺和占有对方的牲畜、财产和人员。显然，财产争夺型史诗记述了蒙古氏族社会"英雄时代"的社会斗争；从中可以窥见其私有制的出现，还可以看出阶级分化的萌芽。此外，在以称谓学为中心的社会原型分析上，史诗类型学基本借鉴了波佩、弗拉基米尔佐夫和桑杰耶夫等学者的相关研究。①

《〈江格尔〉论》指出，战争内容是情节结构的核心要素，也是决定着史诗命运的社会现象学基础。它以社会现实的艺术呈现为前提，本身就是具有多重时间维度的历史晶体。因此，源自神话传说的早期因素和在流传过程中新增的后期因素，统统皆是次要的方面，而只有与战争有关的内容才是核心的方面。比如，早期因素包括原始生活方式、古老习俗、萨满文化以及古老母题等；后期因素有关于情节、母题和人物类型的佛教、《格斯尔传》和印度、西藏文化等方面的影响。一般来说，史诗的核心内容是根据多种异文的共同特征来界定的，始终贯穿于题材、主题、情节和人物等结构性因素的形象+行动整体。以《江格尔》为例，其核心内容无非以小汗国之间的分散关系为基础的军事斗争，即与长篇英雄史诗的结构规模相对应的社会斗争事实。因为，各汗国及其战争的性质不仅是解析史诗《江格尔》社会原型的主要线索，也是区别于其他中小型史诗文类的重要判断标志。与中小型史诗以单一的个人或家庭之间的较量为主线的血缘氏族、部落之间的社会斗争不同，长篇史诗《江格尔》体现了血缘氏族之间的规模较大的斗争事件，核心是国与国之间的封建征战。在此，类型学社会原型论的分析重点在于战争内容的核心方面，而不在于早期和后期因素的次要方面。譬如，虽然在中小型史诗中也有一些汗国之间的争斗，其中的人物、情节、战争的规模及性质远没有发展到长篇史诗（《江格尔》）的规模标准。②

史诗类型学对《江格尔》的社会原型分析，有六个方面：动荡的社会形态或状况、战争的性质和目的、社会军事政治制度、社会及阶层的结构、社会的期望和态度，等等。**第一，动荡的社会形态。**《江格尔》中的各汗国战争与以巨头雄霸和诸侯割据的动荡关系为特征的社会状况相对应，反映了明代

---

① 仁钦道尔吉：《蒙古英雄史诗源流》，内蒙古大学出版社2001年版，第89—102页。
② 仁钦道尔吉：《〈江格尔〉论》（修订版），内蒙古大学出版社1999年版，第162—164页。

时期卫拉特地区的连绵不断的战乱和纷争局势。一是因为，以江格尔、12 名雄狮、6000 名勇士为中心的宝木巴汗国及统一联盟的建立与卫拉特历史上的几度统一颇为接近。二是因为，《江格尔》中社会常处于动荡状况，处处弥漫着战争的气息。这也与蒙古封建割据时期西部卫拉特地区的混战情形十分吻合。①

第二，战争的性质和目的。如果说动荡的社会形态是发生战争的潜在的环境性因素，那么战争的性质和目的则是在一定程度上被主观化了的直接催化剂，同时也是确定社会制度和历史特征的重要依据之一。正如史诗类型学所指出，与以氏族部落之间的小规模征战为主线的中小型蒙古史诗不同，《江格尔》中的战争事件映射出了封建汗国之间的大规模战争。战争的性质和目的与封建割据时期卫拉特的内讧和外战情形相对应，两者的相同点有四个方面。其一，战败敌对方，掠夺财产、美女和奴仆。这可能是在古代和游牧封建割据时期引发战争的直接动力和目的。其二，对领地和附属国的激烈争夺。这与卫拉特人的社会历史的大背景和生活状况十分相似。其三，迫使对方承认宝木巴汗国的独立和尊严，是一种摆脱附属和奴役命运的政治宣布或姿态。其四，以强大实力和捍卫权利为政体前提的军事联盟，这也与四部卫拉特联盟时期的社会现实有着许多的相似之处。②

第三，宝木巴汗国的性质。与四部卫拉特联盟一样，宝木巴这一地方是以氏族或部落之间的联盟关系为基础的统一政体。但是，作为社会现实的艺术呈现，《江格尔》所反映的绝不是对四部卫拉特社会历史的原封不动的简单复制。首先，江格尔并不是由民主选举产生的首领，而是由部分氏族或部落首领（如阿拉坦·策吉等）推举的可汗形象。这与在动乱时期被诸侯推举的卫拉特汗的情况十分相似，尤其它的社会原型很可能与 14 世纪末至 15 世纪初脱欢和也先时期的历史状况有着一定的联系。然后，宝木巴汗国不是专制王朝，而是以各封建领主的相对独立为前提的联盟政体。宝木巴汗国勇士们的自由化的性格特征正说明了各自独立的封建领主之间的联合体关系。③

---

① 仁钦道尔吉：《〈江格尔〉论》（修订版），内蒙古大学出版社 1999 年版，第 165—169 页。
② 仁钦道尔吉：《〈江格尔〉论》（修订版），内蒙古大学出版社 1999 年版，第 169—174 页。
③ 仁钦道尔吉：《〈江格尔〉论》（修订版），内蒙古大学出版社 1999 年版，第 174—177 页。

第四，社会军事政治制度。《江格尔》的军政制度结构与四部卫拉特联盟时期的社会制度情形相对应，它决定着整个史诗文类中的社会结构规模这一主要方面。作为社会现实的艺术文化表现，《江格尔》军政制度的多元化特征与蒙古社会的政体制度以及它的历史变迁有着密切的联系。其一，右翼和左翼作为军政体制的主要结构形式，虽然含有古老部落时代的历时特征，但以"阿忽勒呼"和"宝东"为职业结构基础的军政制度与四部卫拉特联盟时期的历史现实有着对应之处。其二，以万户、五千户、千户、十户为分类基础的组织形式，是对右翼和左翼军政制度的再度细化。这种以户的倍数为骨架的军政制度结构与成吉思汗建立蒙古王朝之后的社会政治制度和组织体系有相近之处。此外，扎萨制度也属于成吉思汗之后的军政组织形式。其三，察哈尔与库伦、昂吉与集赛，是元明之后的制度结构和组织形式。《江格尔》中以军事政治制度为社会结构特征，与13—18世纪卫拉特社会历史的大背景相吻合，其社会文化考证的根本基础在于以军政联盟体为主线的多元多层化的体制结构。①

第五，社会阶级和阶层的结构。封建化的阶级和阶层结构是《江格尔》的社会制度和关系结构的核心点。结构本身由横向的分类和纵向的层次构成。横向的分类以组织形式的增减变化为准线，纵向的层次则以权力和地位的关系浮动为基准，便形成了金字塔式的结构框架。从军政制度的结构化特征看，最高的统治群体包括江格尔、右翼、左翼的十二名将相和其他的一些勇士。以地位的高低为准绳的第二层勇士结构基本属于纵向的层次框架：有较高层的可汗、军师、大将、法官和中层外交、礼宾、文书、税务、卫戍和交通等事务的官吏；有较低层的蔡哈尔、木呼莱、巫女和宫女等；有最底层以"阿拉巴图"或"哈日亚图"为主的平民百姓，其中也有富人和穷人之类别。马倌、牛倌、羊倌和驼倌也属于最底层。即，无论从宫廷社会阶层还是从平民社会阶层看，《江格尔》所反映的社会制度和结构模式与四部卫拉特联盟时期的社会历史特征有着许多的相似之处。②

第六，社会的期望和态度。社会的思想意识无非指人民对所处时代的

---

① 仁钦道尔吉：《〈江格尔〉论》（修订版），内蒙古大学出版社1999年版，第177—182页。
② 仁钦道尔吉：《〈江格尔〉论》（修订版），内蒙古大学出版社1999年版，第182—184页。

总的看法和基本态度,体现了人民对社会主流形态的期望和美好向往。以《江格尔》中的民众对社会的期望和态度为例,表现有三方面。其一,对内的期望是以厌恶和反对封建割据、内讧为基调的和平统一。其二,对外的期望是以反对侵略和扩张的社会态度为基础的和平相处。其三,基本期望是以和平统一与和平相处为中心的美好生活向往。可见,以团结一致为主旋律的社会期望是《江格尔》中的社会思想意识的核心部分,宝木巴汗国可谓是一个团结统一的国家典范。《江格尔》不仅展示了领导集团内部的团结友爱,而且讴歌了英雄人物和人民群众之间的血肉般关系。作为一种进步的社会思想和意识,它凸显了古代社会的"爱国主义"思想之萌芽。《江格尔》中的社会期望和思想意识与四部卫拉特联盟时期的社会思想愿望和理想相吻合。① 见图 3-2,借此可了解蒙古史诗历史类型和社会文化原型之间的关系情况。

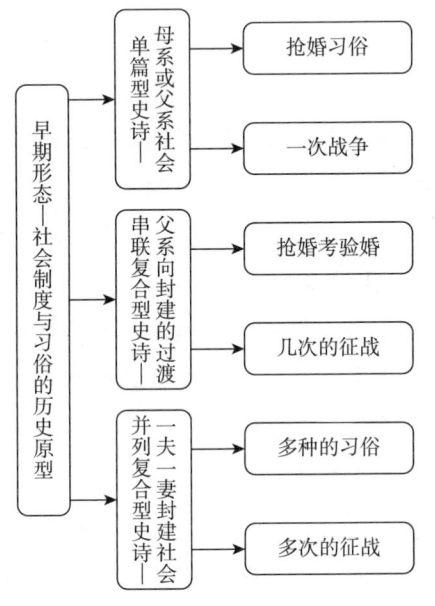

```
早期形态──社会制度与习俗的历史原型
├── 母系或父系社会──单篇型史诗
│   ├── 抢婚习俗
│   └── 一次战争
├── 父系向封建的过渡──串联复合型史诗
│   ├── 抢婚考验婚
│   └── 几次的征战
└── 一夫一妻封建社会──并列复合型史诗
    ├── 多种的习俗
    └── 多次的征战
```

图 3-2 （根据《〈江格尔〉论》等）

正如《江格尔》所映射,它以其动荡的社会状况、战争的性质和目的、社会军事政治制度、社会各阶层的结构、人们的思想愿望以及经济文化状况

---

① 仁钦道尔吉:《〈江格尔〉论》(修订版),内蒙古大学出版社 1999 年版,第 184—190 页。

等为主干架构或内容，与明代蒙古族封建割据时期西部卫拉特地区的社会现实相符合，说明了封建割据时期卫拉特地区社会斗争的历史画卷。作为文学作品，它并不是对那些历史过程的简单翻版或复述，而是把部族社会的历史升华为典型事件，同时又大大加强了英雄史诗的社会现实意义。

第三节 类型的发展论：历史结构与叙事类型

一 形象原型与典型化：首领、将领、女性和马

关于形象的类型发展论，其雏形初现于《评〈江格尔〉里的洪古尔形象》[①] 等早期相关探索，并以《略论〈江格尔〉的主题和人物》[②]《中国阿尔泰语系民族的英雄史诗——英雄故事中的勇士和蟒古斯形象》[③] 等为中期补充和完善，进入成熟阶段以其《〈江格尔〉论》（包括《英雄史诗〈江格尔〉》）和《源流》等夯实了其类型学的形象·方法论基础。

依照《源流》考证，蒙古史诗的形象类型以行动模仿语法的主语系统结构为中心，与作为谓语系统的叙事情节或内容的多维结构相对应。即，有关人物（形象）和情节的两大结构类型均发端于社会·文化语法传统的历史结构。形象的类型学涉及两个方面的基本范畴：类型的分类学和发展论。其一，形象类型的多重维度，是以总体结构和单一形象结构的多元化特征为前提的，每一个形象类型在结构上既有共性的一面，又有个性化的一面。其二，形象类型的发展基础来源于人类社会历史的现实原型和内在变迁。总的发展趋向包括社会属性、数量和性格等历时性演化，"由神话化向现实化，由氏族社会的人向阶级社会的人，由少数人向多数人，由少数几个类型向多种类型，由个人向集团的发展"；人物性格"由粗向细，由野蛮向文明，由单一勇猛型向智勇双全型，由类型化向个性化（典型化）的发展"，等等。[④]

---

① 仁钦道尔吉：《评〈江格尔〉里的洪古尔形象》，《文学评论》1978年第2期；另见《蒙古语言文学》1981年第4期。
② 仁钦道尔吉：《略论〈江格尔〉的主题和人物》，《民族文学研究》1983年创刊号。
③ 仁钦道尔吉：《中国阿尔泰语系民族的英雄史诗——英雄故事中的勇士和蟒古斯形象》，《内蒙古师范大学学报》1990年第1期。
④ 仁钦道尔吉：《蒙古英雄史诗源流》，内蒙古大学出版社2001年版，第130—131页。

第三章 社会行动模仿：史诗类型学的理论构建

在蒙古史诗传统中，整个形象体系是以早期史诗的人物类型为基础发展起来的，形象类型的演化特征与以单篇型、串联复合型和并列复合型为主线的情节结构的历史类型有内在的对应关系。与情节结构的类型发展相似，早期史诗的人物通过不断的充实和发展，在原有人物的类型基础上丰富了形象类型的历史范畴和艺术内涵。因而，根据社会历史的发展和轨迹特征，对单篇型史诗的人物类型以及发展特征进行类型学考察，是形象主语论分析的首要步骤，也是说明草原史诗文化语法原理的总体发展规律的重要途径之一。一般来说，早期（原始）的英雄史诗有两大基本类型：婚事型和征战型的单篇史诗。由于情节结构的本质差异，与这两种题材相对应的形象类型及特征也有不同之处。婚事型单篇史诗的形象类型以父母、勇士、兄弟、战马、未婚妻、岳父和情敌等为角色或主语系统，其中勇士和岳父之间的矛盾和斗争是整个情节发展的主线。征战型单篇史诗的形象类型以勇士、妻子、战马和蟒古斯等角色为主语域，尤其勇士和蟒古斯（恶魔）的争斗是整个情节发展的核心或原动力。与普罗普的行动者圈相似，原始史诗的形象类型也可形成以下分支系统：正反面主要人物——勇士和蟒古斯，中性人物——岳父（对手或敌人），争夺的对象——妻子或未婚妻（不是被动的，而是主动帮助和忠实于勇士的陪衬人物），参谋或助手——人格化的战马和"安达"兄弟，长辈人物——勇士的父母，其他形象——山神、天女、卜者等正面人物和被蟒古斯或岳父所控制的各种害人的凶禽猛兽，等等。① 见图3-3，从中可看出早期史诗形象类型的关系情况。

人物类型的发展论建立在类别的内外变化观察上：人物特征和性格的演化、数量和规模的扩大，等等。**一是人物特征和性格的演化**。半神半人的勇士形象类型，具有神性和人性双重身份，突出了其源于神话、萨满教的观念基础和社会现实的历史前提。在神性特征方面，有勇士的非凡出身、年迈夫妇的祈子经历、老媪的特异怀孕、勇士的神奇出生、起名和剃胎发仪式、神速成长、超人的力量、非凡的本领、身躯刀枪不入、魔幻的变身术和死而复生的能力，等等。关于形象类型的神性问题不单是蒙古英雄史诗中常见的共性现象，更是整个蒙古—突厥英雄史诗和英雄故事中普遍存在的一种共性特

---

① 仁钦道尔吉：《蒙古英雄史诗源流》，内蒙古大学出版社2001年版，第131—132页。

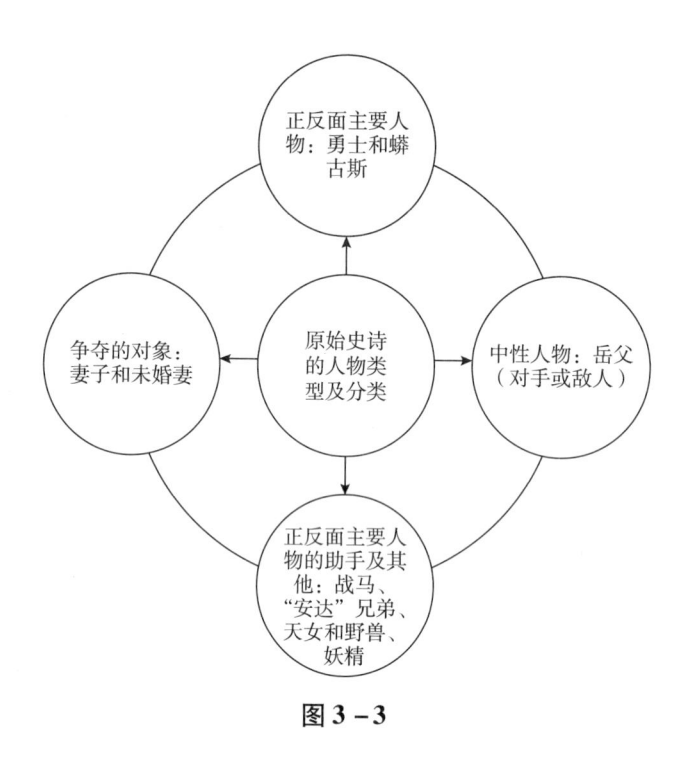

```
                    ┌─────────────┐
                    │ 正反面主要人 │
                    │ 物：勇士和蟒 │
                    │    古斯     │
                    └──────▲──────┘
                           │
   ┌─────────────┐   ┌─────────────┐   ┌─────────────┐
   │ 争夺的对象： │◄──│ 原始史诗的  │──►│ 中性人物：岳父│
   │ 妻子和未婚妻 │   │ 人物类型及  │   │（对手或敌人）│
   │             │   │    分类     │   │             │
   └─────────────┘   └──────┬──────┘   └─────────────┘
                           │
                           ▼
                    ┌─────────────┐
                    │ 正反面主要人 │
                    │ 物的助手及其 │
                    │ 他：战马、  │
                    │ "安达"兄弟、│
                    │ 天女和野兽、│
                    │    妖精     │
                    └─────────────┘
```

图 3-3

征。对于勇士形象来说，人性比起神性更易于得以充足发展，随着社会历史和世界观的不断变化，神性逐渐趋于淡化，反而越来越接近于现实生活中的人了。① 勇气、力量和武艺不仅凸显了勇士或英雄的勇敢、无畏、鲁莽等性格特征，而且反映了在形象身上的英勇加上智慧的双重特征。勇士个个都像是鲁莽或硬汉的英雄，均属于勇猛型的人物类型，这与弗拉基米尔佐夫、桑杰耶夫和涅克留多夫的形象性格研究有着内在的学理性关联。弗拉基米尔佐夫指出，在卫拉特史诗中"所有主人公统统属于一种类型，实际上彼此没有什么区别。作为高尚的勇士，鄙视诡计阴谋，性格诚实、急躁和任性"。涅克留多夫认为，蒙古—突厥史诗中的勇士，具有"英勇善战、性情暴躁、精力过人"的性格特征，有时以极端的愤怒作为发生行动的缘由，使其暴露了近似于"愚蠢"性格的阴暗一面。事实上，在史诗勇士们的身上散发着急躁、愤怒和任性古老元素，这些又构成了勇猛型的人物类型的传统基础。②

---

① 仁钦道尔吉：《蒙古英雄史诗源流》，内蒙古大学出版社2001年版，第132—137页。
② 仁钦道尔吉：《蒙古英雄史诗源流》，内蒙古大学出版社2001年版，第137—143页。

二是数量和规模的扩增。在早期的婚事型和征战型史诗中,婚姻和战争两大题材决定着人物类型的结构概貌,形成了以勇士和敌对者的对立关系为中心的两大系列和以亲兄弟或结拜兄弟、岳父为人物基础的次要系列。总体的发展情形为:(1)人物类型的线性扩充。主人公(勇士类型)从一个人扩增为两个或几个兄弟,这是以同辈或血缘的线性关系为主的扩增形式。人物类型从最初的血缘关系发展成非血缘的联盟关系,尤其在以部落的结盟关系为主的史诗文类中,主人公逐渐被助手或结拜兄弟所替代,所起作用远不如后者而退居于象征性的次要地位(如《那仁汗传》)。(2)人物类型的层次性变化。从某种意义上讲,从线性到非线性的关系结构不仅暗示了人物类型的层次化特征,还为其提供了历史维度的方法论依据。社会分层作为一种阶级化的等级变迁,促成了人物类型的历时性质变——从同辈弟兄之间的平等关系到君臣之间的不平等关系(指挥与被指挥、从属和被从属)的结构性转化。(3)层次性的关系结构和线性扩增得以结合,便形成血缘谱系的类型扩增。这种形式以儿子、孙子等血缘性的谱系关系来扩充人物类型的线性和层次性维度,并与第一代或前一辈勇士的遇难事件,尤其是生命本身的退化发生自然性勾连,丰富了形象类型学的内在含义。(4)人物类型的特征分类。类型的特征一般包括人物的性格、性别以及相关的神性元素等。① 从未婚妻的父亲类型(未来的岳父)来说,它作为英雄的潜在敌对者,两者的对抗反映了一个氏族与另一个氏族之间的矛盾现实。从类型发展的特征看,岳父形象主要有两种类型:残暴的坏岳父和文明的好岳父。前者一般以心狠手辣的残暴形象出现,不仅阻碍女儿和勇士的婚事,还企图杀害未来的女婿。后者则以慈眉善目的文明形象出现,意图在于通过考验的方式建立双重的联盟关系:婚姻和军盟。在此,坏岳父与野蛮时期的人物类型相对应,而好岳父则属于氏族联盟时期的较晚期的形象类型。以未婚妻和妻子为例,根据其发展的特征,也可分为两种类型:先知型和背叛型。先知类型与早期史诗的发展阶段相吻合,是较接近于女萨满的形象类型,一般以保护者和助手的身份登场;它们兼具神性与人性的双重特征,性格表现不乏其美丽、善良、忠实于勇士等。背叛类型就是先知类型的发展形态,是以反价值的方式塑造出来的形象类型。

---

① 仁钦道尔吉:《蒙古英雄史诗源流》,内蒙古大学出版社2001年版,第143—148页。

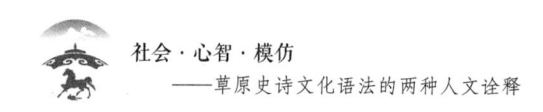

在其身上，美丽、善良、忠实等原有特征几乎消失殆尽，甚至从半神半人的先知形象变成为勾结敌者而背叛勇士的家庭型坏女形象。这接近于晚期社会的生活故事中的家庭斗争情节等内容，不仅表明了妻子、后母等迫害自家人的文化现象之历史存在，还反映了男女不平等、妇女地位低和财产继承权的不合理等现实的社会问题。① 很明显，与正面人物的形象系列相同，反面人物（蟒古斯、坏岳父和背叛妻子）的形象系列也经历了线性、层次性、谱系化及个性化（典型化）等类型发展论的重要阶段。

《〈江格尔〉论》指出，作为并列复合型的长篇史诗，《江格尔》的整体结构包括情节内容和人物形象两方面。由于多元多层的整体结构，它的情节系统和人物类型也具有多元多层的结构特征。根据类型内部的共性、类型之间的差异和具体形象的个性三种特征，《江格尔》的形象类型可分为：理想型的首领、勇猛型的将领、智谋型的将领、贤惠型的女性形象、神奇的骏马、乱世暴君等。比如，共性显著的智慧型人物有阿拉坦·策吉和古恩拜、赫吉拉干，而共性突出的勇猛型人物则有洪古尔、萨布尔、萨纳拉等。从类型差异和形象个性看，阿拉坦·策吉——"智慧过人"型、洪古尔——"勇敢过人"型、萨布尔——"力大无比"型、哈布图——"箭法过人"型、赫吉拉干——"聪明过人"型等。② 以上分类法不仅在明确了不同类型之间的差异和个性特征，而且揭示了同一类型内部的共性基础。

1. 理想首领的人物类型。作为宝木巴汗国的缔造者、组织者和领导者，江格尔形象是兼具理想领袖者和封建统治者于一身的人物类型。与现实社会中的封建统治者相比，江格尔形象的封建统治者特征同民众对当时统治力量的不满和否定心态相关，而理想化首领特征则与维系于卫拉特四部联盟的共同体命运的现实愿望有着内在的联系。作为非纯粹的美化和讴歌，江格尔形象被刻画在主与次的对立统一关系中，巧妙地融合了理想化领袖和封建统治者的双重维度。江格尔不仅具备善于团结和领导他人的卓越才干，而且心胸宽阔，不记私仇，不嫉妒别人；不仅有高贵的英雄品质，还赢得崇高的社会威望。此外，江格尔形象也有一些矛盾性的特征，这正说明了该人物类型的非完整性的

---

① 仁钦道尔吉：《蒙古英雄史诗源流》，内蒙古大学出版社2001年版，第148—150页。
② 仁钦道尔吉：《〈江格尔〉论》（修订版），内蒙古大学出版社1999年版，第307—308页。

一面。①

2. 勇猛型的将领类型。该类型的人物有洪古尔、萨布尔、萨纳拉、小勇士和顺乌兰等，取材于社会历史特定阶段的角色或主语系统。其一，作为左翼首席的大将，洪古尔是"勇敢过人"的英雄人物；作为决定战争胜败的关键勇士，他又是冲锋陷阵的勇猛将领典范。在童年时，他正直、勇敢、果断且富有远见，同时也是江格尔汗的第一个朋友和救命恩人。洪古尔不屈不挠的精神特征，弥补了江格尔和阿拉坦策吉形象的不足之处，甚至在理想化的艺术创作方面已超越了江格尔身上的完美性。因此，洪古尔可谓是最完美的和最成功的形象塑造之一。不过，有时洪古尔过于胆怯和鲁莽，这也正表明了该形象类型的非完整性的一面。其二，萨布尔是仅次于洪古尔的勇将，他具有无比的力量、无畏的勇气和非凡的武艺，其力大无比的特长依赖于宝驹和神斧的力量。萨布尔也是决定着宝木巴这地方命运的关键性人物之一，他有热爱家乡、忠实于友谊的高贵品德，也有忌妒、鲁莽等性格缺陷。其三，萨纳拉是受人们爱戴和崇敬的，勇敢、忠诚、老实的勇将形象。作为勇敢无畏的大将，他有超乎普通人的勇气、力量、口才和智慧，还具备了无限忠于共同誓言、重于义气、忠于友谊的优良品德。他是个将智慧、武艺和勇敢融为一体，无疑是智勇双全、真善美的形象典范。其四，明彦是个多才多艺的人物类型。作为天下无双的美男子、善于乐器的演奏家和颂奇，他又是主管礼宾和外交事务的官员。他既有大方善良的纯洁美德，也有缺乏独立性的软弱性格。②

3. 智谋型的将领类型。"智慧过人"的阿拉坦·策吉、"珠德奇诺谚"（占梦或圆梦官）古恩拜、"和勒木尔奇"（雄辩家）赫吉拉干均属于智谋型人物的类型范畴，是由单一勇猛型人物向智谋型人物过渡的智勇双全的独特形象典范。其一，阿拉坦·策吉作为右翼首席大将，是在蒙古史诗中的第一个智谋型英雄形象。他具有丰富的战斗经验，算是一位身经百战、高瞻远瞩的老将领。该形象原型可能与四部卫拉特时期的右丞相和彻辰等社会人物有着一定的关联。其二，作为圆梦大官，古恩拜既是以"黑铁叉手"出名的巨

---

① 仁钦道尔吉：《〈江格尔〉论》，内蒙古大学出版社1994年版，第301—305页。
② 仁钦道尔吉：《〈江格尔〉论》，内蒙古大学出版社1994年版，第305—318页。

人、武将，也是决定着政教大事的重要人物。作为贤哲型的形象，有时他接近于阿拉坦·策吉的类型特征，擅长占卜，尤其以梦卜出众，但远不如阿拉坦·策吉。作为一种不完美的形象类型，古恩拜形象不仅是智谋型人物系列的补充形态，而且很可能是较后期的独特形象。其三，"和勒木尔奇"赫吉拉干（又称为"达赖"吉拉干）是智囊型的人物形象之一。他掌握多种语言，擅长于舌战，是个能说会道的雄辩家，又是以口才超群的"扎如嘎奇诺谚"、汗宫总管、内政和外交主管。据此看，该形象也是《江格尔》中较后期形成的文官形象。智谋型的人物形象作为一种可贵的艺术追求，虽然有些形象不够完整，特长尚未突出，但形象分类学趋于多样化，为蒙古史诗的人物体系完善增添了新的可能性范畴。这标志着类型演化的两种倾向：一是由单一勇猛型向勇敢兼智慧型的过渡；二是由单一武将形象向武官兼文官类型的转化。①

4. 贤惠型的女性形象。与男性形象相比，女性形象作为一种对称性的结构因素，填补了在整体结构上的性别空位。在《江格尔》里，巾帼英雄形象类型有雄狮洪古尔的贤惠妻子格莲金娜、江格尔的美丽夫人阿盖·莎布塔腊和协助明彦的无名姑娘，等等。阿盖·莎布塔腊是仙女般的美女，也是一个天才的艺术家。参丹格日乐虽然是个"妖精"化的形象，但属于追求自由恋爱和婚姻的女子类型。洪古尔母亲和萨布尔妻子是重于女性贞洁的巾帼形象典范，而杜布·沙尔那钦则代表了极具反面特征的丑恶形象。在此，妇女形象一般忠于丈夫和故乡，反抗掠夺者和侵入者，体现了古代蒙古妇女的"爱国主义"精神和高贵品德之传统。

5. 神奇型的骏马。《江格尔》中的骏马形象，属于多元多层的类型化结构的角色主体系统，也属于智慧型的人格化显明的形象类型。骏马是将兽性、人性和神性融为一体的复合型的艺术形象。因此，它具有高大的身躯、漂亮的外形、敏捷的动作、飞快的速度、无比的力量、超乎出众的勇气和耐力。有时以得力助手、忠实战友和贴身保镖的身份出现，有时还当勇士的军师和参谋。②

---

① 仁钦道尔吉：《〈江格尔〉论》，内蒙古大学出版社1994年版，第319—324页。
② 仁钦道尔吉：《〈江格尔〉论》，内蒙古大学出版社1994年版，第325—337页。

6. 乱世暴君类型。如果说在以行为的联结为准线的人物类型结构中英雄形象代表了善意、正面势力，那么凶恶的可汗或蟒古斯形象则代表了残暴、反面的象征性力量。与正面人物的结构特征相似，反面的人物或形象系列是以多元多层的结构类型为基础的，该类型有三种：（1）与正面人物类型相敌对的诸可汗；（2）正面勇士的残暴岳父；（3）以猛兽和妖精为主的自然界和社会的敌对势力。首先，与正面勇士一样，作为敌对方的可汗形象具有人性与神性的双重特征，也是半人半神式的反面人物典范。其次，《江格尔》中的岳父形象也有两种类型：第一类残暴岳父以敌对者的面目出现，这可能与入赘或服役婚风俗的社会原型有关；第二类文明岳父则以同盟者和朋友的身份露面，这与部落联盟时期的社会关系现实有密切的联系。最后，野兽、舒尔玛（妖怪）和蟒古斯（恶魔）均属于第三类型的反面形象。《江格尔》中的兽类形象一般来自野骆驼（黑公驼）、野牦牛和白胸黑狗等极具超自然化的动物原型，这些从另一面为文化英雄人物的出现提供了艺术或历史的重要前提。与中小型史诗的蟒古斯形象不同，《江格尔》中的反面人物倾向于具有社会性的人物类型，这实际上就是以掠夺者、侵略者和奴役者为身份或头衔的反面群像。显然，《江格尔》中的反面人物以类型和共性为形象基础，其个性尚不够突出。① 见图3-4，其有助于去全面了解《江格尔》中的人物类型及结构。

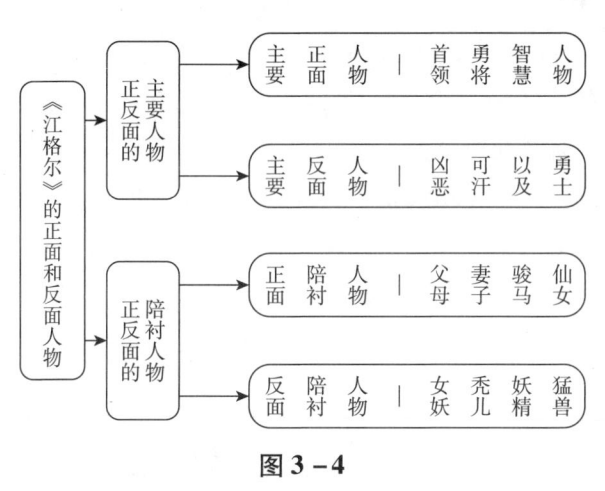

图 3-4

---

① 仁钦道尔吉：《〈江格尔〉论》，内蒙古大学出版社1994年版，第337—351页。

上面以中小型史诗和长篇史诗《江格尔》为对象，讨论了有关人物形象的类型及其发展、演化轨迹等类型学问题。早期中小型史诗的人物类型一般以单一的线性结构为中心，后来逐渐发展成数百个人物和数十种类型的多元多层结构。单一和线性的人物类型与氏族社会阶层分化之前的历史原型相对应；而多元多层的结构类型则与以奴隶社会和封建社会为主的阶层分化之后的社会历史有着密切的关联。此外，《江格尔》的形象分析集中在以下几种类型：理想型的首领、勇猛型的将领、智谋型的将领、贤惠型的女性形象、神奇的骏马、乱世暴君等。事实上，人物类型的基本矛盾是形象类型多元化的内在前提或动因，也是史诗文化语法中角色或主语系统趋于多元多层结构的必然结果。

二 发展的观念根基：母题系列、主题和类型

以母题系列（包括母题）为中心的情节结构分析是史诗类型学方法论的最根本基础，也是以类型的发展论为主线的过程动力学的出发点。情节结构分析和类型发展论的雏形，发端于《论巴尔虎英雄史诗的产生发展和演变》[①]、《蒙古英雄史诗情节结构的发展》[②]、《蒙古史诗类型研究现状》[③]、《关于蒙古史诗的类型研究》[④] 等一系列探究，经《关于中国蒙古族英雄史诗》[⑤] 等中期阶段的丰富和发展，最后《〈江格尔〉论》（包括《英雄史诗〈江格尔〉》）和《源流》等步入成熟期并以情节—母题系列为基础而提出了类型发展论的基本范畴和方法论模式。

史诗类型学的发展论考察包括以下几个方面：与母题系列、两个主题和三大类型有关的基本概念、情节结构的基本框架、三大类型与艺术发展阶段的结构性关系、史诗结构的发展和变异方式，以及《江格尔》的总体情节结构。《源流》指出，情节单元是作为行动模仿的核心内容或结构骨架，而派生

[①] 仁钦道尔吉：《论巴尔虎英雄史诗的产生发展和演变》，《文学遗产》1981 年第 1 期。
[②] 仁钦道尔吉：《蒙古英雄史诗情节结构的发展》，《内蒙古大学学报》（人文社会科学·汉文版）1986 年第 1 期。
[③] 仁钦道尔吉：《蒙古史诗类型研究现状》，《蒙古学资料与情报》1985 年第 1 期。
[④] 仁钦道尔吉：《关于蒙古史诗的类型研究》，《民族文学研究》1985 年第 4 期。
[⑤] 仁钦道尔吉：《关于中国蒙古族英雄史诗》，《民族文学研究》1992 年第 1 期。

第三章　社会行动模仿：史诗类型学的理论构建

情节和插曲则是叙事行动安排中的次要方面。前者属于早期的和传统的结构性因素，后两者均属于晚期产生的不稳定性因素。在此，史诗基本情节不仅是社会行动得以完成模仿的过程或内容，而且是蒙古史诗的古老传统情节的重要载体，表现出周期性和规律性特征。一般而言，母题是最小的叙事单元，基本情节是由单一母题或几个不同母题的不同组合方式构成的。母题作为历史—地理学派的核心概念，通过波佩和海西希等学者的丰富和发展，对蒙古史诗的情节结构研究产生了巨大的影响。史诗类型学认为，除了母题这一最小单元之外，在蒙古史诗的基本情节或行动这一系统中还存在着比母题大的普遍性单元。这就是作为核心结构要素的母题系列，是一种由两个以及两个以上的母题组合构成的系列性情节。在此，史诗类型学不仅突出了母题概念的结构性外延特征，还把行动—谓语结构的内涵加以强化，提出了母题系列单元的基本构想：母题→母题系列→情节。以上是史诗类型学对原母题概念的丰富和发展。这与普罗普的母题→功能的做法不同，史诗类型学注意到了母题概念外部的行动组合和主谓语法关联，而普罗普则强调了对母题概念的拆分法和功能形成原理。婚姻和征战概念是史诗类型学母题系列概念的两大分支，同时又是它的全部基础。婚姻和征战的英雄事迹各自发展成为婚姻型和征战型两大母题系列，这些结构模式和固定的基本母题之间也有着有机联系和排列顺序。就其本质而言，婚姻型和征战型两大母题系列，作为情节结构的核心内容，只不过是史诗文化语法中行动模仿或两大主题概念的变型而已。日尔蒙斯基和普罗普等都指出，早期英雄史诗的主题和基本类型有两种：一是勇士远征求婚型史诗；二是勇士与恶魔斗争的史诗。[①]

婚姻和战争两大主题或母题系列问题，不仅是史诗情节结构研究中的核心内容，也是通向类型发展论的必经之路。比如，远征求婚型史诗的结构框架以婚姻型的母题系列为中心，基本母题有：时间、地点、勇士、亲人、战马、家乡、宫帐、未婚妻的信息、勇士提出娶亲、家人的劝告、抓战马、备鞍、携带弓箭和宝剑、远征、途中之遇（自然界的猛兽和人间敌对势力）、到未婚妻家、遇女方的拒绝或者几项考验型条件、英勇获胜、举行婚礼以及偕妻子返回家乡。勇士斗争型史诗的结构框架以征战型的母题系列为主线，基

---

① 仁钦道尔吉：《蒙古英雄史诗源流》，内蒙古大学出版社2001年版，第47—49页。

本母题包括：时间、地点、勇士、亲人、战马、家乡、宫帐，蟒古斯（恶魔）来犯的凶兆、证实来犯、抓马、备鞍、携带弓箭和宝剑、出征迎战、骑马勇士的威力、发现敌人、与蟒古斯相遇、互通姓名和目的、打仗（以刀剑、弓箭、肉搏）、蟒古斯失败、求饶、杀死敌人、烧毁骨肉和凯旋等。换言之，婚姻型和征战型母题系列不仅作为蒙古史诗情节结构的两大基石或主体部件，还为史诗类型的普遍结构提供了最根本的组合模式和构成方式。正因如此，蒙古史诗的所有类型均在婚姻型和征战型母题系列的结构基础上发展起来，根据它们的内容、数量和组合方式的不同，可把蒙古英雄史诗分为三大类型：单篇型史诗、串联复合型史诗和并列复合型史诗。其一，单篇型史诗是以单一的情节为结构的史诗类型，基本情节一般由一个母题系列所组成。婚姻型史诗是由单一的婚姻型母题系列（A）所成的，而征战型史诗是由单一的征战型母题系列（B）所组成的。婚姻和征战作为抽象化的叙事概念，这些行动本身的不同历史形态和演化特征与它们所处的不同历史时期的社会形态以及文化经济基础有着密不可分的内在联系。鉴于它们的历史内涵和具体形态，婚姻型史诗可分为三个亚类型：抢婚型史诗（A_1），考验女婿型史诗（A_2）和包办婚型史诗（A_3）。征战型史诗也被分为两个亚类型：氏族复仇型史诗（B_1）和财产争夺型史诗出（B_2）。其二，串联复合型史诗是以前后联结式的情节结构为中心的史诗类型；基本情节是由两个或两个以上的不同母题系列组成的。基本类型有两种：一是由婚姻型母题系列加征战型母题系列构成的 $A_2 + B_2$ 类型；二是由两个不同的征战母题系列组成的 $B_1 + B_2$ 类型。此外，还有一些延伸出的结构形式，比如，由两个以上的史诗母题系列所组成的 $A_2 + B_1 + B_2$ 类型，等等。其三，并列复合型史诗是以人物群像和英雄事迹为结构联结的史诗类型，是处于第三个发展阶段上的史诗类型。对于具体情节结构来说，人物群像和英雄事迹之间关系是前后衔接的和线性的；而对于总体情节结构而言，人物群像和英雄事迹之间关系则是平等并列的和非线性的。例如，《江格尔》的各个诗篇（或章节）一般皆是以单一的或串联的联结方式为主线的单篇型和串联复合型的结构类型；而总体情节结构则是以单篇型和串联复合型基本类型的并列式联结为准线的多重复合体的结构类型。即，A，B，$A_2 + B_2$，$B_1 + B_2$ 不仅是《江格尔》各个诗篇具体情节结构的基本形式，也是总体情节结构的主要部件和元组合单位。以《江格尔》《格萨尔》为首的长篇型史诗均属于并列复合型的史诗类型。见图3-5，从中可观察蒙古史诗的情节结构类型和关系网络。①

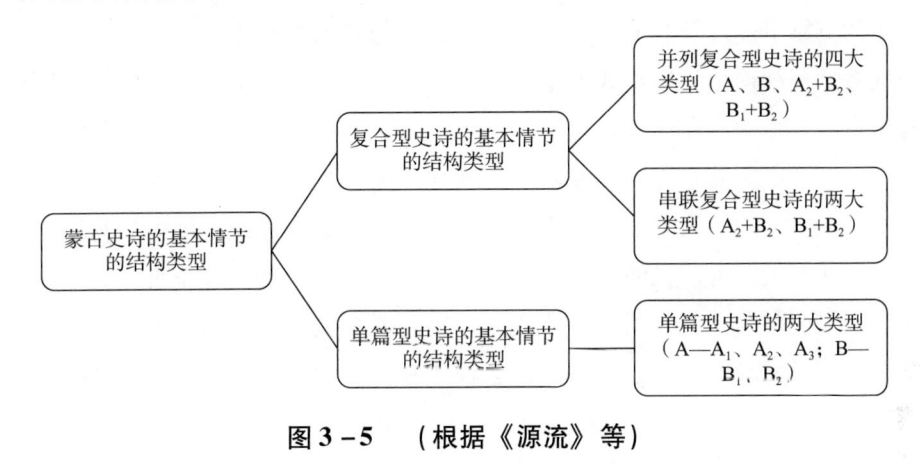

```
                              ┌─ 并列复合型史诗的四大
              ┌─ 复合型史诗的基本情节 ──┤  类型（A、B、A₂+B₂、
              │  的结构类型          │  B₁+B₂）
              │                    └─ 串联复合型史诗的两大
蒙古史诗的基本情节──┤                       类型（A₂+B₂、B₁+B₂）
的结构类型         │
              │                    
              └─ 单篇型史诗的基本情节 ──── 单篇型史诗的两大类型
                 的结构类型              （A—A₁、A₂、A₃；B—
                                       B₁、B₂）
```

图 3-5　（根据《源流》等）

《源流》指出，从艺术发展的演化轨迹看，蒙古史诗的三个类型与社会历史结构的现实原型相对应，分别反映了从原始的氏族社会到封建社会形态的不同时期的历史特征。

其一，以单篇型史诗为例，抢婚型史诗（A_1）和氏族复仇型史诗（B_1）是早期氏族社会的直接产物，而考验女婿型史诗（A_2）、包办婚姻型史诗（A_3）和财产争夺型史诗（B_2）则是较晚期的氏族社会之后的社会历史产物。因此，婚姻和战争母题系列作为情节单元的基本结构部件，是揭开英雄史诗发展规律之奥秘的"两把钥匙"，也是联结英雄史诗与现实社会的两个纽带。从纯粹的形式特征看，单篇型史诗的情节发展和变异情况如下：嵌入、增加、内部扩充以及相互转化等。第一，新母题的嵌入，主要在母题系列内部的具有共同性的母题之间插入。随着嵌入母题数量的增加，史诗内容不断扩充或完善，使其篇幅变得更长。第二，在母题系列前后增加新母题，构成各种不同的序诗和结尾。第三，在一个母题系列内可以嵌入个别母题，也可以插入其他母题系列和母题群。第四，母题内部展开、扩充以及母题内部引入母题，从而使其各个母题发展和变化。每个母题由粗到细，由简到繁，由小到大的内部变化，或从一个母题派生出其他母题的质的变化。第五，不同类型的单

---

① 详见仁钦道尔吉《蒙古英雄史诗源流》，内蒙古大学出版社2001年版，第49—52页。

篇型英雄史诗可以相互转化，有时从一种类型的史诗中脱胎出其他类型的史诗。其中，这些结构性单元以时间、地点、勇士的生长、坐骑、武器、对手、勇士的英雄事迹及其胜利等为内容要素，并与艺术表现手法、固定程式和形容词等情节结构单元的形式要素相辅相成，共同奠定了蒙古史诗有关主谓结构语法的类型学方法论基础。

其二，串联复合型英雄史诗，作为蒙古史诗发展阶段上的第二个类型，是在蒙古史诗的七大中心地区里普遍存在的主要文类样式。该类型与以私有制的萌芽和发展为前提的社会分层初期阶段相对应，意味着蒙古社会进入真正"英雄时代"的历史开端。也就说，串联复合型英雄史诗的历史前提也是蒙古民族形成和国家出现以前的社会现实基础，大约产生于蒙古各部落共同聚居在南西伯利亚和中央亚细亚时期。从结构的形式特征看，$A_2 + B_2$ 和 $B_1 + B_2$ 是串联复合型史诗的情节结构的基本类型，其母题系列之间的联结方式是以线性的前后衔接为基础的。依此类推，在 $A_2 + B_2$ 和 $B_1 + B_2$ 的结构基础上，还可以发展出其他串联复合型的史诗类型：比如，$A_2 + B_2$、$B_1 + B_2$ 和 $A_2 + B_1 + B_2$……或 $B_1 + B_2 + B_3$……

其三，并列复合型史诗，作为封建割据时期的历史产物，是蒙古史诗发展阶段上的第三个类型，直接的历史前提是以民族形成、国家的产生、发展和衰落为背景的社会现实。有别于以统一的情节结构为中心的西方史诗传统，《江格尔》由200多部独立的长诗（包括异文）所组成，情节单元的组合特征是以非单一性的并列方式为基础的。每一部都由一个或两个史诗母题系列所构成，皆是一部完整而独立的单篇型史诗或串联复合型史诗。虽然各部之间以松散的平行关系为结构基础，"在情节上互不连贯，没有统一的情节发展线索，但各自都同等地并列成为长篇史诗总体结构中的一个组成部分"。《江格尔》的整体结构含有情节安排和人物安排两类结构组织方式，这些决定着《江格尔》总体情节结构和个别情节结构之间的组合和支配关系。与情节和人物安排的组织方式相对应，"人物群像"和"人物事迹"两者不仅是《江格尔》情节结构研究的根本出发点，也是区别于以线性的结构组织为基础的"统一情节"这一西方史诗学提法的主要标志。可以说，《江格尔》尽管缺乏贯穿始终的统一的情节联结，但是各部中均含有以江格尔、阿拉坦策吉、洪古尔、萨布尔、萨那拉和明彦为特色的共同人物类型，这些人物及其英雄事

第三章 社会行动模仿：史诗类型学的理论构建

迹又作为贯穿各部的重要结构基础，使200多部长诗汇集成为一部巨型的英雄史诗。相比之下，《江格尔》的总体情节结构是"在情节上独立的200多部长诗的并列复合体，在章与章之间没有从属关系，都以同等地位并列为总体的各个组成部分"。蒙古《格斯尔》的总体情节结构也属于这样的类型范畴。即，史诗类型学基本看法与弗拉基米尔佐夫的观点（《江格尔传》是若干个壮士歌长诗的组合）十分相似。① 从方法论的意义上讲，以上母题和母题系列的变化问题，实际上已涉及普罗普所谓形式的转化和同化原则。②

《源流》在类型分类的结构分析基础上，考察了蒙古史诗发展的具体变异方式：数量增多、内部情节和人物方面的变化等。因为，史诗的题材、体裁、类型和人物常处于活态的传承过程中，发展和变异方式与数量增多、内部情节和人物方面的变化有着直接的联系。其一，英雄史诗的数量增多，即由少数发展为多数的变异形态。在流传过程中，在原有的传统基础上不断地增加各种异文和新史诗。其二，史诗的内部变化包括情节和人物发展两方面的变异：（1）原有的传统情节被分解为基本情节与派生情节；（2）人物类型的多重化，包括由少至多、由神话向现实、结构由简单到复杂、性格从单一型向多样化、形象由类型化向典型化的演化，等等。③《〈江格尔〉论》认为，以史诗《江格尔》为例，发展和变异方式也是以人物和情节的双重变化为基础的。一是，人物变化：（1）正面主角或英雄人物的不断增加。（2）英雄人物结构的谱系化，即由一代人向三代人的变化。（3）反面人物的增加及多元化。二是，情节发展的变异方式：（1）各个长诗情节的发展和变异；（2）史诗母题系列的发展和变异；（3）母题自身的发展和变异。此外，以《江格尔》中的征战母题系列和母题群为例，它是相对固定化了的叙事内容，其常见的有：（1）以三项要求为起因的征战母题系列；（2）以驱赶军马群为起因的征战母题系列；（3）活捉敌对汗王的征战母题系列；（4）宝木巴勇士被敌人俘虏受刑的母题群；（5）在战斗中江格尔的长枪被折断的母题群，等等。《江格尔》以单篇型史诗和串联复合型史诗的并列性结构联结为基础，情节核心仍是婚

---

① 详见仁钦道尔吉《蒙古英雄史诗源流》，内蒙古大学出版社2001年版，第108—130页。
② V. Propp, *Theory and History of Folklore*, the University of Minnesota, 1984, p. lxviii; 1997（Fourth Printing）.
③ 仁钦道尔吉：《蒙古英雄史诗源流》，内蒙古大学出版社2001年版，第152—157页。

姻型和战争型的母题系列。因此,《江格尔》的整体结构的发展规律与单篇型史诗的发展类型和变异方式基本相似。它的情节结构的发展和变异方式也包括：嵌入、增加和转化，等等。① 正如《〈江格尔〉论》所考析，根据其战争起因、发生地点、斗争方式的不同特征，《江格尔》中的征战形式有：（1）追击战；（2）迎敌战；（3）守卫战；（4）收复战；（5）进攻战。（6）突围战。战争的起因、方式和性质往往来源于社会观念的经验现实，以语言的叙述方式得以流传，共同影响了征战母题系列的各种类型的形成和变异。在关于征战的各种叙述中，普遍存在的一些共同的母题逐渐融合成为征战母题系列的基本骨架，表现形式和行动程序有：（1）汗宫聚会；（2）战争起因；（3）参战的勇士；（4）抓战马；（5）备鞍；（6）穿戴；（7）武器；（8）出征；（9）途中之遇；（10）勇士的变身；（11）两位勇士的相逢；（12）打仗；（13）取胜；（14）凯旋。据以上的情节结构分析，战争母题是在《江格尔》的许多长诗（各章）里常出现的共同情节成分，同时也是以征战母题系列为核心的行动组合结构的主要表现之一。②

《〈江格尔〉论》的另一聚焦点，在于《江格尔》以英雄群像为中心的总体结构问题。作为类型学研究的一个突破点，以英雄（或人物）群像为基础的结构分析把《江格尔》各个长诗的情节结构和总体情节结构的关系研究拓展到了主—谓式文化语法的阐释高度。就拿《江格尔》（15章）以英雄群像为主线的结构谱系来看，虽然在15部长诗的各个基本情节之间并没有统一的联结，但其都以平行并列的联结形式存在于整个史诗的各个组成部件中。在此，联结整体结构谱系的是以江格尔为首的宝木巴或人物群像，而不是统一情节的结构单元。《江格尔》（15章）的总体情节结构是在情节上相对独立的15部长诗的并列复合体，其英雄或人物群像是结构联结和组合方式的外在形式基础。每一部长诗的情节结构都展示了单篇型史诗或串联复合型史诗的各种组合形式。③ 相比之下，《江格尔》以其英雄群像和行动事迹的结合概念为整体结构的核心联结要素，其中情节结构的单元则是构筑每一具体部或章节

---

① 详见仁钦道尔吉《〈江格尔〉论》（修订版），内蒙古大学出版社1999年版，第233—279页。
② 仁钦道尔吉：《〈江格尔〉论》（修订版），内蒙古大学出版社1999年版，第293—297页。
③ 仁钦道尔吉：《〈江格尔〉论》（修订版），内蒙古大学出版社1999年版，第301—304页。

的结构性元素。见图 3-6，所表明的是《江格尔》（15 章）以英雄群像为中心的原结构图。

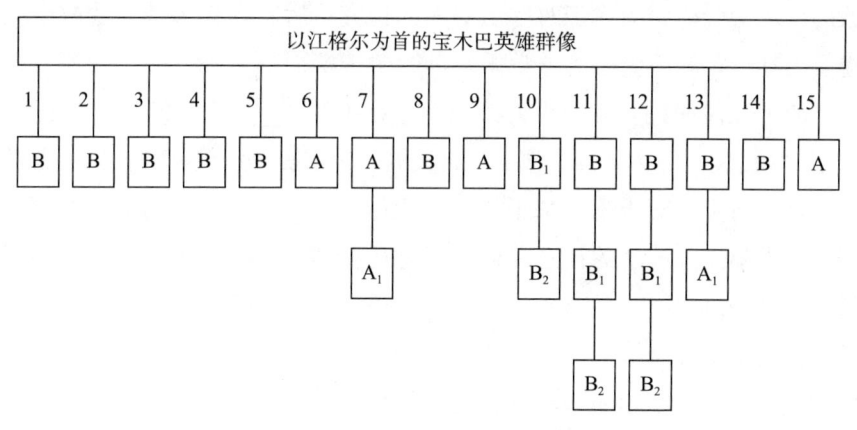

图 3-6 （根据《〈江格尔〉论》、《源流》等）

鉴于以上，婚姻和战争的母题系列是蒙古史诗三大类型的情节结构基石，两者各种组合方式构成了三大史诗类型的基本骨架。单篇型和串联复合型史诗的五个亚类型是在婚姻和战争的母题系列基础上发展的典型文类形态，这些为长篇史诗《江格尔》的总体结构提供了基本的组成部件。作为并列复合型史诗，《江格尔》的情节结构主要有两种：具体长诗的情节（或系列）结构和总体情节（或系列）结构。具体长诗的情节结构以婚姻和战争的母题系列为中心，而总体结构则是以人物或英雄群像和行动事迹的整体·平行联结为基础的。除了《江格尔》之外，《格萨尔》（或《格斯尔》）和《玛纳斯》的总体结构也均属于这种并列复合型的类型范畴。[①]

第四节 社会行动模仿：作为文化语法的类型学框架

史诗类型学（仁钦道尔吉）所提倡的叙事理论及语法框架，运用历史—地理学派的民间文艺学范式，并在共时和历时的时空维度上勾勒了整个蒙古史诗传统的产生、发展及成型过程：发源地和传播路线的追溯、民俗艺术的宗教信仰原型、人物关系及社会形态的政治制度原型、人物形象和史诗文类

[①] 详见仁钦道尔吉《〈江格尔〉论》（修订版），内蒙古大学出版社1999年版，第280—304页。

的类型发展等。类型学和形态学是晚近发展起来的相近概念,是西方民俗学叙事理论的重要成就。前者经常被史诗学学者所采用,基本沿袭历史—地理学派的母题学传统而倾注于时空上的溯源探究;后者则作为普罗普故事理论的重要工具,背离历史—地理学派的母题学传统而更多地依赖于功能或行动本源上的观念性假设。所谓史诗的类型学,主要建立在《〈江格尔〉论》和《源流》等代表作的拓展性工作上,直接的理论前提是以俄苏和德国为首的西方史诗学的历史主义传统和基于本土文化传统的田野经验,而更大的理论背景则是人类学或民族学的社会文化史研究(包括历史唯物主义的发展观)和传播论基础。值得提及的有,人类学进化论和传播理论、民间文艺学的神话学派和传播学派等。

首先,史诗类型学的历史溯源之最初思考,直接地来源于俄苏史诗研究的历史主义传统,其中影响较大的有:弗拉基米尔佐夫、波佩、科津、桑杰耶夫和帕兀哈等。尽管这些国外学者站在各自的立场对整个蒙古史诗的社会形态、政治制度和国家形成等历史原型进行了探索,但共同点在于把《江格尔》史诗的产生和形成年代的时间轮廓划定在 13—18 世纪约 500 年的历史时间内。关于史诗类型学的历时来源问题,与史诗基本情节的三个发展阶段紧密相连,归根结底就是史诗文类三大基本类型的历史根源及演化史论题。显然,有关三个阶段的文化进化论和以社会史的五个类型为主线的历史唯物主义,是包括传播论在内的史诗类型学的观念基石。一般而言,社会文化史的三个阶段和五种类型分别如下:野蛮(低、中、高)→蒙昧(低、中、高)→文明(发明和文字);原始公社制→奴隶氏族制→封建军政制→资本主义→社会主义(共产主义)。以上理论问题都致力于起源的研究,就其本质而言,历史—地理学派是把进化的观念和传播的思想相结合而形成的民间文艺学方法,为史诗类型学提供了最直接的方法论框架和历史主义视角。正如《源流》所指出,蒙古英雄史诗产生于"原始氏族社会",当时蒙古民族尚未形成,南西伯利亚和中央亚细亚毗邻地域是蒙古各部落的集聚地。后来,蒙古的各部族散落于欧亚大陆,英雄史诗作为波澜壮阔的游牧生活的历史传唱,将部族的生存故事在新的居住地域传播或流传了下来,最主要的现实原因是"蒙古汗国的建立、扩张及民族的大迁徙"。史诗类型学指出,就从早期巴尔虎史诗的战争特性看,它所反映的不是"元代以后的封建战争",也不是"成吉思汗

第三章　社会行动模仿：史诗类型学的理论构建

那种统一各部落的战争"，而是"原始社会的部落战争"。《〈江格尔〉论》认为，关于《江格尔》"初具规模的范围"的上限是"15世纪30年代早期四卫拉特联盟建立以后"，下限是"17世纪20年代土尔扈特部首领和鄂尔勒克率部众西迁以前，在这200年内《江格尔》的主要部分业已形成"，即《江格尔》是产生于15—17世纪的以卫拉特部落的社会文化为历史原型的长篇史诗。

史诗的发祥地问题属于以历史—地理的传播学为前提的发生学元范畴之一，是以部族迁徙史的传播假设和重塑传统为目的的社会历史考察的重要途径。发祥地的地理学考证，作为确定史诗产生和形成年代的另一种关键途径之一，它与历时的发生学互为映射，构成了史诗类型学的发生学基础。因此，地理空间上的传播路径和族群迁徙的历史联系是推断某一部族社会的历史演化，以及与此对应的艺术史特征的主要依据。这种历史——地理传播论的结合研究不仅是史诗发生学研究的关键步骤，同时也是史诗类型学的方法论基础之一。诚然，弗拉基米尔佐夫、日尔蒙斯基、梅列金斯基和涅克留多夫等曾探讨突厥—蒙古史诗的来源和发祥地问题，认为其所反映的各部族社会历史的相似性说明了以民族迁徙的社会背景为基础的起源上的共性。南西伯利亚的森林地区和中央亚细亚的北部地区是突厥—蒙古史诗的中心地带之一，而萨彦—阿尔泰地区则是突厥史诗传统的发源地。史诗类型学受俄苏史诗研究的历史主义之启发，提出了七个中心、三个体系、核心地带和原发祥地等假设范围，拓宽了以往史诗历史主义探索的可能性范畴，弥补了这方面的一些空白。《源流》等将原有的四个中心（布里亚特、卡尔梅克以及蒙古国的喀尔喀和西部卫拉特）拓展为七个中心（布里亚特、卡尔梅克、蒙古国的喀尔喀和西部卫拉特、内蒙古呼伦贝尔巴尔虎、哲里木扎鲁特—科尔沁及新疆一带的卫拉特），又把七个中心合并为三大体系（以新疆卫拉特和卡尔梅克为首的卫拉特体系、喀尔喀—巴尔虎体系和扎鲁特—科尔沁体系），在此基础上明确了蒙古—突厥史诗的核心地带（贝加尔湖一带和与此毗邻的中亚北部）和原发祥地（贝加尔湖一带的森林地区）。话说回来，所谓的"三大体系"是在七个中心这一概念的基础上发展出来的，也是进一步考察核心地带和原发祥地问题的前提基础；"三大体系"的概念包含着一个事物的两个方面以及对立统一关系，揭示了同一体系内部的共性和不同体系之间的个性（差异性）。

因为，传统的共性和个性均发端于时间结构和社会结构的多重维度，发展的共同基础是古老的原始形式。

其次，还原的类型学是类型方法论的第二组问题，关涉艺术本源的复原和社会原型的还原两个内涵。有关史诗艺术的本源论域，作为溯源性分析不可或缺的重要内容之一，与社会历史的原型问题相辅相成，共同构成了还原类型学的方法论基础。根据相关研究的历史经验，类型学考察与科津、桑杰耶夫、科契克夫、米哈伊洛夫、梅列金斯基和涅克留多夫等的本源性探究有着许多相似之处。比如，在《英雄史诗的起源》和《蒙古人民的英雄史诗》中，梅列金斯基和涅克留多夫对史诗起源问题及其诸看法进行比较和系统梳理，提出史诗起源问题的本源论有两个方面：艺术基因传承论和仪式主义起源论。**艺术基因传承论**认为，所有的大型艺术均源于原始时代的艺术形态，这些古老母体包括神话、传说和萨满诗歌等短篇体裁类型。持这一论点的当推科津、桑杰耶夫、科契克夫、米哈伊洛夫、梅列金斯基、涅克留多夫、查德威克兄弟和李福清等。与艺术基因的传承论相比，**仪式主义起源论**认为，一切艺术均脱胎于艺术产生之前的仪式性活动，因为人类的远古经验促成了行为与情感的互为转化。代表者有旧神话派的库恩、米勒、新神话学派的拉格伦及折中主义的列维等。有鉴于此，史诗类型学的本源研究接近于艺术基因传承论的理式范畴，而并没采纳仪式主义的起源论和观念模式。史诗类型学（《〈江格尔〉论》和《源流》）认为，蒙古英雄史诗是综合性艺术的原始体裁，其起源和形成发展的过程极其复杂。这种起源是由多种复杂的因素所造成的综合问题，其中历史因素包括：史诗赖以产生的社会文化的艺术前提、社会历史的背景、史诗艺人及其生存体验和世界观等。譬如，从史早期蒙古史诗（中小型史诗）的主题成分来源于勇士的婚姻和勇士与蟒古斯的斗争，《江格尔》史诗也源于早期的孤儿传说或历史化传说等。通过以上比较发现，这一项关于史诗的起源问题研究不仅与《〈江格尔〉论》和《源流》中提到科契克夫和热·娜仁托娅等的观点有相似之处，而且与日尔蒙斯基、梅列金斯基和涅克留多夫等的历史类型研究也有着某些理论上的共鸣或相近之处。

历史主义的原型论涉及社会历史的形态、制度结构和生存态度等问题。这类原型论的根本出发点就是社会文化的历史基础，也是发生学的溯源性问题的最根本基石。历史原型论指出，史诗必定是社会历史的直接产物，不论

第三章　社会行动模仿：史诗类型学的理论构建

是人物形象还是情节结构均源自历史事件和社会文化的共同基础。这方面的代表者以弗拉基米尔佐夫、波佩、日尔蒙斯基、达木丁苏荣（伦）、策仁索德那木、纳姆南道尔吉、海西希、查德威克兄弟、梅列金斯基和涅克留多夫等为标杆。在后期，达木丁苏荣、策仁索德那木、纳姆南道尔吉和海西希等的核心观点均是以这种社会历史的原型探索为基础的。不难发现，在人类学、民俗学和社会学等领域，婚姻是社会结构中的基本形式之一，也是以家庭或家族为基础的一种社会组织方式（社会生活单位）。因此，婚姻作为社会现象是社会制度的有机部分，它的不同形式只能以具体的历史形态存在于社会发展的特定阶段。婚姻制度的历史类型更替依次与人类社会制度史的更替层次相对应，发展和变化主要取决于生产力的提高和生产关系的历史变更。正如恩格斯指出，婚姻制度的基本历史类型有三种：原始社会时期的群婚制（蒙昧时代）、对偶婚制（野蛮时代）和阶级社会时期（奴隶社会、封建社会、资本主义和社会主义）的一夫一妻制（文明时代）。有别于历史主义的研究视角，非历史主义认为史诗并不是历史事件的机械复制，而是英雄精神或英雄时代的讴歌。代表人物有拉姆斯特德（兰司铁）、鲍顿和普罗普等。拉姆斯特德和鲍顿曾经都关注过蒙古史诗的"缺乏历史性"、不具悲剧性和一定意义上的非英雄性等问题，而普罗普强调史诗的"国家前"形态中虽然渗透着英雄主义的激情，但缺乏历史的真实性因素。可以说，作为文化语法成分的类型学还原论，其不仅与科津、桑杰耶夫、科契克夫、米哈伊洛夫、梅列金斯基、涅克留多夫的基因传承论和弗拉基米尔佐夫、日尔蒙斯基、达木丁苏荣、海西希的历史主义观点有方法论意义上的必然接续，而且同历史唯物主义关于社会历史和制度文化的进化论模式也有着内在的理论联系。就其本质而言，历史主义方法论、艺术基因传承论和社会制度进化论的观念基础是相近的，皆是以社会历史的发展为准线的事件原型。

最后，类型的发展论是类型学方法论的第三组课题，包括以类型的分类和发展为主线的形象学和情节结构论两个内容。其中，类型学的形象论基础有两个具体内容：类型的分类学和发展论。形象类型的分类学是解读主语式文化语法发展和演化问题的原本起点，而形象发展论则是决定形象分类学和语法拓展的关键基础。因此，有关发展论和形象演化的问题，历来是蒙古史诗学的核心话题，同时也是一直以来困扰着几代学者们的难点论题。诸如扎姆察拉诺、弗拉基米尔佐夫、桑杰耶夫、乌兰诺夫、波佩、科契克夫、米哈伊洛夫、梅列金斯基和涅克留多夫等都被这两个基本问题所吸引，为此做出了重要的贡献。关于类型的形象论和发展论虽然对以上的部分学者观点采取了批评的态度，但这些问题的提出却为史诗类型学提供了最直接的学术资源。同理，史诗类型学也认为，蒙古史诗的人物或形象结构是多元多层化的，构成基础是情节或内容框架的多重结构。人物和情节的两大结构类型均发端于社会文化的历史结构。其一，形象类型不仅在总体的层面上具有多元化的结构特征，而且某一具体人物或某一形象类型也均具备了多元多层的结构化特征。其二，人物类型的发展来自人类社会的内在性发展及历史原型。总的发展趋向包括社会属性、数量及性格等。以单篇型史诗和串联复合型史诗为例，其人物形象以线性发展的类型化特征为基础，个性不够突出，结构相对简单；而并列复合型史诗《江格尔》的形象类型则以"人物群像"和"英雄事迹"的内在联结为关系基石，个性较突出，结构趋于多重化，主要特征是类型之间的典型化（差异）和单一类型内部的共性。这些体现在理想型的首领、勇猛型的将领、智谋型的将领、贤惠型的女性形象、神奇骏马的类型、乱世暴君的类型等人物塑造上。除了以上相关研究之外，还有必要对梅列金斯基的史诗研究予以特别关注和分析，因为梅氏的研究重点在于对其从原始（早期）史诗到经典（成熟）史诗的发展历程和形象演化问题的历史分析和系统化解读：壮士故事和氏族、文明开拓者的传说→壮士歌和历史传说→真正的经典史诗。与此相对应，形象类型的发展阶段也是如此：个体的壮士、氏族、文明开拓者→缺乏个性的"孤独者"→具有英雄精神和气质的壮士，等等。通过以上比较分析，可以得出这样的一个结论：史诗类型学的形象论是俄苏史诗学形象论传统的延续和发展，尤其与扎姆察拉诺、桑杰耶夫、科契克夫、米哈伊洛夫和梅列金斯基等的形象论观点有着许多的相同之处。此外，它还吸收了文学形象学的典型化（个性化）观念和汉族历史小说形象模式的分类观念。

  类型发展论的问题以下面三个核心点为前身：与母题、两个主题有关的基本概念和俄苏历史主义学派的三阶段论和短歌组合论。基本概念问题与汤普森的母题界定、日尔蒙斯基和普罗普的两大主题论相关，而三阶段论和短歌组合论问题则与弗拉基米尔佐夫、桑杰耶夫、米哈伊洛夫、科契克夫等的史诗学历史主义的发展观和弗拉基米尔佐夫的短歌组合论有着密切的联系。

第三章　社会行动模仿：史诗类型学的理论构建

类型发展论的直接前提是以波佩、海西希为代表有关史诗结构的母题学研究，而更大的理论前提则是芬兰历史—地理学派的 AT 分类法以及母题学根基。因此，该问题的追溯应从母题概念的历史开始，即类型学的母题系列概念是在母题概念及其内在组合意义上发展起来的。汤普森的"母题"概念含有"角色""情节的背景"及"独立的事件"三个维度，这些基本单元及其关系是形成故事"结构"的基本骨架。在西方，波佩、布尔查诺娃、科契克夫和海西希等都纷纷加入史诗情节结构和母题类型的分类学行列，以说明它们的产生、发展和流传等，从而将其推进到了相对系统化的理论高度。其中，以海西希影响最大，他借鉴 AT 分类的母题分析法，把蒙古英雄史诗或阿尔泰英雄史诗的情节结构分为 14 个大类型（包括 300 多个母题和事项），在此基础上建立了蒙古英雄史诗的情节结构和母题分类的总体系。事实上，婚姻和征战的两大主题也是类型学母题系列概念的重要基础，皆是以婚姻母题和征战母题为基点而发展起来的结构性单元。即，有关婚姻和征战的英雄事迹各自发展成为婚姻型和征战型的两大母题系列，这些结构模式和固定的基本母题之间却自然形成了有机联系和排列顺序。就其本质而言，婚姻型和征战型的两大母题系列，作为情节结构的核心内容，只不过是史诗的两大主题概念的变型而已。婚姻和征战两大主题是由包括俄苏在内的西方学界提出的史诗学概念，其中日尔蒙斯基和普罗普成就较为突出，他们一致认为早期英雄史诗的主题和基本类型有两种：一是勇士远征求婚型史诗；二是勇士与恶魔斗争的史诗。因此，婚姻和战争的两大主题或母题系列问题无疑是史诗的情节结构研究中的核心内容，也是通向类型发展论等谓词式文化语法探索的必经之路。除了母题和主题概念的历史源头之外，类型发展论还受到了弗拉基米尔佐夫、波佩、桑杰耶夫、米哈伊洛夫、科契克夫等的史诗学历史主义的发展观影响。这些学者们曾涉足其蒙古史诗的历史发展问题，为类型的发展观提供了理式依据。比如，弗拉基米尔佐夫、扎姆察拉诺、桑杰耶夫、米哈伊洛夫、科契克夫等所提出关于三阶段发展论的诸多看法等均属于此类尝试。简言之，类型发展论在以上几个问题的基础上已创立了整个蒙古英雄史诗的情节结构和人物群像的文化语法范式和分类体系。主要贡献在于，不仅丰富和发展了蒙古史诗学研究传统的母题—类型论问题，而且把蒙古史诗学的类型研究接轨到了世界史诗学前沿理论的辉煌征途上。

第四章　文化心智模仿：本体诗学的理论视域

草原或蒙古史诗的诗学理论以文化心智模仿的语法原理为根基，形成于以下三组问题之上：本体论的诗学、诗性的元范畴、本土化的解读。第一节，从本体诗论出发解析了诗学在本质论和发展论维度上的本土化论题，包括诗性本质的三个基本特征（神圣性、原始性和规范性）和史诗发展阶段的三种基本形态（原始史诗、成熟史诗和变异史诗）。第二节，从诗性的元范畴入手论析了诗学在艺术自然论和宇宙体系论层面上的本土构建，关涉艺术化自然的关系论和宇宙结构论（三界、时空和数量）。第三节，以本土化的解读为论域基石分析了诗学在形象论和本土诗律论向度上的理论构建，核心在于形象的类型分类学（正反面人物及坐骑）和诗学的概念基础（意象、韵律、风格）。以上三组立论模式不仅是以问题式的学理关联为出发点的史诗诗学溯源的逻辑组合体，也是对史诗诗学的文化心智模仿·语法范型进行考察和展开理论分析的实践基础。

第一节　本体论的诗学：作为文学现象的史诗

一　诗性的本质：三个基本特征

《蒙古英雄史诗的诗学》（简称《史诗的诗学》）对蒙古史诗的诗性特质之把握不仅来源于外在因素的分析，更重要的是源于内在因素的本体视角。史诗诗学借助内外因素交错的过程透视，以文化心智模仿——本土语法为基础原理，拓宽了本体诗论的内在逻辑与外延范畴这一双向界域。以上有关史诗定义的论断聚焦于本体论维度的诗性内涵，并认为：史诗作为"属于一个特定历史范畴的文学现象"，其本质上并非直接地源于无关紧要的外延含义；如果给它以外延的定义，那也就是次要的方面。

神圣性：对于此论题的考察，应从它的原本性入手，这样有助于下面做出进一步的判断。史诗诗学认为，神圣性特征论来自两个方面：弗拉基米尔佐夫的历史观和黑格尔的艺术哲学观。据上述学者观点，英雄史诗作为民族的神圣历史，具有不可侵犯性的威力和不可估量的约束力。《史诗的诗学》指出，蒙古族历来就有一种传统，即以口述的形式传达生存历史和生活智识，这正是《史诗的诗学》对蒙古史诗的神圣特征所做的本土化思考和理式依据。因而，史诗的"神圣性"本身就包含了历史、艺术和哲学的三种维度，而且这些神圣的特性逐一呈现于史诗的创编、艺人灵感、"诗神"附体（超常发挥）、史诗"库存"传承、艺人吟诵演唱、史诗社会功能等方面。[①]

萌生伊始，史诗的神圣性就与"创编"和"灵感"等情感因素发生联系，事实上就是伴随史诗的产生而一直传承下来的诗性特征，这正是艺人们赋予史诗来源以神秘主义内涵的心理学基础。在东、西方的民间传统中，史诗艺人"神圣授艺"的说法较为普遍流行，就像传说和故事一样如此丰富多彩，那些神圣化的絮说传统以神秘的面貌娓娓道来，令人深思。在西方，荷马就被认为是有超常记忆的"盲人"说唱者，关于他的传说故事几乎都与"神谱系"说法有关联。弗拉基米尔佐夫等所记录有关"额格顿官其嘎"图乐奇（艺人）学艺的经历、布里亚特和乌梁海图乐奇关于学艺的传说故事、科尔沁蟒古斯奇（艺人）巴力吉尼玛的学艺过程等[②]，这些信息都凸显了授艺技能的神秘主义色彩。据石泰安、降边嘉措、杨恩洪、郎樱等学者的报告，格萨尔奇、玛纳斯奇的学艺经历也总是显示出这样神奇内容的合理化一面。[③]换言之，每一位史诗艺人在创作史诗的"每一句"或者"每一行""每一段"

---

① 巴·布林贝赫：《蒙古英雄史诗的诗学》（蒙古文），内蒙古教育出版社1997年版，第7—8页。
② 巴·布林贝赫：《蒙古英雄史诗的诗学》（蒙古文），内蒙古教育出版社1997年版，第8—15页。
③ 详见［法］石泰安《西藏史诗和说唱艺人》，耿昇译，中国藏学出版社2012年版，第351—433页；降边嘉措《格萨尔论》，内蒙古大学出版社1999年版，第505—550页；杨恩洪《民间诗神——格萨尔说唱艺人研究》，中国藏学出版社1995年版，第84—105页；郎樱《玛纳斯论》，内蒙古大学出版社1999年版，第149—190页。

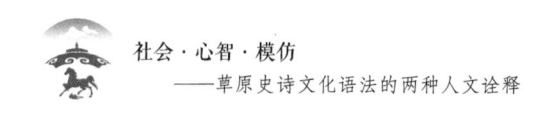

"每一章（部）"时，在他（她）们的心灵世界里始终恪守着一个"不可违反"的"传统力量"——神圣性的威力。

史诗艺人所创编的"虚构"度不能偏离于那些"传统力量"的有效范围。因为艺人们使用的"巧妙的修辞手段既稍为隐藏在美与崇高的光辉中，便不再显著，从而避免了一切怀疑"①。"传统的力量"，即神圣的威力来源于两种不同的需求或压力：有关"所有天神"和"一切听众"的信仰基础。艺人们每次演唱都遵循那些"不可侵犯的规范"，"歪曲史诗的中心思想是最大的罪孽，如果谁侵犯了它，他就总会受到神灵们的惩罚"。②首先，"史诗艺人"和"一般听众"都不能随心所欲地违反"神"的意愿，因为他们相信所共享的心灵世界只有在"天"或"神"的那里才显有成效。据相关记录，艺人演唱时"情绪非常激动，这种情况被解释为神灵在向他们启示英雄的形象，并帮助他们所选中的说唱人来作为古代传说的承传人"。由于"这些神灵和自然界的主宰原来也是人，所以歌声能使它们大发善心，演唱故事能给人带来健康，赐人和暖，给牲畜带来牧草等"。③"一般听众"与"史诗艺人"的心灵共享是相互补充的，具有互动性；其中有一点很重要，即史诗艺人也不可违反"听众传统"的原因在于，"听众所记忆的传统"远远大于或者早于每一位特定史诗艺人所掌握的智识"传统"。其次，在每一个特定成效的说唱展演中，"听众"和史诗艺人都有意或无意地被史诗"神圣性"的潜在威力所影响或左右。史诗演唱传统中的禁忌与习俗就在这样的语境和过程中自然重生，给演唱特征赋予了神圣的特性。也就是说，虽然史诗艺人们（一般说唱艺人的讲述）为听众讲述（解释）了这样或那样类似的"他（她）们所学艺的神圣经历"，但那些"神圣"口述并没有直接地触及"美的本质"，而用间接的或其他创编手法"把概括的美、一般的美理解为神，神能够给人带来美，使人变得美。在这种意义上，神成为美的原则"。④因此，美的原则是神圣性与"虚构性"的统一。神圣性与"虚构性"叠加在一起，为演述传统的崇高

---

① 凌继尧、徐恒醇：《西方美学史》（第一卷），中国社会科学出版社2005年版，第355页。
② 巴·布林贝赫：《蒙古英雄史诗的诗学》（蒙古文），内蒙古教育出版社1997年版，第10页。
③ [苏]谢·尤·涅克留多夫：《蒙古人民的英雄史诗》，徐昌汉等译，内蒙古大学出版社1991年版，第34页。
④ 凌继尧、徐恒醇：《西方美学史》（第一卷），中国社会科学出版社2005年版，第30页。

风格提供了一种诗性意义的心理学元素。最后,"神圣"因素植根于演唱与传统的互动语境,是一种撑起崇高风格的审美或心理要素。史诗的崇高风格是神圣性与美感的最高统一,从时空特征上看,"史诗的神圣与崇高主要来自于史诗与我们的遥远距离"①。即,将史诗的产生归结于神秘力量的恩赐、对于基本母题所持的神圣敬畏,传唱中所遵循的各种民俗成规,对史诗的社会功能赋予神秘效用等,都说明了史诗具有神圣特征的心理学前提。②

据史诗诗学考证,所说史诗神圣性类似于口头诗学所指出的"传统力量的原则"——口头诗人在讲述故事时所遵循的"简单然而威力无比的原则,即在限度之内变化的原则"。因为从简单的片语到大规模的情节设计,乃至整个传统,在每一个层次上都借助"传统的结构"。③ 诚然,史诗的神圣性取决于艺人和听众的心灵共感与共同信念。"神圣性"作为传统的因素,为史诗的演唱传统创造了一种伟大而庄严的心灵基石条件,为崇高风格与审美内涵注入了一种心理结构的认知意义。也因此,史诗诗学把以上神秘力量的传统因素视作为非科学性的主观依据,其强调的是美学或文化心理的阐释视角。

原始性: 关于思维特征的研究由来已久,但《史诗的诗学》中对思维特征的考察与艺术哲学和晚近民族学的发现有着密切的关联。它的源头最早可以追溯到维柯的研究,此后还延续到黑格尔、列维—布留尔、卡西尔和列维—斯特劳斯等所致力的不同领域的相关性研究。其中,又以维柯、黑格尔和卡西尔的影响较大,他们所提出的"诗性智慧""原始诗""神话思维"等一系列概念可以说直接影响了史诗诗学的原始特征分析及相关诗论探索。

史诗诗学指出,原始性是在史诗所具备的神圣特征基础上发展起来的重要属性,即蒙古民众的成熟史诗(非模拟、文人创作的史诗)虽然"以口口相传的形式传承下来(口语的动态性对于母题和体裁的影响是毋庸讳言的),但它又依傍于不可侵犯的神圣性(之庇护或祖护),其原始性至今仍保留了下来"④。这一特征建立在以基本母题、形象塑造、原始宗教的意识、原始思维

---

① 万建中:《民间文学引论》,北京大学出版社2006年版,第141页。
② 巴·布林贝赫:《蒙古英雄史诗的诗学》(蒙古文),内蒙古教育出版社1997年版,第15页。
③ [美]弗里:《口头诗学——帕里—洛德理论》,朝戈金译,社会科学文献出版社2000年版,第88页。
④ 巴·布林贝赫:《蒙古英雄史诗的诗学》(蒙古文),内蒙古教育出版社1997年版,第16页。

为根基的稳定要素上,同时又把它们作为重要的文化载体。所谓的基本母题一般包括蒙古史诗中常见的婚姻、战争和结拜兄弟等母题类型。史诗诗学认为,婚姻征战的基本母题是蒙古英雄史诗中生生不息的永恒主题,但这些母题在传唱中不断发生变异。同战争一样,婚姻也作为蒙古史诗的基本母题和原始母体(原本模态),经过千百年来的历史传承,直到科尔沁史诗流传得还悠然重生。比如,喀尔喀史诗中出现的家庭争斗和女性背叛的事情就是较古老的婚姻母题的变异类型。战争和婚姻母题都与英雄史诗产生时期的历史需求有着不可割舍的密切关系,"如果把英雄史诗的产生年代断定为由氏族社会向阶级社会转型的历史时期,那么婚姻母题无非就是这一历史阶段的缩影"[①]。相比之下,《史诗的诗学》中所说作为诗性特质之表现因素的战争和婚姻母题与史诗类型学(仁钦道尔吉)所强调的两大主题概念基本相同,但前两者与口头程式理论的主题概念却有着认识论意义上的细微差异。口头程式理论的主题概念,是指一种叙事艺术的结构观念或一组意义,而不指在传统民间文艺学意义上的情节内容。显然,在英雄史诗中,婚姻和战争的母题相辅相成,为整个史诗的事件(情节)系统营造出了基于人物性格得以展开的情景化空间。

史诗诗学指出,形象塑造是呈现其原始性的另一个窗口,换个角度看,形象无非植根于原始宗教意识和原始思维的心理学前提。因而,上述有关意识和思维的本土文化分析,就为《史诗的诗学》中对原始性的相关研究提供了以宗教—心理学为前提的诗性视角。渗透性(混合性)和弥漫性是原始思维的重要特征。这一思维(模式)"把主体与客体、物质与概念、现实与梦幻(兆头)、社会与自然、人与兽混淆不清,并为一谈"。在这样思维方式的影响下,白方勇士(或英雄)形象的人格性与神格性、黑方勇士形象的人格性与兽格性、蟒古斯形象的社会性与自然性等得以类型化的发展,随之形象类型的共性几乎掩盖了其个性。在蒙古史诗中,神话思维的表现形式与以人物或角色自身的结构为坐标去认识外在世界,以部分代替整体的原始想象相关联,从而获得了充分发展的叙事空间。[②]《史诗的诗学》还指出,在蒙古英雄史诗

---

① 巴·布林贝赫:《蒙古英雄史诗的诗学》(蒙古文),内蒙古教育出版社1997年版,第19页。
② 巴·布林贝赫:《蒙古英雄史诗的诗学》(蒙古文),内蒙古教育出版社1997年版,第22—23页。

中，萨满教和佛教的痕迹随处可见，但这些宗教信仰的现象基本源于更早的拜物教或一些自然崇拜观念。因而，关于崇拜动植物或膜拜语言力量的现象也是呈现其原始性的诗性因素。①

在本土的智识谱系里，地方性思想"赋予其意指作用的事物被看作是显示着某种与人的类似性"。所以，神圣事物"由于占据着分配给它们的位置而有助于维持宇宙的秩序，如果"废除其位，哪怕只是在思想中，宇宙的整个秩序就会被摧毁"。② 因为这样的事物极具形象特征，实际上在人与天界、下界之间构筑了一种超越时空的艺术桥梁。

规范性：史诗诗学指出，英雄史诗是语言艺术的经典模型，因此它有其美学意义上的规范体系。对于这一规范体系而言，形象的类型化、情景的模式化、情节（事件）的程式化犹如更具诗性意味的三重奏。形象的类型化，不仅是基于二元对立模式的审美结构的产物，同时又是极具诗性意义的形象学特征。史诗的形象体系自然形成以白与黑、好与坏、美与丑为基准的分类学基础，两者分别代表了正反面人物的基本类别。因此，白方勇士形象与以"高贵""神力""孝顺"为特征的人物性格相对应，而"黑方"勇士形象则与以"渺小""魔力（有力）"（在力气、魔法、躯体方面的描绘中，"黑白方"勇士们是等同的）、"毒恶"为主的反审美的性格特征相关联。譬如，阿如格·乌兰洪古尔（洪台尔的全称）是"勇猛"型的代言者、阿拉坦·策吉是"智慧"型的代言者、萨里根·塔布嘎是"飞毛腿"型的代表人物、明彦是"美男"型的代表人物，等等。此外，从主人公和蟒古斯形象到骏马、宫殿、自然景色，这些形象塑造都遵循了诗性美学的二元对立结构原则。人物形象无须"成长过程"的超现实情形作为类型化描绘的重要特征之一，它与美的一般原则形成鲜明的对比，同时以空位的缩短或省略方式填补了美的程序。③ 以上论述不仅遵循了源于本土传统的二元结构的心理学原则，还对维柯的"想象的类概念"做了诗论分析意义上的重要补充。

---

① 巴·布林贝赫：《蒙古英雄史诗的诗学》（蒙古文），内蒙古教育出版社1997年版，第24—28页。

② ［法］列维—施特劳斯：《野性的思维》，李幼蒸译，商务印书馆1997年版，第45、14页。

③ 巴·布林贝赫：《蒙古英雄史诗的诗学》（蒙古文），内蒙古教育出版社1997年版，第28—32页。

史诗诗学认为，情节（母题—事件）的程式化是在行动和情景的联结模式上形成的规范特征。与此相同，无论是黑格尔的"事迹""动作""行动"及"情境"和普罗普的"功能""连接""回合"，还是海西希的以英雄的事件为主的母题索引和洛德（A. Lord）的主题和故事范型等概念，无疑均反映了对叙事行动与生命进程的本体联结进行深入研究的不同侧面。史诗诗学指出，英雄史诗的情节沿着既定的发展进程、既定的基本叙述、既定的程式序列得以充分展开，其程式化的情节整体正是建立在英雄的生命序列——诞生、争斗（婚姻和战争）、苦难（死亡）、战胜（苏醒或复活）等重要环节（"轮回"）上。在这类问题的相关论述上，《史诗的诗学》所受的影响主要还是来自波佩、海西希等专注于单一叙述层面的母题研究，并非直接来源于黑格尔或普罗普的启发。但史诗诗学未满足其海西希等有关母题排列的这一简单化模式，并对其进行了批评式的修正：这一索引的每个母题类型都有其各自的并列与串联形式；虽然在数量上参差不齐，但基本的史诗情节序列均采用了以产生、发展、高峰、结尾为基础的粗线条的描绘法。可以说，艺术上的所有程式化是民族文化心理的结构性表现，而且它又把这一结构加以强化发展。在这样的重构过程中，民族心理结构对新的史诗创编所起的是类型化的作用，因而近代史诗艺人和胡尔奇们也在演唱中无意或有意地遵循了这一类型化原则。① 在这一点上，史诗诗学虽然与普罗普和洛德的仪式化处理有相似之处，但不同的是，它从心理结构的角度将其推进到特定文化的审美诗论层面上。

　　史诗诗学指出，情景描绘的模式化是规范特征的第三个表现形式，与洛德所提出的"主题"或"典型场景"概念颇为接近。《史诗的诗学》专注于以"静"与"动"的本体联结为主线的文本形态分析，并非仅仅停留于单一层面的刻板化观察。从静态的角度看，这一模式化描绘包括有关史诗开场白的"神话学的开篇"，以及被情景化了的环境、自然（景色）、故乡、牛羊、民众、宫殿、房屋（科尔沁史诗里）等。从某种意义上说，这些描绘模式无非就是对主人公的"再度"衬托。此外，静态描述通常与形象塑造紧密相连，共同确立了形象学的类型结构，分类学基础是以二元对立模式为主的类型化原则。比如，白方勇士们的家园一般位于"吉祥方向"，它是美丽的故乡、秀

---

① 巴·布林贝赫：《蒙古英雄史诗的诗学》（蒙古文），内蒙古教育出版社1997年版，第32—34页。

丽的家园、安宁的家乡、温暖的宫殿、神奇的祖国（宝木巴故乡）。这些作为静态化的背景和场景，给婚姻和征战事件的动态结构提供了情境化的铺垫。黑方勇士们居住于"非吉祥方向"，家园和宫殿描绘所遵循的是以丑恶、丑陋、黑暗为特征的反审美价值的模式化原则。从动态的角度看，这一模式化描绘模仿接近于自然生物性的动作程序：英雄的盔甲装备、武器装备、拿鞭子、唤坐骑、抓马吊膘、套马鞍、上马、赶路等动态细节，以及寻找未婚妻、进行婚礼、结拜兄弟、度越男性"三项比赛"等较大的动态叙事，等等。这些描绘的目的无外乎是对勇士或英雄的神采、朝气、威力等的艺术衬托。①

草原或蒙古史诗的非悲剧性问题，英国学者鲍顿（R. Bowden）和匈牙利学者劳仁兹（L. Lorincz）曾有相关的研究②，但史诗诗学所特有的美学诗论也别有风味。《史诗的诗学》指出，蒙古史诗的喜剧性结局所反映的是蒙古民众文化心理、习俗道德、社会理想和审美理想等的综合面貌，因此，这种鸿篇叙述的审美结构也要讲究美学原则上的"整一性"。作为一种美学理论的重要概念，整一性对于文类的要求是整齐匀称，即在结构上要完整。当然，对于蒙古史诗来说，结尾比开篇更重要。虽然开篇是轻描淡写的，但在发展的过程中，可以实现痛苦与喜悦趋于均衡。即，结尾是"总结"性的，因而要在吉祥幸福中收尾。③《史诗的诗学》关于喜剧性的理论分析来自两个方面的有机结合：美学的结构分析和本土理念的心理结构分析。换言之，蒙古史诗的喜剧性结局常常与正面和反面人物的艺术化生命有着紧密的联系，这使其生命过程的两种形态发展成了鲜明的对比：正面人物的死亡是暂时的或漂亮的死亡、仪式化的阈限期，而反面人物的死亡则是永久的或无价值的结束、仪式化的丧葬。在此，正反面人物的死亡并非互相矛盾，它们是由人们对不同事物的审美互动或差异所导致的。因为，史诗是"生活本身，是生命情态，是人生不可或缺的内容"。④

---

① 巴·布林贝赫：《蒙古英雄史诗的诗学》（蒙古文），内蒙古教育出版社1997年版，第34—40页。
② ［苏］谢·尤·涅克留多夫：《蒙古人民的英雄史诗》，徐昌汉等译，内蒙古大学出版社1991年版，第90—95页。
③ 巴·布林贝赫：《蒙古英雄史诗的诗学》（蒙古文），内蒙古教育出版社1997年版，第40—42页。
④ 详见朝戈金《国际史诗学若干热点问题评析》，《民族艺术》2013年第1期，第75—82页。

与所处同一时代的史诗研究不同，史诗诗学视神圣性、原始性、规范性为贯穿于所有由原始史诗发展至成熟史诗和变异史诗的共同特性，进而深入挖掘并明确了史诗文类的三个诗性特征和作为文化语法根基的心智模仿，以及本体内涵。史诗诗学认为，蒙古英雄史诗首先是口头创作的，因此程式化的词语、程式化的韵文、程式化的形式的作用较为突出。对于口头传播、口头传承、即兴背诵的情形来说，模式化（类型化）的语言、模式化的韵文无疑为史诗创作提供了极便利的张力性条件。因而，受听众（不懂文字的）青睐的是艺术（文艺）上的"同感伴侣"，这一切都对史诗文类的模式化程式之形成起了重要的作用。

二 发展的阶段：三种基本形态

关于史诗的三个形态问题，以文化心智发展的阶段式模仿为文化语法并得以形成条件假设，它的雏形始现于1993年发表的《布里亚特〈格斯尔〉的独特性》①一文中，即从宗教信仰和社会历史的角度探讨了布里亚特《格斯尔》的古老文化特征。在此，有关宗教信仰和社会历史的文化变迁分析已接近史诗形态发展的三段式论题，它是《史诗的诗学》第七章"文化变迁与史诗变异"的前期酝酿或观念基础。

史诗诗学以蒙古史诗的三个基本形态为切入点，提出了与此对应的历史脉络问题——氏族部落时期的原始史诗、封建君主时期的成熟史诗、受农业文化影响的历史时期的变异史诗或科尔沁史诗。与此相同，黑格尔也曾经把世界史诗的发展历史划分为原始的、成熟的和浪漫型的三种时代，并在历时和共时相结合的逻辑延展上迈出了关键一步。黑氏认为，从历时的角度看，最早产生的是东方史诗，然后才是希腊罗马史诗和日耳曼及基督教传统的半史诗。从共时的特征看，它们依次分布在世界的东、中、西三个地带（地域层面和历时的横断面），分别代表了不同发展阶段的三种史诗类型。根据《美学》（黑格尔）与《史诗的诗学》的表述比较：（1）"原始型史诗"（《美学》）略等于"原始史诗"，是源于宗教意识和神话内核的艺术类型。（2）"正式史

---

① 巴·布林贝赫：《布里亚特〈格斯尔〉的独特性》，《内蒙古大学学报》（蒙古文）1993年第4期。

第四章　文化心智模仿：本体诗学的理论视域

诗"(《美学》)略接近于"成熟史诗",是充满英雄主义和军政意识的艺术类型。(3)"浪漫型史诗"(《美学》)近似于"变异史诗",前者强调了以民族文化的变迁为基础的变异特征;后者凸显了准史诗或书面诗歌的文人因素及其他的特征。显然,黑氏的艺术哲学观对史诗诗学产生的影响有以下几个方面:宗教—神话内核、形象丰满、行动或情节的整体性和整一性,这些都是鉴定史诗艺术的重要标准。除此之外,史诗诗学三阶段论还有两种源头,即俄苏传统的史诗研究资源和本土传统的诗学理念。《史诗的诗学》指出,原始史诗作为古代观念和神话思维的库存或一面镜子,它以婚姻和战争为基本母题,不仅保留其狩猎游牧(畜牧)文化影响和原始信仰(萨满、崇拜自然主义)之原貌,还反映了部落和国家雏形年代的社会画面。形象体系的美学基础,植根于好与坏、美与丑的二元对立模式。白方勇士作为社会集体精神的代表,神性胜于人性,同神话的文化英雄形象颇为相似;性格暴躁,心灵淳朴,并呈现出了对于社会的美好向往(憧憬)。黑方勇士作为邪恶力量和自然灾害的化身,自然性胜于社会性,同兽类动物颇为接近;外貌凶恶,行事残暴,以毒蛇、凶兽的敏感躯体"武装"自身,具备超自然的神秘力量,反映了有关原始社会魔法观念和巫术时代的心灵记忆。原史诗的故事情节,以单线的发展为主,形象描绘并非活灵活现,甚至不够丰富多彩。① 这是《史诗的诗学》对蒙古史诗的早期形态所做的解析内容,明确了二元对立模式的形象学原则和与此对应的社会形态学的叙事特征。

　　成熟史诗是原始诗的发展形态,它以婚姻和战争为主线,在其基础上使故事情节得以展开,丰富了传统史诗的叙事风貌。这一时期文化形态的特征是:将游牧经济、萨满教和佛教融为一体,氏族制度的特征逐渐淡化,为阶级社会的礼仪规范所取代,国家机制的想象为史诗化的人物安排提供了基本的架构。与原始史诗不同,正面人物主要是汗王圣主、勇士名将、智慧谋士、射箭手、预言者、主持者(歌者)、马倌等,他们以高度职业化的角色身份登上史诗舞台;而反面人物则是蟒古斯汗、蟒古斯神、鬼王、热克萨斯汗或妖精、鬼怪、热哈策斯及妖精军兵、蟒古斯军队等,以其多元化的宗教艺术形

---

① 巴·布林贝赫:《蒙古英雄史诗的诗学》(蒙古文),内蒙古教育出版社1997版,第207—208页。

象原则进入史诗世界塑造中。随之,黑白双方勇士形象的现实主义色彩更加凸显,白方勇士们从神性降到人性,蟒古斯形象从自然性走向了社会性。在原始史诗中,"英雄时代"的回声悠悠传扬,记述了氏族制度的英雄伟业;在成熟史诗中鼓吹并辩护了部族的联盟、民族的形成、国家的诞生以及作为某一历史进程之代表的汗王勇士们的战胜荣誉、"血婚"(战争)。① 以上是《史诗的诗学》对蒙古史诗的成熟形态所做的论析内容,凸显了史诗在二元对立原则和基本母题的基础上的稳定性特征;强调了因宗教信仰和经济基础的变化所导致的内在变异及相关性特征。

科尔沁史诗(镇压蟒古斯的故事)是变异史诗的典型例子。这一类史诗一方面基本保留母题情节的完整性,好与坏、美与丑相互对立的形象原则和宗教信仰因素的持久性等传统模式;另一方面随着文化背景、形象描绘、故事情节、构思结构等演化,农业文化氛围愈加增色,本子故事、胡仁·乌力格尔影响和佛教影响日益渗透,从而使其有了多元化特征和本质性变化。变异史诗中的汗王以封建皇帝的相貌出现,亲朋伙伴们已具备将军、宰相的形象特征,臣忠诚于君王、女性忠于男性的伦理观念和道德理念等成为史诗所承载着的价值体系。② 这是《史诗的诗学》对蒙古史诗的变异形态所做的表述内容,探讨了史诗在文化变迁(主要在宗教信仰和经济基础两个方面)中的内在变异和艺术终结等。即,原始(远古)史诗产生于氏族社会的后期,而英雄史诗则是"英雄时代"的产物,是与军政民主制这一时期相对应的。上述情形是一种由氏族制度向阶级社会和国家转入时期的社会组织形式,因为蒙古族的历史时期有其自身的发展规律——由氏族社会进入阶级(封建等)社会的发展历程。这种变迁不仅体现在以部落贵族的扩大和部族制度的解体、阶级的分化和国家的产生为综合动因的口述化内容上,还为成熟史诗的发展提供了带有动力学色彩的新条件。也就说,人类对神话做的是无意识的艺术加工,而对史诗做的是有意识(集体意识)的艺术加工。在神话里,从人和神到自然现象、野兽家禽均可成

---

① 巴·布林贝赫:《蒙古英雄史诗的诗学》(蒙古文),内蒙古教育出版社1997年版,第208—209页。
② 巴·布林贝赫:《蒙古英雄史诗的诗学》(蒙古文),内蒙古教育出版社1997年版,第210—212页。

其故事的主人公,而史诗里的主人公基本上都是人(包括模仿人的神灵)。这些观点不但与维柯和黑格尔的艺术哲学观有直接或间接的联系,而且与历史唯物主义的经典艺术论也有着密不可分的内在关联。

在确定史诗发展的三个阶段和基本形态之后,史诗诗学从结合艺术美学和唯物主义的历史发展观角度出发,讨论了史诗文化变迁的三个方面:文化事项(信仰、思维、观念)、社会历史(制度、命名、工具)和艺术事项(母题、形象、手法)。这种对蒙古史诗的整体形态考察,重点在于史诗在历史长河中怎样发生了变化的实际问题——由神话思维向魔幻主义思维、由萨满教向佛教影响、由狩猎游牧文化向农业文化、由类型(模式)化的规范(传统)形式向现实化的小说形式转化的种种变迁。这一论题的史诗诗学建立在由思维、信仰和经济基础的变化所导致的艺术本身的内在变异和特征分析上,与涅克留多夫所谓决定史诗艺术命运的"神话和历史的对分法"较为接近。即,要说明"口头史诗文学样式的起源和演化,必须讨论它们的体裁和题材范围,弄清它们的情节、形象同神话幻想以及晚近时期观念之间的关系,乃至概括它们表现英雄性格的基本原则"①。见图4-1,从中可看出《史诗的诗学》以史诗文化变迁中三种事项为主的诗论分析。

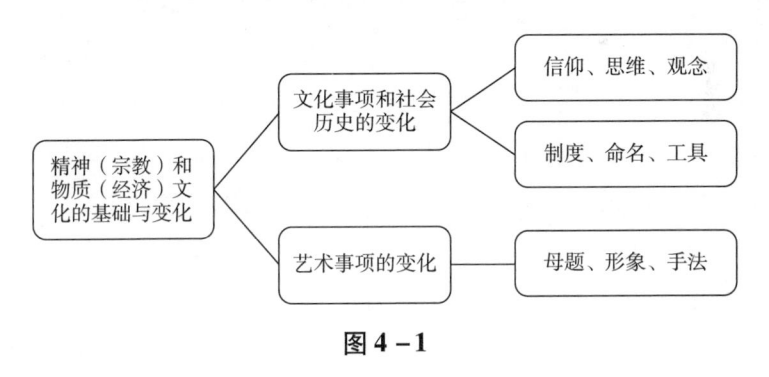

```
                                    ┌─ 信仰、思维、观念
                    ┌─ 文化事项和社会 ─┤
                    │   历史的变化      └─ 制度、命名、工具
精神(宗教)和 ─────┤
物质(经济)文      │
化的基础与变化      └─ 艺术事项的变化 ─── 母题、形象、手法
```

图 4-1

从艺术哲学的层面上讲,史诗诗学的文化变迁分析与黑格尔的宗教艺术观有着一种哲理化思考上的相似之处。在黑氏看来,史诗的源头应该部分地归于宗教化的神话内核,世界观和客观存在作为民族精神的重要体现,通过

---

① [苏]谢·尤·涅克留多夫:《蒙古人民的英雄史诗》,徐昌汉等译,内蒙古大学出版社1991年版,第4—5页。

将其自身对象化而形成的具体形象——实际发生的事迹,赋予正式史诗以实在的内容和形式。这一整体的重要两极就是人类精神深处的宗教意识和真体的客观存在——政治生活、家庭生活乃至物质生活的方式、需要和满足需要的手段。① 这既是黑氏艺术哲学观的基石,也是其客观唯心主义史诗理论的核心。史诗诗学虽然赞同黑氏把宗教化的神话因素当作史诗的心灵基石这一观点,但在文本解读的本土解析上却突出了历史唯物主义对形成科学艺术观的重要性。因而,史诗诗学从文化事项和社会历史两个层面入手,对史诗所承载的信仰、思维、观念、制度等进行了详尽的分析。例如,关于宇宙雏形的开篇,由滋生于神话思维的叙述变为倾向于佛教色彩的叙述;源于印藏文化、文学的或在其影响下形成的蒙古《格斯尔》(除布里亚特史诗外)多体现为程式化的佛教观念(意识)以及律经(vani)某些方面;科尔沁史诗中出现的道教文化影响有——修炼"铜塑"(《阿斯尔·查干海清》)、"地狱冰阵"(《宝迪·嘎拉巴汗》)、"毒蛇阵"(《英雄道喜巴拉图》)、"山水阵"(《阿拉坦·嘎拉巴汗》);而月亮刀、大刀、照妖镜(铜黑镜)、围带(腰带)、九头叉、丫丫葫芦、大锤子、铜钟、羽毛伞子(蟒古斯手里的驴尾巴伞子)、麒麟等则均源于汉族古代小说中的命名文化影响和"三纲五常"、女性贞洁等封建文化观念;等等。②

扎姆察拉诺、桑杰耶夫、日尔蒙斯基、普罗普、米哈伊洛夫、洛德等也在艺术事项的动态化观察上进行古典化文化分析,其思想与史诗诗学的做法有许多相近之处。扎姆察拉诺(1918)指出,叙事作品主人公的形象具有类型学的特点,基础是英雄时代的逐步交替观念:距离创世愈近,主人公愈"近神";愈远,主人公愈"近地",愈具有人性。桑杰耶夫认为,鉴于史诗本身的发展史,最初的神幻的形象逐渐被社会形象所代替,"爱国主义"精神开始萌芽并得到强化。日尔蒙斯基指出,英雄诗歌或"勇士神话"是史诗的古老样式,英雄史诗必定要包含对真实的历史事件的回忆。普罗普和洛德的观念基本相同,前者认为国家出现前史诗的源头是神话;后者认定史诗的内容取自神话。米哈伊洛夫主张,蒙古史诗的源头活水是古代神话,史诗主要

---

① [德]黑格尔:《美学》(第三卷,下册),朱光潜译,商务印书馆1996年版,第107页。
② 巴·布林贝赫:《蒙古英雄史诗的诗学》(蒙古文),内蒙古教育出版社1997年版,第212—227、227—240页。

人物的产生是以神话的形象为观念基础,因为史诗最初的主人公无非是作为"超自然的角色"的神仙(1964)。① 以上观点的共同之处在于强调了史诗的神话因素的历史存在和宗教基础。史诗诗学虽然与上述的观点有相似之处,但区别是在对这些问题的本土化分析上已迈出了朝向诗学领地的新步伐,即从艺术事项的动态视角对其母题、形象、表现手法做了诗论维度和本土理念相结合的文化变迁分析。这正是史诗诗学类型发展论的主要突破口之一,也是进行本土化分析的现实基础。

史诗诗学指出,婚姻和战争作为贯穿于情节整体的基本母题,在传统史诗中体现为氏族制度时代的原始特征,而在科尔沁史诗中母题情节已具备浓厚的封建色彩,"征战的婚姻"变成了"和谐的婚姻","抢婚"变成了"偷婚"。传统史诗中的黑白双方勇士主要靠自身的力气、体力和坐骑的智谋;而科尔沁史诗中的勇士却善用五花八门的摆阵而战败对方。史诗始终处于流变性传承的形态,开始打破传统史诗的 14 种母题序列(海西希)的同时,还吸收了来自本子故事和胡仁·乌力格尔的构思冲去和由此带来的变化,因为后者从多方面对前者传承过程产生了潜移默化的影响。黑白形象体系作为一种动态的文化现象,沿着现实主义和魔幻主义两个方向不断发展,正面形象多趋向于现实主义;而反面形象则愈发接近高度抽象化的魔幻主义。譬如,传统史诗的汗、圣主、首领们在科尔沁史诗中更贴近于封建皇帝的形象,善战好斗勇士或英雄精神已逐渐消退(格斯尔、江格尔、罕·哈冉贵、宝木·额尔敦尼都把亲自勇于参加战争当作高贵品德、行事业绩),并且有些勇士、智谋者、好汉们也已经有了封建使臣的艺术特征。此外,科尔沁史诗中的蟒古斯不仅具备了高度抽象化、符号化的特征,而且凸显出极具农业文化特征的现实主义特征。类型化和个性化作为艺术发展阶段的两种重要特征,是历时性演化的必然结果。在这阶段,史诗文类接近于小说作品,失去其他史诗性格调的情形正说明了艺术发展本身的演化规律。科尔沁史诗便是这样的典型例子。②

---

① 详见[苏]谢·尤·涅克留多夫《蒙古人民的英雄史诗》,徐昌汉等译,内蒙古大学出版社 1991 年版,第 35—36、78—109 页。
② 巴·布林贝赫:《蒙古英雄史诗的诗学》(蒙古文),内蒙古教育出版社 1997 年版,第 226—240 页。

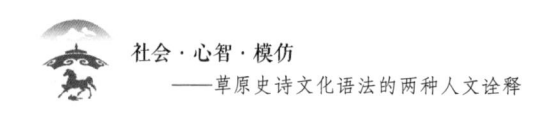

史诗诗学把史诗的三种基本形态置于艺术自身的历史发展中，从而赋予精神和物质的文化变迁问题以类型诗学的含义同时，还将其本土视角的文化分析推进到了有关心智模仿——文化语法的本体诗论高度和独特领地。

第二节　诗性的元范畴：艺术和哲理的两种世界

一　三种关系：艺术化的自然

艺术化的"自然"观念，作为史诗诗学中的重要概念范畴之一，它与诗性心理的审美结构模式相辅相成，其雏形始现于《〈江格尔〉中的自然》[①]一文中。进而这一论题以《论纲》的进一步完善和发展为考证内容，并在《史诗的诗学》中形成较为完整的有关心智模仿——文化语法的诗论表述。《〈江格尔〉中的自然》指出，现实的自然是游牧民众从审美的角度审视自身的最佳场所。因此，英雄史诗中被描绘的自然是由蒙古民众的文化心理结构所构筑、被审美意识之光辉所普照的"第二自然"。[②]"第二自然"这一概念，经过几代美学家和诗学家的不断丰富与加以凝练，已发展成为《史诗的诗学》中诗性元范畴的核心概念之一。它的思想源头起因于德国古典美学的艺术自然论，直接的理论前提是自然美和艺术美的对立观。自然美和艺术美的对立观始于康德，并以歌德等的提升和经营为经过，成熟于黑格尔；观念的基础无非就是艺术美高于自然。不难发现，史诗诗学的"第二自然"概念是对西方艺术哲学"第二自然"的本体化诗论发展，也是植根于蒙古本土智识传统的诗学创新。

史诗诗学将"第二自然"理解为一种艺术化的诗性世界，从宗教观念的、审美心理的和价值观的三层面对其做了诗学意义上的结构化分析：初级层面（理想化的自然）→中间层面（人格化的自然）→最高层面（超现实的自然）⟷第二自然（史诗世界）。《史诗的诗学》所特有的创新点在于，它不仅展示了诗性艺术世界的结构化关系及诗论分析之重要性，而且已

[①] 巴·布林贝赫：《〈江格尔〉中的自然》，《内蒙古大学学报》（蒙古文）1989年第2期；另见巴·布林贝赫《蒙古诗歌美学论纲》，内蒙古人民出版社1991年版，第237—245页。

[②] 巴·布林贝赫：《蒙古诗歌美学论纲》，内蒙古人民出版社1991年版，第237页。

第四章　文化心智模仿：本体诗学的理论视域

触及到了基于本土视角的心智模仿和文化语法等方面。在理想化自然的相关论述中，《史诗的诗学》从均衡与非均衡、表层与深层角度对艺术化世界的第一层做了详尽的解析。比如，无论是从均衡美的角度还是从对称美的角度看，英雄史诗中描绘的和谐（相宜）自然是一种理想化的艺术世界，是一种诗性的心灵世界之重构；符合远古蒙古民众的审美认识观和生活智识观，也十分吻合那种史诗世界的英雄主义情景观。这种温和的、和睦的和相宜的自然，沉浸于"主体的爱怜、亲情、关怀中，充满了赞美思绪"。在此，艺术化的诗性世界仅仅依赖表象和谐是不完整的，所以，它还需要潜在非均衡的象征意义。史诗中人与自然的关系是双重的或对立的：和谐和被破坏。不吉利和不吉祥意味着由这种非均衡的破坏所导致的征兆及种种矛盾，最终都被一种魔法化的或巫术化的处理所化解。[①] 这正是《史诗的诗学》所谓的审美价值与反审美价值之统一，彰显了辩证主义诗学分析法之重要性。史诗诗学指出，人格化的自然和神秘化的超自然作为中间层和最高层的两种诗性世界，"与其说属于审美的层面，还不如说属于与宗教、信仰息息相关的超越审美的艺术化层面"。例如，中间层的人格化自然所体现的是一种"以己度物"的认识论原则；与卡西尔所谓的神话思维和泰勒所谓的泛灵论有着密切的联系。《史诗的诗学》以关于灵魂和保护神的观念为例，解析了最高层面的超自然问题。神仙、妖怪、灵魂作为超自然的观念化具象，实际上是对于人类的力量、智慧进行加以想象化的，使其夸夸其谈和异化反映的"创编果实"或产物。[②] 在此，《史诗的诗学》显然运用了历史唯物主义的异化论分析法。

如果说《〈江格尔〉中的自然》（《论纲》）强调了"第二自然"概念的三重化层面及其结构性特征，那么《史诗的诗学》则在这一基础上对其做了关系论视角的补充，还概括出了与初级层、中间层和最高层的三种艺术自然相对应的诗论创作手法：和谐、比拟和夸张。[③] 作为《史诗的诗学》艺术自

[①] 巴·布林贝赫：《蒙古英雄史诗的诗学》（蒙古文），内蒙古教育出版社1997年版，第183—191页。

[②] 巴·布林贝赫：《蒙古英雄史诗的诗学》（蒙古文），内蒙古教育出版社1997年版，第191—200页。

[③] 巴·布林贝赫：《蒙古英雄史诗的诗学》（蒙古文），内蒙古教育出版社1997年版，第183—200页。

然手法论的第一把钥匙,和谐概念是黑格尔艺术美学的第三个元概念,继齐一律和符合律之后的核心范畴。依照黑氏的原表述,它们的关系如下:齐一律→符合律→和谐律。在黑氏看来,和谐是本质性差异面的一种关系和整体,但这种关系又超出了"符合规律的范围,消除了差异面的纯然对立,因此它们的互相依存和内在联系就显现为它们的统一"①。史诗诗学指出,史诗世界所反映的表现之一是初级层的艺术化自然,虽然它不乏理想的色彩,但关于现实自然的描述基本上都采用了现实主义的方法,并成为史诗文类所广泛采用的基本创作手法之一。从理想化自然的潜在深层看,史诗世界所需的不是和谐的规则,而是富于象征(预兆)的内在意蕴。象征手法的核心作用在于"从外在现象的和谐转化到意义的暗示。"②

比拟和夸张是语文学的基础性概念,同时也属于文学理论的概念范畴。而史诗诗学则指出,比拟不单是传统意义上的修辞学方法,更重要的是构筑人格化艺术自然的诗性化的创作手法。因此,比拟在史诗世界的深层结构里起的作用是无与伦比的,它与神话思维和泛灵论的心灵结构连在一起,沉淀成为艺术化世界的心理因素。譬如,把无生命的物质生命化,把非人类的物质人格化,对一切物象赋予灵魂、意气、智力皆是史诗创作手法的基本特征;这些物包括骏马、白鹰、鹦鹉、孔雀、狐狸、乌鸦、凤凰、天鹅、鹄鸟、树木、高山、悬崖,等等。③ 和比拟一样,夸张不只是一般意义上的修辞学方法,也是构筑神秘化艺术自然的极具诗学特性的创作手法之一。以关于灵魂和保护神的叙事传统为例,在史诗的世界里灵魂现象的主要特征体现在双重性,即可见和隐若、具体和抽象的统合方面。有关守护神的信仰现象也常常与神秘化的艺术自然紧密相融,不仅展示出史诗创作的心灵结构之共同前提,还为艺术的创作手法提供了诗性观念的理式基础。④ 还值得一提的是,黑格尔对比拟和象征手法的相关论述:诗性的想象将"纷纭万状的自然力量隐约地

---

① [德] 黑格尔:《美学》(第一卷),朱光潜译,商务印书馆 1996 年版,第 180—181 页。
② 巴·布林贝赫:《蒙古英雄史诗的诗学》(蒙古文),内蒙古教育出版社 1997 年版,第 187—191 页。
③ 巴·布林贝赫:《蒙古英雄史诗的诗学》(蒙古文),内蒙古教育出版社 1997 年版,第 191—195 页。
④ 巴·布林贝赫:《蒙古英雄史诗的诗学》(蒙古文),内蒙古教育出版社 1997 年版,第 195—200 页。

第四章 文化心智模仿：本体诗学的理论视域

或明确地加以人格化和象征化，使它们具有人类动作和事迹的形式"①。这就说明了比拟和象征等手法对动作和事迹的结构形式的把握和艺术化过程，因为这种诗性功能弥漫在整个叙事传统中。见图4-2，所揭示的是对"第二自然"概念在不同时期的观念表述及其演化。

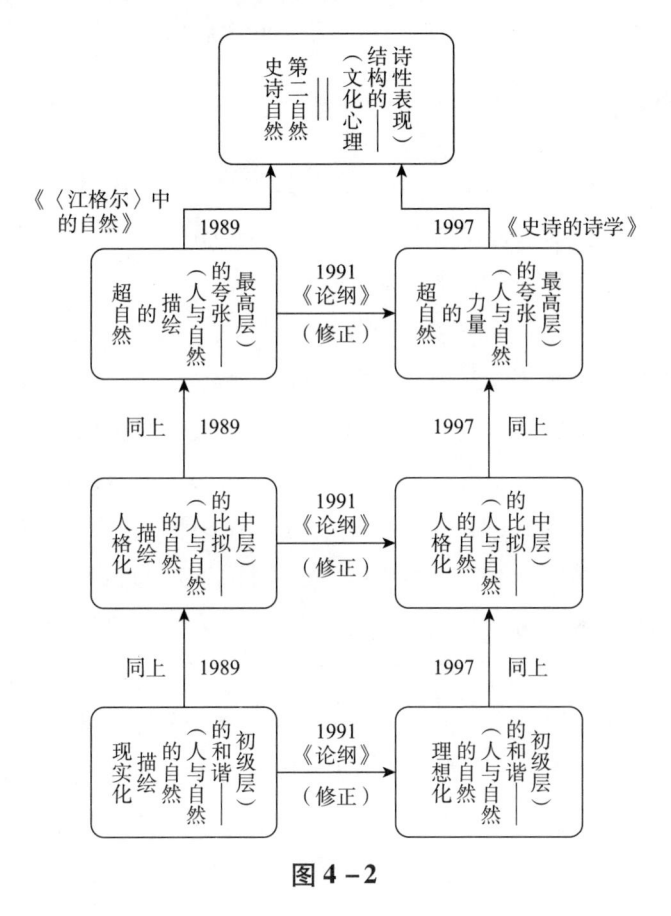

图 4-2

史诗诗学立足于艺术化自然的三个层面即宗教信仰、审美范畴和价值效用，以它们的结构性范畴为关系论基础，并从文化心智模仿——本土语法这一前提出发对史诗的"第二自然"做了概括性的诗论阐释。理想化、人格化和神秘化是史诗自然的三大诗论特性，而和谐、比拟和象征三个诗性手法则是构筑艺术自然的创作论基础，在很大程度上与史诗的动作和事迹发生关联，

---

① ［德］黑格尔:《美学》（第三卷，下册），朱光潜译，商务印书馆1996年版，第106页。

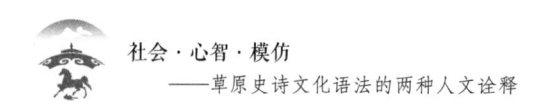

确立并规定了整体叙事富于结构化特征的创作模式。正如黑格尔所言："一方面是诗人所要描述的内容，即史诗的世界；另一方面是原来离开这内容而独立的诗人自己的时代意识和观念的世界，这两方面虽然都是精神性的，却依据不同时代的原则而有不同的特征。"① 也就说，以上是史诗诗学从结构化的三层角度对其艺术化自然的世界进行分析的基本概述。

二 宇宙体系：三界、时空和数量

宇宙结构的模式论，始于《蒙古英雄史诗的宇宙模式》②（1996）一文的相关探讨，比起《史诗的诗学》仅早于一年。据理论来源和方法论考证，史诗诗学有关宇宙体系论的根本起点与卡西尔的神话—宇宙论和维柯关于诗性"地理"的概念有着密切的联系。具体地说，《史诗的诗学》一直以来把神话看作史诗的源头，起因于卡西尔对神话思维形式的哲学本体论研究。对于卡西尔而言，神话作为原初的思维形式，既是直觉的形式，又是生命的形式。其中，时间、空间和数概念不仅是神话思维形式的原本基石，还是情感因素和生命形式的最主要内容。在生命的形式中，宇宙结构的三种情感基础源于以下三个内容：空间直观、时间直观和数直观。时间、空间和数三者合为一体，为《史诗的诗学》的宇宙体系论提供了最基本的结构分析模式。

史诗诗学从有关心智模仿——文化语法的本土构成论出发，指出了史诗文类所体现的宇宙论模式，强调了其与神话—宗教之间的观念来源及演化特征。譬如，蒙古英雄史诗不乏其关于时、空、数的描述，因而这种宇宙体系也有其自身的艺术想象、宗教信仰和思维方式之特征。史诗世界所体现的宇宙模式以二界或三界的宇宙结构和层叠模型为观念基石，并从中折射出了蒙古文化思维在不同历史时期的影子，即从萨满文化到佛教文化的演化特征及历史过程。史诗诗学指出，最初史诗世界中的天界无疑是按照萨满教观念构筑的天族们的生存空间，而作为史诗世界之主人公的勇士虽然并不直接地来自天界神仙等，但必有天界血统或天族身份。因而，通行三界的史诗勇士们，

---

① ［德］黑格尔：《美学》（第三卷，下册），朱光潜译，商务印书馆1996年版，第111页。
② 巴·布林贝赫：《蒙古英雄史诗的宇宙模式》，《内蒙古社会科学》（蒙古文）1996年第6期。

第四章　文化心智模仿：本体诗学的理论视域

时空的意识极其宽泛：一望无际的田野、无边无垠的森林、长年累月的远征、适逢佳节的打猎、漂泊不定的游牧、烽火连年的战争，等等。这些都是将时（间）、空（间）、数（量）三个系统融为一体的诗性化场景，同时又构成一种四维（空间的三维和时间的一维）的时空观念。介于上和下的中界是人的世界——红尘世界，属于黑白方勇士们去完成人生业绩、言行举止、天生命运等行动程序的主要舞台。与上界对应，下界也有阴间、地狱和龙宫三个领域。一般来说，上界是明亮宽敞、纯洁清幽、幸福安详的象征化区域，而下界则是黑暗模糊、肮脏丑恶、穷凶极恶的象征性区间。[①]

史诗时空观念有三个特征：时空维度的复合性、形象性和模糊性。史诗的数量可谓是感知的数量、直觉的度量，它的产生与对时空的形象化且宏观把握有着密不可分的关联。此外，值得注意的是，"宇宙树""生命树"或"神圣树"与"空间界线"之间的关系论题。史诗诗学指出，对于蒙古史诗的文化特征而言，天界和地（人）界或下界的关系较为具体，这一具象化了的关系是以神话—宗教化的观念模式为基础，与卡西尔说的"宇宙—空间界线"和梅列金斯基说的有关"神圣树"具备过渡仪式"阈限"意义十分相似。在此，神圣树作为进入另一个世界的手段或通道之象征，具有仪式意义的阈限功能，蕴含着史诗源于神话—宗教的观念前提。比如，史诗勇士们，踏檀香树而爬上天界；格斯尔用梯子爬上天界；扎萨·西格尔用铁梯子降临下界；阿拜·格斯尔用金银圈爬上天；等等。以上例子都反映了这一观念的古老心理基础。在史诗里，三个世界的交界处分别形成三种过渡地带：天界的白色土丘、人界的黄色土丘、恶魔（蟒古斯）的黑色土丘，它们具有从一个状态转入另一个状态的阈限含义。[②] 在这一点上，梅列金斯基完全接受了托波罗夫（F·N·Толоров）的观点：宇宙树作为运动过程与恒定性结构的范型，是垂直向与水平向的统一性界域。[③] 比如，卡尔梅克《江格尔》中的"生命树"有连通三界畛域的神奇功能，江格尔把神矛变为马棒、弹毛棒、宝塔、山峰

---

① 巴·布林贝赫：《蒙古英雄史诗的诗学》（蒙古文），内蒙古教育出版社1997年版，第47—56页。

② 巴·布林贝赫：《蒙古英雄史诗的诗学》（蒙古文），内蒙古教育出版社1997年版，第52、57—70页。

③ [苏] 梅列金斯基：《神话的诗学》，魏庆征译，商务印书馆1990年版，第240页。

等，作用类似于神圣的生命树；这些都是同一类世界树或宇宙树模式的多重化表现及象征手法而已。① 史诗诗学关于宇宙诗学的洞见，虽然来源于卡西尔艺术哲学的宇宙论之理式启发，但其资料学的基础还是来源于本土文化观念的诗学经验。因为，它立足于本土传统的二界或三界这类宇宙论模型，开辟了蒙古史诗诗学宇宙模式论的新的诗性领域。

诗性"地理"观念的历史源头问题，在《史诗的诗学》空间诗论中均有所涉及。虽然史诗诗学有关宇宙的诗论分析与西方宇宙哲学论、艺术哲学论有着理论上的某些关联，但直接的起因来自维柯的"诗性地理"观之重要启发，甚至与弗拉基米尔佐夫等俄苏学者的史诗地理名学研究有着学理上的或共同旨趣上的必然联结。史诗诗学指出，"诗性地理"或"史诗地理"是有关史诗空间的一个重要问题，指与人类的原始思维息息相关的"直觉的、想象的艺术创作"。所谓的原始思维就是艺术的思维，作为语言艺术的史诗创作，也无不遵循了这一思维模式的艺术创作规则，即"大地的结构也按照直觉来被描述或被规定"，一切思想、一切感性直观以及知觉均存在于一种"原始的情感基础"。② 因此，蒙古英雄史诗中的地理，一方面可能是具体地理的诗性表达；另一方面就是艺术想象的诗性地理。这些包括具体地名、艺术创编的或情感的地名、集体记忆的通用地名（一望无际的田野、乌勒·沙漠山、冰河、蓝色的杭盖）、极具神话—宗教观念基础的地理名称（阿纳巴德海—欢乐海、须弥尔山、乳海、恒河、宝木巴故乡、相约的宝日土丘），等等。其中，史诗诗学从不同的角度对其"相约的宝日土丘"做了全面而深入的诗论分析，表明了《史诗的诗学》所特有的独到见解。例如，"相约的宝日土丘"作为诗性地理的特殊例子，所蕴含的信息比人们想象得还要多，是指：（1）交战的"场合"；（2）传达信息的"驿站"；（3）遥望远处，观察地势的"站岗处"；（4）传达信息，鼓舞军民的"讲演台"；（5）"休息的地方"；（6）赶马或套马的地方；（7）为迎接勇士而设的"战胜之门槛"；（8）征战双方的地域界线或自然屏障；（9）跪拜上天和膜拜神仙的"朝拜的敖包"。这些地理

---

① ［苏］谢·尤·涅克留多夫：《蒙古人民的英雄史诗》，徐昌汉等译，内蒙古大学出版社1991年版，第104页。
② ［德］卡西尔：《神话思维》，黄龙保等译，中国社会科学出版社1992年版，第104—108页。

第四章 文化心智模仿：本体诗学的理论视域

名称与蒙古英雄史诗的经典形态和"历史虚构"紧密相连，强化了诗性地理的艺术化想象。① 史诗地理问题有时作为蒙古史诗的起源研究和历史化研究的重要依据，也是常常引起学者们的兴趣和爱好的重要范畴。

史诗的方位问题，实际上就是史诗宇宙的一部分，与史诗地理和空间观念有着更为直接的内在关联。史诗诗学指出，对于蒙古英雄史诗的白方勇士们而言，他们自己的故乡就是世界的中心（轴心），这是一切事情发生的起点，也是确定其方向的基点。从卫拉特史诗的特征看，正面的方位、吉利的方位、伙伴和未婚妻所在的方位与上方、升太阳、出太阳方向形成正比，而反面的方位、非吉利的方位、敌方和黑方野兽及地狱界所在的方位与下方、夕阳、落日方向形成正比；两者之间则形成了鲜明的反比关系②。因为，光明和东方通常连接在一起，是生命的源泉，而位于日落处的地方都充满了"死亡的恐惧"。③ 这不仅构成了史诗方位问题的分类学基础，还反映了史诗植根于二元对立结构的思维模式和观念形式。这样把所有的美好、正义、明亮、吉祥的事项同上界、太阳升出方、阳光明媚的方位发生关联，将所有的丑陋、邪恶、黑暗、邋遢的事项和下界、夕阳方、深夜联系了起来④；在正反比的对立统一中铸就了史诗世界的结构轮廓，确立了诗性宇宙的对立原则。方位描述一方面指现实的方向；另一方面指象征的方向。正如卡西尔所说，神话空间的每一位置和每一方向都"被赋予某种特征，而这种特征总是可以回溯到基本的神话特征，即神圣与世俗之间的分野"⑤。从一种时空转换的视角看，史诗勇士作为通行三界的主要角色，其行动在某种程度上已经超越了空间、时间和数的物理学界线。按照卡西尔的说法，这种转换的观念是神话思维的重要特征，是一种不断出现的相似转换，"从感觉到的质向空间形象和空间直

---

① 巴·布林贝赫：《蒙古英雄史诗的诗学》（蒙古文），内蒙古教育出版社1997年版，第61—71页。
② 巴·布林贝赫：《蒙古英雄史诗的诗学》（蒙古文），内蒙古教育出版社1997年版，第71—73页。
③ ［德］卡西尔：《神话思维》，黄龙保等译，中国社会科学出版社1992年版，第111页。
④ 巴·布林贝赫：《蒙古英雄史诗的诗学》（蒙古文），内蒙古教育出版社1997年版，第73—74页。
⑤ ［德］卡西尔：《神话思维》，黄龙保等译，中国社会科学出版社1992年版，第96页。

观的转换"①。从哲学的角度看，连接天堂的山顶和大地中心的水源本身就是永恒的象征，是关于宇宙或生命的诗学。除了史诗诗学的方位研究之外，还值得注意的是蒙古国学者罗布桑巴拉登关于史诗方位的前瞻性研究，这些共同说明了蒙古史诗研究有关宇宙论方面的最基本问题。

史诗的数量问题通常与史诗的象征研究发生关联，从而奠定了史诗宇宙诗论的概念基础和常识范畴。史诗诗学指出，数字作为基本智识和生计方式，是蒙古英雄史诗的宇宙论模式的主要构成部分，反映了海默斯（Hymes）所说"神圣数目"的原始含义。② 史诗中的数字，并非实际意义上的数。在多数情况下，是与蒙古民众的审美趣味、宗教信仰、习俗道德相关的"神秘数字"或"超数字"。③ 正如卡西尔所指出，神话形式的全部财富和活力"来自表达在神性概念中存在物的显著发展，来自逐渐扩展到意识的新的领域和内容"④。这些数字首先折射出了与人类的原始思维和神话观念相关联的原初含义；其次遵循的是"正反面相互对立的二元结构模式"。因而，黑白天界、黑白方神灵、黑白方人（格斯尔的三位圣者姐姐所说的话）、正反面的形象体系不仅体现出了两者的兼具性（复合性），还暗示了两者以好与坏、美与丑的二元分化为前提的内在属性。关于数字"三""七""十二""十三"方面的研究较多。比如，蒙古史诗中的数字"三"是时常维系于礼仪、事务、品行、习俗等事项的数量范畴，多被运用于生活习俗、巫术言行、宗教信仰、吉祥意味性的地方。此时，"二"的数字显得略少，"四"的数字显得略多。数字"三"和"七"的原本含义基本相似，它们既是吉祥的数字，又是"完满的神圣数"。这些史诗中的数字，后来受到印度的古代文化或神话的影响，明显浓重了它的佛教化色彩。与神话思维、习惯风俗、吉祥象征有关的这些数字，在那些潜移默化的过程中不仅作为符号形式，同时又被人们所广为欣赏，可谓念念不忘。此外，数字作为艺术夸张手法的例子也较多。⑤ 在此，还应该关

---

① ［德］卡西尔：《神话思维》，黄龙保等译，中国社会科学出版社1992年版，第97页。
② Hymes, Dell, *Now I Know Only So Far: Essays in Ethnopoetics*, University of Nebraska Press, 2003, pp. 45–90.
③ 巴·布林贝赫：《蒙古英雄史诗的诗学》（蒙古文），内蒙古教育出版社1997年版，第74页。
④ ［德］卡西尔：《神话思维》，黄龙保等译，中国社会科学出版社1992年版，第90页。
⑤ 巴·布林贝赫：《蒙古英雄史诗的诗学》（蒙古文），内蒙古教育出版社1997年版，第74—78页。

第四章 文化心智模仿：本体诗学的理论视域

注梅列金斯基和萨嘉斯特关于数字象征问题的相关研究。

史诗诗学把时间和空间视作一种连续整体，指出了史诗宇宙世界以时空维度的复合性、形象性和模糊性为基础的三种特征。这就是史诗的四维时空观的理论前提，也是《史诗的诗学》宇宙诗论分析的重要突破口。基于这样的思考，史诗诗学认为蒙古英雄史诗的艺术世界是一种极具模式化特性的宇宙世界。对于这一诗性世界而言，结尾就是开端，开端就是结尾，从而构成了以欢乐为开端、以享乐为结尾的循环结构。① 以上就是所谓的"从中间开始的艺术"，与普罗普把事件的中间或结尾部分视作故事开端的观点颇为相似。但在普罗普看来，时间、空间和数三个概念，有机地被维系于整体的叙事结构中，它们"有另一套体系的观念基础，而不完全属于绝对概念的一套体系"②。按照卡西尔的看法，整体的结构法则即"宇宙形式以直觉的清晰性和具体性呈现出来"。整体的直觉图式以空间、时间为基本形式，最终归属是数的基本形式，在这种形式中不断出现时空因素的暂时分离，"共存"和"延续"的因素互相渗透。也就说，"时间的所有个别的具体规定，都被归于纯数的概念，时间最终似乎要完全化解为数概念"③。

史诗诗学有关宇宙体系论、诗性地理学和方位研究等的讨论，作为当今蒙古史诗学的相关核心课题之鲜明对照，从本体论哲学的诗学角度开辟了《史诗的诗学》所自有的宇宙生命诗论领地和方法论通道。可以说，那些"心灵""直觉""情感""精神""世界""实在""感性""统一"等系列概念是从维柯到黑格尔、卡西尔的艺术哲学的观念基石，也是开启《史诗的诗学》所特有艺术哲学的诗论领地的重要工具。对他们来说，生命情感的原动力就是"纯直觉"。④ 弄清这些观念基础和思想脉络，是去了解或通向《史诗的诗学》宇宙诗学或生命诗学的必经之路。因为，时间、空间和数是宇宙模式的三大概念基础，它们之间的相互关系奠定了宇宙诗学的基本框架。

---

① 巴·布林贝赫：《蒙古英雄史诗的诗学》（蒙古文），内蒙古教育出版社1997年版，第56—61页。
② ［苏］普罗普：《故事形态学》，贾放译，中华书局2006年版，第192页。
③ 详见卡西尔《神话思维》，黄龙保等译，中国社会科学出版社1992年版，第90—127页。
④ ［德］卡西尔：《神话思维》，黄龙保等译，中国社会科学出版社1992年版，第78页。

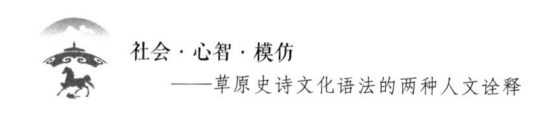

第三节　本土化的解读：从美学到史诗的诗学

一　类型化的形象体系：正反面人物及坐骑

形象体系论作为诗学概念的重要范畴，早在《英雄主义诗歌（一）》[①]、《英雄主义诗歌（二）》[②] 和《蒙古诗歌美学论纲》（黑白体系）等中渐具雏形，中间得益于《蒙古英雄史诗中马文化及马形象的整一性》（蒙汉文）[③]、《论蒙古英雄史诗中黑形象体系》等丰富和完善，最终在《史诗的诗学》（第三、四、五章）中发展为较完整的有关心智模仿——文化语法的诗论基础之一。

史诗诗学的形象论分析集中在三个方面：形象塑造的文化心理学前提或根基、类型化形象的特征，以及形象体系的历史演化。关于形象论的诗学，可从图 4-3 的解读开始，这样有助于理解以上问题的相关解析。

史诗诗学强调，对于蒙古史诗而言，形象学分析基于本土观念的二元对立模式极为重要，它蕴含了诗性历史的思维特征，思想的根基是对立统一的辩证观念，即二元化的对立结构模式使其"黑白的形象描绘形成一种独特的诗学体系"。比如，从人和"蟒古斯"的形象到骏马、宫殿、山水的描绘比比皆是，无不遵循了这一心理学古老传统的文化结构模式；它们被描绘得生动逼真，井然有序。从正面勇士方的描绘看，"白"作为正面的吉祥颜色，符合它审美原则的是白色毡房、宝木巴的白色高毡房、大海般的白屋、白色的石头房、白色的湖水和作为守灵神的白公牛等。从反面勇士方的情形看，"黑"作为不吉祥的"表征"颜色，投合于它审美原则的是铜黑色的盾牌、铁黑房屋、黑斑毡房；黑斑的骉、隼黑的公马、猛烈的黑马、黑色湖水、岗哨的黑岭，以及作为守灵神的黑公牛等。因此，蒙古英雄史诗以二元的对立统一原则为观念基础，黑白勇士之形象塑造重于"粗线"描绘手法，所讲究的是主

[①] 巴·布林贝赫：《英雄主义诗歌（一）》，《内蒙古大学学报》（蒙古文）1989 年第 4 期。
[②] 巴·布林贝赫：《英雄主义诗歌（二）》，《内蒙古大学学报》（蒙古文）1990 年第 1 期。
[③] 巴·布林贝赫：《蒙古英雄史诗中马文化及马形象的整一性》，《内蒙古大学学报》（蒙古文）1992 年第 1 期；《蒙古英雄史诗中马文化及马形象的整一性》，《民族文学研究》1992 年第 4 期。

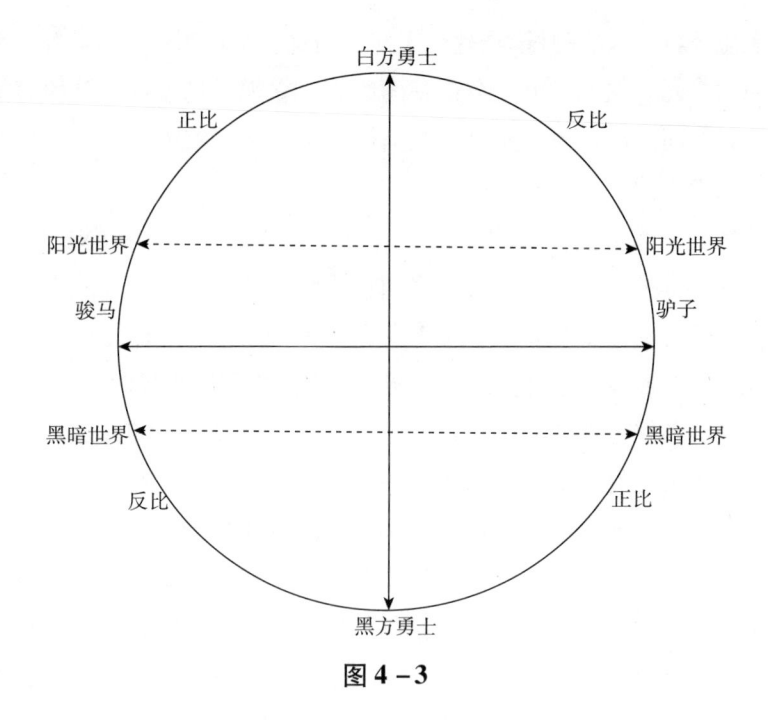

```
              白方勇士
       正比     ↑      反比
         ╱─────────╲
        ╱           ╲
  阳光世界←---------→阳光世界
   骏马  ←──────────→ 驴子
        │           │
  黑暗世界←---------→黑暗世界
        ╲           ╱
       反比    ↓     正比
              黑方勇士
```

图 4-3

人公外在特性的粗线素描，而不是内在心理的抒情表意之注重；讲究的是部族群落集体精神的渲染和烘托，而不是对个体性的纯粹衬托和强调；讲究的是征战争斗中的动态描绘，而不是日常生活情形中的静态描绘之浓重。这些都体现了形象塑造的粗线描绘，以及崇高、朴素、明朗、豁亮风格等特征。从象征学的意义上讲，黑白颜色已失去自然或生理的（躯体感知的）属性，变成了社会风俗之比拟。这是"色彩的感性—伦理作用"，但对某一颜色赋予社会伦理意义的情形俯拾皆是，就其本质而言，对颜色的各民族之理解（体会）是相对性的，也因此同样的黑白色可以代表丧事，也可以代表喜事。譬如，卫拉特《格斯尔》中也有古藤·哈拉"蟒古斯"的灵魂"被寄存于公鹿和母鹿的肚子里，白山下的白海附近是它们的草场"这样例子，就说明了反面形象与白色之间的某种偶然联系。因此，白、黑颜色代表以好与坏、美与丑、正与反、生与死、吉与凶、正义与邪恶（悖谬）为基本类别的传统审美特征，与民族文化心理结构和道德传统有着密切的联系，最直接的根基来自本土文化的认识论基础和对立统一的辩证观。诚然，究其英雄史诗的黑白形象体系，首先不应从现代人的政治、品德、审美意识出发，而应从当时的历史特性和思维特征入手剖析。① 这一点与奥利克（A. olrik）的对照律、列维—斯特劳斯的二元对立说、梅列金斯基的语义对立观、瓦尔特·翁的对抗观颇有相似之处，而卡西尔的二元对立观则代表了以空间感为基础的生命哲学意义的另一探索方向。

对于奥利克而言，重复律是数字律和对照律的总和。除了数字"0"或"1"之外，数字本身就暗示了数理逻辑的重复特性，因为数字的本意义就是事物的度量或行动的次数。数字"3"是三段式的最典型形式，而数字"2"则是对比律或对照律的最完美形式。例如，在人物同时出场时，"2"是最大的数字，具有独立身份的三个角色同时出现是与叙事传统相悖的。而同一场景只出现两个角色的规律与"对照律"紧密相连，对叙事赋予了逆向性的对称特征。因此，最典型的对比就是叙事本身的主要规则：年轻与年老、大与小、人与妖、善与恶。此外，成双律其实就是对照律的弱化形式，因为在同一场上成双的人物提升为主要的对立角色时，角色之间就形成"对照律"的新关系："一个光明，一个黑暗；一位是不朽的，另一位则是短命的，为争夺同一位女性而相互斗争、相互残杀"②。以上的对照律实际就是《史诗的诗学》中的二元对立原则，虽然它们阐释维度的侧重点或切入点有所不一，但在同一问题的理论化阐释上遥相呼应，却形成了洞见性思考上的共鸣。列维—斯特劳斯的二元对立说和梅列金斯基的语义对立观基本相似，前者强调了心智结构的逻辑意义；后者突出了语文学问题的对立意义③，修辞原理，实际上就是 Durand 所谓的"对立的原理"。口语文化的"对抗"特征也是这方面的例子：对抗的世界是"一种善与恶、正与邪、恶棍与英雄并立的世界"。④

对于形象特征的理论归纳，是《史诗的诗学》形象论体系中的核心点，也是形成文化心智模仿——本土语法探索的基本点之一。史诗诗学指出，正面人物形象的四组特征建立在一种双重含义的对立统一特性上：人格性与神

---

① 巴·布林贝赫：《蒙古英雄史诗的诗学》（蒙古文），内蒙古教育出版社1997年版，第83—86页。
② 详见［美］邓迪斯编《世界民俗学》，陈建宪、彭海斌译，上海文艺出版社1990年版，第186—192页。
③ ［苏］梅列金斯基：《神话的诗学》，魏庆征译，商务印书馆1990年版，第258页。
④ 沃尔特·翁：《口语文化与书面文化——语词的技术化》，何道宽译，北京大学出版社2008年版，第33—34、83—84页。

格性、共性与个性、高贵性与幼小性、纯洁习气和暴躁习性。它们作为同一问题的对立面而存在，在审美结构的正反比关系中聚结成为统一的整体。前三组的形象特征以人格性与神格性、共性与个性、高贵性与幼小性为内容，并在《论纲》等相关论述中早已初具雏形，唯独最后一组的形象特性（纯洁习气和暴躁习性）才是《史诗的诗学》中所补充的方面，旨在完善正面人物形象的整体特征。人格性与神格性的对立统一本身就意味着史诗的部分因素来源于神话的文化连续性，因此，人物的形象史也就是一种由神话的或神性的形象向半神半人的形象变化的过程。在艺术发展的不断演化过程中，正面的人物形象从神性走向人性，已有了色欲、性格、身心（情感）、外貌等人格化的部分特性。和凡人一样，"喜怒哀乐，悲欢离合；和凡民一样，放牧，打猎，鞣皮，挤奶"。以上是关于白方勇士们所具备双重特征的历史轨迹，基础是将神格性和人格性融为一体的对立统一观。对史诗勇士而言，非凡的力气、智慧、魔法及通行三界的能力是必备的条件；其中，与神格性相关联的变身魔法问题也是关键的诗论领地之一。史诗勇士们有多种的变身魔法，例如，"由高贵者化身为凡人，由人类变为动植物，由神仙化身为人类，蟒古斯变为神仙"；史诗中的"仙女、夫人们，也能化身为天鹅、小鸟、仙鹤、杜鹃鸟（布谷鸟）、蜜蜂和蝴蝶"等。这些变身魔法将神、人和兽的界限推进到"超然或零身份"的独特领域，无非是天马行空般的艺术想象。从表象的层面上看，它与现实自然的规律、日常生计之逻辑相背道而驰，而从审美的或心理动力学的层面看，基本吻合艺术表达的心理结构原理和美妙想象、幻想逻辑的特定规律。无论是人物和事物的转化，还是事物与事物之间的转化，都有一种想象的规则或法则，这种改头换貌式的变形基本属于量的或外在的蜕变，而并不属于质的或本性的嬗变。即，当把一种事物转化为另一种事物时始终"遵循某些经验基础上的生活或情感规律"，这就是魔法本身所具有的类比生命律。例如，"史诗中抛出的梳头可以变为尚食树，但无能变为山川；扔出磨石可以化成为山岭，但无法变为尚树"[①]。

史诗诗学认为，共性与个性的形象特征所暗示的不只是简单文学理论意

[①] 巴·布林贝赫：《蒙古英雄史诗的诗学》（蒙古文），内蒙古教育出版社1997年版，第86—93页。

义上的典型化问题，而是植根于当时社会历史文化传统的类型化论题。史诗产生或最初传唱阶段，似乎就处于相互争夺、战乱频繁的部落氏族时期或更早的原始社会时期。在这样的社会历史条件下，人们所需要的是全民族群的集体力量、智慧谋略和群体的支仗，因此，个体或人的自我性、主体意识尚未充分发达。个体的意识（情趣）沉浸于"和他们生计息息相关的共同体之中，部族群落的意识、血缘关系的认识使人们的身心紧紧相连，无缝无隙"。英雄主义、名誉之意识、荣耀之感悟作为英雄时代的精神标志，为共同体的生存和发展提供了最基本的条件。① 以上是《史诗的诗学》对史诗产生条件的社会历史分析和总体把握，也是对形象特征进行剖析的切入点之一。这一点与黑格尔和卡西尔的观点十分相似，黑格尔的"完整个人"提法和卡西尔的"个体意识禁锢并消融于部落意识中"② 说法也都说明了同样的问题。因为，史诗中的人物形象是类型化的，而不是典型化的。从人物形象的特征看，类型化的共性则略胜于他们的自我个性。在史诗中，"勇士""贤者"（莫尔根）等职业化的分类，只作为一种符号化意义的社会行业类别，而并不代表基于个体自我意识的个性强化。在这里，"全部族群落的意志和个体的理想得以最佳的统一，内心的需求和外界的事件也得到了最好的统一"③。按照沃尔特·翁的意见，"厚重"（heavy）的人物"最有助于口头记忆，他们是纪念碑式的、值得纪念的人物，一般是公众人物。于是他们的精神体系就产生高大的形象，即英雄人物的形象"④。

蒙古史诗中的男女主人公的形象，在某种程度上是高度程式化的或模式化的；例如，同一个意象的诸种描绘，"或许是一种诗行的扩展，或许是一种行尾的交替和串联，或许是一种诗行的重复和层叠；因而使其男女人物之描绘扁平化得细如毫发，不拘一格"⑤。这种描述有关人物的形象塑造均源自

---

① 巴·布林贝赫：《蒙古英雄史诗的诗学》（蒙古文），内蒙古教育出版社1997年版，第93—95页。
② ［德］卡西尔：《神话思维》，黄龙保等译，中国社会科学出版社1992年版，第218页。
③ 巴·布林贝赫：《蒙古英雄史诗的诗学》（蒙古文），内蒙古教育出版社1997年版，第95页。
④ ［美］沃尔特·翁：《口语文化与书面文化——语词的技术化》，北京大学出版社2008年版，第52页。
⑤ 巴·布林贝赫：《蒙古英雄史诗的诗学》（蒙古文），内蒙古教育出版社1997年版，第95—99页。

第四章　文化心智模仿：本体诗学的理论视域

"想象的类概念"法则；它的"典型"偏于"类型"。① 在这一点上，还可以参考沃尔特·翁关于口语文化的形象论解说："厚重"（或"扁平"）的人物与福斯特（E. M. Forster）所谓的"丰满"或"圆形"人物相对应，它来源于原生口语文化里的叙事，而不是产生于书面文化的"具有难以塑料的（多重）特征的人物"。所以，类型化的人物"既可以用来组织故事线索，又可以用来处理故事里非叙事的成分"。因此，对于史诗艺人来说，嵌入式结构是"唯一的结构方式，是塑造形象、对付大段叙事的完全自然的方式"，这样松散的场景结构是"表现一个漫长的故事的自然而然的方式，原因之一是，真实的生活经验更像是一串松散的场景，而不是弗赖塔格斯（G. Freytag）所谓的金字塔结构"。② 相比之下，在蒙古英雄史诗中，黑白双方勇士形象的抽象化的普遍性是全部落族群所仰赖的最完美的审美分类标准。史诗英雄的形象越趋于普遍抽象，也就越失去了它的自我具体性，最终白方勇士的形象似乎仅仅就是"神力"（强大）、"高贵"、"孝顺"三者的符号表征而已。黑方勇士主要是"蟒古斯"形象更趋于抽象化而定型，被归结为仅仅是"魔力"（强大）、"渺小"、"恶毒"三者的符号表征而已了。③ 这就是《史诗的诗学》所谓形象的符号化问题，其中形象特征的共性和个性论断则是有关心智模仿本身的文化语法假设前提。

史诗诗学指出，高贵性与幼小性作为史诗人物形象的第三大对立统一的结构性特征，与史诗文类本身的历史演化有直接的联系。这一关系所展示的是形象的天族身份和童年回忆，即正面勇士们是从原始（野蛮）时代向文明时代转化的社会力量之代表，作为全民族群的雄伟气魄之代表，他们应要具备万人之上、千人之首的先决条件。这些条件自然就把他们的天子身份、神性谱系、非凡生长等地位标签凸显了出来，在史诗文类不可侵犯的神圣性和崇高性的相互关联中铸就了形象本身具有的高贵性特征。格斯尔、江格尔、锡林嘎拉朱巴图尔等人物形象就是这样的典型例子。从另一方面说，在这些

---

① 朱光潜：《西美学史》，人民文学出版社 2002 年版，第 336 页。
② 沃尔特·翁：《口语文化与书面文化——语词的技术化》，北京大学出版社 2008 年版，第 110—116 页。
③ 巴·布林贝赫：《蒙古英雄史诗的诗学》（蒙古文），内蒙古教育出版社 1997 年版，第 99—100 页。

勇士们和汗的身上仍留有人类早期的情感思绪、性格习气；缺乏理性思维，轻易感动，易于振奋、欢乐（激昂）、愤怒、哭泣。有时，"哭泣的威力远远胜过于道德的威力"。于是，高贵的雄伟、勇敢的傲气已无影无踪地消失，人类孩儿时代的怜悯可爱的习性暴露无遗地表现了出来。① 以上是《史诗的诗学》对形象特征的高贵性与幼小性所做的心理发生学诗论解读，方法论的基础是美学和心理学相结合的心智本体模仿论视角。

当从发生学转向艺术本质论时，史诗诗学所关注的不单是高贵性与幼小性的单一层面的对立或统一，而是它们在美学或诗学意义上的高度的对立统一。从某种角度看，孤儿形象和"愚蠢"形象便是这样的典型例子，这类人物的表意是同"高贵"相悖的"渺小"（鄙俗）形象一面；就本质而言，高贵与卑微（渺小）、美丽与丑恶在形象的自身上不仅得到了巧妙的统一，更准确地说，已经融为一体了。显然，很多史诗勇士形象都有这样的特征，江格尔、格萨尔等均如此。首先，他们是孤儿或被天界派下的天子"孤儿"，有时他们还可能化身为秃子孩提、流鼻涕的孩儿、俗气的寻觅者、破了鞋的乞丐，等等，这与梅列金斯基把孤儿形象当作"人类童年的回忆"的观点有几分相似。史诗诗学又认为，从美学的意义上讲，愚蠢的形象是把庄严肃穆和幽默讽刺相整合，把悲剧和喜剧相结合，将内在机智和外在"愚蠢"相融合的怪异形象。它既是扩大审美对立的异化形象，又是高度统一的美学范畴。所以说，史诗英雄们的艺术原型是从部落时代向阶级社会转化时期的产物；因此，"将平民主义和贵族主义的对立面统合在某一人物身上"是这些形象所共有的主要特征，"可汗与乞丐、高贵与平民、圣主格斯尔与流涕的觉如、王子江格尔与秃头孩提"等都说明了这一特点。② 以上作为《史诗的诗学》对正面形象的高贵性与幼小性所做的诗学解析，依据是文化心智模仿——本土语法的美学和心理学前提。

史诗诗学认为，纯洁习气和暴躁习性特征的核心是一般的社会习性和高贵的道德观念的对立统一。这就是黑格尔所谓的"是非感，正义感，道德风

---

① 巴·布林贝赫：《蒙古英雄史诗的诗学》（蒙古文），内蒙古教育出版社1997年版，第100—104页。

② 巴·布林贝赫：《蒙古英雄史诗的诗学》（蒙古文），内蒙古教育出版社1997年版，第104—107页。

俗，心情和性格"问题。英雄的喜好以力气、意志、战争的英雄主义和荣誉之自豪为内容，是勇士形象所具备的心灵智慧及常胜武器，也是纯洁习气和暴躁习性本身的艺术温床或心理学前提。对于勇士们而言，土地牧场、部族群落、亲朋好友、英雄事业可能是赋予他们生命力量的最重要的方面，在这与生俱来的天职面前，生命的代价才能把心灵世界的真诚意愿体现了出来。因此，史诗正方勇士之间的关系不仅仅是被归结于汗和使臣、主人和奴隶之间的制度化视角的等级关系，而是以敬仰英雄的心灵、追求英雄业绩的喜好、重于勇士荣誉的情趣为中心的自愿式朋友的或结拜兄弟的情愿关系。

对誓言的诚心态度是史诗人物所特有的道德公理，也是他们所遵循的生活原则。反面的勇士们虽然在美学的或其他方面与正面人物有诸多的对立之处，但在这一社会化习性的道德公理上也同样遵循这一原则，即把说话和诚信视作最高的品行尺度。比如，"当史诗英雄一旦战败的时候宁愿忍受即时死亡之痛苦，甚至对自己的兵器也说这样遗嘱的，对他们来说，战败之后不让他死是一种最耻辱的事情"。有时，"这些勇士为了尽快要结束他自己的生命，给他的敌对方指出自己的命根之处的，那将是他失去生命的缺口。他们坚信，力量的战胜比起人之战胜更为重要"。这些正是国外有些学者指出"蒙古史诗里没有狡猾的战技"的原因所在，凶恶暴躁的品性是史诗人物形象的直率和诚恳品德的另一面。史诗英雄的品性、习气和品德所体现的是人类的早期时代、部族群落的或原始时代的文化人特征，而不是适合于现代人习性的文化特征。由于"史诗英雄们的这些习气表露出了当时社会审美的最高水平，因而迄今为止它仍未失去它的艺术魅力，这是毋庸置疑的。白方勇士们的品性、习气，主要是在和黑方勇士们进行搏斗的过程中才最充分地表现出来"[①]。以上是《史诗的诗学》对正面形象的纯洁习气和暴躁习性所做的诗论分析，其依据来自文化心智·本体模仿的美学和心理学的结合视角。

"蟒古斯"作为一种反面的形象代表，它在与正面人物进行对比的形象塑造中发展了出来。从形象特征的总体对比看，正反面的人物形象的最大区别就是对神性↔人性↔兽性的两端摇摆，即正面人物偏向于神性↔人性的方面，

[①] 巴·布林贝赫：《蒙古英雄史诗的诗学》（蒙古文），内蒙古教育出版社1997年版，第107—116页。

而反面的蟒古斯形象则倾向于人性↔兽性的方面。因此，蟒古斯这一类型化的形象体系，为整体的形象体系开启"丑的诗学"的同时，又丰富了类型化形象的内外延含义。对于蒙古民众的英雄史诗传统而言，黑方勇士的形象是整个黑白形象体系中的主要构成因素，其中与正面形象相对应的蟒古斯形象就是最为代表性的反面形象。蟒古斯作为一种最具特色的反面力量，是将人类与野兽的特性融为一体的，把社会与自然的特性重合在一起的，结合于现实与幻想的容量大的"复合形象"。① 这些作为《史诗的诗学》所强调的正反面形象特征的主要差异之一，是源于对立统一审美原则的结构本体和心智模仿之反映。

蟒古斯形象作为黑方勇士的符号性代表，这种体系所遵循的最大原则就是"丑的诗学"。从外貌、心思、品性、效力、灵魂、神灵说起，到骏马、宫殿、环境、自然、亲戚、伙伴皆是这一审美法则的生动代言者。这类形象一方面作为某一自然力量之化身，将把凶猛野兽、凶暴动物的躯体特征"兼具"于自身上；另一方面作为某一社会力量之化身，即把人的欲望、人的心思、人的性欲蕴藏在自身中。因此，史诗诗学虽然没明确指出反面人物的其他具体形象特征，但在某种程度上已暗示出了与正面形象体系的共性和个性、纯洁习气和暴躁习性等相对应的对立统一特征。譬如，蟒古斯形象首先是自然力量之化身，而后才变成为社会凶恶、残暴力量之化身。它同白方勇士们的形象对峙而立，具有"反审美之价值"，是一种以反面形象实证审美价值的艺术想象。丑是恶的一种表现，同时又是"非匀称事物的零乱结合"。蟒古斯形象无不就是这种"丑的诗学"的反审美化产物。在它那里，从内在心思到外在容貌全都是丑恶的：巨大的躯体、丑陋的多头、长出的庹长指尖和尖锐菱角等，这些是"打破美的匀称，令人生畏，心慌意乱"。蟒古斯的故乡如同拜物化的自然，有阿路滨河、相互撞击的岩、杂乱无序的尖木、预知的杨树、石头冰雹和倾盆血雨等。蟒古斯的坐骑通常是鬃毛尾毛稀少且短小的和四脚撒蹄子的骨头般的白驴子、瘸腿的白驴子、青灰骡子，或者是骆驼般的走马、铁黑车。蟒古斯的神灵，有同泛灵论、拜物主义、萨满教思维打成一片的各种野兽、山岩桑树，或黑方的天神（布里亚特格斯尔中）、喇嘛佛、黑喇嘛、算卦的喇嘛、阿如西喇嘛等。衣袖、斗篷、外衣、高帽、念珠子都是喇嘛常用的衣

---

① 巴·布林贝赫：《蒙古英雄史诗的诗学》（蒙古文），内蒙古教育出版社1997年版，第121页。

服、念经法器。"红辣椒"、"伞子"是源于农业文化和本子故事的东西。①

蟒古斯系的女性形象,有蟒古斯的姐姐、蟒古斯的远方的母亲、蟒古斯的妹妹和女儿、"毛斯"、妖怪、魔鬼、妖精、恶魔等;蟒古斯的行事活动同人类的基本相似,也以成家立业、抢夺妇女作为日常生计的主要内容。有时,蟒古斯求婚的对象有可能是人间闺女,也要送行礼品。蟒古斯的世界是"同白方勇士的世界势不两立的,烟雾弥漫的、令人生畏的空间"。这一世界充满审美的反价值,又被描述为蒙古民众对于一切美好、忠实之道所持的审美理想的反面衬托,最终成了史诗诗性世界的一部分。所以,蒙古英雄史诗中出现的蟒古斯至少有三个不同的含义:一是艺术形象;二是称谓术语;三是符号表征。蟒古斯形象的基调是兽性(或超自然性)和人性(社会性)的对立统一原则,这也是将蟒古斯形象划分三种类型的重要前提和依据。作为基本类型的三种蟒古斯形象是:(1)兽性的形象;(2)人性与兽性的符合形象;(3)社会性较突出的人性形象。②

史诗诗学指出,马形象是复合型的完备角色,是集兽性、人性和神性于一体的叠合(艺术)形象,已超越了正反面形象围绕神性↔人性↔兽性这一准绳而摇摆的两端化特性。因为,在蒙古民众的英雄史诗中,骏马作为一种重要的整合性形象,与其他野兽、禽类相(动物形象)相比,更具有了独立性和完整性。这逐一体现在人和马的和谐、美与丑的对比、主体和环境的统一中。马形象与正面人物成正比:"主人公若是天之骄子,其坐骑便是天马之驹,主人公的诞生是奇异的,坐骑的降生便也是奇异的。"再就是,也不能忽视马形象所经历的历史文化的其他演变过程及相应特征。如果说"从马与主人公一同诞生的叙述中,可以首先观察到骏马所特有的角色地位和重要性,那么从骏马本身的灵性、魔力(超凡本领)则更容易领会它(马)的审美价值及其重要意义"。③

---

① 巴·布林贝赫:《蒙古英雄史诗的诗学》(蒙古文),内蒙古教育出版社1997年版,第121—128页。
② 巴·布林贝赫:《蒙古英雄史诗的诗学》(蒙古文),内蒙古教育出版社1997年版,第128—133页。
③ 巴·布林贝赫:《蒙古英雄史诗的诗学》(蒙古文),内蒙古教育出版社1997年版,第147—154页。

超自然属性是突出了马形象的重要性：马形象的神奇色彩"不仅在于驮走大山的力量、丈量大地的速度，还在于超凡的魔力和智慧（灵性）"；"将原身与化身、力量与智慧、自然形态与超自然形态相结合，在史诗所构筑的世界里纵横驰骋，使正面英雄充满喜悦，令反面形象闻风丧胆"；每当主人公"遇到困难、碰上灾祸、处于生死关头时，总是他的坐骑给了他各种帮助"，甚至"坐骑指点迷津"；在预示吉凶、暗示好坏时，"这些超凡的坐骑通常以不同的方式提醒主人公：或嘶鸣，或做人语，或咬镫，或尥蹶子，或咬嚼子和镫子等"，有时"不只是提醒和暗示，骏马还常常帮助其主人的"；坐骑不仅"帮助主人的婚事，而且为勇士们的结盟事情也时常指点或提供不少的协助和方法"，有时"不仅以世俗（本来）面貌出现，必要时还以其神奇的化身来配合主人行动"；等等。①

关于马的系列化描述，是民族文化审美体验的程式化表现的重要特征之一。马形象的整一性也体现在以史诗勇士们调教马为主的系列化描绘之上，常规程序有唤马、抓马、吊马、备马、骑马、撒群，等等。这些描绘，"一方面虽然遵循了生活本身的自然秩序，但另一方面又呈现出了审美情趣的浓厚色彩。这仅仅是蒙古史诗中常见的一种奇异的艺术追求"。唤马的叙述是最具仪式化特征的行为程序：以马鞍、嚼子、笼头召唤三次的行为三重模式和用笛子、白哈达、烟祭（点香草）来召唤马的宗教化行为模式等，这些无不反映出了文化基础变迁和宗教信仰变化的某些重要方面。对于抓马的叙述，这不仅是一种仪式化的动作程序，也是最能彰显马与主人的亲昵关系方面：人与马有天生的缘分，交代能耐（勇武机智）和熟悉脾气（秉性）往往是艺术表达的核心点；马与主人的关系，有时不是以亲昵的情形，而是以作为考验的方式表现出来的。对于吊驯马的叙述，是一种审美化体验，其本身的意义是另一个行动的准备或操练。通常是"既充满生活常识，又传达出了游牧民的审美体验。从而，在生活常识和审美体验的相互渗透中酿造出了数量和形象描绘的最佳融洽"。对于备鞍的叙述，本身就是一种诗化的美学：骏马被想象成为"从远处看如山峰般巨大，走到跟前才知道是一匹马"的程度；如果

---

① 巴·布林贝赫：《蒙古英雄史诗的诗学》（蒙古文），内蒙古教育出版社1997年版，第154—161页。

第四章　文化心智模仿：本体诗学的理论视域

说"原始史诗中的备鞍叙述是采用了粗线描绘的话，那么后来这一情形变得更为细腻且铺排：其间已可明显看出'胡仁·乌力尔'（故事）和'本子'故事的某些叙述特色，也能体察到印藏佛教文化的影响"。对于骑马的叙述，是进入故事事件的重要步骤，开启了行动的诗学：勇士们的骑马、远征、跋涉等，的确让人感到羡慕，"收起前衣襟的工夫，跨过了九座山岭。掖上后衣襟的瞬间，腾过了十道山梁"。对于撒马的叙述，是一种间歇的或胜利的诗学："把骏马撒群、祀奉、放群（经过一定仪式后将坐骑撒群放牧，主人从此再不能乘骑—祀奉马）是在史诗英雄战胜敌手，弘扬威名时才有的重要举动。"① 有关骏马的这些描绘巧妙地结合人与骏马的"举动"，并把动态化的形象和固定化的描述融为一体，使其成为史诗的整体艺术世界的重要构成要素之一。这将是马形象本身的审美价值所在，也是《史诗的诗学》所特有的文化心智——模仿诗论的重要内容之一。

驴子作为"反审美价值"的形象，与蟒古斯形象成正比，与骏马形象成反比。驴子形象也与骏马形象一样，有其自身的整一性特征，基础是源于好与坏、美与丑的对立统一原则的反审美价值；它常常作为丑陋事物的代表（化身）性形象而应运而生，所遵循的是和蟒古斯形象一样的"丑的诗学"原则。因此，驴子总是成为反面人物的坐骑：同骏马的情形一样，对其叙述也是程式化的，也有相同的召唤、备鞍、乘骑等程序和描绘。驴子的丑陋形象同它的主人相辅相成（和谐），突出了它"审美反价值"的奇特作用。比如，"以召唤马为例，正面英雄常用绸缎、哈达、'熰桑'来召唤马，而蟒古斯召唤其驴子时的举动丑恶且令人厌恶的"；"英雄若是用乌珠木（葡萄类）果汁饮马，而蟒古斯便用人血饮驴；正方勇士们给骏马佩戴的是镶嵌宝石的笼头（嚼绳），而蟒古斯们则给驴子套上毒蛇盘结的笼头"；等等。也就是说，"驴子经常被描绘成为一种极致的丑陋形象。马与驴子、美与丑、正与反面的形象，加以增强史诗黑白体系之对比同时，还极大地强化了它们之间矛盾和对立面"。② 以上就是《史诗的诗学》基于对立统一原则的驴子形象论，也是

---

① 巴·布林贝赫：《蒙古英雄史诗的诗学》（蒙古文），内蒙古教育出版社1997年版，第162—172页。
② 巴·布林贝赫《蒙古英雄史诗的诗学》（蒙古文），内蒙古教育出版社1997年版，第172—178页。

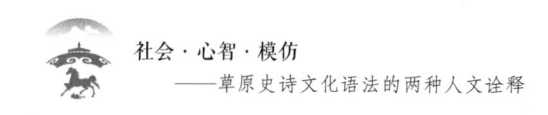

以"丑的诗学"为主线的文化心智模仿—本土语法探究的重要内容之一。

从史诗诗学的立论特征看，形象体系的历史演化是全部形象体系论的理论前提之一，同时又是分析形象动态特征的最重要依据。具体地说，关于形象动力学的诗论考察集中在反面角色蟒古斯的形象史方面，而很少论及其他正面角色及坐骑方面的形象史。原因在于，虽然正面角色及坐骑方面的形象史论是整体形象史中不可或缺的内容部分，但它以掰开揉碎的形象类型剖析为中心，而重点不在于形象本身的历史演化。就其本质而言，关于艺术形态的三段史论就是形象史的大前提，也是形象史论题的本身或延伸。史诗诗学从艺术发展与形象特征的关系角度出发，对形象史的演化问题做了精当而深入的研究。即从正面形象的特征分析就可以看出形象史双重发展线的各自的演化脉络：正面形象发展史和反面形象发展史的进化过程。从正面形象的进化脉络看，作为史诗英雄形象特征的"神格性与人格性、高贵性与普世性，在其发展过程中发生了许多变化，在最初的时候，神格性、高贵性尤为浓厚，后来人格性、普世性变得更为突出了"。因此，原为神性、高贵出身的正面形象史已降落到全身带有浓厚的人间气息的汗王或将相的世界里了。就史诗英雄的神格性而言，它也最终还是"人格性的幻象化、想象化描绘（形象）而已"。[①] 这与维柯所谓神的时代→英雄的时代→人的时代三段论模式十分相似。因为，在社会历史的不断变迁中，蒙古史诗的正反面勇士的形象也受其一次又一次的文化化的时间洗礼，正面形象的"神格性"趋于淡化，反面形象的自然性也出现弱化，各自凸显出了不同的阶级化特征的"人格性"。最终，史诗英雄"从虚无形状（超自然性、神性、鬼怪性）向弱小的无能者转化了"。[②] 骏马是与反面的蟒古斯和驴子形象相对立，与正面人物形成正比的复合型形象。关于马形象的发展史问题，史诗诗学没有花费很大的工夫去谈论，而只做了一些简要的介绍。蒙古民族的马文化异常发达，并浸透到物质文明和精神文明的许多方面。例如，"从日常生活到深层的审美体验，从轻松的娱乐游艺到庄严的宗教仪式，可谓无处不在"。在"原始的游牧狩猎经济活动和残酷的民族部落间的战争中，马匹非但不可或缺，有时甚至起到决定性的作

---

① 巴·布林贝赫《蒙古英雄史诗的诗学》（蒙古文），内蒙古教育出版社1997年版，第93页。
② 巴·布林贝赫：《蒙古英雄史诗的诗学》（蒙古文），内蒙古教育出版社1997年版，第138页。

用"。在放牧、娶亲、征战等重大活动中,"马匹张扬了他们(主人)的威风,从而使其他们欢欣鼓舞,同时又惊悸不安。于是他们不仅把马视为家畜,而且视其为战友(谋士),甚至视其为神灵和保护神。"① 骏马形象之整一性,正形成于这样的游牧文化背景和马文化环境中,并得以完整的发展。所以,史诗中的马形象具备兽性、人性和神性的三个重要特质,在某种程度上已超出了正反面形象特征的两极化界限。

史诗诗学指出,蟒古斯形象史作为整体形象发展史负面价值方面的主线,与正面形象的历史线条形成对比,而与其坐骑——驴子形象的发展史一同构成为正比的审美价值体系。蟒古斯形象是蒙古史诗形象体系中的重要内容之一,它有其自身的萌芽、发展、演化的过程,就从蟒古斯形象的三个基本类型可以清楚地看出这一点。比如,蟒古斯形象的第一基本类型是兽性形象,这是从它的自然属性定义的。在这类形象上刻画出猛兽、雄鸟(鹰)、毒虫的某一特性或它们的复合性,足见其憎恶凶烈方面。这些实际上就是对危害人类的某一自然力量的生命化、拟人化、夸张及艺术缩影,即该类形象无非作为自然力量的化身,建立在蟒古斯形象的原型或萌芽特性这一基础上。蟒古斯形象的第二基本类型是集人性与兽性于一体的符合形象,这一类形象虽然有人性方面的萌芽,但最主要特性还在于"超自然性"方面上。关于超自然的观念,在远古民众的精神世界里朝着两个方向发展了起来:一方面是求助于赐福的超自然力量;另一方面是阻止有害的超自然力量,以避免灾祸的发生。所谓的蟒古斯正是这种给人类带来灾祸的超自然力量的化身,同时也是将超自然更加具体化的异化观念之反映。蟒古斯形象一方面把凶猛野兽、雄鹰禽类的某一险恶可畏的身躯部分移置于它们的身上,另一方面将人类的一切吝啬心理、贪心贪欲、贪色纵欲作为它们的心灵元素;一方面仍未脱胎其人的自然容貌,另一方面兼具了超自然的神秘力量。所以,它是一种源自半人半兽的形象史世界的艺术化形象,特点在于抽象现象与现实身躯、显明形象与神秘法术、世俗原型与变身形象、世俗躯体与奇异躯体的对立统一。这些形象"有时以世俗原貌出现,有时化身为虚无现象、神灵魂魄。躯体虽然

---

① 巴·布林贝赫:《蒙古英雄史诗的诗学》(蒙古文),内蒙古教育出版社 1997 年版,第 176—178 页。

被毁坏,但灵魂从身躯游离而能复活的。即使头脑被砍断,也能苏醒过来"。在"以世俗原貌交战而败倒的时候,又能变成各种事物和动物。有时虽然居住在宫殿里,但有时冬眠于洞穴中。有时享受人类的日常生计,有时却在荒野里游走"。① 可见,蟒古斯形象的兽性与超自然属性紧密相连,为其巫术化的魔法安置了带有宗教或心理学色彩的观念基础和经验依据。以上是蟒古斯形象史的第二特殊阶段,是介乎于兽性与人性的中间世界。

第三类型是社会性的蟒古斯形象,实际上就是人性化的敌对方;其界定的依据是形象本身的人性或社会性。例如,这样极具人性特征的反面形象比比皆是,基本特征体现在:自然性、兽性黯然退却,以及人性和社会性愈加凸显。这一类形象往往是拥有各种各样的毡房、宫殿、牛马、民众、三千勇士、三百先锋、三亿军兵的汗王;作为某一特定社会阶级的反面代表,在更具社会化的血腥战场上应运而生,不再是魔幻化超自然力量的化身,而是极具人性的社会形象了。因此,幻想成分的淡化、现实气氛的浓重化是这一时期的形象塑造上的主要演化特征。史诗诗学指出,从蒙古史诗反面形象的发展情形看,蟒古斯形象的最初特征和蒙古民众的神话思维、原始崇拜等相互关联,后来明显地受到了佛教的影响。比如,《格斯尔》里的陶格尔(湾)洲的首领昂杜拉嘛汗(又称为十五头的蟒古斯)就是这样佛教化现象的典型例子;虽然有昂图拉姆、昂图喇玛、昂杜鲁姆、昂杜拉玛、囊杜拉玛、安达里蟒古斯、安达拉、安达嘎拉·西日蟒古斯等不同的称呼,但均指以反佛人士朗达日玛为原型的同一形象。史诗诗学还赞同波佩有关"昂杜拉嘛一词是来源于藏语的朗德日嘛"的观点,并指出"大约十九世纪时期,在藏族历史上曾有过朗德日嘛的君王,他执政掌权,大力毁坏佛教,扬名天下。后来这一名称作为一切黑方的、邪教的、异教的代名词而传入到了蒙古地区"。②

鉴于反面形象,尤其从蟒古斯形象的发展历史可以清晰地看出它们所产生的历史根源和心理前提:有关萨满教的信仰崇拜、万物有灵论;源于佛教的信仰文化影响;与经济基础有关的狩猎、游牧和农业文化的变化;与模拟

---

① 巴·布林贝赫:《蒙古英雄史诗的诗学》,内蒙古教育出版社1997年版,第133—135页。
② 巴·布林贝赫:《蒙古英雄史诗的诗学》(蒙古文),内蒙古教育出版社1997年版,第136—138页。

和逻辑化的创作手法有关的思维特征；等等。正如史诗诗学所言，蟒古斯形象的"从自然性向社会性、从具体向抽象、从虚幻向现实演化发展的情形与思维方式、感知方式、表现方式的发展过程相符合"，因此，作为多面棱镜的艺术思维特征，不仅体现于"岩石崇拜、熊猫崇拜的远古观念中，而且作为一种思维体系渗透在于形象描绘、行为情节、抒情意象、风俗习惯之中"。蟒古斯形象塑造之最初，集中于"人与自然的矛盾上而抽象思维能力相对薄弱"，因为，模仿不但是形象思维背后的本体化原则，而且"把现实自然原封不动地袭用"的基本创作手法属于经验主义的而非属于对本体的"分有"过程。这样，如果说蟒古斯形象的自然性是在直觉、经验的基础上催生出的话，那么"蟒古斯形象的超自然性是在超然构象思维的基础上产生出来的"。在人类的思维历史上，图腾崇拜以人与野兽（有时是植物）的复合型之反映为心智基础，而对于超自然力量的幻想则以人与神（从对方的角度看，是人和鬼怪）的复合型之呈现为模仿内容。史诗诗学强调，最终"白方勇士形象从半神半人性向社会的某一上层贵族转化，黑方勇士形象从半兽半人性向社会的某一丑恶代表方面演化了"。这些艺术形象"虽然凶猛可怕，躯体超大，但基本上都是以人的身躯为模型的，关于人类躯体的弱点或力气方面的夸夸其谈而已"。[1]

正如舍斯塔科夫（M·shestakov）所断言，形象不单是一般文学理论的概念基础，同时又是核心的艺术或诗论范畴之一，所表示的是"现实与艺术的认识论关系上的完整性和同一性"。形象认识，一方面是诗学概念的形式和内容之统一；另一方面又是艺术本身的"一个最重要的特殊功能"和诗论性内容。[2]

二 诗学的概念基础：意象、韵律、风格

史诗诗学对意象和韵律等话题的独到洞见，始现于《蒙古英雄史诗的意象格律问题》[3]（1997）一文中，这不仅是同年出版的《史诗的诗学》第八章

---

[1] 巴·布林贝赫：《蒙古英雄史诗的诗学》（蒙古文），内蒙古教育出版社1997年版，第138—143页。

[2] ［苏］舍斯塔科夫：《美学范畴论——系统研究和历史研究尝试》，理然译，湖南文艺出版社1990年版，第304页。

[3] 巴·布林贝赫：《蒙古英雄史诗的意象格律问题》，《花的原野》1997年第2期。

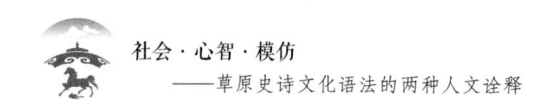

的直接前身,而且也是它的压轴性的收尾部分。

母题和意象的结合研究,作为《史诗的诗学》所开辟的新的诗性领域,不仅与以往的或同时代的史诗研究相辅相成,而且展示了以心智模仿—文化语法为本体论原则的诗论阐释魅力。史诗诗学指出,从叙事和抒情的角度看,母题更多倾向于作为最小叙述单位的概念范畴,而意象则基本属于最小抒情单位,即"抒情象"概念。母题和意象作为不同层面的两种因素不仅是叙述和抒情层面的概念性基础,也是对史诗文类的艺术整一体进行深入考察的两个支点。但这一项工作的重点在于"与崇高、朴素(朴实)、瑰丽风格有关的典型意象分析,而并非在于史诗意象的全面性研究"。根据《史诗的诗学》的论证,史诗意象可分为四个类型:"崇高"意象、幽默意象、玄奥意象和象征意象,分类依据是史诗意象的审美效果①。这一点与荣格关于意象论的类型学和威尔斯有关七种意象的类型学颇为相似,但其关系很难说来自影响与被影响的直接关联。

第一个"崇高"意象,是史诗文类中最常见的意象类型,主要特征表现在客观和主观两个层面上。从客观上看,"数"和"力"的直觉范畴基本"趋向于无限、无量的状态"。从主观上看,它"令人惊魂不定,又使人引入愉悦之(情境)中"。这与康德的美学崇高论有着直接的关联,但后面还会接触到类似的问题,所以,在此不再赘述。崇高意象的表现方式或途径有两个方面:(1)形象塑造的路径;(2)典型场景或场景化的路径。第一种表现途径与黑白形象体系交错在一起,一般属于形象论的直属或初级范畴。第二种表现途径关涉大自然或场景化的意象描绘,这样的意象有冷黑海和山般的白浪、顺逆两流和石头相互碰撞而冒起的火、相互碰击的浪和七千庹火红刀锋般的海岸等。这一类的审美基础来源于以黑白分解、水火相冲、浪和岸相撞为准线的对立表象,以及由此生成的凛然生畏的场景气氛,深层所暗示无非与路程的艰难和婚事的困难有关。此外,"黑白云的相冲""黑白的预兆"意象——激烈的争斗,"血雨""石雹"意象——蟒古斯出行时的可恶险景,"蓝色的石枕头""红色的石垫子"意象——英雄的勇猛性格,"血婚"(战

---

① 详见巴·布林贝赫《蒙古英雄史诗的诗学》(蒙古文),内蒙古教育出版社1997年版,第245—252页。

争）意象——战场和英雄的好斗、名誉观，"狮子山""恶毒的海"意象——诗性地理（学）名称及自然险境，等等。这些凛然可畏的意象不仅为史诗的雄浑格调注入了生命的活力，还"将空间扩大，伸长其光阴，把场景变得荒凉无比，使其庞大的坐骑、神力的勇士、恶魔蟒古斯行程的情景充满了魂惊魄落的可怕特性（或气氛）"。① 以上作为《史诗的诗学》对崇高意象的情景诗论分析，与口头诗学的典型场景概念和沃尔特·翁关于口语文化的情景式说法有着理论洞见上的相似之处。

如果说"崇高"意象是极其积极审美价值的正面表象，那么幽默意象则是具有丑化审美价值的负面性表象。"崇高"意象"使人惊奇、赞叹又生畏"，幽默意象"使人的心情开豁，解开困惑，使之成为惬意自在之情形"，就其效用而言，这并非"诽谤而是讽刺，并不是厌烦而是怜悯"。幽默意象与白方勇士的变形身份紧密相连，它的具象角色有：光头的颓子、脱毛的灰色驹、带有疥疮的灰色驹、常流鼻涕的觉如等。这些意象的共同特点在于"将高贵变得平凡，把高傲变为渺小"。② 这与韦勒克所谓的"贬抑的隐喻"或"俚俗化的隐喻"概念十分接近，属于巴洛克式的艺术风格或手法的基本范畴。根本特点与"将较伟大的事物变为较鄙微的事物"的艺术效果相对应，因为巴洛克诗歌中最有特色的、混合的"世界"就是"自然的世界与人类的技艺世界"。③

第三个是玄奥意象，与"崇高"意象和幽默意象不同，它有其深远的神话学、古代常识和宗教信仰的历史根基，这样的意象"虽然数量不多，但不乏其艺术的'亮点'或'闪光'之功用"。例如，《格斯尔》中的"灰色雄鸟的鼻血""灰色鹬鸟的乳奶""灰色鹬鸟的眼泪"等意象均有上述神秘特性，并且与西藏古代本教中的巫术和佛教的民俗有着密切的联系。与金银有关的意象，除了神话学和宗教信仰的观念基础之外，它还有另一个源头：有关金银的历史观念。关于金银修饰的意象有"金胸银臀男孩""金胸银臀女孩"

---

① 巴·布林贝赫：《蒙古英雄史诗的诗学》（蒙古文），内蒙古教育出版社1997年版，第245—248页年。
② 巴·布林贝赫：《蒙古英雄史诗的诗学》（蒙古文），内蒙古教育出版社1997年版，第248页。
③ ［美］韦勒克、沃伦：《文学理论》，刘象愚等译，生活·读书·新知三联书店1984年版，第217页。

"金胸银臀马驹""背后有金字和胸部带银字的白色鸟""金套（绳）银套""金夹（子）银夹""金踝骨银踝骨""金筷子银筷子""金银牙齿""金银圈套"，等等。这类一方面来源于印藏文学，或许是在它的影响下形成的（一种文化）现象。比如，"尸语故事"中"魔法尸体"的下部为金子，上部为绿松石，"绿色圣母（绿度母）传"中的"金翅银尾的青花鸟""金枝银叶的各种果实""金套银圈""金殿银塔"等。另一方面，它们是以宗教信仰为基础的金银历史观念的艺术延伸。譬如，佛教的"七宝"，它的排列从金银开始的。金是"梵语（印藏语系）中的（suvarna），含有不易褪色、不易变脏、无灾祸、丰裕四个意义，与佛之四法相对应。银是（rūpya），和金子一样珍贵"。因此，金银作为高贵、永恒、纯洁的审美化圣像，"在许多美好、高尚、坚硬（实），或非凡的形象描绘上采用金银的事已成了习以为常的艺术体验和追求"。①

  第四个是象征意象，有三个亚类型：普遍性的象征意象、隐语（对比）象征的意象和概念象征的意象。普遍性的象征意象是基于文化心理结构的艺术表象，与荣格的"意象"或"原型"概念基本相似。但不同点在于，前者强调的是以二元对立的模式为基石的色彩观念的隐喻性象征；后者注重的是心理结构中的经验性象征。例如，黑白征兆、黑白方的人、黑白的牤牛、海般的白殿、铜黑（色）房子、黑方的仙子、白方的仙子均为普遍性象征意象的典型例子，是家喻户晓的最常用的艺术化象征。观念前提是以好与坏、美与丑、死与生、顺与逆、暴与慈、祝与诅、喜与祸为基调的对立统一原则。隐语（对比）象征的意象是介乎于隐喻和象征之间的意象类型，特点在于"对比举例象征者和被象征者之间的某一相似点（整体或部分、性质或颜色、特征或形象），以此物代替彼物，表现得隐晦曲折，隐约其词"。比如，以"坟地之顶"（坟上插的树枝）指黑方之地、死者之处，以"三角的三个路之口子"指鬼怪、蟒古斯之行路，以早日、夕阳辨别黑、白方位，以"三年未被扎针的三岁骆驼"（"三年未被扎针的"——放任、淘气，"三岁"——雌性）指所寻找的未婚妻，等等。对史诗的艺术世界来说，这些隐语象征的意

---

① 巴·布林贝赫：《蒙古英雄史诗的诗学》（蒙古文），内蒙古教育出版社1997年版，第248—250页。

第四章　文化心智模仿：本体诗学的理论视域

象不仅仅是不可或缺的诗性因素，还有更深刻的宗教观念的信仰基础。概念象征的意象是指以形象、实物隐喻性地表达抽象概念、隐语意义的艺术象征。例如，以"倒运马之奔驰"为衰弱、低落、衰竭的象征，以"马蹄之失踩或错综"为厄运之势的象征，以"金缰绳正方转"象征其正道的行事，以"抱住马鬃"指之受伤情形，以"选铸剑之刃，还是选马驹之尾"指临死之时的选择方式，以"马的右边长成为草丛，马的左边长成为草木"代表战败者的投降，等等。这些意象以生动、丰富、灵活为特征，充分展现了蒙古民众的生计、习俗、思维特征。就其本质而言，它们是最接近于本土观念形态的象征性的意象体系。① 即，以上意象基本适合于史诗本体特征的模仿诗学内涵，因为意象的力量是"增强英雄史诗的沉郁顿挫风格，增辉铿锵有力的格调，浓重雄浑色彩"的情感因素。

韵律是史诗诗学中最具特色的诗性术语，也是《史诗的诗学》之所以被称为诗学理论的概念基础或观念前提。在此，可从三个方面对《史诗的诗学》的韵律学分析进行解读或归纳。一是与史诗诗学有关的格律学和韵律学研究的简单回顾。众所皆知，蒙古史诗的韵律或格律研究虽然始于俄苏学者的相关研究，但真正把韵律分析纳入诗性本体论层面上而进行本土化实践的，还要归功于史诗诗学的创建性探索。比如，波兹德涅耶夫（А. Позднеев）、波佩、兰司铁（拉姆斯特德）作为史诗格律学研究的先行者，他们的研究以西方或欧洲的理论传统为中心，分析基点在于以音步为主的诗学辨析。与以上做法不同，《史诗的诗学》的研究则侧重于韵律学的本土文化语法分析，已开始触及音步—格律学深层的相关性问题。随着史诗格律学和韵律学的不断展开和深入发展，关于这一问题的结合性研究在《口传史诗诗学》一书中得以逐步完善和精当解答。这就是《史诗的诗学》和《口传史诗诗学》在某些共同问题上产生共鸣的关联点之一。②

二是口头韵文的构成方式及韵律结构论题，这也是《史诗的诗学》关于韵律学分析的重点所在。史诗诗学指出，史诗的韵律来自"歌和诗的原始统

---

① 巴·布林贝赫：《蒙古英雄史诗的诗学》（蒙古文），内蒙古教育出版社1997年版，第250—252页。

② 详见朝戈金《口传史诗诗学——冉皮勒〈江格尔〉程式句法研究》，广西人民出版社2000年版，第174—180、45页。

一"。因此，将唱、吟、弹、奏融为一体的口头创作无不适合于史诗的文类风格。但是，这种民间口头传承的变异性（随着民众口头语言的演化，格律也常处于不断变异中）和史诗的基本母题、原本模态及整体格调等不可侵犯的神圣性因素之间不仅形成鲜明的对照或反差，还使其史诗语言的韵律研究变得更加复杂化。这一基本点，作为史诗诗学有关韵律学的诗论分析和重要切入口，最关键的是静态和动态视角相结合的诗学考论。首先，史诗诗学从蒙古史诗文类的总体特征出发，对其不同的史诗文本及版本进行比较，归纳出了蒙古史诗文类的三种体裁或类型：韵文体、散文体和"韵散"（相）间体。这当然既是文本或诗行内部韵律变化的转写问题，也是版本之间异同点比较等课题。但《史诗的诗学》对这些问题的回答完全来自韵律学的本土文化语法分析，而并非借助于其他方面的分析手段。例如，对于《格斯尔传》、卡尔梅克《江格尔》（十三章）的"总序"、卡尔梅克《江格尔》、卫拉特《江格尔》等的诗学分析，就说明了《史诗的诗学》所特有的韵律学研究方面的洞见和独到之处：散文化韵文体的改写或转写、头韵式的恢复、诗行的扩写或缩写（"行内"韵式的"显"韵式转写和"显"韵式的"行内"韵式转写），等等。此外，还谈到了蒙古史诗的即兴创作和韵律学特征等，即在"动人心弦的地方、婚姻和战争的宏伟壮观的场合，描述英雄好汉的时段似乎都是即兴地创用了韵文诗体"；蒙古英雄史诗的"诗的体系（构成）"既是"格律化的，又是自由化的"；等等。① 可见，《史诗的诗学》的韵律学分析倾向于蒙古传统诗歌学以词和音律为节拍的方法论问题，核心点在于以诗行的头韵、内韵为基础的韵律结构解析。这显然也关系到口头韵文的构成方式，并与声音范型的韵律结构分析发生联结，构成了《史诗的诗学》关于韵律学解析的整体内容。在这一点上，史诗诗学的韵律分析与特德洛克（Tedlock）和海莫斯等有关民族志诗学的方法论模式十分接近。② 比如，《史诗的诗学》提到的"散文体《江格尔》不乏其诗性因素"之类例子就突出了散文即韵文的变型

---

① 巴·布林贝赫：《蒙古英雄史诗的诗学》（蒙古文），内蒙古教育出版社1997年版，第252—261页。

② Tedlock, Dennis, Peynetsa, Andrew、Sanchez, *Finding the Center*: *The Art of the Zuni Storyteller*, Walter University of Nebraska Press, 1999; Hymes, Dell, "*In Vain I Tried to Tell You*": *Essays in Native American Ethnopoetics*, University of Nebraska Press, 2004.

第四章　文化心智模仿：本体诗学的理论视域

的观点。

三是史诗韵律的历史演化问题，与史诗自身的发展史有着密切的联系。对此，史诗诗学也做了比较，具体内容如下：《蒙古秘史》等古典式作品与蒙古史诗文类的韵律比较、变异史诗与成熟史诗的韵律比较（科尔沁史诗和其他史诗）。在第一类比较中，首先分析《蒙古秘史》中以二词一行为主的"头韵式"节拍和行内的"头韵式"节拍等，进而指出了"这与史诗文类的'内韵式'有着内在的关系"。这些"内韵式"不仅"体现了蒙古语的妙趣横生特点，而且反映出了蒙古诗经典格调的巧夺天工的美学特征"。此外，在构思、意象、比喻方面，《蒙古秘史》与蒙古史诗文类有许多相似之处。但是，从文学发展史的规律看，"作为蒙古族最初书面文类的《蒙古秘史》无不沿用了作为蒙古族语言艺术经典模型的英雄史诗所留下的传承材料（或资源）"。因而，"从与英雄史诗的崇高风格和雄浑旋律相合拍的精练词汇、深沉格调、各种韵式中，可以清楚地看出作为蒙古诗歌基本构件的谐音、词韵、对句之特征"。①

在第二类比较中，分析了科尔沁史诗和其他史诗之间的韵律变化问题。例如，"直到作为蒙古英雄史诗之尾声的科尔沁史诗时期，蒙古英雄史诗的经典格律产生显明的变化，胡仁·乌力格尔和史诗歌的影响更为增进，传统模式已开始被破坏了"；史诗《宝迪·嘎拉巴汗》《阿拉坦·嘎拉巴汗》的格律节拍就反映了这一方面的韵律变化。因为，在"朝尔奇"们主要说唱《蟒古斯》故事的那个年代，"科尔沁史诗的格调和传统史诗可能会十分接近"。但是，"随着胡仁·乌力格尔的普及和胡尔奇的增加，科尔沁史诗的格律性开始产生了变化"。如果说"早期的蟒古斯故事就有八或十个曲子，那么到色楞演唱《宝迪·嘎拉巴汗》时候所选用的曲子已有了二十一种。据有些老人的说法，有的胡尔奇说唱胡仁·乌力格尔时，根据不同的时间、场景、形象（描绘）、情节而选用七八十个曲子"。从史诗《宝迪·嘎拉巴汗》《阿拉坦·嘎拉巴汗》看，包括英雄武装、马鞍装备、女将装备、征战准备、"蟒古斯之喇嘛"描述等，这些均继承了胡仁·乌力格尔的格律和演唱方式。有时，也很

---

① 巴·布林贝赫：《蒙古英雄史诗的诗学》（蒙古文），内蒙古教育出版社1997年版，第261—267页。

难辨别它们之间的相互借用关系。可以说,科尔沁史诗不仅袭用了"胡仁·乌力格尔"的语词,还吸取了"史诗歌(叙事歌)、对唱歌中的格律形式"。传统史诗,尤其是卫拉特史诗"调和陶布希尔的旋律和陶里奇(艺人)的演唱需求,在二、三、四词的格调基础上将有些句子段落变得尤为自由,而科尔沁史诗,在胡仁·乌力格尔和史诗歌的影响下(近代史诗歌在科尔沁地区非常盛行,对从抒情转向叙述、从诗歌转变小说的过程起到了重要的作用)为传统史诗的格律韵调增添了一些新鲜的因素"。科尔沁史诗中"格律节拍是基于口头风格的,因而它开始变得更为灵活自由了"。①

史诗诗学指出,风格不仅是表征形象界尺的重要手法,也是文学艺术形式的形象性综合。对于史诗文类来说,崇高的风格既是一种彰显"生命或人格之伟大"的主要形象手法,又是一种支撑史诗的雄浑格调的艺术风格。蒙古英雄史诗依仗于"力"之美、"度"之美、"色"之美,"构筑其自有的崇高风格,并把未被历史尘埃所埋没的灿烂夺目的文化遗产转达给了后世人们"。"力"是事物的原动力,就其本质而言,它的审美效果是崇高的,因为力是崇高的原本因素。史诗的艺术世界,与大自然有着一种对立或对比化的关系,大自然的"雄伟壮观、超常的力量、瞬间的变化"均作为一种产生恐惧感的生命力量,体现在"走不完的沙漠、数不尽的森林、山脉的雪峰、清水的波涛、野火的红色、春天的绿草……"艺术化大自然的情景中。这些因素又从生命深处唤起力、度、色的伟大活力,进而汇入史诗艺术世界所需要的那种壮观而雄伟的心灵世界。英雄们作为人类英雄时代之余声、族群英雄事迹之颂赞,如果说"立足于自身,并要想征服与自身相对立的超力量的、凶猛的、无限体质之自然的话,那么将自己也具备和它一样的躯体、力气、壮观、光辉、神力之特征"。因此,在史诗的艺术世界里,无论对自然界还是对艺术化的形象、场景来说,体积的巨大和高大不仅是必备的前提,而且是其审美效果上的艺术需要。比如,史诗的自然是巍峨而壮丽的,勇士及坐骑的形象是魁梧而高大的,力气的摔跤是雄浑而激烈的,饮食的行为是强劲而非凡的,等等。蟒古斯形象作为人性的阴暗面之代表,它们一身散发着"力"

---

① 详见巴·布林贝赫《蒙古英雄史诗的诗学》(蒙古文),内蒙古教育出版社1997年版,第267—277页。

的崇高气息和"丑"或"恶"的诗学含义,这与史诗崇高风格的黑色雄浑格调有着密切的关联。蟒古斯的形象作为极致地被艺术化了的丑恶力量,比起渺小且懦弱更具有惊愕感或崇高感的效果,与白方形象针锋相对而巍巍矗立,共同组成了史诗世界的崇高力量的主要两端。[①] 不管从哪个意义上说,蒙古英雄史诗无非表标着人类对"力"之赞歌,是对于"力"的美、"力"的妙、"力"的巨大的无与伦比的艺术表达。

"度"不单是事物本身的数学属性,同时又是唤起崇高感的内在力量。史诗的世界通过时间、空间、数量三维关系,把无止境的东西显得更玄奥壮丽,力图构建的是"时间和空间、历时和共时、'纵'和'横'的巨大立体"化的艺术空间。这就是艺人们把审美的体感向世界通往,以粗线的描绘构筑起来的崇高风格。例如,数字体系的描绘方式体现在以下几个方面:躯体、力量、武器、骏马、宫殿、侍卫、行路、交战等。有时,它们可谓一种美妙的数理表单,但是,令人"并不感到纯粹数字的单一感,其原因在于这些数字融合了数且非数、有限且无限、抽象且形象的相间性"。在蒙古英雄史诗中,数字与"时间""空间"形成浑然一体,不仅是表达无限之长、无量之宽、无边之阔、绝美之光阴的美学因素,又是崇高美的原动力之一。色彩是事物本身的光线因素,也是崇高在宇宙世界里确定其自身特征的存在理由。在英雄史诗里,色彩有其自身的历时的和认识论的元特征,也就是说,适合于史诗雄浑格调和宏伟情景的不是弱、温、和的色彩,而是锐、硬、强的色彩。正因如此,史诗中通过这种的"雄烈"色彩,塑造其"壮丽的、可畏的、庄重的情境和气氛",这就是史诗色彩方面的崇高风格。譬如,黑与白的形象对立、壮观与昏暗的故乡对比、自然情境的色彩描绘及鲜明的反差都从不同的角度反映了这一点。这很可能与远古蒙古民众的日常生计的潦草、习惯特性的鲁莽、审美情趣的朴素有着某种意义上的内在联系。即,由于"这种风格是已成为符合于远古时代社会制度和智力经验、心理趣向的全民族群的典型风格,它就担当了长久地影响全民族群语言艺术的楷模作用"。[②]

[①] 巴·布林贝赫:《蒙古英雄史诗的诗学》(蒙古文),内蒙古教育出版社1997年版,第277—282页。

[②] 巴·布林贝赫:《蒙古英雄史诗的诗学》(蒙古文),内蒙古教育出版社1997年版,第282—292页。

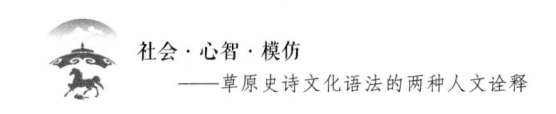

与有关意象、韵律的心智模仿—文化语法讨论相比，以上是史诗诗学以"力""度"和"色"的三维视角为基准的风格诗论的核心内容，理论基石来自伯克、康德等哲学家的崇高论美学传统，同时部分前提也来源于历史唯物主义的"人格化自然"观。

第四节　文化心智模仿：作为文化语法的诗学架构

史诗诗学理论以文化心智模仿—本土语法探索为基础，使用艺术哲学的诗学审美论方法，从历史发展的宏观视角揭示了蒙古史诗整体传统的民俗审美及其思维原型：本体审美关系类型、宇宙体系观和形象——意象类型等。与此相对应，史诗诗论构建涉及三组核心课题：本体论的诗学、诗性的元范畴、本土化的解读。它们的共同基石是美学、哲学和诗学有关心智模仿的文化语法问题。

首先，本体诗论问题是有关心智模仿的文化语法诗论的首组课题，包括诗性本质的三个基本特征（神圣性、原始性和规范性）和艺术发展阶段的三种基本形态（原始史诗、成熟史诗和变异史诗）两个内容。第一，诗性本质的特征论作为诗学本体论的基本问题之一，其前提与俄苏史诗学传统的诗学探索和哲学、美学、人类学、心理学等人类思维特征分析论有着密切的联系。其一，史诗诗学所提出的神圣性特征论起因于两种诗学理念的启发，即弗拉基米尔佐夫的历史主义观和黑格尔的艺术哲学观。他们的出发点和核心论题虽然有所差异，但基本观点最终都落在同一个核心问题上：英雄史诗是民族的神圣历史。从口头文化的传统特质看，它本身就具有不可侵犯性的威力和不可估量的约束力。其二，原始性的特征论分析，与人类思维的特征研究相关联，融合了哲学、美学、人类学和心理学等相近问题的本体内在性。该论题的源头，无不与从维柯的研究到黑格尔、列维·布留尔、卡西尔和列维—斯特劳斯等所致力的相关性研究有关，这一演进趋势以维柯的"诗性智慧"、黑格尔的"原始诗"概念、列维—布留尔的"原始思维"、卡西尔的"神话思维"和列维—斯特劳斯的"野性思维"为基础性范例。其中，以维柯、黑格尔和卡西尔影响较大，他们所提出的"诗性智慧""原始诗""神话思维"等概念影响了史诗诗学有关心智模仿—特征分析的文化语法诗论探索。其三，规范性特征的诗论分析，与黑格尔的"事迹""动作""行动""情境"和海

第四章 文化心智模仿：本体诗学的理论视域

西希的母题分类、母题索引等有着一种内在的关联，前提是以文化心智—性格模仿诗学理念的相关性为基础的。即，史诗诗学所受的影响并非来自黑格尔或普罗普的直接启发，而是起因于波佩、科契克夫和海西希等倾向于行动—情节论的母题研究。

第二，以艺术的发展史为中心的形态论题，与史诗诗学的本体论相辅相成，形成了本体行动·性格诗学的发展论基础，前提是宏观和微观历时视角的有机结合。史诗诗学指出，蒙古史诗的历史形态有三种：原始史诗、成熟史诗和变异史诗。以上三者依次与艺术发展史上的氏族部落时期、封建君主时期、受农业文化影响的变异时期相对应，反映了蒙古史诗以行动—情节和心智结构为主的演化轨迹和历史特征。这种三段式形态论不仅与从柏拉图到维柯、黑格尔关于史诗的艺术史观和俄苏学者的史诗发展史观有着诸多的相近之处，也有其心智—性格·行动模仿意义上的本土文化语法论源头。还认为，原始（远古）史诗产生于氏族社会的后期，而成熟史诗则是"英雄时代"的产物，与军政的民主制这一时期相对应。因为这是一种由氏族制度向阶级社会和国家转入时期的社会组织形式。在后期，部落贵族的扩张和部族制度的解体、阶级的分化和国家的产生作为历史文化的综合因素，为成熟史诗的发展创造了社会历史的新条件。正如《史诗的诗学》所指出，蒙古史诗的三个基本形态及与此对应的历史脉络是：原始史诗—氏族部落时期、成熟史诗—封建君主时期、变异史诗或科尔沁史诗—受农业文化影响的历史时期。可以说，史诗诗学有关三阶段的艺术发展观来源于黑格尔关于史诗的艺术史观和俄苏学者的史诗发展史观之直接启发，而观念的另一基础则是历史唯物主义的艺术发展观。此外，宗教和文化变迁论和神话学基础问题也是艺术发展史的本体诗学的重要内容之一。史诗诗学中所秉持的艺术发展史观在很大程度上源于艺术哲学传统的艺术发展观，但也不能完全排除它部分地受于达尔文主义或人类学文化进化论启发之可能性。

其次，诗性元范畴作为文化心智模仿—本体诗论的第二组问题，涵盖艺术化自然的关系论和宇宙结构论（三界、时空和数量）两个方面。第一，艺术化自然的关系论题，以"第二自然"这一概念的观念史发展为主线，直接的理论前提是德国古典美学传统有关自然美和艺术美的对立观。正如朱光潜先生所言，自然美和艺术美的对立观始于康德，得益于歌德等提升和丰富，成熟于黑格尔有关"艺术美高于自然"等完善。尤其是黑格尔从生命哲学的高度对其被艺术化的自然概念做了概括性的界定,主张艺术美是由心灵产生和再生的,是形式和内容、感性和理性的统一。与以上美学家的观点不同,史诗诗学将"第二自然"理解为一种艺术化的诗性世界,从宗教观念的、审美心理的和价值观的三维结构层面对其做了有关心智本体模仿的本土诗解读:初级层面(理想化的自然)→中间层面(人格化的自然)→最高层面(超现实的自然)↔第二自然(史诗世界)。显然,史诗诗学的"第二自然"概念是对西方艺术哲学"第二自然"概念的丰富和发展,也是其植根于蒙古本土智识传统的心智模仿诗论创新。第二,宇宙结构论作为诗性元范畴讨论的第二个课题,它的理论前提是西方关于时空、数字的宇宙哲学传统,起因于卡西尔的神话—宇宙论和维柯关于诗性"地理"概念的重要启发。卡西尔认为,神话作为原初的思维形式,既是直觉的形式,又是生命的形式。时间、空间和数的概念不单是神话思维形式的原本基石,更是情感因素和生命形式的最主要内容。这与史诗诗学把神话看作史诗的源头的观点有着内在的联系。卡西尔的宇宙体系论基于以西方为中心的文化模式,考察了单一化层面上的宇宙结构及构成特征。即把神话或文化看作"对生命的充实或生命的具体性的展开",指出了宇宙结构在生命形式中的三种情感基础:空间直观、时间直观和数直观。梅列金斯基试图结合东、西方模式的宇宙体系论,发展了卡西尔的神话宇宙论,并提出了垂直向和水平向两种模式同时起作用的观念假设。对梅氏而言,语义对立的形态关系是神话象征分类的原初"部件",而不是卡西尔所说空间感觉的情感基础。这与列维—斯特劳斯所谓二元对立的逻辑认知模式的说法颇为相似。史诗诗学聚焦于蒙古族本土文化的宇宙体系论方面,指出了史诗文类所体现的宇宙论模式,强调了它与神话—宗教之间的观念来源和演化特征。比如,蒙古英雄史诗不乏其关于时、空、数的描述,这种宇宙体系也有其自身的艺术想象、宗教信仰和思维方式之特征。就其本质而言,诗性"地理"论题是心智或本体模仿—宇宙哲学论的重要内容之一,也是文化语法诗论的本体诗性领地。诗性"地理"研究始于维柯的发现,而以空间、时间和数为概念基础关于生命本体论的系统研究是由卡西尔来完成的。维柯把诗性地理看作一种哲学原则,目的在于揭开诗性历史的神秘面纱,这一原则的经验前提来自对熟悉的或近在手边的事物的"类比直觉"。卡西尔以人本发

第四章　文化心智模仿：本体诗学的理论视域

展的情感问题为切入点，对宇宙形式的三大要素或主题—空间、时间和数的概念做了以生命本体论为准线的艺术哲学阐释。这与伯格森、尼采的生命哲学一脉相承，经过卡西尔的再度升华，延伸到了克罗齐、柯林伍德和苏珊·朗格等的艺术问题研究。对于生命问题的关注，除了哲学传统的研究之外，还值得一提的是基于人类学、民俗学和文学视角的仪式—叙事序列研究，这也对诗性地理的宇宙（生命）本体诗论分析有着重要的方法论意义。也就说，史诗诗学的宇宙诗论分析不仅与卡西尔的宇宙哲学论和维柯的诗性"地理"概念有内在的观念联结，还与瓦·弗拉基米尔佐夫等俄苏学者的史诗地理名称研究有着一定的理式关联。

最后，本土化解读是心智·本体模仿或语法诗论的第三组课题，涉及形象的类型化（正反面人物及坐骑）和诗学的概念基础（意象、韵律、风格）两个内容。第一，形象论题有两个理论前提：黑格尔艺术哲学的统一观念、俄苏史诗学传统关于人物形象的历史演化观。即，史诗诗学在以上两大观念基础上开辟了本土形象诗学的新领地，核心是以二元对立形象模式为中心的类型本体分析。黑格尔根据艺术哲学统一观念的历史轨迹，认为事物发展的原动力是它本身所蕴含的内在的差异、对立和统一。因此，黑格尔的艺术类型观正是建立在这种的差异、对立→统一→差异、对立的循环过程上。另外，西方蒙古史诗研究以俄苏和德国为首的形象论有其自己形成的特点：以社会历史的发展为准线，依傍于与形象和类型发展有关的文化语法原理，剖析史诗文类所承载的社会历史及的演化特征。所以，这种的形象论极富历史进化分析特点，构成了以人物形象的历史演化观为特色的西方蒙古史诗学传统。该传统的形象论可分为四个方面：历史—形象的同步进化分析、形象性格的特征分析、形象或角色的类型分析和二元对立的形象学分析。因此，史诗诗学基于二元对立和本体假设的诗性形象论，不仅是对黑代的艺术统一论和俄苏传统的历史进化形象论的丰富和发展，而且是对于它们的某种突破和超越。简单说，史诗诗学最重要的发现在于把蒙古史诗的形象问题从艺术统一论和形象进化论层面提高到了以黑白对立的诗性本体结构为框架的形象论体系，将以往僵化的内容主义分析得以改进并提出了更为动态化的诗性形态分析。比如，以正反面的价值体系为中心的各类形象——包括英雄与敌对方（蟒古斯）、骏马与驴子、其他类型等。以上基于本土化观念的二元对立模式分析不但是史诗诗

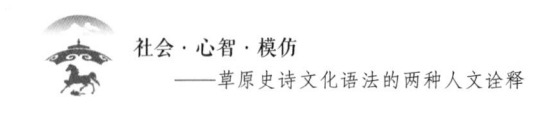

学所一贯秉持本体诗学的模仿观念基石,而且是史诗诗学所特有心智——形象论诗学的核心所在。

第二,诗学概念的基础性问题,作为诗学理论的本体论基点,理论前提来自于宽泛的西方诗学传统,即从柏拉图和亚里士多德的诗论到更广义的诗学传统。但是,史诗诗学所注重的是本土化的心智诗学分析,而不是对西方诗学的纯粹模拟和僵化套用。就其重要性来讲,有两种理论是值得提及的:以荣格为首的心理学意象论和韦勒克、沃伦和苏珊·朗格等所倡导的文学或诗学意象论。对于心理学的意象论来说,意象、原型和情结概念尤为重要,它们作为三重化结构的遗传性要素,共同的特征均来自远古经验的"心理印记"或"遗留物"假设。按照该学派的表述,可把意象、原型或情结、意识的关系归结于三个层面的结构范畴:意象与表象——原型与情结——意识的领域。原始意象是无数表象化意象的典型形式,在很大程度上接近于"原型"概念。原型(archetype)倾向于集体无意识的内容,在人生中有多少"典型情境就有多少原型,这些经验由于不断重复而被深深地镌刻在我们的心理结构之中"。情结就是由一组一组的心理内容聚集在一起而形成一簇"心理丛"。因此,原型或原始意象的基本原理关涉两个方面:意象或原型的组合原则和能量转换原则。文学或诗学的意象论也认为,诗的语言充满着意象,就其本质而言,这类意象既属于心理学,又属于文学理论的考察范围。前者强调心理结构中的表象化的经验,后者凸显以理智与感情的经验性转化为基础的观念性联结。依照威尔斯的观点,意象的类型学以三个层面的意象领域、七种意象为内容:(1)最粗糙形式的强合意象和装饰性意象;(2)中级层面的繁复意象和精致意象;(3)最高级层面的潜沉意象、基本意象及扩张意象。对于诗歌本身而言,意象就像格律一样不可或缺,因为意象不仅是诗歌心智结构的主要组成部分,也是形成性格·行动—文化语法结构的核心组成部分。关于意象与象征的关系问题,荣格认为整个宇宙就是"一个潜在的象征"。象征可分为两大类型:"自然"象征和"文化"象征。而韦勒克也承认,象征是关系到多种学科领域的通用性概念,并以逻辑学、数学、语义学、符号学、认识论、神学、心理学、诗歌学等为主要范围。共同的取义也就是"某一事物代表、表示别的事物"。在此,"象征"具有重复与持续的意义是在意象和隐喻的基础上发展起来的。以上意象论与史诗诗学意象分析有着某种意义上

第四章 文化心智模仿：本体诗学的理论视域

的理论共鸣，但对它们之间的关系问题有待挖掘。史诗诗学指出，母题更多倾向于作为叙事文最小单位的概念范畴，而意象则属于抒情文的最小单位——"抒情象"概念。作为不同层面的两种诗性因素，母题和意象不仅是叙述和抒情层面的概念性基础，也是对文化心智模仿的艺术整一体进行深入观察的重要突破口。但这一项研究的重点在于"与崇高、朴素（朴实）、瑰丽风格有关的意象分析，而并不在于史诗意象的全面性研究"。因此，史诗意象的类型学基础有四个："崇高"意象、幽默意象、玄奥意象和象征意象；主要依据是史诗意象的审美效果。一言蔽之，关于母题和意象的结合研究不单是史诗诗学所开辟的新的诗学领域，与以往的或同时代的史诗研究相比，却有着与众不同的理论见地和独到之处。要弄清史诗诗学的崇高风格论题，应从它的理论史入手考察，这是通往关于崇高的诗学的必经之路。与西方哲学的崇高理论相比，史诗诗学的崇高风格论的核心点也在于"力""度"和"色"三个方面。从观念史的角度看，伯克、康德等的崇高论是史诗诗学崇高论的直接的理论基石，而历史唯物主义的"人格化的自然观"则是崇高诗论的大前提或综合方向。

第五章　结论：本土理论视野下的实践与反思

作为概括性的本土实践反思，其结论包括四个内容：类型学批评、诗学批评、民俗学展望和社会文化论基础。第一节"作为文本实验的类型学批评"，侧重于类型学构建的批评模式，讨论了以发生论、还原论和类型发展论为基础的经验与反观进路。第二节"作为文本解读的诗学批评"，着眼于诗学构建的批评模式，论析了以本体论、形态论和本土论为基准的实践与反思路径。第三节"朝向民俗学的比较论再思考"，专注于以评价和展望为中心的总论性考察，包括诗学批评与类型学批评的比较论，以及相关问题的前瞻性思考论。第四节"文化语法系统与社会理论基础"，作为民俗学比较论的延续，其由社会文化根基、口语文化理论和社会行动·心智模仿的语法系统等组成。诚然，批评的有效性"既依赖于表述形式，也依赖于所表述的内容本身。在精致的批评性著作中，内容和形式是密切相联的"[①]。

第一节　作为文本实验的类型批评

草原或蒙古史诗的行动（含形象）类型学方法以发生学的前提或目的论、类型学的还原论或原型论、类型的发展论三组问题为核心立足点，对整个蒙古史诗有关形象—行动（情节或事件）的类型分类及发展轨迹等做了宏观视角的历史主义解读。同理，类型学的批评作为类型方法论模式的有机部分，展示了史诗类型学对整个蒙古史诗进行解读的具体看法和核心观点，因为发

[①] [美] 马尔库斯、费彻尔：《作为文化批评的人类学——一个人文学科的实验时代》，王铭铭等译，生活·读书·新知三联书店1998年版，第192页。

第五章 结论：本土理论视野下的实践与反思

生论、还原论和发展论视域不仅是整个蒙古史诗类型方法论的问题基础，也是类型学批评的重要出发点或归宿点。基于以上的思路，可把类型学批评分为三大板块：以时空范畴的溯源方法为中心的发生论批评（产生年代和原发祥地），以社会文化的历史原型为基准的还原论批评（艺术本源的文化维度和社会历史的事件维度），以类型发展的分类学和分析方法为主线的发展论批评（形象和情节结构的类型以及发展）。其中，社会历史主义和本土化的类型分析法的结合研究是上述三种批评模式的核心联结，也是类型学批评论的主要突破口。

类型学的发生论批评。该论域从时空的范畴考察艺术的历史源头，客观地回答了整个蒙古史诗的历时和空间范畴的复原论题；批评维度包括产生年代和原发祥地两个支点，均属于目的论的前提范畴。史诗类型学的历时发生论，在以俄苏和德国为首的西方学者的历史主义研究基础上，进一步论证了整个蒙古史诗的历史源头问题。即，以社会历史的反映论为主要依据，认为蒙古史诗文类的古老基础均产生于原始的氏族社会时期，史诗传统在不同的历史时期不断地得以丰富和发展，并借此还确定了单篇型、串联复合型和并列复合型的三大史诗类型——在这些不同历史时期产生的各种史诗文类的历史特征和演化情形。比如，早期巴尔虎史诗反映了原始社会的部落战争，而《江格尔》则记述了兴起于15—17世纪期间的卫拉特部落的社会文化与历史情形，等等。史诗类型学的历时发生论一方面继承了俄苏学者所提出早期史诗产生于国家前氏族社会时期的和历史传说史诗化的看法；另一方面却对其持了修正的和批评的态度。正如《论〈江格尔〉的产生年代》和《再论〈江格尔〉的产生年代》等所指出，历时发生论不仅重温、补充和再次考证了弗拉基米尔佐夫、波佩、科津、桑杰耶夫和帕兀哈等提出《江格尔》产生年代问题的一些看法，同时还对把《江格尔》的产生年代追溯到15世纪以前的一些观点和把《江格尔》视为单一时间维度的历史产物的看法进行了尖锐的批判。这些争议的观点有：弗拉基米尔佐夫的"贵族起源说"、桑杰耶夫的史诗类型的区域分布及层梯发展论、波佩的喀尔喀史诗的社会历史原型论、米哈伊洛夫的"蒙古史诗产生于公元8—9世纪至12—13世纪"的看法[①]、国内学

---

① 仁钦道尔吉：《蒙古英雄史诗源流》，内蒙古大学出版社2001年版，第25—28页。

者色道尔吉等把《江格尔》视为单一时间维度的原始社会产物的看法，等等。空间范畴论的地理学论题与弗拉基米尔佐夫、日尔蒙斯基、普罗普、梅列金斯基和涅克留多夫等提倡的"史诗共同体"的观点有着密切的联系。突厥—蒙古史诗反映出各部族社会历史的相似性，正说明了其以民族迁徙的社会背景为基础的起源上的古老共性：南西伯利亚的森林地区和中央亚细亚的北部地区是突厥—蒙古史诗的中心地带之一，而萨彦—阿尔泰地区则是突厥史诗的发源地。因此，这些学者所提出的"史诗共同体"观点，从多方面综合地影响了类型学的传播论批评，并成为它方法论意义上的历史前提。比如，传播论批评在以往空间范畴论的基础上进一步深入探究，进而推断出了蒙古—突厥史诗的核心地带和原发祥地：贝加尔湖一带和与此毗邻的中亚北部、贝加尔湖一带的森林地区。除了空间范畴的传播论批评之外，历史类型的批评模式也属于类型学地理分布——空间论范畴，指在历史上没有任何接触和交往的相似现象的类型学问题。尽管"有些国家和民族人民之间没有什么血缘联系和地域衔接关系，但文学的发展是由社会发展过程所决定的，它在社会发展的共同阶段具有极大的相似"，尤其是"作为一种文学现象，作为文学作品的一种样式，它们之间必然会有某些关系，必然会有某些共同的产生和发展规律"。①

类型学的还原论批评。该视域以艺术本源和社会历史的现实基础为准线，力求解答整个蒙古史诗所蕴含的社会文化的历史源头之谜。其方法论的基点包括两个核心方面：艺术本源的文化维度和社会历史的事件维度，均属于史诗类型方法论的原型分析范畴。《〈江格尔〉论》和《源流》认为，早期蒙古史诗的主题来源于勇士的婚姻和勇士与蟒古斯的斗争，并均产生于史前史的或国家之前的历史时期；而《江格尔》作为国家出现之后的史诗文类之典范，源自早期的孤儿传说、历史化传说和其他不同的历时因素的综合基础。从本源的文化维度和原型的时间维度看，早期蒙古史诗反映了氏族社会的现实情境和生活画卷；而《江格尔》在社会状况、战争的性质和目的、社会军事的政治制度、社会各阶层的结构、人们的思想愿望以及经济文化状况等所表现

---

① 详见仁钦道尔吉《〈江格尔〉论》（修订版），内蒙古大学出版社1999年版，第77—90、197—200页。

第五章 结论：本土理论视野下的实践与反思

出的综合方面，与明代蒙古族封建割据时期西蒙古卫拉特地区社会现实相符合，反映了封建割据时期卫拉特地区的社会斗争和历史画卷。作为文学作品，它并不是对那些历史过程的翻版或"刻板化记录"，而是把部族社会的历史提升为典型事件，同时又大大加强了英雄史诗的社会学意义。①

还原论批评虽然基本赞同了桑杰耶夫、米哈伊洛夫和涅克留多夫等有关史诗来源于早期宗教、艺术和具有多元结构的观点，但也提出了一些拓宽性和修正性的批评和意见。例如，学者们尽管研究了"史诗与神话、传说的联系，但没有人系统地论述在蒙古英雄史诗中到底有哪些神话、传说因素及其来龙去脉问题"；任何事物的发展，"包括文学体裁的发展，并不是绝对化的。不能说一种新体裁一定要同它相关的旧体裁相对立或者相互排斥"。实际上"它们在一个相当长的时期内同时并存，相互影响。尤其是新体裁的作品继承旧传统，吸收其合理的因素，因而充实和发展起来的"。有时，作品彼此之间极其"缺乏内在的联系"，它既"不属于起源上的共性，也不属于相互影响，而属于类型学问题，是在相似的社会背景上出现的类型化现象而已"。② 即，展演事件的结构是诸种情境化因素系统相互作用的产物，又是介乎于文本和社会的关键性框架。这些具有结构特性的情境化因素分别为："参与者的身份与角色，展演所用的表达方式（expressive means），社会互动的基本原则、规范、展演的策略（Strategies）和阐释、评价的标准，以及构成事件方案（scenario）的系列行动"。因而，无论从展演的过程，还是从新生的意义看，"社会角色的结构、关系及互动，口头文学文本与意义，事件本身的结构都是新生的展演"③。

类型学的发展论批评。该论域以人物和情节结构的分类学和发展观为基本准线，阐释了整个蒙古史诗的历史结构与叙事发展论的关系问题。批评的维度包括形象和叙事类型的分类学与发展论两个内容，均属于类型方法论的基础分析范畴。与以往的和同一时代的学者们所主张的以主人公为中心的形象学不同，形象批评论的基准是以副手勇士或英雄为中心的形象学模式，认

---

① 详见仁钦道尔吉《〈江格尔〉论》（修订版），内蒙古大学出版社1999年版，第204—238页。
② 仁钦道尔吉《蒙古英雄史诗源流》，内蒙古大学出版社2001年版，第82—88页。
③ Richard Bauman, *Story, Performance, and Event: Contextual Studies of Oral Narrative*, Cambridge University Press, 1986, p. 4.

为有时副手勇士所起的作用比起主人公还要大一些。在《江格尔》的讲述中，洪古尔形象作为《江格尔》中的成功典范，是指人民群众运用现实主义与理想主义的创作方法而塑造出来的"艺术形象"，集中反映了人民群众的"美好向往和思想愿望"。这一观点的雏形始现于早期的《评〈江格尔〉里的洪古尔形象》一文；与俄苏部分学者们的一些看法有着相近之处。再有，《江格尔》中的人物形象是以共性的传统为基础，以个性的发展为特征的类型体系；它们不但"有共性"，而且有"鲜明的个性"，每个英雄都有一种"特长"。同一个人物类型上存在着的矛盾正反映了共性和个性之间的统一性和分散性。比如，同一个人物，"既像人类文明时代的人，又像野蛮时代的人；既像理想化的领袖人物，又像现实社会中的压迫者和剥削者。英雄人物身上的矛盾是由史诗的多元多层次结构所造成的"。① 因此，形象学的类型批评抨击了根据史诗文类的表象因素而对社会结构和历史特征进行推论的做法。史诗类型学方法认为，这种表象分析论的依据与宫殿、财物及武器的描绘和称谓关系以及阶级结构等有关联。关于宫殿、财物及武器的描述，很可能是后代人民群众的思想感情和愿望之具体反映，来自不同时代的现实生活。基于美化装点描绘的这些要素"不是不可缺少的重要部分，而是可有可无的虚构的表面现象"。根据表象因素对人物形象的阶级成分进行定论是徒劳或、滑稽的，这种做法忽视了表象因素背后的历史演化及年代维度。从称谓的类型分析看，不能只凭借可汗、巴图尔和莫尔根等词汇的现代（表层）含义而对其进行社会结构和文化层面的具体分析。即，仅仅"根据称呼去区分英雄史诗的主人公也是不合理的，不能把史诗中的可汗都说成封建统治者"。因为，各形象的产生有许多的不同情况，不考虑它们在不同时代的相关特征以及复杂情况，轻易地给"史诗的可汗乱贴阶级标签，也是不正确的做法"。② 所以，需要注意的是称谓词汇的文化原型及历史演化，而不是基于表面现象的简单化推断。

此外，形象特征与情节结构的对应关系也是形象论批评的重要依据点，这种联结规定了形象论的社会原型和历史基础。因为把所有的可汗和勇士都归结成为酋长、首领或奴隶主的做法也不妥当，这种观点也"没有什么根

---

① 仁钦道尔吉：《中国少数民族英雄史诗〈江格尔〉》，浙江教育出版社1995年版，第82—85页。
② 详见仁钦道尔吉《〈江格尔〉论》，内蒙古大学出版社1994年版，第95、97页。

第五章　结论：本土理论视野下的实践与反思

据"。情节结构的类型批评认为，决定史诗命运的是与社会历史相关的事件维度和现实因素，而不是来自泛文化论叙事维度的外在要素。无论早期神话或传说的艺术要素，还是后期加入的佛教或农业文化的要素，统统都是次要的方面，而以婚姻和战争为基础的核心内容才是最主要的方面。①类型学还指出，桑杰耶夫和涅克留多夫等提出以史诗的古老内容和神话成分为发展论基础的观点不符合蒙古史诗的自身发展规律。例如，涅克留多夫认为的"最古老的史诗是布里亚特史诗，其次是卫拉特史诗，再次是蒙古史诗（指喀尔喀和内蒙古的史诗）"这一顺序并非在一切细节上都是如此；桑杰耶夫指出"最古老阶段的是埃黑里特—布拉嘎特史诗，第二个阶段的是温戈史诗，再往后是卫拉特史诗，它很接近于温戈史诗，却具有更多的英雄主义成分"。但是这种提法也不太妥当，因为蒙古英雄史诗具有共同的起源，对于各部落或部族史诗来说孰先孰后是难以确定的问题。此外，以"早期英雄史诗"这一说法为例，它是与"整个蒙古英雄史诗的共性因素"相对应的一般概念，而不是指哪一个具体史诗。当然，"有些史诗所保留的古老因素较多，有的却保留的相对少一些"。②

类型学批评的雏形，最早出现于《锡林嘎拉珠》（1978）一文中，该文以批判的视角指出俄苏学者把史诗文类看作纯粹的历史文献的误区同时，又提出了基于文学本身的结合文学和历史方法论的新颖观点。认为俄苏学者们所提出的原则性错误有如下：把蒙古史诗产生的时代背景与成吉思汗统一蒙古的历史时期，甚至与14—17世纪蒙古社会封建割据时的封建领主之间的战争联系起来，给史诗中的格斯尔和江格尔等人物形象找出社会历史的具体原型；将有些史诗英雄视为成吉思汗的化名；把《英雄锡林嘎拉珠》的历史原型归结于喀尔喀蒙古的阿巴岱汗故事；等等。即，国外学者"把主要注意力放在史诗产生的历史背景、介绍史诗的内容及其流传情况、喀尔喀、卫拉特和布里亚特史诗的关系等方面，很少关注从文学的角度去研究史诗文类的思想性和艺术性方面的重要问题"③。因而，以发生论、还原论和发展论为中心的类型学批评，也正是围绕以上核心问题而展开的，在部分的问题论上不仅

---

① 详见仁钦道尔吉《〈江格尔〉论》，内蒙古大学出版社1994年版，第292—297页。
② 详见仁钦道尔吉《蒙古英雄史诗源流》，内蒙古大学出版社2001年版，第110—137页。
③ 仁钦道尔吉：《序言——巴尔虎史诗的研究》，载《英雄希林嘎拉珠》（蒙古文），黑龙江人民出版社1978年版，第9页。

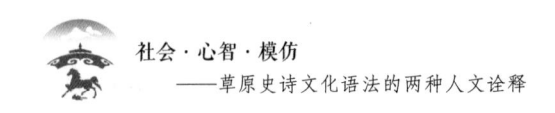

做了一些重要的修正和扩充,还为类型批评之形成提供了一般的和完整的阐释模式。一言蔽之,类型学批评比较接近于文学理论的社会历史批评和形象·行动模仿—文化经验之语法论,重点在于以社会文化的历史原型为基础的溯源式模式和类型分析法。

第二节　作为文本解读的诗学批评

　　草原或蒙古史诗的文化心智·模仿①诗论,将本体诗学、诗性范畴和本土解读三组问题作为基本的立论点,对整个蒙古史诗的诗学范畴做了系统化的理论总结,突出了方法论上的宏观维度。因此,史诗诗学的批评作为诗学理论构建的有机部分,揭示了史诗诗学对整个蒙古史诗的诗性课题的具体看法和理论主张。在此,本体论、元范畴和本土视角不仅是整个蒙古史诗诗论的问题基础,也是诗学批评的重要出发点和归宿点。沿着以上的思路,诗学批评也可分为三大版块:以思维特征和审美结构为中心的本体批评(特征论、形象论和宇宙论),以艺术史视野和关系结构论为基准的形态批评(形态的发展论和艺术自然论),以民族诗学的知识谱系为经验基础的本土批评(民族诗律论)。其中,本体和本土批评的结合研究是以上三大批评模式的重要联结,也是诗学批评论的主要着力点。即,本体批评、形态批评、本土批评的总和基础是审美批评,因为该模式有机地融合伦理和社会历史批评的两种维度,从而标定了诗学批评的审美基础和本位范畴。

　　诗学特征论的本体批评。该视角从诗性的本质入手,以思维特征和心理结构的结合分析为中心,突出了它的社会伦理和道德范畴的本体维度,批评准线是以诗性观念的本土特性为前提或依据的。比如,史诗诗学把史诗看作文学的诗性样式之一,认为史诗不仅是关于蒙古族生存情形的"百科全书",而且更是蒙古族语言艺术的"经典模型"。进而指出,过去不顾其社会历史发展的不同阶段、文化理(心)智的不同背景、经济的不同基础,只以'民间性'作为一切文学批评的基准;因而,对于其文化理智的容量、心理学的前提、审美的情趣、宗教信仰的意识、民俗成规等的挖掘与探究是十分欠缺的。

---

　　① 注释:文化心智·模仿,是指史诗诗学提倡有关文化心理结构的被整序地接受或转化情况。

第五章 结论：本土理论视野下的实践与反思

显然，史诗文类是文化思维范畴和审美结构之直接产物，而语言和历史、信仰和宗教、哲学和民俗等多重结构的文化语境则是史诗赖以生存的肥沃土壤。即，史诗文类的审美基础凸显了它的文学的或艺术的本体论维度，而史诗的综合范畴则展示了其多维结构的复杂特征。因此，作为语言艺术之典范的史诗文类，尤其艺术上的所有程式化均是"民族文化心理的结构性表现，并且它又把这一结构加以强化发展的。在民族心理结构的重构过程中，程式化特性对新的史诗创编所起的是类型化作用"①。

诗学宇宙论的本体批评。该论域从本体的哲理范畴出发，以心理学或思维模式的分层论解析为中心，展示了空间、时间和数量范畴的本土维度，最根本的准线是以生命本体观的层次论和分类框架为基础的。史诗诗学指出，在史诗世界里，时间、空间和数量三个概念相辅相成，共同构成了四维（空间的三维和时间的一维）的时空观念。例如，时间上的过去、现在、未来，历时上的神的时代、英雄时代、人的时代，空间上的上、中、下，等等；这些不仅与神话传统和人类原始思维的普遍性问题息息相关，而且与极具古代神话思维特征的数字"三"有着在结构上的同构性。从艺术化的空间看，关于"地理"的描绘，与"蒙古英雄史诗的经典形态和'历史虚构'有着直接的关联，其地理的称谓仅仅作为诗性地理之名称，而很难被视为其具体地理之名称"。此外，从史诗方位的分类特征看，它的基本趋势也与二元对立的结构模式和蒙古民众的原始思维、原始崇拜有着内在的联系。因此，史诗方位分类学，常常"把所有的美好、正义、明亮、吉祥的事项和上界、太阳升出方、阳光明媚的方位勾连在一起，将所有的丑陋、邪恶、黑暗、邋遢的事项和下界、夕阳方、深夜联系了起来。这些方位描绘，一方面指的是现实的方向，另一方面指的是象征的方向"。这和本土知识的数字"二"之间也有内在结构上的同构性。本土数字是与人类原始思维和神话观念相关联的智识体系或系统。因此，蒙古史诗的形象体系来源于以数字"二"为基础的"正反面的对立结构模式"，即"二"所反映的是"史诗的基本结构、形象体系的基本类别（类型）、故事情节的基本矛盾"。"三"是同"七"一样的吉祥数字。

---

① 详见巴·布林贝赫《蒙古英雄史诗的诗学》（蒙古文），内蒙古教育出版社1997年版，第2、33—34页。

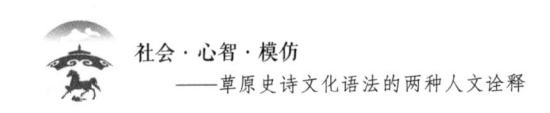

数字"三"多为"被运用于生活习俗、巫术言行、宗教信仰和吉祥意味的地方；在这样的情形中，数字'二'显略少，数字'四'显略多"。诚然，数字的体系往往与神话思维、习惯风俗、吉祥象征相关联，成为本土智识体系的主要组成部分，还与时空的认识论体系融为一体，共同构筑了民族文化本土智识的完整体系。①

诗学形象论的本体批评。该视域从本土的观念范畴出发，以心理学或思维模式的二元论分析为中心，突出了心理学前提或思维基础的结构论和本土维度，其基本论断是以本土观念的结构论和分类学模式为底色的。譬如，正反面的黑白体形象系，以二元结构的本土观念模式为基准，各自形成了关于美和丑的形象诗学，为诗学形象论的开启打好了观念基础和批评基准。正如《史诗的诗学》所指出，二元化的对立结构模式，使其"黑白的形象描绘形成一种独特的体系。这一体系被描绘得生动逼真，井然有序；从人物和恶魔'蟒古斯'形象到骏马、宫殿、山水的描绘比比皆是"。与正面勇士方对应的是"白色毡房、宝木巴的白色高毡房、大海般的白色屋、白色的石头房、白公牛的守灵神、白色的湖水"，以及神奇坐骑；而与反面勇士方般配的是"铜黑色的盾牌、铁黑房屋、黑斑毡房、黑斑蠹、黑公牛的守灵神、黑色湖水、岗哨的黑岭、隼黑的公马、猛烈的黑马以及驴子"，等等。分类学基础以好与坏、美与丑、正与反、生与死、吉与凶、正义与邪恶（悖谬）为准线，同时作为风俗和审美感的总趋势，源自蒙古民众对黑白分类的古老认识或观念模式；因而"无论是对蒙古英雄史诗中作为直感对象的具体描绘（高大白房、铜黑房屋）来说，还是对作为道德象征的抽象意义来说，将史诗的形象体系分为黑白两类而进行研究同蒙古民众的文化理结构与道德传统十分吻合"。②正因如此，蒙古英雄史诗的黑白形象体系论首先不是从现代人的政治、品德、审美意识出发，而应该从当时的历史特性和思维特征入手剖析。形象论批评是《史诗的诗学》所开辟的重要诗学范畴，其中关于类型化和丑的诗学问题的看法是整个形象批评论的关键性内容。史诗诗学认为，"把史诗英雄的形象

---

① 详见巴·布林贝赫《蒙古英雄史诗的诗学》（蒙古文），内蒙古教育出版社1997年版，第70—78页。

② 巴·布林贝赫《蒙古英雄史诗的诗学》（蒙古文），内蒙古教育出版社1997年版，第83—86页。

第五章 结论：本土理论视野下的实践与反思

用现代的典型性理论依据来衡量的是一种潦草不堪的做法"。与其说"史诗形象是典型性的，还如说它是类型化的"。勇士们的形象一般以类型的共性为中心，而自我个性发展则不够充足或突出；史诗中的"勇士""贤者"（莫尔根）等所属行业之区别，只不过是人物形象的自我个性差异面的微弱的萌芽或分化而已。形象体系作为一种综合的审美范畴，其建立在"全部族群落的意志和个体的理想得以最佳的统一，内心的需求和外界的事件也得到了最好的统一"的文化心智结构基础上。丑的诗学批评范畴，包括恶魔蟒古斯以及坐骑驴子的形象论等。史诗诗学认为，"愚蠢"的人物模型是"把庄严肃穆和幽默讽刺相整合，把悲剧和喜剧相结合，将内在机智和外在'愚蠢'相融合的怪异形象"。它既是审美的异化形象，又是属于美学范畴的独特形象。这与蒙古本土文化的民间性和人文伦理传统有着密切的关联。恶魔蟒古斯和坐骑驴子的形象论是"恶的诗学"的核心内容，与正面形象的"美"的诗学相得益彰，共同筑造了史诗形象诗论的整个体系和结构基础。史诗诗学认为，蟒古斯形象作为反面人物的典型代表，是保留人类与野兽的某一特性的，重合社会与自然之特性的，结合现实与幻想的容量大的"复合形象"。作为白方勇士形象的对立面，它具有"反审美的价值"，以反面形象逆向象征并填补了审美负值的体系空白。比如，蟒古斯的世界是同白方勇士的世界势不两立的，是烟雾弥漫的、令人生畏的隐晦空间。这一世界"充满审美的反价值，又被描述为蒙古民众对于一切美好、忠实之道所持的审美理想之衬托和实证，最终成为史诗诗性世界的一部分"。从形象塑造的历史根源及心理原型看，蟒古斯形象的"由自然性向社会性、由具体向抽象、由虚幻向现实演化的发展情形，和人们的思维方式、感知方式、表现方式的发展过程相符"。驴子形象作为骏马形象的鲜明对比，与"蟒古斯"形象一样不仅具有"反审美价值"，并且它们之间又形成了正比的价值关系。[①]

诗学发展论的形态批评（含史诗形态和艺术自然）。该论域从艺术自身的内部规律入手，以不同时期的演化轨迹和形态特征为中心，揭示了它的社会历史的多重维度，基本准线是以社会历史和艺术发展观的对应关系为条件的。

[①] 详见巴·布林贝赫《蒙古英雄史诗的诗学》（蒙古文），内蒙古教育出版社1997年版，第121—143、147页。

例如，史诗诗学指出，可把整个蒙古史诗分为三种基本形态：原始史诗、成熟史诗和变异史诗。它们的演化轨迹正反映了蒙古史诗传统自身的内部发展规律和历史变迁，后者还包括受萨满教、佛教和农业文化影响的变化等。

关于艺术化自然批评。其从关系论的视角出发，以审美世界的三重化结构为中心，展现了形态批评的结构关系论维度，强化了以本土观念的审美或思维模式为基调的论证视角。就其本质而言，艺术自然论既属于本体批评的范畴，又属于形态批评的范畴；前者依据审美结构和思维特征研究的本体基础，而后者则根据以结构化的层次为中心的关系论基础。例如，史诗诗学指出，史诗的艺术自然可分为三种类型，即理想化的自然、人格化的自然和超自然；其分类学依据是以和谐、比拟和夸张为主线的心智诗论概念，而更大的关系论基础是宗教信仰、审美范畴和价值效用。[1]

诗律论的批评。该视域从本土的诗学理念出发，以意象、韵律、风格三个诗性概念的分析论为中心，聚焦于微观和宏观视角相结合的双重维度，发展成为以民族诗学的内部规律和智识体系为前提的批评范式。史诗诗学认为，母题是史诗文类的最小叙述单位，而意象则是史诗文类的最小抒情单位——"抒情象"。因此，母题和意象的结合研究是"对其史诗艺术的整一体进行诗学解读不可或缺的有效途径"。从音律学的角度说，"史诗的基本母题、原本模态及整体格调之不可侵犯的神圣性和民族语言在口头传承中的变异性（随着民众口头语言的演化，格律也常处于不断变异中）之间的矛盾"，是史诗语言的韵律研究的一个难题，同时又是开启本土或本体音律诗学的重要出发点之一。此外，风格是"表征现实生活之形象界尺的某一体系化方式，是文学艺术形式的形象性之总和"。从本民族的美学传统看，"力""度""色"是构筑蒙古史诗崇高风格的三个基本要素，观念基础均来源于本土智识的审美体系。[2] 简单说，关于意象和韵律的批评模式以本土诗性认识体系的宏观本体分析论为基石，而风格的批评模式则以本土诗性智识体系的宏观综合论为基础。

正如《论纲》所指出，对于蒙古诗学的批评理论而言，本体论的视角是

---

[1] 巴·布林贝赫《蒙古英雄史诗的诗学》（蒙古文），内蒙古教育出版社1997年版，第183—200页。

[2] 巴·布林贝赫：《蒙古英雄史诗的诗学》（蒙古文），内蒙古教育出版社1997年版，第245—252、252—276、277—292页。

第五章　结论：本土理论视野下的实践与反思

理论和方法论的重要基础和根本前提，包括两个方面：一是诗歌的美学或审美本体论；二是立足于地方性智识的民族诗学的本体论。诗歌的美学本体论，指对诗歌的艺术本体、民族思维特征、创作规律等方面的全方位考察，是关于内在规律和审美特性问题的分析性研究，并且以外部和内部的结合维度为考察点。民族诗学的本体论，是指从本民族的文化心理结构出发，立足于本民族诗歌的整体传统而对其进行本土化解读的理论研究。虽然世界性诗学问题是一个复杂的课题，但是，各民族的诗歌有其"自身的稳定性、独立性、间接性和民族性"。民族的诗学应该尽量采用"符合于民族思维和语言文字之特征的概念和术语才是对的"。概念术语的民族化用法是"民族诗学体系的必要条件"。《论纲》又认为，文学史观或艺术史观不仅是本体论诗学的宏观前提，也是最主要的观念性和思想性基础。即，本体论和文学史的结合研究，无疑是构成蒙古诗学理论和方法论的全部基础和思想前提。诗歌作为社会意识的独特形态，最终还是"源于特定历史时期的物质生活"。从文学的独立性看，"文学发展的周期、阶段与历史发展的轨迹并不完全相吻合"。诗歌的美学主要对"诗歌的基本趋向及它的演化特征进行宏观研究，是追踪诗歌发展的历史轨迹，结合历史和逻辑的研究方法"。[①] 因此，这种以马克思历史唯物主义的辩证方法和文艺学的本体论方法为基础，立足于具体历史、社会分析、人种学及美学的多维视角，对其诗歌的历史轨迹进行探究是蒙古诗学理论，尤其是民族史诗理论的综合前提和宏观基石。[②] 当然，作为蒙古民众语言艺术的经典模式，英雄史诗"将诗的抒情，小说的叙事和戏剧的冲突融于一体，对之后的文学发展起到了很大的影响"。也因为，蒙古民众的英雄史诗是蒙古民族早书面经典作品《蒙古秘史》的艺术"土壤和藏库"。[③]

史诗诗学批评基本倾向于温和式的批评模式，它是以本体解读和艺术发展史的本土理念为基准的本体论诗学和心智模仿探索，同文学理论的审美批评颇为接近，具有伦理和社会批评的双重维度；其批评模式包括批评的性质或特征、方法或模式、目的和功能等具体内涵。

[①] 详见巴·布林贝赫《蒙古族诗歌美学论纲》（蒙古文），内蒙古人民出版社1991年版。
[②] 详见巴·布林贝赫《蒙古英雄史诗的诗学》（蒙古文），内蒙古教育出版社1997年版，第7—17页。
[③] 巴·布林贝赫：《蒙古英雄史诗的诗学》（蒙古文），内蒙古教育出版社1997年版，第6—7页。

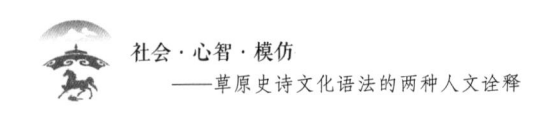

第三节 朝向民俗学的比较论再思考

有关史诗的诗学和类型学是20世纪五六十年代至尤其是20世纪末国内蒙古史诗学领域里形成的两大典范，作为一个事物的两个方面，共同代表了这一时期国内史诗研究的重要成就。史诗诗学（《史诗的诗学》）从审美范畴的本体论维度出发，阐释了蒙古史诗诗学的心智模仿论构建和文化语法综合问题，从而开辟了本土主义的诗学领地。史诗类型学从社会历史范畴的本土维度出发，解答了蒙古史诗类型学的行动模仿论构建和文化语法综合问题，进而建立了以本土传统的历史主义为准线的类型研究和一般模式。

通过对基本问题和研究视角的比较发现，史诗诗学和史诗类型学的异同点有三个方面：二分论和三分论的理论表述、以发展观为基准的形态或类型论和本土视角的本体解读。一是以二分论和三分论为中心的立论模式，其观念基础则植根于本土知识的传统理念。以史诗诗学的二分论和三分论为例，包括诗性的三个基本特征（神圣性、原始性和规范性）、发展阶段的三种基本形态（原始史诗、成熟史诗和变异史诗）、艺术化的三种自然（理想化的自然、人格化的自然和超自然）、两大形象体系（正面勇士、坐骑和反面勇士、坐骑）、黑方勇士的三个基本类型（兽性的形象、人性与兽性相结合的形象、人性的形象）、撑起崇高风格的三大要素（"力""度"和"色"），等等。以史诗类型学的三分论为例，分别有蒙古史诗的三大体系（以新疆卫拉特和卡尔梅克为首的卫拉特体系、喀尔喀—巴尔虎体系和扎鲁特—科尔沁体系）、内蒙古地区的三个中心（内蒙古呼伦贝尔巴尔虎、哲里木扎鲁特—科尔沁以及新疆一带的卫拉特）、三大类型（单篇型史诗、串联复合型史诗和并列复合型史诗），等等。以上二分论和三分论模式是史诗诗学理论和史诗类型学方法的分析论基础，同时也是史诗诗学批评和史诗类型批评的重要出发点。

二是史诗诗学的三个基本形态论和史诗类型学的三大类型论的相似点与不同点。两者均以三阶段的发展观为艺术演化的历时准线，各自开辟了以艺术诗学的本体视角为中心的史诗形态论和以叙事结构的母题—情节论域为基准的史诗类型论。共同点在于海西希等关于14个母题归纳和部分观念的重合基础，而不同点在于主要立论模式的不同来源。即，前者来自黑格尔艺术发

第五章　结论：本土理论视野下的实践与反思

展三分论的重要启发和当今蒙古史诗学母题研究的直接影响；而后者则源自历史唯物主义的社会历史表现论和俄苏学者的历史主义观念。

三是以本土化的分析和解读作为史诗诗学和史诗类型学的重要起点。两者虽然借鉴了西方艺术哲学、民俗学和史诗学等不同理论经验和方法论构建模式，但都强调了以本土文化语法的理念模式为立论点的分析论维度。史诗诗学指出，民族的诗学应该尽量采用"符合于民族思维和语言文字之特征的概念和术语"；民族化用法的概念术语才是"民族诗学体系的必要条件"。[1]因此，这一本土化的立论模式，几乎贯穿了蒙古史诗诗学理论的三组核心问题的各个环节。例如，本体论诗学的三大特征（神圣性、原始性和规范性）和三种基本形态（原始史诗、成熟史诗和变异史诗）、诗性的元范畴学的三个艺术自然论（理想化的自然、人格化的自然和超自然）和宇宙结构论（三界、时空和数量）、本土解读论的形象类型学（正反面人物及坐骑）和概念诗论（意象、韵律、风格），等等。史诗类型学认为，基于本民族语言文化的社会历史分析论和叙事诗学研究才是符合蒙古史诗本身特征的最佳前提，否则所有脱离本民族文化传统而进行的做法都是徒劳的。即，蒙古史诗的三大类型（单篇型史诗、串联复合型史诗和并列复合型史诗）与蒙古各部族的历史状况相对应，反映了在不同历史时期的蒙古社会文化的历史画面。以叙事诗学问题为例，每个民族的诗都有"一种难以翻译，难以用其他民族语言确切表达，被其他民族的人等值理解的艺术魅力"。因此，翻译出来的诗句只是"尽可能地表现出了原诗的基本内容，而不可能全面精确地反映诗歌语言的音节韵律美和全部艺术特色"。[2]

据以上的综合考察，对于史诗诗学而言，本体论和艺术发展观是理论前提，美学或诗学分析是方法论基石，本土化的视角是资料学的总和基础；而对于史诗类型学的方法来说，文化史观是理论前提，历史—地理学是方法论的基础，田野经验和版本学和学术史视角是资料学的客观基础。正如《史诗诗学》所言，诗学（Poetics）"不只是指关于诗歌的研究，而是指从西方文艺理论传统所沿袭的广泛意义上的概念（用法）。即，是指在西方文艺理论史上

---

[1] 巴·布林贝赫：《蒙古英雄史诗的诗学》（蒙古文），内蒙古教育出版社1997年版，第15—17页。

[2] 仁钦道尔吉：《〈江格尔〉论》（修订版），内蒙古大学出版社1999年版，第371—372页。

以亚里士多德的'诗学'为概念来源的文学理论的总和名称"。它包括"文学的性质（特征）、内容和形式、目的和作用、类型（体裁）、创作原理等内涵"。① 由此可见，以上这一界定几乎充分展示了《史诗的诗学》所涉猎的三组六个问题的全部内容和操作规程。从诗学、美学和哲学的层梯关系看，"诗学是美学的一个分支；美学是哲学的特殊分支"。即，它们之间的关联为："以艺术美学的普遍理论驾驭诗学，以诗学丰富和发展艺术的美学。"② 因此，史诗诗学的成功点在于，把以往的分散性诗论归结到整体的诗学问题上而创立了本土视角的诗学模式。

史诗类型学作为一种方法论研究的演进趋势，深受其俄苏学者和德国学者的直接影响，丰富和发展了以文学传统为中心的历史主义研究的方法论模式。对于该研究方法而言，问题的核心在于史诗文类的地理分布、母题系列或情节结构的历史类型和原型内涵等结构化剖析。可见，史诗类型学以历史主义的阐释模式为核心，基本沿袭了历史—地理学派的方法论规则和分析步骤：（1）尽可能地搜集原文（利用索引、档案馆及进行田野作业）；（2）给所有原文做标记（通常，不同语言的故事用字母标志，特殊的原文使用号码）；（3）从历史角度整理书面原文，从地理角度整理口头原文（在一个国家通常是由北向南）；（4）鉴定要研究的特征，列出在原文中发现的所有特征的大纲；（5）参考大纲，概括单个原文的特征；（6）逐个比较原文的所有特征，用以：a. 确立准类型（地区亚类），b. 简述原型（推测的起源雏形）；（7）重建故事的来龙去脉的历史，这个故事可为所有现存原文及异文提供最令人满意的解释。③ 因此，史诗类型学的成功点不在于简单的研究目的或所解答的结论上，而在于情节和形象类型的行动（事件）模仿——结构分析上。

过去、现在和未来的思考论关涉以学术史的简单回顾为基础的未来展望问题。在国内，蒙古英雄史诗研究始于20世纪五六十年代，巴·布林贝赫教授的《关于对韵文性民间文学的学习和研究问题》一文可谓是较早对口头韵文文类进行探究的开创性文章，随后部分学者们逐渐才把注意力转向到史诗

---

① 巴·布林贝赫：《蒙古英雄史诗的诗学》（蒙古文），内蒙古教育出版社1997年版，第1页。
② 巴·布林贝赫：《蒙古诗歌美学论纲》（蒙古文），内蒙古人民出版社1991年版，第13页。
③ ［美］布鲁范德：《美国民俗学》，李扬译，汕头大学出版社1993年版，第113页。

第五章 结论:本土理论视野下的实践与反思

文类研究中来。从 20 世纪 80 年代开始,蒙古英雄史诗研究已进入新的发展阶段,涌现出了一批又一批特色显明的学术成果。比如,巴·布林贝赫、仁钦道尔吉、宝音贺喜格等老一辈知名学者以及朝戈金、斯钦孟和、斯钦巴图、德·塔亚等中坚力量者长期致力于蒙古史诗研究,取得了引人注目的成就。纵观其蒙古史诗研究的整个发展历程,根据理论和方法论的差异特征,可把它分为三个阶段:传统的文学历史学研究、美学传统的诗学研究和母题类型学研究、口头诗学研究。

传统的文学历史学研究主要盛行于 20 世纪 50—80 年代时期,它把脱离本体语境的史诗文类视作纯文学作品来看待,对其史诗文类的题材、内容、主题及艺术特征等进行了简单的描述性研究,甚至仅仅停留于作品的介绍或相关界定,等等。

蒙古史诗的诗学研究历来就是一个重要课题,也是一种难点问题。巴·布林贝赫等结合多年的丰富经验和锐利的洞察力,对其蒙古史诗进行美学意义上的解读和探究,开辟了新的诗论空间,解决了理论意义上的难点问题。继《论纲》之后,《史诗的诗学》是一部对蒙古史诗的诗学问题进行本土解读的力作,作为一部影响力非凡的学术著作,它是有关心智模仿—文化语法诗学探索的经验主义实践之高峰。从某种意义上说,尤其是蒙古史诗诗学的形象学研究,为蒙古口头文类的形象学提供新的理论和视角同时,又大大推动了蒙古口头传统研究形象学方面的更广泛的探索进程。

与史诗诗学的理论构建一样,母题类型学研究的方法论构建也在 20 世纪七八十年代至 20 世纪末这一阶段萌芽并发展起来,两者相辅相成,共同奠定了这一时期主要的理论和方法论基础。随着史诗类型学这一演进趋势的热烈讨论,蒙古史诗研究不仅迈出了把目光投向于国际化的新步伐,还酝酿出了一批大量的学术专著。特别是,仁钦道尔吉教授多年潜心研究蒙古英雄史诗,对我国史诗研究乃至国际史诗研究作出了重要的贡献。他先后推出《〈江格尔〉论》和《源流》等重要成果,就足够证明这一点。

口头诗学研究是继美学传统的诗学研究之后史诗诗学研究的重要发展,在蒙古史诗领域取得重大突破性进展的是 2000 年的事情。《口传史诗诗学》[①]

---

① 朝戈金:《口传史诗诗学——冉皮勒〈江格尔〉程式句法研究》,广西人民出版社 2000 年版。

一书的诞生标志着这一进展的见证,该书对其以往蒙古史诗研究以作品为中心的理论范式进行激烈的对话,重点探析了史诗文本类型、传统与语境、史诗文类的程式与句法等以艺人+作品为中心的问题。简言之,无论从方法论意义上还是从口头文本观的理念性改变来说,这些学术理念对国内口头传统研究乃至整个民俗学研究都产生了广泛而深远的影响。

第四节　文化语法系统与社会理论基础

一　社会文化的系统根基

语言艺术。在蒙古语族传统里,语言艺术与社会文化的表达、命名系统相关联,反映了集体思维和记忆边界的流动与变化模态。依照索绪尔的意见,这种语言模型是约定俗成的社会或话语实践之结果,与早期哲学家提出的"症候"记号有着一定的区别。可以说,社会团体的文化核心是神话、记忆、价值和象征符号,其中神话和史诗作为一种整体的观念方式,通过语言和象征符号等传承了下来。这种讲述传统既是一种记忆形式、价值体系,也是一种象征符号体系。譬如,列维-斯特劳斯等人类学家对家族谱系及命名制度进行探索,引领了这方面的相关研究。蒙古学者乌丙安先生还认为,民俗学讲的文化符号"是指原生性的思维,中国民俗思维的构成,是用符号构成出来的,它交流非常方便"。民俗"符号的构成有三个要素:表现体、对象、概念。所有的人,只要进入民俗生活,就离不开这三个要素"①。因此,符号可分两种:一种是"语言系统,还有一种则是非语言符号(观念或习惯)"②。也就是说,"生产、生活、语言凝结成所有的民俗。所有的民族、社群,他们的习俗、惯制都是这三个要素构造起来的"③。

---

① 乌丙安:《民俗符号及其象征体系》,载王铭铭编:《中国人类学评论》(第22辑),世界图书北京出版公司2012年版,第132页。
② 乌丙安:《民俗符号及其象征体系》,载王铭铭编:《中国人类学评论》(第22辑),世界图书北京出版公司2012年版,第135页。
③ 乌丙安:《民俗符号及其象征体系》,载王铭铭编:《中国人类学评论》(第22辑),世界图书北京出版公司2012年版,第133页。

第五章 结论：本土理论视野下的实践与反思

宗教信仰、行动规范。对蒙古语族来说，主要信奉两种宗教：萨满教和佛教。作为早期自然的宗教形式，萨满教并没有形成成文的教义和固定的活动场所，它的一切教义内容只依靠法器和口头传播等方式传承了下来。作为后期传入的自觉宗教形式；佛教则有书面的教义和寺庙等活动场所，事实上，佛殿、佛经和传教人承载着宗教文化的全部内容。

萨满教的仪式活动以口头语言和身体参与的结合形式完成，仪式程序包括召唤神灵、神灵附体、萨满昏迷、治病或跳神、神灵离身，等等。萨满教仪式的核心是灵魂附体，即翁衮的附体。这与萨满教信仰体系里的自然精灵、天神崇拜和泛灵观念有着密切的联系，诸如天神（99天神，主神长生天或霍尔穆斯塔）、祖先（成吉思汗、萨满创教者等）、自然精灵（动植物图腾或山川主神）等无不都是这样的例子。这种萨满教的世界观体系表现在其宇宙观、自然观和灵魂观三方面。萨满教宇宙观的中心"集中在宇宙构造和宇宙起源两大问题上"，而且不管哪种解释，"几乎都和某种神圣动物或神圣植物有关，宇宙树以及地震鱼、地震龟观念较普遍"。世界可分为三个部分或界域，"地上住着人，天上住着神，而地下是死者所住的他界"。但在萨满教对宇宙结构及总貌的解释中，"对大地和天体的解释占有首要地位"。①

藏传佛教，对蒙古文化的影响极为大，这是毋庸置疑的。自13—16世纪以来，在传入蒙古地区之后，佛教以寺庙为活动中心，取代了萨满教的社会功能。佛或僧、佛法、庙宇或寺庙是佛教的三个要素，也可称为三大基础。佛或僧是佛教的传播者，佛典是用文字写的佛法和教义，寺庙是僧人活动并传播教义的主要场所。佛典的出现保证了佛教思想、教义能够超越时空地传播开来。众所周知，《大藏经》（《甘珠尔》《丹珠尔》）可谓蒙古文佛教文献经典的重要标志。正如格尔兹所说："一个民族的精神气质是生活的格调、特征和品质，它的道德、审美风格和情绪；它是一种潜在态度，朝向自身和生活反映的世界。世界观则是他们对实在物的描画，对自然、自身和社会的概念。它包容了其最全面的秩序的观念。"②

物象与民俗文化。按照文化语法的相关推断，在历史结构的不同阶段或

---

① 色音：《中国萨满文化研究》，民族出版社2011年版，第1—2页。
② 格尔兹：《文化的解释》，纳日碧力戈译，上海人民出版社1999年版，第148页。

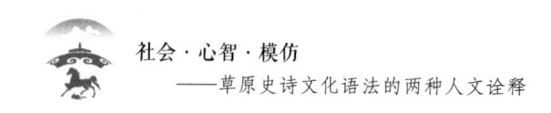

环节上可以形成不同的叙事类型，这些叙述内容取材于角色行动、社会仪式、娱乐活动、政治或制度规范等，并被选择性地或整序地接受。

敖包等作为一种物象标志，其实体表象背后不仅伴随有一系列关于文化习俗或宗教仪式的历史记忆及符号性活动，还包含展示现代人权力和社会关系的信息一面。敖包的早期功能，包括高处、界线以及圣地的标志等。除了敖包外，还有马头琴、蒙古包、勒勒车、服饰、成吉思汗陵、文字等。草原和马文化的故事——白马故事与马头琴之间的关系及阐释，正说明了这种符号在观念和物象之间的转换流动，也表明了族群文化在内部与外部认同上的维度及差异。

社会仪式的相关活动等。首先，角色行动。部分学者认为，在蒙古族的口头传统里，"江格尔""格斯尔"等不是虚构的或抽象的概念或名称，而是真人真事的历史反映。事实上，这类现象的形成主要起因于近现代蒙古族精英阶层人士的泛文化观念及构建实践。相比之下，近代的僧格仁沁、嘎达梅林等均属于真实人物范围。其次，社会仪式及活动，是蒙古族文化系统中的常见种类之一。在蒙古地区，从古至今普遍流传着那达慕、安代舞和节日等社会性活动。三项比赛作为核心的环节或程序在古代军事演习和史诗文化中反复出现，后来具备娱乐特性变成了那达慕的关键性竞赛项目。可以说，摔跤、射箭、赛马始终是那达慕的主要竞技内容。也因此，射箭、赛马、摔跤无不影响着蒙古族口头传统的叙事内容及其流布范式。最后，除了那达慕、安代仪式外，在蒙古地区还普遍存在着祭天、山水等文化仪式活动，这些随着时代变迁也逐渐演化为符号化的社会节日现象。由于民族和环境的不同，"各民族的自然崇拜既有一般性，又有特殊性"。自然崇拜"包括天、地、日、月、星、雷、雨、虹、风、云、山、石、水、火等多种崇拜形式"。其中，"每一个崇拜形式都由若干文化元素组成，包括观念、名称、形象、祭所、仪式、禁忌、神话等"[①]。

社会历史、政治制度。历史政治人物或文化英雄无疑是一种重要的社会叙述内容，所以那些重要人物的事件仪式及相关活动，通过社会记忆不断被重塑。因为真实事件的遗忘与重塑，为历史人物的口传文化路径提供想象的空间，即意义也会朝着观念记忆的方向发生变化，呈现出其创造性复制的差

---

① 何星亮：《中国自然崇拜》，江苏人民出版社2008年版，第3页。

第五章　结论：本土理论视野下的实践与反思

异。也就是说，"每一个族群的文化都有其核心象征符号。蒙古民族对成吉思汗的敬仰和崇拜就是草原游牧民族的核心文化的象征符号之一"①。

关于"成吉思汗"和英雄人物的各种仪式及活动，目前已趋于成熟化或规范化的倾向，这与现代国家的制度及文化遗产运作模式密切相关。例如，哈萨尔作为成吉思汗的弟弟，在蒙古族的社会历史上具有举足轻重的地位。哈萨尔被他的子孙后代推崇为茂明安、科尔沁等部的祖先，由此形成了祭拜哈萨尔的仪式活动。部分学者也提出"无论哪一个民族，其文化传统都是以自己的思想为核心和命脉的。汉文化传统是以儒家的'礼乐、仁义、忠恕'等思想为主，而西方文化崇尚的主要是利益、力量和理性等观念，而蒙古族传统文化崇尚的是约孙（=义理）观念、额耶观念（=和平）和奇颜（=英勇）精神等"②。不难发现，"成吉思汗""哈萨尔""江格尔""格斯尔"等一系列符号概念，与蒙古人的祖先崇拜、英雄崇拜、佛教观念以及仪式活动紧密相连，形成一种符号链的"文化圈"。

景观环境。蒙古语族习惯于游牧生活，不乏其这种生活体验的景观文化传统。相比之下，游牧文化者一般认为草地适合放牧，而农田文化者则认为绿草如茵的草原也适合农耕；这正是反映了不同语言民族对同一文化景观的"差异性理解"。正如蒙古学者札奇斯钦所指出，"一个民族文化的形成，是和孕育它的自然环境，有不可分的关系：它的发展，是由于那个自然环境的滋润"③。诚然，如果可把景观文化符号系统理解为对人类自身生命及环境的"密切关心"，那么正如贝尔格（Л. С. Еерр）等所言，景观可分为自然和文化景规两种。自然景观"是指在地形、气候、植被和土被的主要特征上相同的地区。即，景观是地形形态的一定的、有规律地重复的综合体或群集"。与此不同，文化景观是指"在形成过程中人类参与的景观"。"在文化景观中，人类及其文化的产物起了重要作用。"④ 所以说，人文或文化景观兼具自然和文

---

① 邢莉：《成吉思汗祭祀仪式的变迁》，载王霄冰、邱国珍主编《传统的复兴与发明》，知识产权出版社2011年版，第85页。
② 那仁敖其尔、赛音德力根：《成吉思汗与蒙古文化》，内蒙古文化出版社2007年版，第6页。
③ ［美］札奇斯钦：《蒙古文化概说》，中央文物供应社1986年版，第1页。
④ ［苏］贝尔格等：《景观概念和景观学的一般问题》，中山大学地质地理系编译，商务印书馆1964年版，第1—2页。

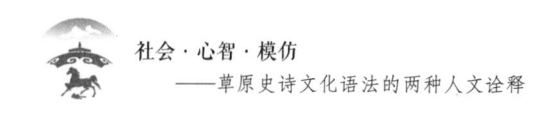

化两层的关系特征,与民族学景观(Ethnographic landscape)较为接近。

二 口传文化类型的理论视角

关键词或"概念"作为实践的见证或历史的表征,作为观念与批评的实体,当人们回顾特定时代的经验与现实时,它却不仅仅是某一方面的话语流向本身,而是甚至代表和凝聚了所有不同视角和角色声音的思考维度和观念力量。因为当某一概念被提出来,往往不是单一个体的独特声色之体现,而更多是某一历史性时代的问题、观念与批评等形式的总和。因此,概念一方面所代表的是问题、观念与批评之间的内在性关系;另一方面所表达的是这种关系在历史实践中如何得以呈现出来。所以,对于一些关键性概念的剖析与梳理,就是对单一或多线学术实践与观念总体进行分析的过程性总结,这种历史性研究和概念或观念的关系史研究都意味着学术史乃至理论史意义上的实践性过程与检验性考察。

口语文化类型的关键概念探讨,包括神话研究的"寻根"、传说研究的"记忆"、故事研究的"原型"与"形态学"、史诗研究的"母题"与"诗学"、胡仁·乌力格尔和好乐宝研究的"文化的交融"、民歌研究的"历史的情感"、祝赞词等文类研究的"语言的力量"等内容。这些关键概念性内容,始终关系到蒙古口头传统研究的各个领域中的核心问题,因而它们的历史及它们之间的关系史足以全面地体现出蒙古口头传统研究的整体概貌。换言之,关键概念可被视为"从宽广的相互关联"中"抽取出来的一些散落在各处的关键节点",在一定程度上"都具有持久的价值,代表了一定的思维方式,并且与特定的基本活动相关",所以,"将'概念'可视为由思想的力量形成的事物",亦是"常识、设想、思考和计划"。[①] 可以说,从过去的学术实践及活动中,归纳或演绎出口头文类研究的关键概念,对其概念背后的观念与批评史的轨迹、过程、演变进行剖析性的探索,从而勾勒蒙古口头传统研究的历史轨迹和整体概貌。

神话和传说研究的"寻根"和"记忆"概念。首先,"寻根"是神话的

---

① [英]拉波特等:《社会文化人类学的关键概念》,鲍雯妍、张亚辉译,华夏出版社2005年版,第2—3页。

第五章 结论：本土理论视野下的实践与反思

问题本身，同时也是神话研究的核心或根本论题。因而"寻根"首先也是人类自身所处自然的万物及自身的询问，然后才是关于文化的或其他问题的自我探询。卡西尔把神话视为哲学问题，从思维形式、直觉形式及生命形式三个方面入手，对其神话的结构、时间、空间及数等概念进行哲学意义上的分析。列维－斯特劳斯相信神话叙事背后深层的认识结构与二元对立模式，从"结构"和"寻根"的概念出发回答了这些问题。所以，"寻根"概念是神话研究的核心问题，也是文学、哲学、人类学、社会学及历史学等相关领域的重要议题。其次，凭借其"记忆"惯例，尽管人们认为神话和传说皆是真实的故事，但可以确定传说有人类凭借记忆留存下来的四大固定标准：时间、地点、人物和事件。在这一点上，传说确实有别于神话，因为神话里不能确定时间和地点，更不能确认具体人物和所发生的事件。"记忆"的概念犹如历史事件的最原本的记录，是传说本身的赖以传播的重要形式和途径，也是传说研究的核心论题。当我们提到"记忆"概念的时候，在脑海会浮现哈布瓦赫（M. Halbwachs）的《论集体记忆》和康纳顿（P. connerton）的《社会如何记忆》以及汤普森（P. Thompson）的《过去的声音——口述历史》等。因而，传说"记忆"是社会记忆和传播历史的最重要形式和途径，也是民俗学传说研究的中心话题。柳田国男在《传说论》中讲，传说有两级：文学和历史；信仰是传说的力量。最后，神话讲述的就是孰先孰后的问题，这应当与被人类当初所关注的对象之重要性有关，因为它很可能是整体的宇宙、人类的自身或是氏族的来源。当一旦神话内容开始失去无限或宏大特征时，神话讲起的是某一具体事物（动植物或自然现象）来源及相关故事，而不是整体概括的宇宙及世界万物。这就意味着，便出现了一些起源神话的衰落同时进入了产生大量的传说、史诗、民间故事（动植物故事及笑话）这一时期。一般认为（文本学讲述），人类应是属于世界万物之一，因而人类在最远古那时首先要讲起的还是个整体的、模糊的混沌性世界，有了这样的宏大想象基础，才能创造出其他的万物。也就说，步入神话发展的后期阶段，神话的主题仍包含着天地的创造、神仙的作用、人类和动植物的起源、自然现象、死、男女的性别、善与恶的起源等，概而言之，把神仙和灵魂当作主人公讲述并流传着。[①] 因

[①] ［日］村上重良：『世界宗教事典』，讲谈社，昭和六十二年，第22页。

此，神话的标准应该是：（1）有没有解释性（最初的）；（2）有没有内容的完整性；（3）有没有讲述对象的整体性；（4）主要人物是不是神或具有神性；（5）是不是久远过去的；（6）对于民众的可信度是如何。

关于神话的界定与分类，首先要被人问及的应当是唯一线性的，也就是神话是什么，神话本身的内在类型是什么；或与其他叙述故事相区别的外在范式是什么？据此发现，其界定仍是众说纷纭的。一般来讲，世界上没有那么多的神话（独立存在的——引者）。即，在每一种文化之中只有数量有限的神话，相比之下，却有许许多多民间故事。① 譬如，有些学者认为神话是主要产生于原始社会的关于神的故事。内容神奇而荒诞，具有浓厚的浪漫性，仍是远古人类生活的曲折反映。② 芬兰学者劳里·航柯（L. Honko）指出，神话是关于神祇们的故事，是一种宗教性的叙述，涉及宇宙起源、创世、重大的事件以及神祇们的典型的行为，而行为的结果则是那些至今仍在的宇宙、自然、文化及一切由此而来的东西，它们被创造出来并被赋予了秩序。③ 加斯特（T. H. Gaster）却（从宗教崇拜的角度）认为，神话是一种观念的表达方式（借助观念来表达行为），在这种表述中一切都具有两种特性：一方面是暂时的、直接的；另一方面是永恒的、超越的（把神话视为一种独特的语言现象，即与一种故事类型的观点相对立）。④ 普列汉诺夫（Г. В. Плеханов）更简略地提出，神话是回答为什么和怎么样这两个问题的故事。⑤ 此外，值得关注的是英国学者柯克（G. S. Kirk）关于神话的阐释归类。⑥ 因为，神话无论是"神奇荒诞的曲折反映"，还是"宗教性叙述—事件、行为—结果—秩序""观念表达方式""某一起源、过程的阐释"，这些观点都从不同的侧重点出发总体上讲述到了神话的某些特征。威廉·巴斯科姆（W. Bascorn）就认为："神话

---

① ［美］邓迪斯编：《西方神话学读本》，朝戈金等译，广西师范大学出版社2006年版，第6—7页。
② 马学良：《中国少数民族文学史》（修订本），中央民族大学出版社2001年版，第62页。
③ ［美］邓迪斯编：《西方神话学读本》，朝戈金等译，广西师范大学出版社2006年版，第61页。
④ ［美］邓迪斯编：《西方神话学读本》，朝戈金等译，广西师范大学出版社2006年版，第138—139页。
⑤ 刘守华、巫瑞书：《民间文学导论》，长江文艺出版社2001年版，第206—207页。
⑥ ［美］邓迪斯编：《西方神话学读本》，朝戈金等译，广西师范大学出版社2006年版，第67—68页。

第五章 结论：本土理论视野下的实践与反思

是散体故事，在讲述它的社会中，它被认为是发生于久远过去的真实可信的事情。"① 因为以上界定不仅对神话给出了一个普遍意义的假设，而且在神话和其他叙述范式之间划出了界限。

学界一般认为，神话学有寓意派、历史派、语言疾病论、自然现象的拟人化论、神话—仪式派、精神分析派、结构主义派等。首先，寓意派和历史派源于哲学论断。**寓意派**：希腊哲学家色诺芬尼（Xenophances）提出神话是寓意的论断，意义如同哲学本体论所说现实对本体的模仿。寓意派主张理念或神是永恒的和唯一的，而不是产生出来的，这个神就是宇宙。因为诗人所说的神是虚构的，不是真正的神，所以神话也不是真实的故事。② **历史派**：古希腊哲学家欧赫迈罗斯（Euhemerus）认为，神话"不是一种秘传的哲学（esoteric philosophy），而是一种筛选了的历史（garbled history）"。他确信，神话描述的人物无疑都是真实存在过的重要历史人物。在古代，"英雄、酋长、祭司、巫师等死后受到人们的怀念和崇拜，于是这些现实中存在过的人物就变成了神话人物"③。

其次，语言疾病论融合了宗教学和语言学的传统。**语言疾病论**：按照麦克斯·缪勒（Max Muller）的看法，神话是因语言疾病（A disease of language）引起的结果。神话起源于人类直觉和本能的反应和表达，缺乏理性或逻辑的抽象思考。可以说，神话的用语先于它的思想，如"性别（gender）、一词多义（polynymous）、多词同义（synonymy）、隐喻（metaphor）等，所有这些语言学中的问题造成了神话意义的费解"④。以上是神话即语言疾病说⑤的基本论断。

其三，自然现象的拟人化论、神话—仪式派和结构主义派均属于社会或文化人类学视角的阐释基础。**自然现象的拟人化论**：拉德克利夫-布朗发现，

---

① ［美］邓迪斯编：《西方神话学读本》，朝戈金等译，广西师范大学出版社2006年版，第10页。
② 朱狄：《原始文化研究——对审美发生问题的思考》，生活·读书·新知三联书店1988年版，第652—653页。
③ 朱狄：《原始文化研究——对审美发生问题的思考》，生活·读书·新知三联书店1988年版，第657—658页。
④ 朱狄：《原始文化研究——对审美发生问题的思考》，生活·读书·新知三联书店1988年版，第666页。
⑤ ［美］麦克斯·缪勒：《比较神话学》，金泽译，上海文艺出版社1989年版。

在安达曼人的神话中有一种"自然现象拟人化"（personi — fication of natural phenomena）的实例。自然现象的"某些特征被看作和人的行为相一致的，甚至把某一种自然现象完全和人等同起来"①。这与列维—布留尔的原始"互渗律"和维柯的"以己度物"和类思维有相似之处。**神话—仪式理论**：除了哈里森（J. E. Harrison）的神话—仪式论②、弗莱（Northrop Frye）的神话—原型批评③、弗雷泽（J. G. Frazer）和杰克·古迪（Jack Goody）等的神话—仪式理论④之外，拉格伦（Lord Raglan）认为神话并非源于人们对真正历史想象的认真对待，而在绝大多数的情况下均出于仪式和行动关联起来的事件记忆。鉴于胡克（S. H. Hooke）的观点，拉格伦还指出"任何一个历史事件，单凭记忆，最长也不可能超过150年"，可以说，一个神话只能被定义为"一个和仪式相关的故事"，神话是"仪式中说话的一部分"。⑤ **结构主义理论**：列维—斯特劳斯的结构主义神话论⑥认为，"神话素"（mythemes）是神话讲述中真正起主导作用的单位，接近语言学家所论述的语音素。神话像语言一样，"都是由一些组成单位构成的"⑦。神话素作为最小意义的构成单位和作用单位，对某一个神话的所有变体来说是普遍存在的，所以神话的结构建立在这些神话素的内在关系及二元转化原理之上。除了以上三种神话理论，人类学家泰勒（Edward B. Tylor）、安德鲁·兰（或郎）（Andrew Lang）等提出过"文明进化导致了神话退化"——心理一致说⑧；人类学功能主义者马林诺夫斯基（B. K. Malinowski）认为神话即族群宪章（charter）⑨，等等。

---

① 朱狄：《美学·艺术·灵感》，武汉大学出版社2007年版，第123页。
② ［英］哈里森：《古代艺术与仪式》，刘宗迪译，生活·读书·新知三联书店2008年版。
③ ［加］弗莱：《批评的剖析》，陈慧译，北京大学出版社2021年版。
④ ［英］弗雷泽：《金枝》，汪培基等译，商务印书馆2019年版。［英］杰克·古迪：《神话、仪式与口述》，李源译，中国人民大学出版社2014年版。
⑤ 朱狄：《美学·艺术·灵感》，武汉大学出版社2007年版，第129—130页。
⑥ ［法］列维—施特劳斯：《结构人类学——巫术·宗教·艺术·神话》，陆晓禾等译，文化艺术出版社1989年版。另见《神话学——从蜂蜜到烟灰》，周昌忠译，中国人民大学出版社2007年版；《神话学——餐桌礼仪的起源》，周昌忠译，中国人民大学出版社2007年版；《神话学——裸人》，周昌忠译，中国人民大学出版社2007年版。
⑦ 朱狄：《美学·艺术·灵感》，武汉大学出版社2007年版，第139页。
⑧ ［英］泰勒：《原始文化——神话、哲学、宗教、语言、艺术和习俗发展之研究》，连树声译，上海文艺出版社1992年版。
⑨ ［英］马林诺夫斯基：《巫术科学宗教与神话》，李安宅译，上海社会科学院出版社2016年版。

第五章　结论：本土理论视野下的实践与反思

最后，精神分析理论属于心理学研究范式。**精神分析论：**与梦境一样，神话是由原型的形象化或象征化构成，而不是由原型自身所直接构成的。梦和其他幻想形式，加上神话统统都是集体无意识的产物，它"通过把具体的对象和事件作为一种象征化了的语言来陈述它自身"。完成这一点不能任意地选择，而取决于原型自己形成的特定转化方式，即原型承载着人类的无数次重复经验这一沉积物。神话是"原型的一种重要表现方式，是揭示人类灵魂最早的记录"。①

史诗研究的"母题"与"诗学"概念和胡仁·乌力格尔、好乐宝研究的"文化的交融"概念。其一，史诗研究分四个方面：（1）传统文学历史学的研究，把脱离语境的史诗文类视作纯文学作品来看待，对其史诗文类的题材、内容、主题及艺术特征等方面进行了简单的分析性研究，甚至仅仅停留于作品的介绍或相关界定等。（2）母题类型学研究，是深受俄苏学者及德国学者的影响而形成的一种研究趋势，又是传统文学历史学研究的延续和发展。主要有历史—地理学派的 AT 分类法等。（3）古典美学的诗学研究，即蒙古史诗的诗学研究历来就是一个热门话题，也是一种难点问题。理论源头，还包括亚里士多德《诗学》的行动和情节——完整统一论、维柯《新科学》的诗性智慧和诗性地理等。（4）口头诗学研究，是 2000 年以后中国史诗尤其是蒙古史诗研究领域获得重大进展的一种突破。主要理论译著有《口头诗学——帕里-洛德理论》《故事的歌手》等。话说回来，学术思想个案的研究对象自然不是民间意义上的"田野资料"，相反地是指行业实践意义上的"学术资料"。因而，学术个案分析的书写不仅观照"乡间田野"中的民众的和地方性的"智识"与"观念"，也注重考察"学术田野"中学者们的"实践""经验""探索"，以及"观念""批评""思想"之知识谱系。

其二，在讲唱风格上，胡仁·乌力格尔、好乐宝的情况与史诗演唱的程序十分接近，但作为独立性较强的文类，除了史诗研究方法之外，还可以通过"文化的交融"概念和视角来拓展其相关探究。比如，与其以上诸多的蒙古口头传统研究相似，说唱艺术的研究也大约始于 20 世纪五六十年代，研究工作的开始与蒙古族当代说书艺人们的演唱活动有着紧密联系。

---

① 朱狄：《美学·艺术·灵感》，武汉大学出版社 2007 年版，第 136—137 页。

故事研究的"起源"与"形态学"概念。其与历史—地理学派的类型学方法、流传学派理论、文化人类学方法、结构—形态学、展演理论等多元视角探究有关，代表性理论有普罗普的《故事形态学》《神奇故事的历史根源》等。这类研究应从概念范畴的角度出发，对其概念背后的观念与批评史的轨迹、过程、演变进行剖析的分析性探索，而不是基于思想史、发展史或编年史模式的描述性研究。这是方法论意义上的范式转换的问题，通用于蒙古民俗学的学术史实践。另外，这项工作可在以下层面上展开：一是着眼于概念的内涵与外延关联，对其概念背后的观念与批评史的轨迹、过程、演变进行剖析的分析性研究。这又是方法论意义上的宏观与微观视角的综合问题，主要用于具体问题的实例性分析。二是立足于民俗学本学科的视角或视域，对其概念及背后的观念问题进行本体论意义上的分析性研究。这种视角和方法本身最终还是属于剖析问题的宏观范畴。

民歌研究的"历史情感"概念和祝赞词等文类研究的"语言的力量"概念。过去，民俗学研究基本上是立足于文学研究视角和方法的书写范式，而不是站在真正民俗学学科的本体论意义上的探索和研究。前者属于"局外"或"他者"视域的范例，而后者更适合于"局内"或"自我"视域的范畴。所以，要做的正是这种"局内"或"自我"视域的探索，而不是那种"局外"或"他者"视域的研究。这无疑是长期以来困扰着蒙古学的研究视角或视域的转换问题，也是中国民俗学学术史研究中的亟待解决的重要问题，尤其适合于蒙古民俗学学术史研究的现实状况。换句话说，学术史研究的材料一般来源于以往的或已为过去的学术实践与经验性成果，而主要材料则来自蒙古族口头传统研究的学术实践和研究成果。这些材料由期刊文论、学术著作及相关论集等构成。在此，特别需要指出或阐明的是代表性著作，它不仅是资料的主要来源之一，而且很可能是所有材料的最根本的基础。

一部好的学术史专著应具备不仅"汇集了不同学者的思想，同时又是一部作者个人的作品"的特点。[①] 这种工作的意义在于，通过打破那些孤苦伶仃的观念壁垒，探询沉寂已久的概念背后的事实脉络，回顾学科历史上的得与

---

① ［美］赫兹菲尔德：《什么是人类常识——社会和文化领域中的人类学理论实践》，刘珩、石毅、李昌银译，华夏出版社2005年版。

失，展望学科发展的未来趋势，总结过去的经验而汲取前进的养分，并为学术实践的探索平台提供一个问题式的经验现实与思路框架。因此，学术思想个案探索的实际价值应在于对其学术实践与活动现象进行总结剖析的同时，还不断提出新的问题，尽所能及地解决其困境，推进学科本身的发展与进步。正如道格拉斯（M. Douglas）所言，学术史的研究并不是要讲述学科的"从何而来"，而它告诉的是学科"目前的发展状况"以及"将往何处去的问题"。①

三 作为文化语法的社会行动·文化心智之模仿

本书紧扣有关社会行动·文化心智模仿视角的两项论证工作，试图阐明作为文化语法的相关原理及其构架。书中首次系统梳理和勾勒了草原史诗的类型学和诗学课题各自形成的人文谱系、诠释路径及核心原理，并借此试图纠正有关民间文艺论即"文学或艺术源于生活，同时又高于生活"这一表现·反映说的假设错位及偏差理解；进而把类型学和诗学问题的文学化解读这一传统模式置于各类特定或本土（native）民俗事项互为交错的整体文化语境中加以观察，论证了其如何转化成为智识体系内部生成的文化语法模型这一过程。

本书还借鉴草原史诗学的案例分析和类型逻辑·模仿论框架，指出社会拟剧论Social Dramatic Theory所倡导拟剧构想（尤其是维克多·特纳和欧文·戈夫曼等）的颠倒过程之假设问题，纠正了由此形成的本体假设范畴及其误差判断；进而认为维克多·特纳、欧文·戈夫曼、格尔兹和理查德·鲍曼等拟剧假说均把社会或文化看作艺术或剧场的表演或展演过程，从本质上说是错位的或站不住脚的。

文化的语法虽然看似源于认知和语言的思维活动，但事实上它植根于包括语言艺术、神话历史、宗教民俗、天文历法和仪式庆典等在内的多重文化资源。在此，文化语法是指特定文化的语法框架，接近C. 克拉克洪所说第二种用意上的含义。也就是说，尽管哈夫洛克用列维—斯特劳斯、利奇的比喻法解释了语言艺术和文化系统之间的关系，但巴·布林贝赫和仁钦道尔吉两

---

① ［美］赫兹菲尔德：《什么是人类常识——社会和文化领域中的人类学理论实践》，刘珩、石毅、李昌银译，华夏出版社2005年版。

位学者所勾勒的文化语法构架基本遵循其经验主义色彩的人文阐释路径，实则与列维—斯特劳斯等说深层结构的文化语法本体——纯粹形而上之含义有一定的区别。据笔者考证发现，史诗类型学（仁钦道尔吉）所遵循的是社会行动模仿的文化语法逻辑，而史诗诗学（巴·布林贝赫）所依赖的是文化心智模仿的本土语法逻辑。按照柏拉图的类型逻辑理解，现实对于理念的模仿，是与文学或艺术对于现实的模仿一样的。以此断言，尽管文学或艺术必定是社会化或文化化的，但反过来说，社会或文化绝不是单纯拟剧化的或艺术化的。因此，在社会拟剧理论 Social Dramatic Theory 方面，"社会戏剧"（维克多·特纳）、"社会拟剧"（欧文·戈夫曼）、"剧场国家"（格尔兹）和"艺术表演或展演"（理查德·鲍曼）等学说均把社会或文化看作艺术或剧场的表演或展演过程，事实上，从本质上说这种做法是错位的，至少是降格的或并不成立的。这种误区产生与"文学或艺术源于生活，同时又高于生活"的表现·反映假说理解没什么两样。笔者坚信，如果说社会戏剧或拟剧是必定存在的，那么它只存在于文学或艺术本体的元领域里。与此相同，C. 克拉克洪在《人类学与古典学》一书中提出"文化语法"的解说构想，其包括源于语言的特定文化语法和文化本身的一般语法构架。列维—斯特劳斯强调"文化语法"的重要性，认为在人类行动或社会实践背后存在有一种心智"深层结构"——一套潜意识的认知模式。格尔兹所强调的"文化语法"侧重于文化的意义之网及其解释；而利奇、萨林斯、维克多·特纳、亚历山大等所理解的"文化语法"则着眼于结构或解构主义意义上的用法。正如杜兰蒂所言，民族志研究者通过对文化的系统研究已经创立了"文化语法"研究范式。

此外，在谈论无文字社会中的史诗功能问题时，古典学者哈夫洛克借鉴利奇《自己与他者》中的观点，也注意到了"文化系统的排序……正如语言系统的结构……我们的问题是探寻其他文化语法"这一普遍原理。不难发现，该书在以下两点问题上提出了具有理论价值的检验性推论。一是，据笔者考证发现，史诗类型学所遵循的是社会行动模仿的文化语法逻辑，而史诗诗学所依赖的是文化心智模仿的本土语法逻辑。如果说社会戏剧或拟剧是必定存在的，那么它只存在于文学或艺术本体的元领域里。也就说，尽管文学或艺术必定是社会化或文化化的，但反过来说社会或文化绝不是单纯拟剧化的或艺术化的。上述推理论证对社会拟剧论的假设检验及其重新认识具有极强的

第五章 结论：本土理论视野下的实践与反思

理论价值。二是，该成果视类型学和诗学问题的人文诠释路径为有关特定（native）民俗事项研究这一智识构建过程本身的内部模型和一般性问题，进而揭示了其作为文化语法探索的民俗传承逻辑及内部生成规律。因此，笔者认为与 C. 克拉克洪、列维—斯特劳斯、利奇和哈夫洛克等所说的普遍文化语法本体视角不同，巴·布林贝赫和仁钦道尔吉两位学者所提出的民俗或民间文化语法构架主要起因于当地或本土文化传统的内部经验主义观察。以上论证判断对其民俗学及表现·反映假说的科学检验和客观认识具有较高的理论价值。

参考文献

一 蒙古文论文

巴·布林贝赫：《布里亚特〈格斯尔〉的独特性》，《内蒙古大学学报》1993年第4期。

巴·布林贝赫：《蒙古英雄史诗的意象格律问题》，《花的原野》1997年第2期。

巴·布林贝赫：《蒙古英雄史诗的宇宙模式》，《内蒙古社会科学》1996年第6期。

巴·布林贝赫：《蒙古英雄史诗中马文化及马形象的整一性》，《内蒙古大学学报》1992年第1期。

巴·布林贝赫：《英雄主义诗歌（一）》，《内蒙古大学学报》1989年第4期。

巴·布林贝赫：《英雄主义诗歌（二）》，《内蒙古大学学报》1990年第1期。

仁钦道尔吉：《〈江格尔〉与蒙古英雄史诗传统》，《蒙古语言文学》1987年第3期。

仁钦道尔吉：《论巴尔虎英雄史诗的产生、发展和演变》，《蒙古语言文学》1981年第1期。

仁钦道尔吉：《论〈江格尔〉的产生年代》，《内蒙古大学学报》1988年第2期。

仁钦道尔吉：《论中国境内蒙古英雄史诗》，《蒙古语言文学》1989年第1期。

仁钦道尔吉：《蒙古史诗产生的发祥地考》，《内蒙古社会科学》1985年第4期。

仁钦道尔吉：《蒙古史诗的情节结构的发展》，《内蒙古大学学报》1986年第

1期。

仁钦道尔吉：《新疆〈江格尔〉与江格尔奇》，《内蒙古师范大学学报》1984年第2期。

仁钦道尔吉：《中国阿尔泰语系民族的英雄史诗——英雄故事中的勇士和蟒古斯形象》，《内蒙古师范大学学报》1990年第1期。

仁钦道尔吉：《〈江格尔〉与蒙古英雄史诗传统》，《蒙古语言文学》1987年第3期。

玉明：《巴·布林贝赫诗学研究》（蒙古文），博士学位论文，内蒙古大学，2005年。

塔亚：《新疆江格尔齐研究》（蒙古文），博士学位论文，内蒙古大学，2001年。

二　汉文论文

朝戈金：《口头诗学的文本观》，《文学遗产》，2002年第3期；《论口头文学的接受》，《文学评论》，2022年第4期。

赵鼎新：《论机制解释在社会学中的地位及其局限》，《社会学研究》，2020年第2期。

朝戈金：《国际史诗学若干热点问题评析》，《民族艺术》2013年第1期。

邓池君：《〈蒙古英雄史诗源流〉一书出版》，《内蒙古大学学报》（人文社会科学，汉文版）2001年第1期。

弗里：《口头程式理论——口头传统研究综述》，朝戈金译，《民族文学研究》1997年第1期。

傅中丁：《巴·布林贝赫史诗诗学的研究方法》，《民族文学研究》2000年第1期。

呼日勒沙、甘珠尔扎布：《〈江格尔〉研究的一部佳作——简论仁钦道尔吉教授〈江格尔〉论一书》，《民族文学研究》1996年第4期。

呼日勒沙：《蒙古英雄史诗资料建设的里程碑——关于〈蒙古英雄史诗大系〉》《内蒙古社会科学》（汉文版）2011年第3期。

仁钦道尔吉：《关于蒙古史诗的类型研究》，《民族文学研究》1985年第4期。

仁钦道尔吉：《关于中国阿尔泰语系民族英雄史诗、英雄故事的一些共性问

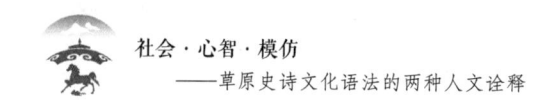

题》,《民族文学研究》1989 年第 6 期。

仁钦道尔吉:《略论〈江格尔〉的主题和人物》,《民族文学研究》1983 年创刊号。

仁钦道尔吉:《略论〈玛纳斯〉与〈江格尔〉的共性》,《民族文学研究》1995 年第 1 期。

仁钦道尔吉:《论巴尔虎英雄史诗的产生、发展和演变》,《文学遗产》1981 年第 1 期。

仁钦道尔吉:《蒙古史诗类型研究现状》,《蒙古学资料与情报》1985 年第 1 期。

仁钦道尔吉:《评〈江格尔〉里的洪古尔形象》,《文学评论》1978 年第 2 期。

仁钦道尔吉:《萨满教与蒙古英雄史诗》,《民族文学研究》2001 年第 4 期。

仁钦道尔吉:《我的学术研究道路》,《西部蒙古论坛》2011 年第 3 期。

史克:《中国史诗研究正走向世界——中国史诗研究丛书首发式暨学术座谈会综述》,《民族文学研究》2000 年第 4 期。

图·巴特尔:《畅游诗海的人——记著名蒙古族诗人巴·布林贝赫教授》,《内蒙古宣传》2000 年第 7 期。

文学研究所民间文学组编:《蒙古族英雄史诗专辑—前言》,《民间文学资料》(第 1 集) 1978 年。

苏尤格:《著名诗人巴·布林贝赫及他的诗学理论》,《内蒙古民族大学学报》(社会科学,汉文版) 2008 年第 6 期。

张辰:《巴·布林贝赫诗论的美学思想》,《民族文学研究》1991 年第 4 期。

三 日文论文

[日] 佐藤洋子:『「文明」と「文化」の変容』、『早稲田大学日本語研究教育センター紀要 3』1991 年。

[日] 津城寛文:『日本の深層文化と宗教』、國學院大學博士論文、2000 年。

四 蒙古文著作

巴·布林贝赫:《蒙古英雄史诗的诗学》,内蒙古教育出版社 1997 年版。

巴·布林贝赫:《蒙古族诗歌美学论纲》,内蒙古人民出版社 1991 年版。

朝克吐：《胡仁·乌力格尔研究》，民族出版社2002年版。

包金刚：《说书艺人与胡仁·乌力格尔、好乐宝、叙事民歌》，内蒙古人民出版社2006年版。

铁安：《蒙古民间魔法故事类型研究》，内蒙古人民出版社2007年版。

宝音贺嘉格编：《蒙古族历史传说》，内蒙古人民出版社1982年版。

杜力玛：《蒙古神话形象》（蒙古文），苏尤格等转写，内蒙古文化出版社1998年版。

［蒙古］嘎拉森：《布里亚特传说渊源》，内蒙古人民出版社2013年版。

［蒙古］哈·桑普乐丹德布：《蒙古传说大系》，内蒙古人民出版社2007年版。

胡格吉夫：《蒙古民间文学艺术形象研究》，民族出版社2004年版。

呼日勒沙：《蒙古神话传说的文化研究》，辽宁民族出版社2004年版。

呼日勒沙：《蒙古神话新探》，民族出版社1996年版。

那木吉拉：《蒙古神话比较研究》，民族出版社2001年版。

仁钦道尔吉：《英雄希林嘎拉珠》，黑龙江人民出版社1978年版。

斯钦孟和主编、阿拉德尔吐整理注释：《蒙古族古今文学精粹——民间故事卷》，内蒙古人民出版社2017年版。

特古斯巴雅尔编：《成吉思汗的传说》，内蒙古人民出版社1998年版。

那顺巴雅尔：《蒙古文学叙事模式及其文化蕴涵》，内蒙古教育出版社2002年版。

德·僧格仁钦编：《蒙古族神话选》，内蒙古教育出版社1990年版。

斯琴孟和：《蒙古民间故事类型学导论》，民族出版社出版2011年版。

斯琴孟和：《蒙古族祝颂词的多层次文化内涵》，民族出版社2000年版。

特·那木吉拉：《卫拉特民俗与民间文学的关系研究》，新疆人民出版社2004年版。

杨·巴雅尔：《蒙古民间文学基本体裁与马形象文化学研究》，内蒙古教育出版社2005年版。

五 汉文著作

［美］谢宇：《社会学方法与定量研究》（第二版），社会科学文献出版社2012年版。

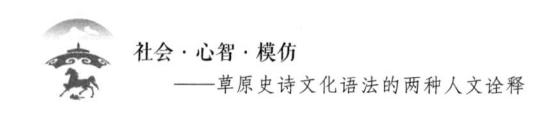

李亦园：《李亦园自选集》，上海教育出版社2002年版。

朱元发：《涂尔干社会学引论》，远流出版社1988年版。

朝戈金：《口传史诗诗学——冉皮勒〈江格尔〉程式句法研究》，广西人民出版社2000年版。

陈泳超：《背过身去的大娘娘——地方民间传说生息的动力学研究》，北京大学出版社2015年版。

陈泳超：《尧舜传说研究》，南京师范大学出版社2000年版。

陈泳超：《中国民间文学研究的现代轨辙》，北京大学出版社2005年版。

程蔷、吕微、祁连休等：《中国民间文学史》，河北教育出版社2008年版。

程蔷：《中国识宝传说研究》，上海文艺出版社1986年版。

高丙中：《民间文化与公民社会——中国现代化历程的文化研究》，北京大学出版社2008年版。

高丙中：《民俗文化与民俗生活》，中国社会科学出版社1994年版。

何星亮：《中国自然崇拜》，江苏人民出版社2008年版。

黄石，玄朱，谢六逸等：《神话研究——中国神话研究ABC 神话学ABC 神话杂论》，载《民国丛书》第4编59文学类，上海书店1992年版。

降边嘉措：《格萨尔论》，内蒙古大学出版社1999年版。

郎樱：《〈玛纳斯〉论》，内蒙古大学出版社1999年版。

李扬：《中国民间故事形态研究》，中国社会科学出版社2015年版。

林继富：《中国民间故事讲述研究》，中国社会科学出版社2013年版。

凌继尧、徐恒醇：《西方美学史（一卷）》，中国社会科学出版社2005年版。

刘守华、巫瑞书：《民间文学导论》，长江文艺出版社2001年版。

刘守华：《中国民间故事史》，商务印书馆2012年版。

刘守华主编：《中国民间故事类型研究》，华中师范大学出版社2002年版。

刘锡诚：《20世纪中国民间文学学术史》，河南大学出版社2006年版。

马学良：《中国少数民族文学史》，中央民族大学出版社2001年版。

那木吉拉：《中国阿尔泰语系诸民族神话比较研究》，学习出版社2010年版。

那仁敖其尔、赛音德力根：《成吉思汗与蒙古文化》，罗思奇译，内蒙古文化出版社2007年版。

祁连休：《中国古代民间故事类型研究》（上中下卷），河北教育出版社2007

年版。

潜明兹：《中国神话学》，上海人民出版社2008年版。

仁钦道尔吉：《〈江格尔〉论》，内蒙古大学出版社1994年版；《〈江格尔〉论》，内蒙古大学出版社1999年版。

仁钦道尔吉：《蒙古英雄史诗源流》，内蒙古大学出版社2001年版。

仁钦道尔吉：《中国少数民族英雄史诗〈江格尔〉》，浙江教育出版社1990年版（修订1996年版）。

萨仁格日勒：《蒙古史诗生成论》，中央民族大学出版社2001年版。

色音：《中国萨满文化研究》，民族出版社2011年版。

斯钦巴图：《江格尔与蒙古族宗教文化》，内蒙古人民出版社1999年版。

斯钦巴图：《蒙古史诗——从程式到隐喻》，民族出版社2006年版。

万建中：《禁忌与中国文化》，人民出版社2001年。

万建中：《民间文学引论》，北京大学出版社2006年版。

万建中：《20世纪中国民间故事研究史》，北京师范大学出版社2011年版。

万建中：《中国禁忌史》，武汉大学出版社2016年版。

王娟：《民俗学概论》，北京大学出版社2002年版。

王铭铭编：《中国人类学评论》（第22辑），世界图书北京出版公司2012年版。

王宪昭：《中国民族神话母题研究》，民族出版社2006年版。

乌日古木勒：《蒙古突厥史诗人生礼仪原型》，民族出版社2007年版。

乌兰杰：《蒙古族音乐史》，内蒙古人民出版社1999年版。

萧放：《〈荆楚岁时记〉研究——兼论传统中国民众生活中的时间观念》，北京师范大学出版社2000年版。

萧放：《岁时记与岁时观念》，华中师范大学出版社2019年版。

王霄冰、邱国珍主编：《传统的复兴与发明》，知识产权出版社2011年版。

杨恩洪：《民间诗神——格萨尔说唱艺人研究》，中国藏学出版社1995年版。

杨利慧等：《现代口承神话的民族志研究——以四个汉族社区为个案》，陕西师范大学出版社2011年版。

叶舒宪：《玉石神话信仰与华夏精神》，复旦大学出版社2019年版。

袁珂：《中国神话史》，重庆出版社2007年版。

岳永逸：《空间、自我与社会——天桥街头艺人的生成与谱系》，中央编译出版社 2007 年版。

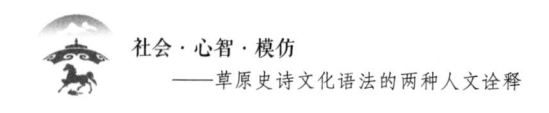

赵世瑜：《眼光向下的革命——中国现代民俗学思想史论（1918—1937）》，北京师范大学出版社 1999 年版。

中国社科院文学所文艺理论室编：《美学论丛》（10），文化艺术出版社 1989 年版。

朱狄：《美学·艺术·灵感》，武汉大学出版社 2007 年版。

朱狄：《原始文化研究——对审美发生问题的思考》，生活·读书·新知三联书店 1988 年版。

朱光潜：《西美学史》，人民文学出版社 2002 年版。

六　汉语译著

［法］涂尔干：《社会分工论》，渠东译，生活·读书·新知三联书店 2000 年版。

［德］滕尼斯：《共同体与社会》，张巍卓译，商务印书馆 2020 年版；滕尼斯：《共同体与社会——纯粹社会学的基本概念》，林荣远译，商务印书馆 1999 年版。

［日］祖父江孝男：《简明文化人类学》，季红真译，作家出版社 1987 年版。

［美］沃尔特·翁：《口语文化与书面文化——语词的技术化》，何道宽译，北京大学出版社 2008 年版。

［法］迪尔凯姆（涂尔干）：《社会学方法的规则》，胡伟译，华夏出版社 1999 年版。

［法］塔尔德：《模仿律》，何道宽译，中国人民大学出版社 2008 年版。

［法］列维-斯特劳斯：《神话学——生食和熟食》（含《神话学——从蜂蜜到烟灰》、《神话学——餐桌礼仪的起源》、《神话学——裸人》），周昌忠译，中国人民大学出版社 2007 年版。

［英］弗雷泽：《金枝——巫术与宗教之研究》，徐育新、汪培基等译，大众文艺出版社 1998 年版；商务印书馆 2019 年版。

［法］毛斯（莫斯）：《社会学与人类学》，佘碧平译，上海译文出版社 2003 年版。

［加］麦克卢汉（Marshall McLuhan）：《理解媒介——论人的延伸》（英文初版

1964)，何道宽译，商务印书馆 2000 年；麦克卢汉：《谷登堡星汉璀璨——印刷文明的诞生》，杨晨光译，北京理工大学出版社 2014 年。

［英］亚瑟·布雷德利（Arthur Bradley）：《导读德里达》，重庆大学出版社 2019 年版。

［美］伯克（Michael s. Lewi-Bck）、布里曼（AlanBryman）、廖福挺（Tim Fu-ting Liao）（编）：《社会科学研究方法百科全书》（第 2 卷），沈崇麟等译，重庆大学出版社 2017 年版。

［美］谢宇：《回归分析》，社会科学文献出版社 2010 年版。

［美］A. 班纳（Adrian Banner）：《普林斯顿微积分读本》（修订版），杨爽、赵晓婷、高璞译，人民邮电出版社 2016 年版。

［奥］维特根斯坦：《逻辑哲学论》，贺绍甲译，商务印书馆 1996 年第一版（2005 印刷）；另见维特根斯坦《逻辑哲学论》，郭英译，商务印书馆 1962 年版（1985 年印刷）。

［美］克莱因（Morris Kline）：《西方文化中的数学》，张祖贵译，商务印书馆 2020 年版。

［美］维克多·特纳：《戏剧、场景及隐喻——人类社会的象征性行为》，刘珩等译，民族出版社 2007 年版。

［美］欧文·戈夫曼：《日常生活中的自我呈现》，黄爱华等译，浙江人民出版社 1989 年版。

［美］格尔兹：《尼加拉——十九世纪巴厘剧场国家》，赵丙祥译，上海人民出版社 1999 年版。

［美］理查德·鲍曼：《作为表演的口头艺术》，杨利慧等译，广西师范大学出版社 2008 年版。

［美］安东尼·史蒂文斯：《二百万岁的自性》，杨韶刚译，中国社会科学出版社 2003 年版。

［英］安德鲁·本尼特、尼古拉·罗伊尔：《关键词——文学、批评与理论导论》，汪正龙、李永新译，广西师范大学出版社 2007 年版。

［苏］贝尔格等：《景观概念和景观学的一般问题》，中山大学地质地理系编译，商务印书馆 1964 年版。

［英］博尔尼：《民俗学手册》，程德祺等译，上海文艺出版社 1995 年版。

［日］川田稔：《柳田国男描绘的日本——民俗学与社会构想》，郭连友等译，外语教学与研究出版社 2008 年版。

［日］村上重良：『世界宗教事典』，讲谈社，昭和六十二年。

［美］邓迪斯编：《世界民俗学》，陈建宪、彭海斌译，上海文艺出版社 1990 年版。

［美］邓迪斯编：《西方神话学读本》，朝戈金等译，广西范大学出版社 2006 年版。

［美］丁乃通：《中国民间故事类型索引》，段宝林等译，华中师范大学出版社 2008 年版。

［美］恩格斯：《家庭、私有制和国家的起源》，人民出版社 1972 年版。

［苏］梅列金斯基：《英雄史诗的起源》，王亚民等译，商务印书馆 2007 年版。

［德］卡西尔：《符号、神话、文化》，李小兵译，东方出版社 1988 年版。

［德］卡西尔：《国家的神话》，范进等译，华夏出版社 2003 年版。

［德］卡西尔：《神话思维》，黄龙保等译，中国社会科学出版社 1992 年版。

［英］泰勒：《原始文化——神话、哲学、宗教、语言、艺术和习俗发展之研究》，连树声译，上海文艺出版社 1992 年版。

［挪威］巴特等：《人类学的四大传统》，高丙中等译，商务印书馆 2008 年版。

［日］福田亚细男：《日本民俗学方法序说——柳田国男与民俗学》，於芳、王京、彭伟文译，学苑出版社 2010 年版。

［美］穆尔：《人类学家的文化见解》，欧阳敏等译，商务印书馆 2009 年版。

［美］布鲁范德：《美国民俗学》，李杨译，汕头大学出版社 1993 年版。

［美］费里：《口头诗学——帕里—洛德理论》，朝戈金译，社会科学文献出版社 2000 年版。

［英］哈夫洛克：《希腊人的正义观——从荷马史诗的影子到柏拉图的要旨》，邹丽等译，华夏出版社 2016 年版。

［美］威尔默：《可理解的荣格——荣格心理学的个人方面》，杨韶刚译，东方出版社 1998 年版。

［英］哈里森：《古代艺术与仪式》，刘宗迪译，生活·读书·新知三联书店 2008 年版。

［美］哈耶克：《致命的自负》，中国社会科学出版社 2000 年版。

［德］黑格尔：《美学》（第三卷，下册），朱光潜译，商务印书馆1996年版。

［德］黑格尔：《美学》（第一卷），朱光潜译，商务印书馆1996年版。

［美］洪长泰：《到民间去——1918～1937年的中国知识分子与民间文学运动》，董晓萍译，上海文艺出版社1993年版。

［美］霍尔、诺德贝：《荣格心理学入门》，冯川译，生活·读书·新知三联书店1987年版。

［英］杰克·古迪：《神话、仪式与口述》，李源译，中国人民大学出版社2014年版。

［美］格尔兹：《文化的解释》，纳日碧力戈译，上海人民出版社1999年版。

［美］苏珊·朗格：《情感与形式》，刘大基等译，中国社会科学出版社1986年版。

［古希腊］朗吉努斯、亚里士多德、贺拉斯：《美学三论：论崇高、论诗学和论诗艺》，宫雪、马文婷译，光明日报出版社2009年版。

［美］韦勒克、沃伦：《文学理论》，刘象愚译，江苏教育出版社2005年版。

［美］韦勒克：《批评的概念》，张今言译，中国美术学院出版社1999年版。

［美］韦勒克：《文学思潮和文学运动的概念》，刘象愚编选，中国社会科学出版社1989年版。

［英］李斯托威尔：《近代美学史评述》，将孔阳译，安徽教育出版社2007年版。

［法］列维—布留尔：《原始思维》，丁由译，商务印书馆1985年版。

［法］列维—施特劳斯：《结构人类学——巫术·宗教·艺术·神话》，陆晓禾等译，文化艺术出版社1989年版；列维—斯特劳斯：《结构人类学》，谢维扬等译，上海译文出版社1995年版。

［法］列维—施特劳斯：《野性的思维》，李幼蒸译，商务印书馆1997年版。

［日］绫部恒雄主编：《文化人类学的十五种理论》，周星等译，贵州人民出版社1988年版。

［美］罗恩：《从弗洛伊德到荣格——无意识心理学比较研究》，陈恢钦译，中国国际广播出版社1989年版。

［美］艾布拉姆斯：《镜与灯——浪漫主义文论及批评传统》，郦雅牛等译，北京大学出版社1989年版。

［美］赫茨菲尔德：《人类学——文化和社会领域中的理论实践》，刘珩、石毅、李昌银译，华夏出版社 2009 年版（2005 年中文初版）。

［美］马尔库斯、费彻尔：《作为文化批评的人类学——一个人文学科的实验时代》，王铭铭等译，生活·读书·新知三联书店 1998 年版。

［英］马林诺夫斯基：《巫术科学宗教与神话》，李安宅译，上海社会科学院出版社 2016 年版。

［英］缪勒：《比较神话学》，金泽译，上海文艺出版社 1989 年版。

［英］拉波特等：《社会文化人类学的关键概念》，鲍雯妍、张亚辉译，华夏出版社 2005 年版。

［苏］谢·尤·涅克留多夫：《蒙古人民的英雄史诗》，徐昌汉等译，内蒙古大学出版社 1991 年版。

［加］弗莱：《批评的剖析》，陈慧译，北京大学出版社 2021 年版。

［德］诺伊曼：《大母神——原型分析》，李以洪译，东方出版社 1998 年版。

［苏］普罗普：《故事形态学》，贾放译，中华书局 2006 年版。

［美］乔纳森·卡勒：《当代学术入门——文学理论》，李平译，辽宁教育出版社 1998 年版。

［瑞士］荣格：《人及其象征》，史济才等译，河北人民出版社 1989 年版。

［瑞士］荣格：《心理类型学》，吴康等译，华岳文艺出版社 1989 年版。

［苏］谢·尤·涅克留多夫：《蒙古人民的英雄史诗》，徐昌汉等译，内蒙古大学出版社 1991 年版。

［苏］舍斯塔科夫：《美学范畴论——系统研究和历史研究尝试》，理然译，湖南文艺出版社 1990 年版。

［法］石泰安：《西藏史诗和说唱艺人》，耿昇译，中国藏学出版社 2012 年版。

［美］汤普森：《世界民间故事分类学》，郑海译，上海文艺出版社 1991 年版。

［英］伊格尔顿：《文学理论引论》，文化艺术出版社 1987 年版。

［波］塔塔尔凯维奇：《西方六大美学观念史》，刘文潭译，上海译文出版社 2006 年版。

［美］韦勒克、沃伦：《文学理论》，刘象愚等译，生活·读书·新知三联书店 1984 年版。

［芬兰］韦斯特马克：《人类婚姻史》，李彬等译，商务印书馆 2002 年版。

［意］维柯：《新科学》（上、下卷），朱光潜译，商务印书馆1989年版。

［美］沃尔特·翁：《口语文化与书面文化——语词的技术化》，黄道宽译，北京大学出版社2008年版。

［苏］梅列金斯基：《神话诗学》，魏庆征译，商务印书馆1990年版。

［英］伊格尔顿：《二十世纪西方文学理论》，伍晓明译，北京大学出版社2007年版。

［美］约翰·菲斯克等编：《关键概念——传播与文化研究辞典》，李彬译，新华出版社2004年版。

［美］札奇斯钦：《蒙古文化概说》，中央文物供应社1986年版。

［美］张光直：《美术、神话与祭祀》，郭净译，辽宁教育出版社1988年版。

［日］中村俊龟智：《文化人类学史序说》，何大勇译，中国社会科学出版社2009年版。

七　外文著作

［美］卢因（Kurt Lewin）《社会科学中的场论》（英文版），中国传媒大学出版社，2016年版。

James Mahoney：The Logic of Social Science，Princeton University Press 2021.

Gregory Wawro, Ira Katznelson：Time Counts：Quantitative Analysis for Historical Social Science，Princeton University Press 2022.

G. Kluckhohn, Anthropology and the Classics, Brown Unirevsity Prees, 1961.

A. Olrik, *Principles for Oral Narrative Research*, Indiana University Press, 1992.

Dennis, Tedlock and Bruce, Mannheum, *The Dialogic Emergence of Culture*, University of Illinois Press, 1995.

Foley, John Miles, *How to Read an Oral Poem*, University of Illinois Press, 2002.

Hymes, Dell, "In Vain I Tried to Tell You"：*Essays in Native American Ethnopoetics*, University of Nebraska Press, 2004.

Hymes, Dell, *Now I Know Only So Far*：*Essays in Ethnopoetics*, University of Nebraska Press, 2003.

Richard Bauman, *Story, Performance, and Event*：*Contextual Studies of Oral Narrative*, Cambridge University Press, 1986.

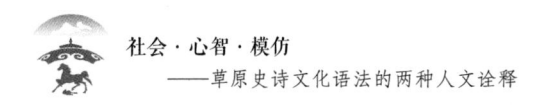

Tedlock, Dennis, Peynetsa, Andrew, Sanchez, *Finding the Center*: *The Art of the Zuni Storyteller*, Walter University of Nebraska Press, 1999.

V. Propp, *Theory and History of Folklore*, the University of Minnesota, 1984; 1997 (Fourth printing).

附　录

表附-1　巴·布林贝赫教授的史诗学主要论著统计

论文名称	期刊、书名或出版社	日期
《关于研究学习民间诗歌之管见》	《蒙古语文》（蒙古文）	1954 年第 7 期
《简论民间诗人沙格德尔的讽刺诗》	《内蒙古大学学报》（蒙古文）	1960 年第 1 期
《民间文学与群众文艺》	《内蒙古日报》（蒙古文）	1961 年 5 月 30 日
《心声寻觅者的札记——诗论三十则》	《长春》	1983 年 5 月
《论诗歌新生代诗歌中的自然》	《花的原野》（蒙古文）	1986 年第 12 期
《蒙古诗歌美学发展轨迹》	《内蒙古大学学报》	1987 年第 3 期
《文学的民族性与开放性》	《评论选刊》	1988 年第 1 期
《论〈蒙古秘史〉诗学特征》	《金钥匙》（蒙古文）	1989 年第 1 期
《〈江格尔〉中的自然》	《内蒙古大学学报》（蒙古文）	1989 年第 2 期
《英雄主义诗歌（一）》	《内蒙古大学学报》（蒙古文）	1989 年第 4 期
《英雄主义诗歌（二）》	《内蒙古大学学报》（蒙古文）	1990 年第 1 期
《蒙古诗歌美学及其相关问题》	《蒙古学研究》（蒙古文）	1990 年第 4 期
《蒙古英雄史诗中马文化及马形象的整一性》	《民族文学研究》	1992 年第 4 期
《布里亚特〈格斯尔〉的独特性》	《内蒙古大学学报》（蒙古文）	1993 年第 4 期
《文化变迁与史诗变异——蒙古族英雄史诗发展的动态观照》	《内蒙古大学学报》（蒙古文）	1996 年第 4 期
《蒙古英雄史诗的宇宙模式》	《内蒙古社会科学》（蒙古文）	1996 年第 6 期

续表

论文名称	期刊、书名或出版社	日期
《诗歌与论文》	《花的原野》（蒙古文）	1996 年第 11 期
《论蒙古英雄史诗中黑形象体系》	《金钥匙》（蒙古文）	1997 年第 1 期
《蒙古英雄史诗的意象格律问题》	《花的原野》（蒙古文）	1997 年第 2 期
《蒙古英雄史诗中人与自然的神秘关系》	《蒙古语言文学》（蒙古文）	1997 年第 3 期
《蒙古英雄史诗的三大特征》	《内蒙古大学学报》（蒙古文）	1997 年第 3 期
《梦想的诗学》	《民族文学》	1997 年第 5 期
《关于撰写蒙古文学史的几个问题》	《内蒙古大学学报》	1999 年第 1 期
《蒙古英雄史诗中的马文化及马的形象的整一性》	《学术论文集》（内蒙古科技出版社）	1997 年
《布里亚特〈格斯尔〉的审美特征》	《学术论文集》（内蒙古科技出版社）	1997 年
《蒙古族诗歌美学论纲》	内蒙古人民出版社（蒙文版）	1991 年
《蒙古英雄史诗的诗学》	内蒙古教育出版社（蒙文版）	1997 年

表附-3 仁钦道尔吉研究员的史诗学主要论著统计

论文或专著名称	期刊或图书名称（出版社）	发表或出版日期
《评〈江格尔〉里的洪古尔形象》	《文学评论》	1978 年第 2 期
《阿如格乌兰洪古尔勇士》	《新疆日报》（托忒文）	1978 年 9 月 29 日
《评〈江格尔〉里的洪古尔形象》	《蒙古语言文学》（蒙古文）	1981 年第 4 期
《略论〈江格尔〉的主题和人物》	《民族文学研究》	1983 年创刊号
《〈江格尔〉的主题思想》	《蒙古民间文学论文选》（蒙古文）	1986 年
《略论〈江格尔〉的主题和人物》	《蒙古民间文学论文选》（蒙古文）	1986 年
《蒙古族英雄史诗专辑》	《民间文学资料》（第 1 集）	1978 年
《巴尔虎史诗的研究》	《英雄希林嘎拉珠》（蒙古文）	1978 年
《论巴尔虎英雄史诗的产生、发展和演变》	《文学遗产》	1981 年第 1 期

续表

论文或专著名称	期刊或图书名称（出版社）	发表或出版日期
Zur Entstehung, Entwicklung und Wandlung der Heldenepen aus der Bergu, Region	*Asiatische Forschungen* (Band 73, Wiesbaden)	1981 年
《论巴尔虎英雄史诗的产生、发展和演变》	《蒙古语言文学》（蒙古文）	1981 年第 1 期
《论巴尔虎英雄史诗的产生、发展与演变》	《教育教学论集》（蒙古文）	2003 年
《论巴尔虎英雄史诗的产生、发展和演变》	《文学研究所学术文选（2）》（中国社会科学出版社）	2003 年
《巴尔虎、卫拉特英雄史诗的共性和个性》	《那仁汗传》（蒙古文，民族出版社）	1981 年
《巴尔虎史诗与卫拉特史诗的共性和个性》	《内蒙古民族师范学院》（蒙古文）	1983 年第 2 期
Bargu-yin tooli bolun oirad-un tooli-yin neitelig sinji ba obermice oncalig-un tuqai	*Documenta Barbarorum* (Wiesbaden)	1983 年
《巴尔虎英雄史诗和卫拉特英雄史诗的共性与特性》	《中国少数民族文学论文集（第四集）》（中国民间文艺出版社）	1986 年
《〈江格尔〉在国内外的流传、搜集、出版和研究概况》	《蒙古学资料与情报》	1982 年第 4 期
《〈江格尔〉的分布、出版与研究的概况》	《论〈江格尔〉（2）》（托忒文）	1986 年
《〈江格尔〉研究概述》	《文学研究动态》	1982 年第 24 期
《〈江格尔〉研究概述》	《蒙古语言文学》（蒙古文）	1984 年第 2 期
《〈江格尔〉研究概况》	《民族文学研究》	1986 年第 3 期
《关于国际"江格尔学"的形成》	《中国民间文艺的新时代》（敦煌文艺出版社）	1991 年
《新疆〈江格尔〉与江格尔奇》	《内蒙古师范大学学报》（蒙古文）	1984 年第 2 期
Über den "Janggar" in Sinkiang und die Janggarsänger,	*Asiatische Forschungen* (Band 91, Wiesbaden)	1985 年第 91 卷
《论新疆的〈江格尔〉和江格尔奇》	《民族文学研究》	1987 年第 4 期

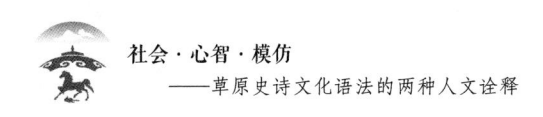

续表

论文或专著名称	期刊或图书名称（出版社）	发表或出版日期
《序言》	《中国江格尔奇演唱的江格尔精选本》（2）	2009 年
《〈江格尔〉的传承与保护》	《史诗之光——辉映中国：中国"三大史诗"传承与保护研讨会论文及论文提要汇编》	2012 年
《蒙古史诗类型研究现状》	《蒙古学资料与情报》	1985 年第 1 期
《关于蒙古史诗的类型研究》	《民族文学研究》	1985 年第 4 期
《蒙古史诗的类型研究概况》	《蒙古民间文学论文选》（蒙古文，民族出版社）	1986 年
《蒙古史诗的情节结构的发展》	《内蒙古大学学报》（蒙古文）	1986 年第 1 期
Die Entwicklung des Sujetaufbaus des mongolischen Epos	Asiatische Forschungen（Band 101, Wiesbaden）	1987 年
《蒙古英雄史诗情节结构的发展》	《民族文学研究》	1989 年第 5 期
《蒙古——突厥英雄史诗情节结构类型的形成与发展》	《民族文学研究》	2000 年第 1 期
About Forming and Development of Structural Types of Mongol-Turkie Heroic Eposes	Olonkho in the context of epic tradition of the peoples of the world,（Yakutsk）	2000 年
Mongolian——Turkic Epics: Typological Formation and Development	ORAL TRADITION, Volume 16, Editor John Miles Foley	October 2001
《蒙古英雄史诗的勇士及其类型的发展》	《东方文学研究》（1）（湖南文艺出版社）	2003 年
《蒙古史诗产生的发祥地考》	《内蒙古社会科学》（蒙古文）	1985 年第 4 期
《江格尔永远的故乡——宝木巴》	《中国民族》	2001 年第 3 期
《论〈江格尔〉的产生年代》	《内蒙古大学学报》（蒙古文）	1988 年第 2 期
ЖАНГАР, ЫН ҮҮССЭН ЦАГ ҮЕИЙН ТУХАЙ	ҮНЭН	1990 年 12 月 20 日
«ЖАНГАР» ——ЫН БУЙ БОЛСОН ҮНДЭСТНИЙ СОЁЛЫН ЭХ СУРВАЛЖ	ЦОГ	1991 年第 2 期

续表

论文或专著名称	期刊或图书名称（出版社）	发表或出版日期
ЖАНГАР ——ЫН YY ССЭН ЦАГ Y ЕИЙН ТУХАЙ	Mongolica, An International Annual of Mongol Studies Vol. 6（27）	1995 年
《再论〈江格尔〉的产生年代》	《蒙古语言文学》（蒙古文）	1991 年第 2 期
《再论〈江格尔〉的产生时代》	《民族文学研究》	1991 年第 2 期
《再论〈江格尔〉史诗的产生年代》	《论〈江格尔〉（5）》（蒙古文）	1994 年
《关于〈江格尔〉的形成与发展》	《民族文学研究》	1996 年
《〈江格尔〉史诗的产生年代》	《论〈江格尔〉（3）》（蒙古文）	1995 年
《关于〈江格尔〉的形成与发展》	《民族文学论丛》（内蒙古大学出版社）	2000 年
《关于〈江格尔〉的形成与发展》	《二十世纪中国民俗学经典（史诗歌谣卷）》（社会科学文献出版社）	2002 年
《蒙古史诗的产生和发展》	《蒙古史诗大系（1）》（民族出版社）	2007 年
《蒙古族英雄史诗〈江格尔〉》	《百科知识》（与祁连休合作）	1987 年第 2 期
《〈江格尔〉与蒙古英雄史诗传统》	《蒙古语言文学》（蒙古文）	1987 年第 3 期
《〈江格尔〉与蒙古族英雄史诗传统》	《新疆社会科学》	1988 年第 5 期
《〈江格尔〉与蒙古族英雄史诗传统》	《文学遗产》	1988 年第 5 期
《〈江格尔〉和蒙古族英雄史诗》	《纪念 N. 波佩的思想和影响的 90 诞辰文集》（威斯巴登）	1989 年
《〈江格尔〉史诗与蒙古英雄史诗传统》	《论〈江格尔〉（4）》（蒙古文）	1994 年
《论中国境内蒙古英雄史诗》	《蒙古语言文学》（蒙古文）	1989 年第 1 期
《关于中国蒙古族英雄史诗》	《民族文学研究》	1992 年第 1 期
Дундад улс дахь монгол ундэстний баатарлаг Туулийн тухай	Fifth International Congress 5 of Mongolists（УЛААНБААТАР）	1992 年
《关于中国阿尔泰语系民族英雄史诗、英雄故事的一些共性问题》	《民族文学研究》	1989 年第 6 期

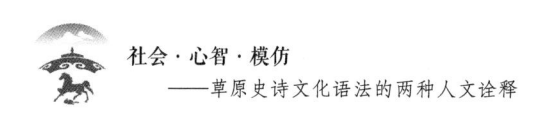

续表

论文或专著名称	期刊或图书名称（出版社）	发表或出版日期
《中国阿尔泰语系民族的英雄史诗——英雄故事中的勇士和蟒古斯形象》	《内蒙古师范大学学报》（蒙古文）	1990 年第 1 期
Über die Manggus, und Heldengestalt in der Heldendichtung und Marchen der altaischen Völker in China	*Asiatische Forschungen*, Band 120（Wiesbaden）	1992 年
《〈中国少数民族史诗研究丛书〉前言》	《原始叙事性艺术的结晶》（内蒙古大学出版社）	1991 年
《中国蒙古学概述》	《蒙古学研究》（蒙古文）	1992 年第 3 期
《〈江格尔〉中的萨满与佛教痕迹》	*Gabia jitgül un durashal*（蒙古文）	1993 年
《萨满教与蒙古英雄史诗》	《民族文学研究》	2001 年第 4 期
《蒙古—突厥史诗中的抢婚型之共性》	《西北民族大学学报》（蒙古文）	2005 年第 2 期
《论抢婚型英雄史诗》	《民族文学研究》	2005 年第 3 期
《论家庭斗争型英雄史诗》	《民族文学研究》	2006 年第 3 期
《略论勇士与独眼巨人等恶魔斗争型史诗》	《民族文学研究》	2009 年第 4 期
《绪论》	《珠盖米吉德　胡德尔阿尔泰汗》（民族出版社）	2007 年
《绪论》	《那仁汗胡布恩》（民族出版社）	2007 年
《略论〈玛纳斯〉与〈江格尔〉的共性》	《民族文学研究》	1995 年第 1 期
«*Janggar*»ba «*Manas*»——*iin niitleg shinj*	70th Birthday of Academician Sh. Bira	1998 年
《论〈江格尔〉与〈玛纳斯〉的共性》	《蒙古语言文学》（蒙古文）	1998 年第 2 期
Walther Heissig "SI LIYANG", Varianten und Motiv-Transformationen eines mongolischen Spielmannsliedes, Mit mongolischen Text-Transkripten von J. Rinchindorji	*Harrassowitz Verlag*（Wiesbaden）	1996 年

续表

论文或专著名称	期刊或图书名称（出版社）	发表或出版日期
Odo uyein Baarnii avyast huurchid	Seventh International Congress of Mongolists	1997 年
Одоо уеийн Баарины авьясм хуургид	《MONGOLICA》，VOL. 12（33）《BULLETIN》，The IAMS News Information on Mongol Studies，No. 1（31）	2002 年 2003 年
《波恩召开国际第四次蒙古史诗学术讨论会》	《蒙古学资料与情报》	1984 年第 1 期
《国际第四次蒙古史诗学术讨论会在波恩举行》	《民族文学研究》	1984 年第 1 期
《关于第五届国际蒙古学家大会》	《蒙古学资料与情报》	1988 年第 2 期
《第五届国际蒙古学家大会简记》	《民族文学研究》	1988 年第 3 期
《关于第七届国际蒙古学家大会、国际中央亚细亚史诗研讨及演唱会》	《民族文学研究》	1998 年 1 月
《在波恩市的蒙古英雄史诗大会上》	ÖMES	
Ordos Heroic Epics，Antoine Mostaert（1881—1971）	edited by K. Sagaster. C. I. C. M. Missionary and Scholar Ferdinand Verbiest Foundation K. U. Leuven	1999 年
《史诗〈江格尔〉校勘新译》评述	《民族文学研究》	2010 年第 3 期
《世界诗歌名著——蒙古英雄史诗〈江格尔〉》	《蒙藏之友》（第 70 期，台北）	2000 年 9 月 1 日
《〈格斯尔〉文本的一项重大发现：被埋没的天才艺人金巴扎木苏》	《民族文学研究》	2002 年第 1 期
Хасарын домог Гэсэр ийн нэг булег болсон нь	The 8th INTERNATIONAL CONGRESS OF MONGOLISTS（ULAANBAATAR）	2002 年
《新发现的蒙古——〈格斯尔〉》	《西北民族大学学报》（哲学社会科学版）	2006 年第 4 期
《〈阿拉坦嘎鲁〉（蒙古族英雄史诗）》	《民间文学》（仁钦、祁连休记录翻译整理）	1979 年第 6 期
《那仁汗传》	《哲里木文艺》（蒙古文）	1979 年第 5 期

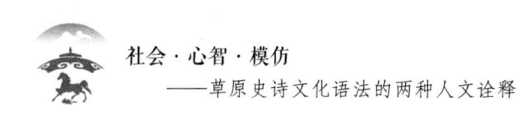

续表

论文或专著名称	期刊或图书名称（出版社）	发表或出版日期
《冈冈哈拉特伯史诗》	《哲里木文艺》（蒙古文）	1981 年第 4 期
《额日古古南哈拉史诗》	《哲里木文艺》（蒙古文）	1980 年第 3 期
《序言》	《卡尔梅克江格尔》（民族出版社）	2002 年
《江格尔》	《蒙古学的百科全书》（蒙古文）	2002 年
《回忆德国著名蒙古学家海西希教授》	《西部蒙古论坛》	2011 年第 2 期
《我的学术研究道路》	《西部蒙古论坛》	2011 年第 3 期
《论阿尔泰乌梁海英雄史诗》	《西部蒙古论坛》	2013 年第 4 期
《再论勇士故事与英雄史诗的关系》	《民族文学研究》	2021 年第 3 期
《英雄史诗〈江格尔〉》	浙江教育出版社	1990 年（修订版 1995 年）
《〈江格尔〉论》	内蒙古大学出版社	1994 年（修订版 1999 年）
《蒙古英雄史诗源流》	内蒙古大学出版社	2001 年
《蒙古英雄史诗论》	台湾唐山版社	2007 年
《蒙古英雄史诗发展史》	中国社会科学出版社	2013 年
《英雄史诗论集》	中国社会科学出版社	2021 年

后　记

笔者有幸师从中国社会科学院学部委员朝戈金研究员，在中国社会科学院研究生院攻读民俗学博士学位；2013年5月28日以题为"诗学视域与类型学方法——20世纪蒙古史诗学的两种路径"（本书第一章至第四章、第五章第一节至第三节）的学位论文参加博士毕业答辩顺利通过，并完成了这份人生最珍贵的学业。事实上，本书引言第一节即"理论解说"这部分也是根据朝先生近期提出的修改意见而形成的一份"作业"，同时又构拟出了史诗文化语法以｛行动·联合或组合｝函数和｛思维或性格·结构｝函数为基础的"社会行动·文化心智＋本体模仿"这一原理及其阐释框架简化图。也可以说，假如上述尝试能够在读者心目中泛起些许涟漪，那么这种作品—读者互动本身也是促使作者尽最大努力去进一步探寻解释标尺奥秘的动能所在。

在2023年即将过去之际，十年前笔者完成的博士学位论文这般习作重拾付梓成书，旨在尝试或摸索民俗学加上社会文化研究视角的综合进路。藉此，笔者主要想表达三方面的心意：一是，向导师朝先生一直以来对我的鼓励和不吝指教表示衷心感谢和敬意；先生使我受益良多的不仅是潜心斟酌的治学态度和才高识远的专业素养等熏陶，而且更多是用以身垂范的人格魅力去影响并滋育门生而提升其"己欲立而立人"这样做人做事等素能方面。二是，向本书所立论蒙古文化探索的两位领路者巴·布林贝赫先生、仁钦道尔吉先生，以及他们的开创性学术业绩表示由衷的敬意。因为两位现代蒙古学引领者的模范"格局"和"眼界"，再加上"胸襟"和"气魄"皆是被学界公认的学习榜样。三是，向在博士论文开题和答辩阶段鼓励我和提出宝贵意见的中国社会科学院——斯钦巴图研究员、巴莫曲布嫫研究员、安德明研究员，以及北京大学陈岗龙教授和中央民族大学朝格图教授等老师表示衷心的谢意；

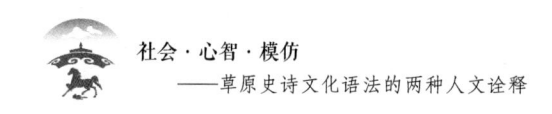

特别是陈老师和巴莫老师在选题、确定论文架构等方面提出很有见地的建议，帮助我明确了博士论文方案和写作方向。

此外，在从论文校对到出版拙著的前后过程中，同学加好友苏永前（西安外国语大学）和丁鹏（中国石油大学－华东），以及中国社会科学出版社刘亚楠编辑等也为笔者提供了无私的帮助，在此一并致谢。

阿拉德尔吐（图）

2023 年 11 月 20 日

于河北保定·河北大学